MATTIAS
EDVARDSSON

DUNKELKALTES
SCHWEIGEN

MATTIAS
EDVARDSSON

DUNKELKALTES SCHWEIGEN

ROMAN

Deutsch von Annika Krummacher

LIMES

Die Originalausgabe erschien 2023
unter dem Titel »Lova mig tystnad«
bei Bökförlaget Forum, Stockholm.

MIX
Papier | Fördert gute Waldnutzung
FSC® C014496

Penguin Random House Verlagsgruppe FSC® N001967

1. Auflage 2024

in der Penguin Random House Verlagsgruppe GmbH,
Neumarkter Straße 28, 81673 München
Redaktion: Friederike Arnold
Umschlaggestaltung- und motiv: www.buerosued.de
JaB · Herstellung: DiMo
Satz: satz-bau Leingärtner, Nabburg
Druck und Bindung: GGP Media GmbH, Pößneck
Printed in Germany
ISBN 978-3-8090-2781-2
www.limes-verlag.de

Erziehung ist ein Talent,
das nur sehr wenigen gegeben ist.

Bjørnstjerne Bjørnson

DIE MORDNACHT

Die Finsternis war dort am zerbrechlichsten, wo der Himmel und das Meer aufeinandertrafen und eine schwache Linie die Schwärze zerteilte. Das Wasser lag vollkommen still da. Wie ein Pfeil schoss der lange Badesteg durch die Dunkelheit.

Der Mann hielt die junge Frau an der Hand. Ehe sie in den Sand hinabstiegen, blieb er stehen und sah sich um. Die Frau schien zu zögern. Sie stemmte die Fersen in den Boden und verharrte, während der Mann schon den nächsten Schritt machte. Die Arme der beiden waren vollkommen ausgestreckt.

Die ungewohnte Stille hatte beinahe etwas Sakrales an sich. Sogar das Meer schwieg. Der Mann und die Frau bewegten sich ruckhaft durch den Sand auf den Steg zu, der im nachtfarbenen Licht badete.

Die kleine Stadt schlummerte in der Wiege der Septembernacht. Man kam der Ruhe wegen hierher. Es war das Gefühl von Geborgenheit, das die Menschen zum Bleiben veranlasste. Wenn jemand wegging, dann oft, weil nie irgendetwas passierte.

In dieser Nacht passierte alles auf einmal.

Das Schweigen wurde durch einen gewaltigen Knall zerrissen. Der Schuss hallte zwischen Himmel und Meer wider und blieb wie ein Echo in der Nacht hängen.

EIN TAG VOR DEM MORD

»Vorteil für uns. Matchball.«

Jari Kekkonen betrachtete seine älteste Tochter auf der anderen Seite des Netzes und ließ den Ball vor dem Aufschlag zweimal auftippen.

Es war eine Familientradition geworden: jeden Donnerstagabend anderthalb Stunden in der Padeltennishalle. Die Sportart hatte Jari gepackt, er liebte den Wettkampf und seine eigenen Fortschritte auf dem Feld, aber er schätzte auch die Qualitätszeit mit den beiden Teenagertöchtern Isabella und Amanda.

Isabella retournierte den Aufschlag mit einer leichten Rückhand. Der Ball flog zu Maria, der Mutter der beiden Mädchen, und in einem schwachen Moment erwog Jari, sich dazwischenzuwerfen und ihnen mit einem Smash den Ballgewinn zu sichern – Spiel, Satz und Sieg –, aber es gelang ihm in der letzten Sekunde, sich zu beherrschen und Maria stattdessen den Ball zu überlassen.

»Gut!«, rief Jari, als sie mit einem Topspin den Ball zurückspielte, der das Netz berührte und dann genau zwischen den Töchtern auf der anderen Seite aufprallte. Die beiden hatten keine Chance. Sie hoben ihre Schläger und wechselten wütende Blicke.

»Super, Schatz!« Jari tippte Marias Schläger an, ehe er sich den Schweiß von der Stirn wischte.

Isabella und Amanda schlurften mit hängenden Köpfen vom Spielfeld.

»Ihr habt auch gut gespielt.« Lächelnd hielt Jari ihnen den Schläger hin, um sich zu bedanken.

Bei diesen Familienmatches waren die beiden Teams ungefähr gleich stark. Die achtzehnjährige Isabella war eine echte Kämpferin. Ihren durchtrainierten Körper hatte sie vom Fußballspielen, ihren Sisu, den finnischen Kampfgeist, von Jari. Die zwei Jahre jüngere Amanda war eher ein graziler Typ und hatte sich immer schon auf Tanz und Gymnastik konzentriert. Als sie vor einem Jahr mit Padeltennis begonnen hatten, war die Rückhand ihr Schwachpunkt gewesen, und bisweilen musste Jari sich zurückhalten, damit er dies nicht allzu sehr ausnutzte.

Auf dem Parkplatz hakte Maria sich bei ihm unter. »Jetzt geht es dir gut, oder?«

Das ließ sich nicht leugnen. Das Siegergefühl breitete sich angenehm warm im Körper aus. Natürlich war das albern. Schließlich handelte es sich um ein Padelmatch innerhalb der Familie. Aber Jari war es immer wichtig gewesen zu gewinnen – sei es bei einem Ligafinale im Fußball, sei es bei einer Partie Schwarzer Peter mit einem Gegner, der gerade erst seine Milchzähne verloren hatte.

In gewisser Art und Weise war es Jaris Siegermentalität zu verdanken, dass er jetzt neben Maria im Mercedes saß. Als sie sich kennenlernten, war sie zögerlich und abweisend gewesen. Aber Jari hatte nicht aufgegeben. Sein Leben lang hatte ihn der starke Wille angetrieben, es ihnen mal so richtig zu zeigen … wem auch immer. Seinen Eltern? Den früheren Klassenkameraden? Den Mädels, die ihn routiniert in die Schublade *guter Freund* gesteckt hatten?

»Ich liebe dich«, sagte er zu Maria, während sie an den Schafen vorbeifuhren, die noch immer auf den Hügeln am Maglarpskreisel grasten, dort, wo die E 6 am südlichen Ende der schwedischen Küste immer schmaler wurde.

»Weil ich das Match für uns entschieden habe?«

»Nicht nur deshalb.«

Sie berührte seinen Ellbogen und lächelte. »Was für ein Glück.«

»Du hast außerdem im ersten Satz verdammt gute Aufschläge gespielt.«

Er lachte über seinen eigenen Scherz. Auf der Rückbank seufzten die Töchter, und Jari fing ihre Blicke im Rückspiegel auf, während er wegen einer Reiterin am Straßenrand das Tempo drosselte.

»Ich liebe euch auch«, sagte er. »Obwohl ihr keine Padelprofis seid.«

Die Mädchen verdrehten die Augen.

»Padel ist sowieso kein richtiger Sport«, meinte Isabella und ihre kleine Schwester nickte. »Eine alberne Tennisvariante für die privilegierte Mittelklasse.«

Wieder lachte Jari, dann bog er nach Stavstensudde ab. Als er in den Achtzigern und Neunzigern in Trelleborg aufwuchs, war das alles hier draußen eine einzige Wüste gewesen. Windgepeitschte Felder, schwarze Äcker und viele Möwen. Die Stadt hatte an der Müllkippe und dem Wäldchen geendet, das Albäcksskogen genannt wurde. Doch im Zusammenhang mit einer Immobilienmesse kurz nach der Jahrtausendwende war ein neues Wohngebiet zwischen der Autobahn und dem Meer entstanden, von wo aus es sich gut nach Malmö pendeln ließ, und das, was früher Kurland geheißen hatte, wurde in Stavstensudde umbenannt. Jari vermutete, dass dieser Name attraktiver klang.

Während er das Auto vor dem Haus parkte, schnallte sich Amanda auf der Rückbank ab. »Ich wollte morgen bei Millan übernachten.«

Ohne nachzudenken, antwortete er: »Das wirst du nicht tun.«

Als er den Motor ausschaltete, starrte Maria ihn an, und er wusste genau, was dieser Blick bedeutete.

DER MORDTAG

Jari verließ das Büro am Freitag schon vor vier Uhr, kaufte noch etwas Wein und hatte bereits gekocht, als Maria etliche Stunden später zu Hause eintraf.

»Das duftet wunderbar.« Sie gab ihm einen flüchtigen Kuss auf die Wange und sah mindestens so angestrengt aus wie nach dem Padelspiel am Vortag. »Schaffe ich es noch zu duschen?«

»Na klar.«

Als sie eine Weile später mit nassem Haar zurückkam, wirkten ihre Schultern nicht mehr so verkrampft. Mit einem entspannten Lächeln erhob sie ihr Weinglas. »Ich muss nächstes Wochenende nach Brüssel. Die inkompetenten Belgier haben es wieder vermasselt.«

»Nächstes Wochenende?«

»Verdammt.« Es war ihr offenbar wieder eingefallen. »Ist es das Wochenende, an dem du nach Västergötland fährst?«

Er nickte kurz. In den letzten Jahren war er jeden Herbst mit ein paar Freunden zur Jagd gefahren. Ursprünglich hatte er den Jagdschein wegen des sozialen Miteinanders gemacht, aber bald war er der Herausforderung erlegen, dem Wettkampfaspekt, und mittlerweile hatte er sich der jährlichen Jagd mit Haut und Haaren verschrieben.

»Die Mädchen kommen doch allein klar«, sagte Maria. »Sie sind ja keine Kleinkinder mehr.«

Jari schluckte und zählte bis drei. Genau das beunruhigte ihn: dass sie keine Kleinkinder mehr waren. Vor zehn Jahren hatten er und Maria vollkommen unbesorgt in der ganzen Welt geschäftlich herumreisen können, aber zwei junge Mädchen im Alter von Isabella und Amanda konnte man nicht mehr bei der Oma, einer Tante oder einer anderen Babysitterin abgeben. Man erwartete von ihnen, dass sie auf eigenen Beinen standen und allein zu Hause bleiben konnten, doch das bezweifelte Jari, wenn er an sein eigenes Urteilsvermögen in diesem Alter zurückdachte. Oder besser gesagt, an sein mangelndes Urteilsvermögen.

»Soll ich auch für Sixten decken?«, fragte er, ehe er die Teller zum Esstisch trug.

»Ich glaube nicht«, sagte Maria. »Er wollte heute zu Hause schlafen. Die haben morgen ein wichtiges Auswärtsspiel mit der U 21.«

Isabellas Freund war in den letzten Jahren zu einer Art Familienmitglied geworden. Er wohnte nur zwei Straßen weiter, verbrachte aber mehr Zeit bei ihnen als zu Hause.

»Für mich brauchst du auch nicht zu decken!«, rief Isabella aus dem Flur, wo sie mit ihren Chucks in der Hand auf der Bank saß. »Ich bekomme bei Sixten was zu essen.«

Kaum war sie aus der Haustür, kam auch schon Amanda die Treppe heruntergelaufen. »Ich esse auch nicht hier.«

»Soll das ein Witz sein?«, fragte Jari.

Maria warf ihm wieder diesen Blick zu. »Das ist doch nicht so wichtig.«

»Nein, nein.« Aber schließlich hatte sie auch nicht eine ganze Stunde investiert, um das Gemüse im Airfryer zu garen und eine Soße zuzubereiten.

Jari war schon seit über zehn Jahren Mannschaftskapitän auf dem Fußballplatz. Die Rolle als Projektleiter lag ihm und die Trainer nannten ihn den geborenen Anführer. Auch in der Familie hatte er mehr oder weniger unbewusst diese Rolle übernommen. Er machte den Wocheneinkauf und kochte, bezahlte die Rechnungen, buchte Reisen, lud Freunde ein und organisierte gesellige Abende und Feiern.

»Ich schlafe bei Millan«, erklärte Amanda und stopfte einen dicken Pullover in ihre Tasche. »Mama hat gesagt, ich darf.«

»Jaja.« Wie meistens hatte Jari die Auseinandersetzung mit Maria nach dem Padel gestern verloren.

Eigentlich verstand er nicht, warum Amanda bei Freundinnen übernachten musste, wenn sie ohnehin die halbe Nacht wegbleiben durfte. Maria fand ihn paranoid, aber Jari hielt sich für einen Realisten: Alle Teenager verbargen etwas vor ihren Eltern.

»Ruf an, wenn was ist.« Maria umarmte Amanda im Flur.

»Du.« Jari sah seine Jüngste versöhnlich an. »Eine Umarmung?«

Amanda lächelte und stellte sich auf die Zehenspitzen. Ihre weiche Wange berührte seine.

»Hab dich lieb«, sagte Jari. Er würde versuchen, sich nicht zu viele Sorgen zu machen.

»Ich dich auch, Papa.«

Nichts war so magisch wie der Blick in die Augen seines eigenen Kindes, auch wenn ihn der Gedanke quälte, dass mit jedem Blick die gemeinsame Zeit kürzer wurde. Sein Kind aufwachsen zu sehen, war ein Abschied auf Raten.

Amandas Duft hing ihm noch in der Nase, als die dunklen Haare davonflatterten und sie die Tür hinter sich zuzog. Eine bleierne Leere überfiel ihn. Das Mädchen, das einmal als kleines Bündel auf seinen Knien geruht hatte, das auf dem Sofa Purzelbäume geschlagen und den Garten zu einem Steckenpferdparcours umgebaut hatte, dieses Mädchen gab es nicht mehr.

Während er hinter der geschlossenen Haustür stand, verspürte er ein dumpfes Gefühl im Bauch. Er dachte an die Geschichte, die Amanda ihm erzählt hatte, als er sich bei ihr erkundigt hatte, ob mit Niko Palevski Schluss sei. Von dem Mädchen, das sich das Leben genommen hatte. Er hatte nicht gewusst, wie er reagieren, was er sagen sollte. Jetzt bereute er, nicht nachgefragt zu haben.

Um Viertel nach zehn beendeten Sasho und Linda ihre Abendschicht im Ica-Supermarkt.

»Jetzt mach schon«, sagte Linda und schloss ihr Fahrrad auf. »Ich habe Niko vor einer Weile eine Nachricht geschickt, aber er hat noch nicht zurückgeschrieben.«

Ihr Sohn hatte einen Gamingabend mit einem Freund geplant, und die Eltern hatten es ihm erlaubt unter den üblichen Bedingungen: weder Snus noch E-Zigaretten, auf gar keinen Fall Alkohol und nur leise Musik.

»Warum antwortet er nicht?« Linda trat in die Pedale, während sie die Küstenstraße entlangfuhren.

»Sie gamen doch«, sagte Sasho. »Merkst du das?« Er ließ den Lenker los und streckte die Hand aus. »Es weht gar nicht.«

Seit bald zwanzig Jahren radelten sie zusammen zur Arbeit bei Ica Maxi und wieder nach Hause. Die Strecke führte am westlichen Küstenstreifen von Trelleborg entlang und bot ihnen kostenlose Bewegung und frische Luft. Das Auto war richtigem Schietwetter vorbehalten und das hieß mit Trelleborger Maß gemessen Sturm mit Windstärke neun oder seitlich fallender Regen mit käfergroßen Tropfen.

»Es sind doch nur Niko und Teo zu Hause, oder?«, fragte Sasho. »Was sollte schon passieren?«

Wie üblich hatte Linda alles organisiert. Sie hatte Mittagessen vorbereitet, Pizza bestellt und die gesamte Kommunikation in Sachen Gamingabend übernommen.

»Ich bin so froh, dass ihm Teo geblieben ist«, sagte sie.

Sasho konnte ihr nur zustimmen. Etliche Monate lang hatte Niko für niemand anderen Zeit gehabt als für seine Freundin Amanda und seit dem Ende ihrer Beziehung im Frühling hatten sie kaum je irgendwelche Freunde von ihm gesehen.

Sie fuhren an ein paar Lkw-Fahrern vorbei, die rauchend am Straßenrand standen und lachten. Das Meer rollte langsam gegen die Steine am Strand. In dem säuerlichen Tanggeruch lag etwas Erfrischendes. Einige fanden ihn furchtbar, einen Schandfleck für die Stadt. Seit Sashos Kindheit hatte man verschiedene Eliminierungsmethoden diskutiert. Gewisse Versuche waren unternommen worden, aber der Mief hatte sich in der Seele der Stadt festgesetzt und fiel Sasho kaum noch auf. Ein Geruch war nicht mehr, aber auch nicht weniger als die Assoziationen, die er weckte, und für Sasho war es der Geruch nach Heimat.

Allmählich wurden die Beine schwer. Trelleborg war eine längliche Stadt. Sie erstreckte sich entlang der Küste ganz im Süden Schwedens von Stavstensudde und dem Golfclub im Westen bis zum Dalabad und Gislövs Strandmark im Osten. Irgendwo durchs Stadtzentrum verlief eine unsichtbare, aber darum nicht weniger wichtige Scheidelinie zwischen West und Ost.

Linda war im Osten geboren und aufgewachsen, wie schon ihre Eltern und Großeltern. Als sie und Sasho zu Beginn des neuen Jahrtausends sich nach einem Haus umgeschaut hatten, war es für Linda undenkbar gewesen, in einen anderen Teil der Stadt zu ziehen.

»Ich verstehe das nicht«, sagte Sasho, als Linda sich zum tausendsten Mal geweigert hatte, ein Haus zu besichtigen, nur weil es im Westteil der Stadt lag. »Wir wohnen doch nicht in Los Angeles. Man fährt mit dem Rad in einer Viertelstunde von der einen Seite der Stadt zur anderen.«

»Jetzt übertreibst du aber. Wie kannst du das nur so auf die leichte Schulter nehmen? Ich würde eher nach Stockholm ziehen, als im Westen von Trelleborg zu wohnen. Einmal Osten, immer Osten«, entgegnete Linda und zuckte mit den Schultern.

Manche fanden den Osten der Stadt schäbiger, ein bisschen dreckiger, eher Arbeiterklasse. Dort hatte man in den Siebzigern die einzigen Hochhäuser in Trelleborg gebaut. Man sprach im Osten mehr Sprachen und die Menschen schlossen nachts die Türen ab. Aber im Osten gab es auch Kopfsteinpflaster und schöne alte Häuser mit Wasserpumpe auf dem Innenhof und Milchkannen aus Zink. Das Meer in der einen Richtung und Rapsfelder in der anderen.

Sasho begriff trotzdem nicht, warum man das kleine Trelleborg in Ost und West teilen sollte. Am liebsten hätte er ein Haus in Malmö oder Helsingborg gekauft, aber es war für Linda unvorstellbar, die Stadt ihrer Kindheit zu verlassen.

Am Ende landeten sie in der Färgaregatan im Osten Trelleborgs in einem unterkellerten Bungalow, der so nah an der Gummifabrik lag, dass man im Garten einen schwachen Duft von Petroleum und Schwefel wahrnehmen konnte, wenn der Wind aus der entsprechenden Richtung kam. Noch ein Geruch, den Sasho nicht nur ertrug, sondern sogar angenehm fand.

Ohne die Gummifabrik hätte es ihn nämlich gar nicht gegeben.

Seine Eltern waren auf zwei unterschiedlichen Seiten des Baba-Gebirges im südlichen Teil dessen aufgewachsen, was damals Jugoslawien hieß und später zu Mazedonien und schließlich zu Nordmazedonien geworden war. In der Mitte der Sechzigerjahre waren die Eltern, ohne von der Existenz des jeweils anderen etwas zu ahnen, als Industriearbeiter für eine Gummifabrik zweitausend Kilometer weiter nördlich angeheuert worden, in einem Land, von dem sie nichts wussten. Sie waren nicht einmal zwanzig Jahre alt gewesen. Ursprünglich hatten sie nur ein Jahr bleiben wollen. Sashos Vater war bis zu seinem Tod in Schweden geblieben und seine Mutter Vaska lebte noch immer hier.

Als Sasho an ihrer Wohnung in Borggården vorbeifuhr, hob er wie immer die Hand und winkte, obwohl das Rollo im Schlafzimmer heruntergezogen war und die Mutter vermutlich längst schlief.

Vor dem Haus in der Färgaregatan sprang er vom Fahrrad und schob es über den Bordsteinrand. Die Kellerfenster waren erleuchtet.

»Glaubst du, Teo ist noch da?«, fragte Sasho.

Sein E-Scooter stand nicht auf der Einfahrt.

»Scheint nicht so.«

Sasho sah auf die Uhr. Bald halb elf. Niko war definitiv keine Nachteule. Er hing nicht mit Gleichaltrigen draußen herum, ging nicht auf Partys oder in Clubs. Seit zwei Wochen besuchte er die zehnte Klasse am einzigen Gymnasium der Stadt, wo er den naturwissenschaftlichen Zweig belegte. Er war ehrgeizig und leistungsstark, investierte unendlich viel Zeit in die Schule. Manchmal fragte sich Sasho, ob sie überhaupt miteinander verwandt waren.

Nachdem er die Fahrräder in den Schuppen gestellt hatte, schloss Linda die Haustür auf. Aus dem Keller perlten Klaviertöne in eleganten Bögen herauf.

»Chopin«, sagte Linda.

Sasho zuckte mit den Schultern. Er stand eher auf Metallica als auf klassische Klaviermusik.

Zusammen gingen sie die Kellertreppe hinunter. Seit einigen Jahren schlief Niko hier unten und der ehemalige Partykeller hatte sich in eine Teenagerhöhle mit Ledersofa, 52-Zoll-Fernseher, Rechner und Spielekonsole verwandelt.

Jetzt saß ihr halbwüchsiger Sohn mit geradem Rücken auf dem Klavierhocker, während die Finger federleicht über die Tastatur flogen. Linda blieb auf der untersten Treppenstufe stehen, drehte sich um und verzog den Mund zu einem breiten Lächeln. Da hörte Niko mitten im Stück auf.

»Wie schön«, sagte Linda, als er sich erhob.

Niko war klein und kompakt mit kräftigen Oberschenkeln und Waden, breiten Schultern und muskulösen Oberarmen. Wenn Sasho seinen Sohn betrachtete, kam es ihm so vor, als stünde er vor einem Spiegel mit einer Direktverbindung in die Neunziger.

»Ist alles gut gelaufen?«, fragte Linda.

»Hm.«

»Wie lange ist Teo geblieben?«

Sie durchquerte den Partykeller und blieb abrupt vor dem Schlafzimmer stehen. Sasho stellte sich neben sie.

»Hallo.« Auf Nikos Bettkante saß Amanda.

Sasho traute kaum seinen Augen, aber hatte sich bald gefasst. »Wie nett, dich wiederzusehen.«

Linda fiel es schwerer, ihr Erstaunen zu verbergen. »Aha?«

Auf der Treppe nach oben schob Sasho seine geballte Faust in die Hosentasche. Er schämte sich, denn eigentlich sollte es sich nicht so anfühlen. Er sollte sich für Niko freuen.

EIN JAHR VOR DEM MORD

Auf dem Jahrmarkt roch es nach Popcorn und Schweiß, die Fahrgeschäfte quietschten, und der Bass dröhnte. Amanda musste ihrer Freundin Millan ins Ohr brüllen, um sich verständlich zu machen. »Guck mal da!«

Er stand in der Schlange am Tornado und trug eine coole graue Stoffhose und braune Wildlederschuhe, komplett anders als die langweiligen Typen an der Schule.

»Hab ihn noch nie gesehen«, sagte Millan. »Er kann nicht von hier sein.«

Trelleborg war trotz allem so klein, dass man einen Überblick über alle hatte, bei denen es sich lohnte.

»Komm«, sagte Amanda und schleifte Millan mit zum Tornado.

Am Wagen, wo Krapfen verkauft wurden, stand Kevin mit der Clique der Jungen, die im Sommer die Neunte abgeschlossen hatten. Amanda wandte sich ab und versuchte, unauffällig vorbeizuhuschen, doch es war zu spät.

»Na, wann poppen wir beiden mal, Amanda?«, rief Kevin.

Sie drehte sich um und streckte den Mittelfinger hoch. »Wenn dein Schwanz länger ist als mein Finger.«

Millan lachte hysterisch und die Jungs klopften Kevin auf den Rücken. Amanda machte gute Miene zum bösen Spiel, aber innerlich zerbrach sie.

Das Palmenfestival war das letzte Aufbäumen des Sommers. Die Schule hatte schon angefangen, aber es waren noch immer fünfundzwanzig Grad. Amanda und Millan hatten beschlossen, aus dem Wochenende etwas ganz Legendäres zu machen.

Sie kamen in dem Moment am Tornado an, als die Letzten in der Schlange die Stahltreppe hinaufstürmten, um sich eine Gondel zu sichern.

»Wir wollen mitfahren«, sagte Amanda zum bärtigen Schausteller, der direkt vor ihrer Nase die Absperrkette befestigte.

»Zu spät.« Der Mann würdigte sie keines Blickes.

»Please.« Amanda beugte sich so weit vor, dass dem Barttypen ihr Ausschnitt unmöglich entgehen konnte. Sie zeigte auf die rosa schimmernde Gondel, wo der Typ mit der Stoffhose neben seinem Kumpel saß. »Da sind doch noch zwei Plätze frei.«

Ohne zu zögern, packte sie das kalte Metall und machte die Kette wieder los. Als der Karussellmitarbeiter sich wehrte, klimperte sie mit den Augenwimpern und ließ ihre Fingerspitzen über seine verschwitzte T-Shirt-Brust gleiten. »Please, please, please.«

Fünf Sekunden später klemmte sie sich neben den gut aussehenden Typen in die rosa Gondel.

Jari und Maria waren ebenfalls auf dem Festival, auch wenn Jari – wie die meisten seiner Generation – es noch immer den Mikaelimarkt nannte. Sie hatten an einem Stand in der Fußgängerzone Brathering gegessen und sich eine Weile zwischen den fliegenden Händlern herumgetrieben, die Pullover mit Wolfsmotiv, Lakritzschnüre und Elchwurst verkauften. Jetzt saßen sie in dem vollgestopften Bierzelt mit je einem übervollen

Plastikbecher in der Hand, während die örtliche Coverband auf tiefer gestimmten Gitarren eine schwedische Version von *Sarà perché ti amo* spielte.

»Sag es mir noch mal: Warum gehen wir eigentlich hierher?«, brüllte Jari über den Tisch hinweg. Er meinte sich zu erinnern, dass er ihr schon letztes Jahr dieselbe Frage gestellt hatte.

Maria sah ihn nicht an. Systematisch, einen nach dem anderen, scannte sie die Tische ab, nickte, lächelte und winkte.

»Weil es Spaß macht, sich Leute anzuschauen«, sagte sie.

Jari verstand nicht, warum das Spaß machen sollte. Ein Pils zu kippen und Hering zu essen mochte ja okay sein, aber dazusitzen und Leute anzuglotzen? Sicher war es für Maria anders, weil sie nicht hier aufgewachsen war. Sie brauchte sich nie Sorgen zu machen, plötzlich einem Gespenst von früher in die Augen starren zu müssen.

Es war ein Nachteil, wenn man in einer Kleinstadt aufwuchs und sein Leben lang dort wohnen blieb, denn schließlich taten andere Menschen dasselbe. Und in einer Stadt wie Trelleborg mit ihren etwa dreißigtausend Einwohnern bestand ein hohes Risiko, dass man Menschen mehr als einmal begegnete. Irgendjemand, den man in der Grundschule geärgert, dem man eins aufs Maul gegeben oder mit dem man später mal im Bett gelandet war.

Jari kippte das restliche Bier hinunter und wischte sich den Schaum vom Mund, während der Schlagzeuger die Drumsticks erhob und mit dem Intro von *Nichts hält uns jetzt auf* loslegte. Die Tanzfläche füllte sich, die Zapfhähne liefen heiß, und das Atmen im stickigen Zelt fiel immer schwerer.

»Wollen wir eine Runde auf dem Jahrmarkt drehen, bevor wir nach Hause radeln?«, schlug Jari vor.

Maria warf ihm den üblichen Blick zu.

»Was ist?« Er zuckte beleidigt mit den Schultern. »Ich habe nicht gemeint, dass wir spionieren sollen.«

»Ach?«, gab Maria skeptisch zurück. »Du willst dir also nur die Fahrgeschäfte ansehen?«

»So was in der Art, ja.«

Es war albern von Maria, ihm immer wieder vorzuhalten, dass er Amanda nicht vertraute. Denn sie steckte mitten in der Pubertät, war eher wild als zahm und verfügte über ein ähnliches Verständnis für die Konsequenzen ihres Handelns wie ein Jack Russell auf Speed.

Mit Isabella war alles so einfach gewesen. Sie war verantwortungsbewusst und vernünftig. Sie hatte ihren Fußball und Sixten und lebte mehr oder weniger ein Rentnerleben, während andere Gleichaltrige die Grenzen austesteten, Drogen ausprobierten und ein ausschweifendes Sexualleben führten. Ihretwegen hatte sich Jari nie Sorgen gemacht. Mit Amanda war es etwas ganz anderes.

Jari erhob sich etwas steif von der unbequemen Bank, Maria hängte sich die Tasche über die Schulter, und dann navigierten sie im Slalom durchs Zelt zwischen schweißnassen Körpern, aufgeknöpften Hemden und Händen, die schäumendes Bier balancierten. Draußen im Park senkten sich die Schatten der Dämmerung zwischen den Bäumen herab. Der Jahrmarkt blinkte und jaulte.

Jari legte den Arm um Maria. Sie blieben stehen und blickten über den Platz, wo die Gondeln des Riesenrades knarzten, langsamer wurden und ein paar Male hin und her schaukelten, ehe sie reglos in der Luft hingen.

Ganz oben im Riesenrad beugte sich Amanda über den Rand und pfiff auf zwei Fingern. Unten drehten sich ein paar Nerds aus der Parallelklasse um.

»Dürft ihr so spätabends überhaupt noch draußen sein?«, rief sie. »*Sesamstraße* ist gleich vorbei!«

»Setz dich mal hin«, sagte Millan, die ganz weiß im Gesicht war. Sie litt unter Höhenangst, hatte sich aber nicht getraut zu protestieren, nachdem die beiden Jungs vom Tornado mitgekommen waren.

»Es müsste eigentlich Chicagorad heißen«, sagte der Typ mit der Anzughose, der sich als Niko vorgestellt hatte.

»Ich dachte, es kommt aus Paris?«, meinte Amanda.

»Nope. Chicago.« Niko schien zu wissen, wovon er sprach. »Der Typ, der das Riesenrad erfunden hat, hieß Ferris. Deshalb heißt es auf Englisch auch *Ferris wheel.*«

»Das heißt, die Schweden haben es falsch verstanden und nennen es deshalb Pariser Rad?« Amanda lachte. »Wie cringe ist das denn?«

Sie rutschte so nah an ihn heran, dass ihre Knie sich berührten. Die Gondel ruckelte, dann setzte sich das Riesenrad wieder in Bewegung. Es zog im Bauch und zwischen den Beinen. Langsam sanken sie in Richtung Erde.

»Warum hab ich euch noch nie irgendwo gesehen?« Amanda starrte Niko an, der heftig auf seinem Kaugummi herumkaute.

»Du hast vermutlich an den falschen Orten geschaut.«

Er klang total arrogant. Dann sah er ihr direkt in die Augen, bis die überhebliche Selbstsicherheit in sich zusammenfiel und ein Lachen heraussprudelte.

Wieder so ein Amandatyp. Exakt die Sorte, auf die sie nie wieder reinfallen wollte. Das hatte sie sich geschworen.

»Shit, Amanda!« Millan stellte sich hin und zeigte mit dem Finger. »Deine Eltern!«

»Soll das ein Witz sein?« Doch da unten umrundeten tatsächlich ihre Eltern gerade den großen Seeschlangenbrunnen Hand in Hand. »Typisch Papa.«

Ihre Mama war immer ziemlich gechillt gewesen. Während ihren Klassenkameraden jede Menge Regeln aufgezwungen worden waren, hatte Amanda gespürt, dass Mama ihr voll vertraute. Doch Jari war immer schon ein Gluckenpapa gewesen.

»Die waren vermutlich einfach nur im Bierzelt«, sagte Niko.

Amanda funkelte ihn genervt an. »Du kennst meinen Papa nicht.« Sie sackte ein Stück zusammen, damit sie sie nicht entdeckten. »Das würde er bei Isabella nie machen.«

»Ihre Schwester«, erklärte Millan den Jungen. »Sie hat in allen Fächern eine Eins.«

»Außer in Mathe«, korrigierte Amanda sie.

Am Autoscooter blieben ihre Eltern stehen. Papa sah sich bei den blinkenden Maschinen um, wo man Basketbälle in einen Korb werfen oder mit der geballten Faust auf einen Boxball einschlagen konnte. Sein besorgter Gesichtsausdruck war nicht zu übersehen. Warum konnte er sich nicht einfach entspannen?

Als sie aus der Gondel stiegen, waren die Eltern verschwunden. Amanda spürte Nikos Atem im Nacken und eine diskrete Berührung am unteren Ende des Rückens. Das Kribbeln auf der Haut kam ihr nur zu bekannt vor. Die Musik verwandelte sich in ihren Ohren in ein entferntes Summen, der schwere Bass vermischte sich mit ihrem Herzschlag.

Sie pressten sich hinter einen Wagen mit einem tickenden Schokoglücksrad, stiegen über dicke Elektrokabel und standen sich schließlich in dem engen Spalt direkt gegenüber. Nikos

Blick war zielsicher, seine Hände tasteten suchend unter ihren Pullover.

Amanda hatte sich geschworen, dass so etwas nicht passieren sollte.

Als er seine Lippen auf ihren Mund drückte, wusste sie, dass solche Versprechen dazu da waren, um gebrochen zu werden.

Jari parkte das Auto vor der Söderslättshalle und atmete den Duft von Gras ein. Auf diesen Fußballplätzen hatte er in seinem gestreiften Trikot seine ersten Cruyff-Finten probiert. Damals gab es in der Stadt zwei große Vereine: IFK und TFF. Auf dem Schulhof entschied man sich für eine Seite: Mods oder Hardrocker, IFK-Anhänger oder TFF-Fan. Trotz der vielen Jahre, die seitdem vergangen waren, bestand Jaris Bekanntenkreis hauptsächlich aus alten IFK-Anhängern. Und Hardrockern.

Inzwischen dribbelten neue Generationen auf den Rasenplätzen, eifrig angefeuert von Trainern und Eltern. Ein Ball auf Abwegen prallte auf den Asphalt und rollte Maria vor die Füße, die ihn mit einem einfachen Innenseitstoß zurückkickte. Als sie sich kennenlernten, war sie eine vielversprechende Innenverteidigerin im Verein Husie IF gewesen – einer der besten Frauenmannschaften Malmös. Viele hatten geglaubt, dass sie in der Damallsvenskan weiterspielen würde, der höchsten Klasse im schwedischen Frauenfußball, aber wie so viele andere Fußballspielerinnen hatte sie kurz vor ihrem zwanzigsten Geburtstag abrupt aufgehört.

Auf der Zuschauertribüne der A-Halle war es eng. Hier herrschte eine abgestandene Wärme und die pikante Mischung aus süßlichem Parfüm und salzigem Schweiß erschwerte das Atmen. Jari und Maria setzten sich ganz nach oben auf die Tribüne.

Die letzten zehn Jahre hatten sie am Wochenende unzählige Stunden in stickigen Sporthallen oder unter dem Regenschirm an der Seitenlinie eines Fußballplatzes verbracht. Obwohl Jari sich kein bisschen für Turnen interessierte, war es für ihn eine Selbstverständlichkeit, für Amanda da zu sein, genauso wie er Isabella beim Fußball unterstützte.

»Ich musste Amanda heute mehr oder weniger hierher zwingen«, meinte Maria. »Wenn Millan nicht so von ihr abhängig wäre, hätte ich ihr erlaubt, heute zu fehlen.«

Natürlich hatte Jari gemerkt, dass heute früh irgendwas nicht stimmte, aber er war zu müde gewesen und hatte sich nicht eingemischt. Amanda hatte einen Hang zum Drama, mit dem Jari nichts anfangen konnte.

»Was war diesmal das Problem?«

Maria wand sich. »Schwer zu sagen. Die Pubertät ist für Mädchen schwierig. Da gibt es immer irgendeinen Körperteil, der einem nicht gefällt, irgendein Ideal, dem man nicht entspricht.« Sie machte eine Geste zu dem Hallenboden unter ihnen. »In diesen Anzügen lässt sich ja auch kaum etwas verbergen.«

Auf der anderen Seite der Halle hatte Amanda das Bein gehoben und dehnte sich. Das braune Haar war zu einem strengen Dutt zusammengefasst und ihr bunter Turnanzug klebte hauteng am Körper.

Ehrlich gesagt begriff Jari nicht ganz, was Amanda sich für Sorgen machte. Solange er zurückdenken konnte, war sie immer mit Komplimenten für ihr Aussehen überhäuft worden.

»Außerdem geht es um die Punktebewertung«, sagte Maria. »Das mag sie nicht.«

»Das kann ich verstehen«, sagte Jari. »Das ist ja auch die reinste Lotterie.«

Er war ohnehin ein Gegner von Bewertungssportarten und liebte nicht nur Fußball, sondern war auch ein großer Fan von Handball, Hockey und Skifahren. Ehe Amanda mit Aerobicturnen angefangen hatte, war er glücklich unwissend gewesen, dass diese Sportart überhaupt existierte. Es war eine Art Mischung aus Tanz und Gymnastik, wobei die Choreografie ebenso wichtig war wie die Koordination. Im Grunde genommen fiel es Jari schwer, einen gelungenen Beitrag von einer verpatzten Nummer zu unterscheiden.

»Jetzt sind sie dran.« Maria drückte beide Daumen.

Amanda und Millan standen reglos da. Ihre junge Trainerin flüsterte ihnen noch ein paar letzte ermutigende Worte zu. Als die Musik begann, drückte Maria Jaris Arm, die ganze Zuschauertribüne hielt den Atem an, und Amanda glitt perfekt synchron mit Millan und voller Geschmeidigkeit und Anmut über den Boden. Bald erklang prasselnder Beifall und die Mädchen strahlten mit ihrem aufgeklebten Lippenstiftlächeln.

Die Punkte reichten für einen zweiten Platz und Amanda bekam eine Silbermedaille um den Hals gehängt. Gleich nach der Siegerehrung eilten Jari und Maria nach unten.

Etwa zehn Meter von Amanda entfernt blieb Jari so abrupt stehen, dass Maria gegen seinen Rücken prallte.

»Wer ist das?«

Ein schwarzer Haarschopf war alles, was er von dem fremden Jungen sah, der ihre Tochter in einer festen Umarmung gefangen hatte.

»Keine Ahnung«, sagte Maria. »Aber die beiden scheinen sich gut zu kennen.«

Jari setzte sich wieder in Bewegung und stand in dem Moment

vor den beiden, als der Junge Amanda gerade losließ und ihr einen Kuss auf die Lippen drückte.

»Ups«, machte Maria.

Jari spürte, wie sich seine Brust zusammenzog.

»Sag jetzt nichts Falsches«, flüsterte seine Frau.

Vor etwa einem Jahr hatte sich herausgestellt, dass Amanda es bewusst vermied, Jungen mit nach Hause zu nehmen. Nicht nur, weil Jari einfach nur nervig war und peinliche Papawitze brachte. Es war weitaus schlimmer. Amanda hatte geweint und behauptet, dass Jari sie blamieren und alle ihre Chancen bei potenziellen Beziehungskandidaten zerstören würde.

Bislang hatte sie keinen festen Freund gehabt. Zumindest keinen, von dem Jari wusste. Jede Menge guter Freunde so nebenbei, aber nichts Ernsthaftes. Ganz anders als bei Isabella, die gerade mal in die Fünfte ging, als sie mit Sixten zusammenkam.

»Herzlichen Glückwunsch«, sagte Maria und nahm Amanda kurz in den Arm.

Jari tat es ihr gleich. Dann wanderten alle Blicke zum dunkelhaarigen Fremden mit der pickligen Stirn und Flaum am Kinn.

»Hallo!« Er streckte die Hand aus. »Niko.«

Jari drückte ordentlich zu. »Ich bin Amandas Papa.«

Der Junge war gut angezogen und trug einen weißen Rollkragenpullover und ein Jackett. Er lächelte anbiedernd.

»Wie cool sie das gemacht hat«, sagte er und berührte vorsichtig Amandas Arm. »Ihr müsst so stolz auf sie sein.«

Jari starrte seine breite Nase und die braunen Augen an. In diesem Moment wurde ihm klar, wer Niko war.

»Sehr stolz sogar«, sagte Maria.

Erneut berührte Niko Amanda, und Jari biss sich auf die Unterlippe, damit ihm nichts rausrutschte.

»Wir wollten noch was essen«, sagte Amanda.

»Kommt doch stattdessen mit nach Hause.« Maria wandte sich an Jari. »Papa wollte Pulled Pork machen.«

»Im Fernsehen läuft *El Clásico*«, sagte Jari. Ihm war es viel lieber, wenn die Jugendlichen mit nach Hause kamen, als dass sie allein in irgendeinem Burgerrestaurant herumhingen.

Amanda und Niko warfen sich verstohlene Blicke zu. Sie kommunizierten schweigend und waren sich schon bald einig.

»Wir essen lieber woanders«, sagte Amanda.

Es war nicht zu übersehen, dass die beiden bereits eine gemeinsame Sprache entwickelt hatten. Wie lange ging das eigentlich schon?

»Bis später«, sagte Maria und versetzte Jari einen leichten Knuff in den Rücken.

Sie hatten kaum die Halle verlassen, als er sie mit einer ganzen Batterie von Fragen attackierte: »Wann ist das passiert? Wusstest du davon? Sind sie ein Paar?«

Maria seufzte. »Ich weiß nicht mehr als du.«

Dabei mied sie den direkten Augenkontakt, und Jari schwankte innerlich, ob sie wirklich ganz ehrlich war. Die Mädchen hatten schon immer eine vertrautere Beziehung zu ihrer Mutter gehabt, nicht zuletzt, wenn es um solche Angelegenheiten ging. Jari erfuhr nie irgendwas.

»Aber du weißt doch, wer Niko ist?«, sagte Maria, als sie sich dem Parkplatz näherten. »Er geht in dieselbe Klasse wie Teo.«

»Na klar, ich habe ihn erkannt.« Jari wusste sehr wohl, dass Sixtens jüngerer Bruder mit Niko befreundet war. Er hatte sogar mit Patrik, dem Vater von Sixten und Teo, darüber gesprochen.

Als sie zum Auto kamen, knöpfte Jari die Jacke zu. Der Wind war frisch und die Luft kalt, ein langer Herbst stand in den Startlöchern. In diesen Breitengraden gab es keinen Winter mehr. Stattdessen sechs Monate windiges und nasses Wetter und ein halbes Jahr Finsternis.

»Ich weiß, wer Nikos Vater ist«, sagte Jari und setzte sich schaudernd auf den Fahrersitz. Nicht nur der Wind war kühl. In seinem Kopf sah er Sasho Palevski vor sich. Die schmalen, hasserfüllten Augen.

»Was ist denn mit ihm?«, fragte Maria, die natürlich gemerkt hatte, dass irgendetwas nicht stimmte.

»Na ja, Sasho ist …« Was sollte er sagen? Wie viel konnte er ihr erzählen, ohne das Bild von sich selbst zu zerstören? »… niemand Besonderes.« Es gab keinen Grund, Maria zu beunruhigen. »Einfach nur ein Trelleborger.«

NACH DEM MORD

Es hatte den Anschein, als wisse der Morgen Bescheid. Die nächtliche Dunkelheit dauerte noch an und die Sonne glänzte durch Abwesenheit.

Vor der Polizeiwache half man Jari aus dem Streifenwagen und er schwankte auf tauben Beinen zum Eingang. Er wollte schreien und weinen, treten und um sich schlagen, aber jede Zelle seines Körpers protestierte. Er schaffte es gerade durch die Tür zu einem kleinen, fensterlosen Zimmer, wo er auf einem Stuhl zusammensank.

»Wollen Sie etwas zu trinken haben?«

Die in Zivil gekleidete Polizistin legte ihre Hand auf seinen Arm. Einige Stunden zuvor hatte sie zusammen mit ein paar uniformierten Kollegen an Jaris Haustür geklopft und seiner Familie die Nachricht überbracht, die sein ganzes Leben zerstört hatte.

»Ein bisschen Wasser, bitte.« Jari rutschte auf dem Stuhl herum. Es kribbelte unangenehm im Körper, und er konnte nicht still sitzen, schaffte es aber auch nicht, sich zu erheben. Er sah sich im Zimmer um, schluckte heftig und mobilisierte das, was von seiner Stimme noch geblieben war. »Ich hätte es verhindern können.«

Die Polizistin senkte den Blick. »Versuchen Sie, sich keine Vorwürfe zu machen.«

Wenn Jari die nötige Kraft gehabt hätte, dann wäre er aufgestanden und hätte geschrien. Wie sollte er sich keine Vorwürfe machen, wenn es so vieles gab, was er anders hätte machen können? Er hatte lauter andere Dinge im Kopf gehabt: Geld verdienen, sich die eigenen Träume erfüllen und sich selbst verwirklichen.

»Sie hat uns angelogen.« Er hatte es gespürt, aber Maria hatte davon nichts hören wollen. Wenn er sich Sorgen um die Mädchen gemacht hatte, war Maria immer die Coolness in Person gewesen. Als die Kinder klein waren und an einem Hühnerknochen hätten ersticken oder auf der Straße hinfallen und sich die Zähne ausschlagen können, hatte Maria gesagt, dass das Leben als Eltern unerträglich werde, wenn man die ganze Zeit herumliefe und Panik schiebe.

»Sie können bald alles erzählen«, versprach die Polizistin.

Sie und ihre Kollegen hatten einen Pfarrer nach Stavstensudde mitgebracht. Es war derselbe Typ mit dem Hamstergesicht, der Jari vor dreißig Jahren konfirmiert hatte. Während die Polizisten ihnen mitteilten, dass Amanda tot war, saß der Pfarrer Jari gegenüber und hielt seine Hände. Maria hatte laut aufgeschrien und Isabella war auf dem Fußboden zusammengebrochen.

Jari bekam eine kurze Vorahnung von einer Zukunft ohne Amanda. Ein trauerumflortes Dasein, ein Waten in ständiger Finsternis. Ein routinierter Alltag mit robotergleichen Bewegungen und oberflächlichen Gedanken, frei von jeglichen Emotionen. Menschen hatten die erstaunliche Fähigkeit, über das meiste hinwegzukommen und sich den neuen Bedingungen anzupassen, aber Jari war nicht klar, wie er jemals wieder ein einigermaßen normales Leben führen sollte.

»So.« Die Polizistin stellte ein Glas Wasser vor ihn auf den Tisch.

Die Tür öffnete sich und ein kleiner untersetzter Mann in den Sechzigern begrüßte ihn leise. In seinen leuchtend blauen Augen lag Mitgefühl, aber auch die Einsicht, dass er sich unmöglich in Jaris Lage versetzen konnte. So würden die Leute ihn also künftig betrachten. Er würde nie wieder einfach Jari Kekkonen sein, Marias Mann oder Isabellas Vater. Von jetzt an würde er für immer der Vater des verstorbenen Mädchens sein.

»Ich heiße Bo Brodin und bin Kriminalkommissar«, sagte der Polizeibeamte. »Ich müsste eine kurze Vernehmung mit Ihnen durchführen.« Er zog einen Stuhl hervor und nahm mit gewisser Mühe gegenüber von Jari Platz. »Schaffen Sie es, ein paar Fragen zu beantworten?« Sein Gesicht sah aus wie Granit, aber seine Stimme war mild und einfühlsam. »Es ist wichtig für uns, bei gewissen Dingen bald Klarheit zu bekommen.«

Jari sammelte Kraft. Es gab so vieles, was er dem Polizisten erzählen musste.

»Können Sie zunächst vom gestrigen Tag berichten?«, fragte Bo Brodin und schaltete das Aufnahmegerät ein.

Jari tat sein Bestes, um die Gedanken zu sortieren. Was für ein Wochentag war gestern gewesen? Er hatte die Orientierung in Zeit und Raum verloren. »Gestern?« Er sah Brodin an und blinzelte. »Das war ein Freitag, oder?«

»Genau.« Der Kriminalkommissar sah ein wenig erstaunt aus. »Freitag.«

»Es war ein ganz normaler Tag. Ich war im Büro.« Nach dem Sommerurlaub war Jari rasch wieder in seinem alten Trott gelandet. Ein Tag glich dem anderen: Arbeit, viel Arbeit, Training,

Haushalt, ein bisschen Entspannung auf dem Sofa. Mehr bekam er zeitlich nicht hin.

»War Amanda in der Schule?«, fragte Brodin.

»Ja sicher. Normalerweise nimmt sie morgens den Bus zusammen mit ihrer großen Schwester. Isabella hat einen Führerschein, aber kein Auto.«

»Aha. Die beiden gehen auf das Söderslättsgymnasium hier in der Stadt, oder?«

»Ganz genau.« Kommissar Brodin sprach von Jaris beiden Töchtern im Präsens. Das war von den Fakten her falsch, aber fühlte sich trotzdem richtig an. »Isabella besucht den naturwissenschaftlichen Zweig und Amanda den sozialen.«

Brodin nickte. »Um wie viel Uhr sind Sie gestern von der Arbeit nach Hause gekommen?«

»Gegen halb fünf.« Jari streckte die Hand nach dem Wasserglas aus, überlegte es sich dann aber anders, denn er war sich nicht sicher, ob er es fertigbringen würde, es anzuheben. »Ich habe Amanda nur kurz gesehen, bevor sie das Haus verlassen hat.«

»Wann genau?«

War das wirklich so wichtig? Jari versuchte nachzudenken. Wer merkte sich schon Uhrzeiten, Stunden und Minuten? Die Zeit glich einem riesigen offenen Gewässer und man brauchte Felseninseln, Schären und Sandbänke zur Orientierung. Im Nachhinein wünschte er sich, er hätte einen Blick auf die Wanduhr oder das Handy geworfen und sich die Zahlen gemerkt, aber zu dem Zeitpunkt war es ja nur einer von vielen ganz normalen Tagen gewesen, die einfach so vorbeizogen.

»Ich weiß nicht so genau. Um acht?« Jari machte mit einem übertriebenen Achselzucken deutlich, dass er nur eine Vermutung anstellte.

Er hatte Amanda umarmt, bevor sie gegangen war, und jetzt hielt er sich mit den Fingern die Nase zu, als wollte er ihren Duft für immer einfangen.

»Wo wollte sie hin? Was hat sie zu Ihnen gesagt?«, wollte Brodin wissen.

Jari hatte sich auf diese Frage vorbereitet. »Sie wollte bei einer Freundin übernachten.« Plötzlich streikte das Gehirn. »Ich habe Nein gesagt, aber meine Frau ...« Er hörte, wie schlimm das klang. Er wollte die Schuld ja nicht auf Maria abwälzen. »Wir haben uns geeinigt, dass das in Ordnung geht.«

Kommissar Brodin durchschaute ihn vermutlich, sagte aber nichts dazu. »Wann haben Sie das entschieden?«

»Am Donnerstag.«

Brodin nickte. »Standen Sie oder Ihre Frau wegen der Übernachtungspläne vorher in Kontakt zu Millan Söderbloms Eltern?«

»Na ja.« Es war so verdammt blöd. Jari konnte nicht auf den eigentlichen Grund eingehen, warum er nicht mit Millans Mutter gesprochen hatte. »Amanda und Millan kennen sich seit ihrer Kindheit. Millan hat bis zur Trennung ihrer Eltern auch auf Stavstensudde gewohnt. Sie ist ein halbes Familienmitglied.«

»Verstehe«, sagte der Kommissar.

Womöglich tat er das wirklich. Zugleich vermittelte seine Miene, dass er selbst wohl nicht so gutgläubig gewesen wäre.

»Sie haben im Lauf der Jahre unzählige Male beieinander übernachtet«, erklärte Jari. »Es gab nie irgendwelche Probleme.«

Trotzdem war er skeptisch gewesen. Er hatte es gespürt. Warum nur hatte er nicht auf sein Bauchgefühl gehört?

»Wenn ich die Sache richtig verstanden habe«, fuhr Kommissar Brodin fort und kratzte sich am Nacken, »haben Sie gestern Nacht trotzdem bei Millans Vater angerufen?«

»Nein.« Jari hatte nicht angerufen. »Ich habe eine Nachricht geschrieben. Erst an die Mutter, dann an den Vater.«

Kommissar Brodin schien nicht der Meinung zu sein, dass das eine größere Rolle spielte.

»Und warum?«

»Weil ich angefangen habe, mir Sorgen zu machen. Ich hatte im Lauf des Abends mehrmals versucht, Amanda zu kontaktieren, ohne dass sie reagiert hat. Dann lag ich im Bett und habe versucht einzuschlafen … Mir ging so vieles im Kopf herum.«

Jari schämte sich. Als Mann hatte er oft das Gefühl gehabt, stark sein zu müssen und sich nicht so viele Gedanken machen zu dürfen.

»Meine Frau ist immer schon die Ruhige und Besonnene von uns beiden gewesen«, gab er zu. »Sie findet, dass ich es übertreibe mit meinen Befürchtungen.«

Als die Mädchen jünger waren, hatte Jari eine Neigung gehabt, sich große Sorgen zu machen und schnell aufzuregen. Ein Gerücht über rätselhafte weiße Transporter in der Facebook-Gruppe ihrer Nachbarschaft hatte ihn eine Weile geradezu hysterisch gemacht. Einmal hatte er sogar den Waffenschrank aufgeschlossen, als ein besoffener Nachbar sich verirrt und mitten in der Nacht an die Verandatür geklopft hatte.

»Verstehe«, erwiderte Brodin erneut. »Was haben Millans Eltern gesagt?«

Jari spielte an seinem Handy herum, das in seiner Tasche steckte. Millans Vater hatte ihn sofort zurückgerufen, obwohl es schon beinahe Mitternacht gewesen war. »Millan ist den ganzen Abend zu Hause gewesen. Sie hatte keine Ahnung, wo Amanda steckte.«

»Und was haben Sie dann gemacht?«

Jari griff nach dem Wasserglas und leerte es in einem Zug. Er hatte das getan, was jeder beunruhigte Vater tun würde. »Ich bin ins Auto gestiegen und habe mich auf die Suche begeben.«

Es war erschreckend, wie alles sich von einer Sekunde zur anderen verändern konnte. Jeder Mensch wusste, dass es so war. Ein einziger Herzschlag trennte den Alltag von der Katastrophe und das Leben vom Tod, aber vor gewissen Wahrheiten musste man die Augen verschließen, um weiterleben zu können.

»Wie ging es Amanda?« Brodin sah Jari tief in die Augen. »Hatte sie irgendwelche psychischen Probleme?«

»Nein, nein! Nichts davon!«

Jari wusste natürlich, wie oft das unter jungen Mädchen vorkam, aber Amanda hatte keine psychischen Probleme. Sie war eine ganz normale Sechzehnjährige: manche Tage waren großartig, andere beschissen.

»Sie war wohl ein bisschen naiv, was Jungen betrifft.« Jari wünschte, dass Amanda ihrer älteren Schwester in dieser Hinsicht ähnlicher gewesen wäre. »Für Eltern ist es nicht ganz einfach zu entscheiden, wie man sich verhalten soll. Vermutlich müssen Jugendliche eine Reihe von Fehlern begehen, damit sie aus ihnen lernen.«

Letzteres war ein direktes Zitat von Maria. In der Theorie stimmte Jari ihr zu, aber in der Praxis konnte er sich kaum mit dieser Einstellung arrangieren.

»Beziehen Sie sich auf einen bestimmten Jungen?«, fragte Brodin.

»Niko Palevski.« Er war der Erste, an den Jari heute Morgen gedacht hatte. »Amanda war bis irgendwann im Frühling mit ihm zusammen.«

»Erzählen Sie«, sagte der Kommissar. »Wie sah ihre Beziehung aus?«

Jari betrachtete das leere Glas vor sich. Und wünschte, er wüsste mehr. »Niko war anscheinend sehr eifersüchtig. Ich habe das Gefühl, dass sie nicht gerade im Guten auseinandergegangen sind.« Er atmete tief ein. »Sie müssen ihn so bald wie möglich vernehmen.«

Wenn Maria seine Sorge nur ernst genommen hätte. Jetzt war es zu spät. Jari würde Amanda nie wieder in den Arm nehmen können. Nie wieder ihr ansteckendes Lachen hören. Nie wieder ihre Zimmertür einen Spaltbreit öffnen und flüstern, dass er sie lieb hatte, während sie mit ausgebreitetem Haar auf dem Kissen lag.

Isabella war ein Wrack und an Maria kam er kaum noch heran. Jari fühlte sich unbeschreiblich einsam.

»Ich muss Ihnen etwas sagen.« Bo Brodin wechselte seine Sitzposition und streckte den Rücken. »Wir haben im Lauf des Morgens Taucher unter den Steg des Dalabads geschickt.« Seine Stimme war anders, irgendwie schärfer und offizieller. »Sie haben eine Waffe vom Meeresboden hochgeholt. Ein Gewehr.« Er schluckte und Jari tat es ihm nach. »Eine H&R Handi-Rifle im Kaliber .223.«

Jaris Körper verkrampfte sich, ein Schmerz durchzuckte sein Inneres, wo sich ein dunkler Schatten ausbreitete.

»Es ist Ihr Gewehr«, sagte Kommissar Brodin.

EIN JAHR VOR DEM MORD

Als das Laub von den Bäumen fiel, und der Sommer zu Ende ging, änderte Amanda in ihren sozialen Netzwerken den Beziehungsstatus. Es verging kaum eine Minute, in der Niko nicht in ihrem Kopf aufblitzte. In den vergangenen Wochen hatten sie sich nonstop rund um die Uhr geschrieben und Fotos geschickt. Doch sie hatte noch immer nicht seine Eltern kennengelernt.

»Schämt er sich für mich, oder was?«, sagte sie zu Isabella, die mit angezogenen Knien und dem Telefon in der Hand in der Sofaecke saß.

»Hör auf«, antwortete ihre Schwester mit einer Grimasse.

»Dann schau dir das mal an.« Amanda schob den Hosenbund herunter und zeigte ihrer Schwester die Dellen an ihrem Oberschenkel. »Cellulite. Wie widerlich ist das denn? So was kriegen doch nur alte Frauen.«

Isabella warf ihr Handy beiseite und inspizierte Amandas Oberschenkel. »Das da ist keine Cellulite. Das ist eher eine Art … Ausschlag.«

Amanda streckte angeekelt die Zunge heraus. Sollte sie davon bessere Laune kriegen, dass sie irgendeinen rätselhaften Ausschlag hatte?

»Hast du mal darüber nachgedacht, ob es vielleicht umgekehrt ist?«, sagte Isabella.

»Was meinst du?«

»Dass er sich für seine Eltern schämt.«

»Echt jetzt?«

Konnte das sein? Nikos Eltern arbeiteten beide bei Ica Maxi. Amanda kannte keine anderen Erwachsenen, die in einem Supermarkt arbeiteten, nur junge Leute, die studierten oder für eine Weltreise sparten. Sein Vater war auch kein gebürtiger Schwede, aber heutzutage hatte ja jeder Zweite ausländische Wurzeln.

»Ich muss mich wohl selbst einladen«, sagte sie und schickte Niko ein Selfie mit dem Kommentar: *Komm gleich zu dir nach Hause.*

»Wolltest du nicht lernen?«, fragte Isabella.

Das war mal wieder das Einzige, woran sie dachte. Lernen und Fußball und Sixten.

»Ich bin fertig.«

Es war ihr sowieso egal. Ihr Mentor hatte diese Woche mit ihr einen Termin vereinbart, weil er sich Sorgen wegen ihrer Noten machte. Sie selbst tat das nicht. Ihre Schulnoten fielen immer mittelmäßig aus. Solange sie für den sozialen Zweig am Gymnasium reichten, war es ihr egal.

»Vielleicht kannst du Isabella um ein bisschen Unterstützung bitten?«, hatte ihr Mentor vorgeschlagen.

Sie hätte ihn am liebsten gebeten, zur Hölle zu fahren. Stattdessen hatte sie gelächelt und genickt. Seit beinahe zehn Jahren, seit dem Kindergarten und dann die gesamte Schulzeit hindurch bis jetzt hatte Amanda sich anhören müssen, dass sie ein bisschen mehr wie ihre große Schwester sein solle. Fuck off. In einer einzigen Disziplin war sie Isabella haushoch überlegen, und das musste reichen.

Schon zu Beginn ihrer Grundschulzeit hatte Amanda begriffen, dass sie etwas besaß, was ihrer Schwester fehlte. Isabella war eine großartige Fußballerin, schneller im Denken und beim Laufen, sie war Klassenbeste und hatte eine gute Allgemeinbildung. Kurz gesagt übertraf sie Amanda in allen Disziplinen außer einer: Isabella gelang es nicht, die Aufmerksamkeit der Jungs zu wecken.

Und als einer der beliebtesten Jungen aus Isabellas Klasse Interesse an Amanda bekundet hatte, die damals noch in die Zweite ging, hatte sie sein Interesse natürlich erwidert. Seitdem gab es eine Arena, in der sie als kleine Schwester Oberwasser hatte, und das wussten sie beide. Bis Isabella wider Erwarten mit Sixten Ledin zusammenkam, dem allseits beliebten Superstar des Fußballvereins TFF.

Es fiel Amanda schwer, Niko nicht mit Sixten zu vergleichen. Isabellas Freund fuhr mit Papa zum Angeln. Er hatte einen eigenen Platz am Esstisch und bekam zu Weihnachten Unterhosen von Mama geschenkt, die ihn ihren Schwiegersohn nannte. Wie sollte Niko jemals auch nur annähernd eine solche Stellung in der Familie zuteilwerden?

»Ich bin dann mal weg«, sagte Amanda.

Ihre Eltern arbeiteten wie immer und Sixten würde jeden Augenblick kommen.

Isabella nahm die Füße vom Sofa. »Wo willst du hin?«

»Zu Niko nach Hause, hab ich doch gesagt.«

Ihre Schwester beäugte sie skeptisch. »Nicht in den Klamotten.«

Amanda hatte ihr neues weißes Offshoulderoberteil von Shein an, in dem die Brüste groß und ganz perfekt gerundet wirkten.

»Bitte ein bisschen mehr Klasse«, meinte Isabella und warf ihr eine Seidenbluse zu, die aussah, als würde man sie zur Konfirmation tragen.

Im Bus Richtung Zentrum stieg ihr Schweißgeruch in die Nase. Sie schnupperte an ihren Achselhöhlen, bis sie merkte, dass der Geruch von dem Mädchen stammte, das ihr gegenübersaß. Amanda betrachtete sich im Spiegel, überprüfte ihre Zähne, trug neuen Lidschatten auf. Schon jetzt bereute sie, dass sie sich darauf eingelassen hatte, Isabellas Bluse mit den transparenten, engen Ärmeln auszuleihen, in denen ihr Bizeps grotesk groß aussah.

Sie fuhr Richtung Osten durch Stadtteile, in denen sie nur selten war. Niko wohnte nicht weit entfernt von den Mietshäusern in Fagerängen – dem Stadtteil, der für Trelleborger Verhältnisse einem Ghetto am nächsten kam. Vielleicht hatte er sie deshalb nicht mit zu sich nach Hause nehmen wollen. Hier hingen die Leute draußen herum, in Jogginghose und Basecap, mit Kippe, Fußball und Bauchtasche, auf Gehwegen, Parkplätzen und den kleinen Grünanlagen zwischen den Häusern.

Niko, der an der Bushaltestelle wartete, hob sich mit seiner hochgekrempelten Leinenhose und den weißen Sneakers von den anderen jungen Männern ab.

»Gut siehst du aus«, sagte er.

Der Kommentar weckte in Amanda gemischte Gefühle: Komplimente waren nice, aber sie wünschte sich, dass er auch mal etwas Nettes zu ihr sagte, was nichts mit ihrem Aussehen zu tun hatte. Sie wollte hören, dass sie clever war, cool, witzig, interessant – was auch immer.

Schweigend gingen sie zum Haus seiner Familie.

»Ist nicht grad eine Luxusvilla«, sagte Niko, während er über den Kies schlurfte.

»Zum Glück. Man verläuft sich so schnell in diesen Riesenvillen.«

Es war ein ganz normales Haus, weder fancy noch heruntergekommen. Glaubte er ernsthaft, dass ihr so etwas wichtig war?

Nikos Mutter stand in der Küche. Sie war ungefähr so alt wie Amandas Mama, sah aber bedeutend jünger aus und hatte Grübchen in den Wangen und einen hellwachen Blick.

»Wie schön, dass du herkommst! Ich habe Niko schon öfter gesagt, dass er dich mal zu uns einladen muss.«

Nikos Vater kam dazu. Er war nicht viel größer als sein Sohn. »Ach, hallo.« Er grüßte mit einem kurzen Nicken, ohne größere Begeisterung.

»Nett, euch kennenzulernen«, sagte Amanda.

Ein Vaterschaftstest war nicht nötig. Es war ganz offensichtlich, dass Niko nicht nur die Statur, sondern auch die Gesichtszüge von seinem Papa geerbt hatte: die gerade Nase und die tief liegenden braunen Augen.

»Bist du mit dem Rad hergefahren?«, fragte er. »Niko hat erzählt, dass du in Stavstensudde wohnst.«

Die Leute sprachen den Namen des Stadtteils ganz unterschiedlich aus. Die einen voller Verachtung, die anderen mit einer gewissen Bewunderung in der Stimme. Nikos Vater gehörte definitiv nicht zu den Letzteren.

»Ich hab den Bus genommen«, sagte Amanda.

Nikos Papa wirkte etwas entspannter. Das schien die richtige Antwort gewesen zu sein. Was hatte er denn gedacht? Dass sie in einer Limousine mit Privatchauffeur durch die Gegend fuhr?

Nikos Mutter warf ihrem Mann einen scharfen Blick zu, ehe sie sich lächelnd an Amanda wandte. »Ihr wohnt doch bei den Ledins nebenan, oder? Niko geht ja in Teos Klasse. Und wir kennen Patrik und Ida.«

Den letzten Satz sagte sie mit einem seltsamen Stolz in der Stimme, beinahe so, als wären die Eltern von Sixten und Teo königliche Hoheiten.

»Na ja, nebenan ist zu viel gesagt«, meinte Amanda. Ihr Haus und das der Ledins lagen bestimmt mehrere Hundert Meter voneinander entfernt. »Aber meine Schwester ist mit Sixten zusammen, Teos Bruder. Sie sind fast wie ein altes Ehepaar und hängen schon seit der Fünften zusammen rum.«

»Richtig!« Linda strahlte noch mehr und klopfte ihrem Mann auf die Schulter. Als würde die Verbindung zu den Ledins Amanda irgendwie legitimieren.

»Komm«, sagte Niko. »Wir gehen in den Keller.«

Er zog eine quietschende Tür auf und ging vor ihr die steilen Treppenstufen hinunter, als seine Mutter ihm hinterherrief:

»Hast du das Buch ausgelesen?«

»Bald«, antwortete Niko. »Es sind nur noch hundert Seiten.«

Hundert Seiten? *Nur noch?* Amanda würde dafür das restliche Schulhalbjahr brauchen.

»Was für ein Buch?«, fragte sie.

»Für Schwedisch. Wir lesen gerade Klassiker.«

Das klang nach Folter. »Gibt es das Buch nicht als Film?«

Amanda kannte außer Isabella niemanden, der tatsächlich einen ganzen Roman las, den einem der Schwedischlehrer aufgedrängt hatte. Niko war total schlau, auch wenn es vielleicht nicht gleich auf den ersten Blick zu sehen war. Er hatte mit vier

Jahren lesen gelernt, konnte den Zauberwürfel in unter einer Minute lösen und verwendete manchmal Wörter, von deren Existenz Amanda nicht einmal was geahnt hatte.

Im Keller befand sich ein Partyraum mit Couch und Fernseher und in der Ecke stand ein schwarzes Klavier. Sie blieben an der Türöffnung zu Nikos Schlafzimmer stehen, wo es stark nach Herrenparfüm roch. Nichts lag herum, alles war ordentlich auf Regalen und einem schwarzen Holzschreibtisch verstaut. Nirgends ein Staubkorn.

»Nice«, sagte Amanda.

Er musste sie für die schlimmste Schlamperliese halten. Als Niko zum ersten Mal bei ihr zu Hause zu Besuch gewesen war, hatte sie vorher alles, was herumlag, unters Bett geschoben und die Tagesdecke entsprechend zurechtgezupft.

»Kannst du nicht was spielen?« Sie deutete mit dem Kopf in Richtung Klavier.

»Soll ich?« Er runzelte die Stirn, die Wangen röteten sich. Zum ersten Mal sah er schüchtern aus.

»Los, komm schon«, sagte Amanda und lächelte.

Niko setzte sich auf den Klavierhocker, streckte die Arme aus und atmete mit konzentrierter Miene ein. Dann flogen die Finger nur so über die Tasten. Amanda erkannte die Melodie des Songs, konnte sie aber nicht zuordnen.

»Wow, du bist ja voll gut.«

Sie bekam Gänsehaut, als sie ihn küsste.

Die beiden gingen ins Schlafzimmer und Niko zog einen Schlüssel unter der Fußbodenleiste hervor. Er hustete laut, während er ihn im Schloss drehte.

»Darfst du nicht die Tür zu deinem eigenen Zimmer abschließen?«, fragte Amanda.

Er schüttelte den Kopf. »Man kommt nicht raus, wenn irgendwas passiert. Wenn es anfängt zu brennen, zum Beispiel.«

Amanda musterte das längliche Fenster über dem Bett. Man musste schon ziemlich dick sein, um nicht hindurchklettern zu können. Aber es war wohl am besten, diesen Punkt nicht weiter zu kommentieren.

Sie setzte sich auf die Bettkante und spielte an ihrem Haar herum. Nikos Blick durchbohrte sie. Er starrte sie an, so wie man die großartige Aussicht betrachtet, während man am Rand eines lebensgefährlichen Abgrunds balanciert.

Denselben Blick hatte sie schon öfter bei Jungen gesehen. Ihr drehte sich der Magen um. Sie hatte sich geschworen, sich nie wieder ausnutzen zu lassen. Nach ihrem letzten Irrtum hatte sie Millan erzählt, dass sie auf unbestimmte Zeit Nonne oder lesbisch werden wolle.

»Kennen deine Eltern Sixtens Familie eigentlich näher?« Die Frage klang blöd, so ganz aus dem Zusammenhang gerissen, aber Amanda ging Lindas Faszination für die Ledins nicht aus dem Kopf.

»Nicht unbedingt«, sagte Niko. »Wieso?«

»Schon gut.«

Amanda war klar, dass Teo Ledin eine Menge Dinge über sie verbreitet haben musste. Bestimmt dachte Niko, er wisse alles über sie.

Wie sie diese Stadt hasste! Wenn man im Vorbeigehen jemanden küsste, dauerte es maximal zwei Stunden, bis man als Hure abgestempelt wurde. Wenn man der falschen Person ein Nacktbild schickte, hatte bald halb Trelleborg das Foto gesehen. Man bekam keine zweite Chance. War der Ruf einmal ruiniert, hatte man nur zwei Möglichkeiten: entweder flüchtete man aus der Stadt, oder man wurde zu der, für die einen alle hielten.

»Ich weiß nicht, was du über mich gehört hast«, sagte Amanda.

»Nichts.« Nikos Antwort kam schnell. Sein intensiver Blick wurde auf einmal zurückhaltend. »Ich höre nicht auf diesen Mist.«

Natürlich hatte Teo ihm von den Nacktfotos erzählt, und Niko hatte sich wohl die üblichen Kommentare anhören müssen, dass sie *trashig* und *billig* sei. Trotzdem wollte er mit ihr zusammen sein. Oder war er gerade deshalb so interessiert an ihr?

»Ich muss bald nach Hause«, sagte sie. »Mathehausaufgaben.« Sie zupfte an den Blusenärmeln. »Du musst doch sowieso noch deinen Roman lesen.«

Niko sah enttäuscht aus. Natürlich. Warum sollte er anders sein als andere Jungs? In der Schule hatte Amandas Clique das Spiel *Fuck, Marry, Kill* gespielt, bei dem man sagen sollte, mit wem in der Klasse man am liebsten Sex hätte, wen man am liebsten heiraten und wen man töten würde. Alle Jungen bis auf einen hatten mit Amanda ins Bett gehen wollen, aber niemand hätte sie geheiratet. »Du bist irgendwie kein Heiratsmaterial«, hatte Liam festgestellt, und die anderen hatten ihm zugestimmt. Sie konnte sich immerhin darüber freuen, dass niemand sie umbringen wollte.

Niko war klug genug, den Wink zu verstehen, und folgte ihr nach oben zur Haustür, ohne sie ein einziges Mal anzugrabschen. Keine Bitten, kein Gequengel. Er gab ihr nur ein Küsschen auf den Mund und sagte »Tschüs«. Amanda lief mit Tränen in den Augen zur Bushaltestelle.

An einem Freitag im Oktober schlich sich Jari früher aus dem Büro und ging ins Einkaufszentrum, um ein paar Flaschen Wein und ein paar Grillspieße zu kaufen. Vor dem Taschenladen an der Ecke stand Katty Bornebrink, eingehüllt in eine Rauchwolke. Sie nickte leicht und drückte den Zigarettenstummel in einer Konservendose aus, die sie hinter einem leeren Blumentopf versteckt hatte.

Mehrere Jahre lang hatte sie Jaris Gedanken rund um die Uhr in Anspruch genommen. Erst das schüchterne Mädchen mit Sommersprossen auf der Nase und einem Schlüssel an einer Schnur um den Hals. Und später das erste Mädel mit BH, Buffalos und Choker-Halsband in der Raucherecke der oberen Klassenstufen.

Jetzt hingen die Brüste und die Sommersprossen waren hinter zu viel Selbstbräuner verschwunden. Sie hatte sich so oft Strähnchen machen lassen, dass man in ihrem hellen Haar nicht mehr die Originalfarbe erkennen konnte. Jari richtete sich auf und spannte die Brust unter dem Eton-Hemd an. Sein Lächeln geriet ein wenig überdimensioniert. Das Gefühl von Genugtuung war einfach zu stark.

Als er eine halbe Stunde später vor dem Haus in Stavstensudde parkte, musste er die Autotür mit beiden Händen festhalten, damit der Wind sie nicht zuschlug. Er trat ein paar gelbe

Blätter von den Schuhsohlen ab und versuchte, sich an den neuen Türcode zu erinnern. Das Datum von Isabellas Geburtstag? Oder von Amandas? Nein, richtig, sie hatten wieder zu dem üblichen Code gewechselt, demselben, den er in seinem Rechner benutzte, für seine Bank-ID und den Waffenschrank. Maria witzelte gern herum, dass in seinem Gehirn Platz für die Namen von fünftausend Spielern in der Premier League sei, aber ansonsten nur für einen maximal sechsstelligen Zifferncode.

»Hallo? Hej!« Jari stellte die Tüte mit den Weinflaschen ab und rief, während er durchs leere Haus ging, noch einmal: »Hallo!«

Durch die großen Wohnzimmerfenster sah er die Ebene, die sich hinter der Allee mit ihren gekrümmten Weiden ausbreitete. Über dem Acker segelte ein Raubvogel mit rostroter Brust und gegabeltem Schwanz.

Er und Maria hatten sich sofort in dieses Haus verliebt. Als Jari mit zwanzig Trelleborg verlassen hatte, um in Lund zu studieren, war er hundertprozentig sicher gewesen, dass er nie zurückkehren würde. Aber mit der Zeit wurden die Dinge weniger bedeutsam, die man als Teenager vermisst oder die einen in jener Zeit gestört hatten. Stattdessen traten die Vorteile der Kleinstadt in den Vordergrund: Geborgenheit und Ruhe, die ganzen bekannten Gesichter und Orte. Jetzt konnte er sich nicht mehr vorstellen, woanders zu wohnen.

Er schaltete die Deckenlampe an und ging an dem maßgeschreinerten Bücherregal an der Treppe vorbei. Sie hatten sich hier ein gutes Leben erschaffen, aber nichts davon war ihnen zugefallen. Es war das Resultat von harter und zielstrebiger Arbeit.

Im Obergeschoss waren alle Türen geschlossen. In Amandas Zimmer dröhnte eine Basslinie in hoher Lautstärke. Jari klopfte vorsichtig an.

»Was willst du?«, brüllte Amanda von der anderen Seite der Tür.

Jari explodierte sofort. Dieses pubertäre Getue war ihm einfach zu viel.

»Schließ die Tür auf.« Er ruckelte fest an der Klinke.

»Wir wollen unsere Ruhe haben!«

Jari erstarrte. Sie war also nicht allein.

»Wer ist wir? Mit wem bist du dadrin?«

Amanda antwortete nicht. Es war ohnehin klar. In den letzten Wochen hatte sie sich mit niemand anderem getroffen als mit Niko.

»Hallo! Was macht ihr?« Plötzlich hatte Jari den Kopf voller quälender Bilder, die kein Vater sehen wollte. »Hallo, so antworte doch!«

Er wusste nicht, ob er die Tür eintreten oder umkehren und die Treppe wieder hinunterlaufen sollte.

Ein paar tiefe Atemzüge, dann senkte er die Stimme und sagte beherrscht: »Was macht ihr gerade, Amanda?«

Sie waren nämlich immer noch Kinder. Da spielte es keine Rolle, dass sie laut schwedischem Gesetz als sexualmündig galten. Jari hatte in ihrem Alter nur ein einziges Mal nackte Brüste gesehen, nämlich als Sabrina im *Boys*-Video auf MTV ihr Bikinioberteil verloren hatte. Heutzutage musste alles so unnötig früh stattfinden.

Jari hatte es Maria nur zu gern überlassen, mit den Mädchen das Gespräch über Blumen und Bienen zu führen. Eigentlich wollte er so wenig wie möglich wissen.

»Komm jetzt raus.« Er konnte nicht einfach weggehen. »Ich schmeiße den Grill an.«

»Gleich!«, rief Amanda. »Wir kommen gleich.«

Jari blieb noch eine Weile stehen, ehe er die Treppe hinunterging. Manche Liebeleien in diesem Alter hielten gerade mal eine Woche, aber die Sache mit Niko schien länger zu dauern, als er gehofft hatte.

Mit Isabella war es etwas ganz anderes gewesen. Sixten war der Junge von Patrik Ledin. Jari war mit Patrik zusammen aufgewachsen, und mit Sixten fühlte sich alles so natürlich an, doch er würde sich nie an einen Palevski in seinem Haus gewöhnen.

Im abgeschlossenen Zimmer streifte Amanda den Pullover über und glaubte, sie müsse gleich vor Scham im Erdboden versinken. Ihr Papa war so krass peinlich. Wer rüttelte schon so an der Tür? Bei Isabella und Sixten würde er das nie tun.

Niko blieb auf dem Bett sitzen und starrte vor sich hin. Er hatte sie an Stellen geküsst, an die sie vorher nie jemanden herangelassen hatte, aber er hatte allergrößte Vorsicht walten lassen. Als sie seine Hände beiseiteschob, hatte er das ohne ein Wort des Protestes respektiert.

Er wirkte noch immer verunsichert, seitdem Papa wie ein Verrückter an der Tür gerüttelt hatte. Niko war voller Panik aus dem Bett aufgeschreckt und hatte ausgesehen, als werde er gleich aus dem Fenster springen. Jetzt beruhigte sie ihn mit langsamen Liebkosungen.

»Du bist so schön«, sagte er.

Amanda betrachtete ihn. »Wie denn?«

Er gab ein kurzes Lachen von sich, aber begriff dann, dass sie es ernst meinte.

Sie riss die Hand weg. »In welcher Hinsicht bin ich schön?«

Vor zwei Jahren hatte Amanda angefangen, mit einem älteren Typen Nachrichten auszutauschen. Am Anfang war alles ganz smooth gewesen. Sie hatte geglaubt, die Liebe ihres Lebens gefunden zu haben. Dann hatte er angefangen, sie um Fotos zu bitten, und sie war verliebt und verrückt gewesen und hatte ihm welche geschickt. Er hatte ihr gesagt, was sie auf den Fotos machen sollte, und ihr versichert, sie sei das hübscheste Mädchen, das er je gesehen habe, und sie hatte den Köder geschluckt. Eines Tages war der Typ abgetaucht, aber er hatte vorher die Fotos öffentlich ins Netz gestellt, und vor der Mittagspause hatte halb Trelleborg Amanda nackt gesehen.

Niko schien sie nicht zu verstehen. »Was meinst du? Schau dich doch mal an!« Er machte eine ausladende Handbewegung, als wäre sie was Leckeres zu essen oder so.

»Bist du deshalb mit mir zusammen? Weil ich … schön bin?« Das Wort *schön* versah sie mit Anführungszeichen in der Luft.

»Nein, das meine ich nicht. Du bist äußerlich und innerlich schön.«

»Bin ich das? Inwiefern?«

Niko rang nach Worten. Er erinnerte sie an einen frisch geangelten Dorsch, der verzweifelt mit den Kiemen nach Luft schnappte. »Du bist so cool.«

Nichts als leere Worte. Amanda wusste genau, was sie war. Sie hatte es in Kommentaren und Direktnachrichten auf Insta gelesen und gehört, wie es auf Partys und Schulfluren geflüstert wurde: Sie war eine Hure. Eine hübsche Hülse ohne Inhalt.

»Du.« Niko stand auf und legte den Kopf schräg.

Ein Teil von ihr wollte aufgeben und sich in seine Arme stürzen.

Ein anderer Teil von ihr schrie ihr jedoch zu, dass sie sich umdrehen und weglaufen solle.

Niko trat einen Schritt näher und packte ihre Handgelenke. Langsam und vorsichtig drückte er ihre Arme so weit nach hinten, bis Amanda auf den Fersen balancierte und sein Griff das Einzige war, was sie am Fallen hinderte.

Die Düfte von Vaskas Kochkünsten drangen bis ins Treppenhaus in Borggården. Linda hatte kaum die Hand von der Klingel genommen, da öffnete die Schwiegermutter schon die Tür. Sie trug eine geblümte Schürze und zog Linda in die Wohnung.

»Du musst auf die Soße aufpassen! Wenn man zehn Sekunden nicht rührt, wird Zement daraus!«

Ohne zu protestieren, eilte Linda zum Herd, wo Rauch und Dampf unter der Dunstabzugshaube umherwirbelten. Sie griff nach dem Schneebesen und rührte, bis ihr Handgelenk schmerzte.

»Oh, *srce na baba*!«, hörte sie Vaska im Flur sagen und stellte sich vor, wie die Großmutter Niko in die Wange kniff. »Ach, und du hast eine kleine Freundin? Und was für eine hübsche!«

»Mama.«

Sasho demonstrierte seinen Unmut mindestens so lahm wie damals vor zwanzig Jahren, als er Linda mit nach Hause gebracht und Vaska vorgestellt hatte. Die arme Amanda, was sollte sie nur denken?

»Pass auf die Soße auf, Linda!«, rief die Schwiegermutter.

Linda sah verstohlen an die Decke. Saß da irgendwo eine versteckte Überwachungskamera?

Sie rührte so fest mit dem Schneebesen, dass sich die dünne Soßenschicht löste, die sich am Topfboden abgesetzt hatte. Das würde Vaska nicht gefallen. Linda versuchte, ihren Fehler zu beheben, indem sie die Stücke mit einem Teelöffel herausfischte.

Vor dem Fenster mit den Geranien und Tüllgardinen erhoben sich die Fabrikgebäude mit ihren Schornsteinen hinter Bäumen und Zäunen. Früher einmal hatte die Gummifabrik beinahe fünftausend Trelleborger beschäftigt, und aus anderen Ländern waren Menschen wie Vaska hierhergekommen, um die Produktion in Gang zu halten. Mittlerweile gab es nur noch einige Hundert Stellen in der Stadt, denn fast die gesamte Produktion war ins Ausland verlagert worden.

»Du solltest jetzt besonders stolz sein, Linda.« Vaska schob sie beiseite, nahm ihr den Schneebesen aus der Hand und seufzte, als sie die Soße begutachtete. »Das wäre eine gute Schwiegertochter«, sagte sie.

Amanda, die mit in die Küche gekommen war, sah ein wenig schockiert aus.

»Das sollte ein Witz sein.« Vaskas polterndes Gelächter ertönte unter der Dunstabzugshaube. »Ich werde dir alles übers Kochen beibringen, Amanda.«

Das Mädchen lächelte ein wenig unschlüssig, während Niko den Arm um sie legte. So stolz hatte er zuletzt gewirkt, als er beim Sommerkonzert Standing Ovations bekommen hatte.

Vaska drehte sich wieder um. »Du bist wirklich hübsch.«

»Jetzt reicht es, Mama«, sagte Sasho.

Amanda errötete. »Alles gut. Ich muss üben, Komplimente entgegenzunehmen.«

Alle lachten. Und Vaska hatte ja recht: Sie war hübsch. Aber nicht nur das. Sie verfügte auch über soziale Intelligenz, war witzig und unkompliziert. Linda mochte sie schon jetzt.

Da konnte man noch so viel über Gleichberechtigung reden,

doch es ließ sich nicht leugnen, dass einem männlichen Teenager ein bisschen weiblicher Einfluss durchaus guttat.

Auch ihre Familie machte einen guten Eindruck: Der Vater war Trelleborger Urgestein, ein paar Jahre älter als Linda, offenbar früher mal ein erfolgreicher Fußballspieler. Jetzt war er Teilhaber eines expansiven Unternehmens und verdiente jeden Monat die Hälfte von Lindas Jahresgehalt. Seine Frau sah auf Instagram sympathisch aus, hatte Jura studiert und engagierte sich ehrenamtlich in einem Netzwerk für Frauen unter fünfzig. Sie wohnten in einem schicken Haus in Stavstensudde.

»Aber so setzt euch doch, um Gottes willen.« Vaska stellte Sasho einen Stuhl hin. »Wie geht es meinem Jungen? Du wirkst gestresst?«

Sie massierte seine Schultern und betrachtete Linda, als wäre es ihre Schuld, dass er einen steifen Nacken hatte.

Als Linda Sasho in den Neunzigerjahren kennengelernt hatte, aß er noch immer fünf Tage pro Woche bei seinen Eltern zu Abend. Mit über zwanzig Jahren war er ein erwachsener Mann mit einer eigenen Wohnung, aber er konnte weder eine Waschmaschine einschalten noch einen Fußboden wischen.

Als er bei Ica Maxi angefangen hatte, waren noch immer Gerüchte über ihn im Umlauf. In den ersten Wochen hatte Linda sich zurückgehalten, ein bisschen erschrocken über das ganze Gerede, aber die Neugierde wuchs von Tag zu Tag. Es lag an seiner Haltung, an seinem harten Äußeren, was sie damals fälschlicherweise für Männlichkeit gehalten hatte. Ihre Beziehung hatte mit langen Strandspaziergängen begonnen, nachdem sie im Supermarkt ausgestempelt hatten. Sie liefen in der feuchten Meeresbrise nebeneinanderher und sprachen über Warenlieferungen, PLU-Codes und verrückte Kunden.

»Es ist so einfach mit dir«, sagte Sasho. »So als würde ich mit einem guten Kumpel abhängen.«

Seine Ex-Freundinnen hatten offenbar darauf bestanden, alle Geschehnisse weit und breit zu besprechen und jedes Detail bis ins Kleinste zu analysieren.

Nach zwei Monaten hatte er sie in der Kellerbar im Telinska magasinet geküsst.

Die Leute hatten sie gewarnt. Ihre Schwester, die im selben Jahr wie Sasho geboren war, versuchte zu intervenieren, um sie vor ihm zu schützen. In Trelleborg gab es Namen, über die in allen Häusern und auf allen Höfen gesprochen wurde. Sasho Palevski war einer davon. Die ganze Stadt hatte die Geschichten gehört, von denen einige der Wahrheit entsprachen, viele übertrieben waren und etliche reine Fantasie. Linda sah einen jungen Mann, der auf Abwege geraten war, eine empfindsame Seele, die sich mit Mauern des Schweigens umgeben hatte. Es würde nicht leicht werden, diese Fassade zu durchbrechen, aber Linda liebte Herausforderungen.

Kaum hatten sie Platz genommen, füllte Vaska ihnen großzügig die Teller. Linda lächelte Amanda zu, versuchte, irgendwas zu sagen, was nicht allzu peinlich klang. »Hast du gerade viel Stress in der Schule?«, fragte sie.

Niko hatte gemeint, Amanda sei clever und ihre Schulnoten völlig in Ordnung, wenn auch nicht auf seinem Niveau – was wohl auch zu viel verlangt gewesen wäre. Ida Ledin hatte jedenfalls damit angegeben, dass Amandas große Schwester eine Art Genie sei und beim Hochschultest eine 1,9 geschrieben habe. Die Gene schienen also tadellos zu sein.

»Ja, doch, ein bisschen vielleicht.« Amanda sah verstohlen zu Niko, als wolle sie auf keinen Fall etwas Falsches sagen. Linda erkannte sich selbst so gut in ihr wieder. Sie wollte unter gar keinen Umständen, dass Amanda sich so fühlen musste, wie sie selbst sich anfangs in Sashos Familie gefühlt hatte.

»Wir freuen uns so, dass du mit hierherkommen wolltest«, sagte sie mit einem einladenden Lächeln. »Du brauchst nicht alles aufzuessen, lass einfach liegen, was du nicht magst.«

Vaska funkelte sie wütend an, aber das war Linda egal. Es hatte immer eine absurde Rivalität zwischen ihr und ihrer Schwiegermutter gegeben, als würden sie auf irgendeine seltsame Art und Weise um Sasho konkurrieren.

»Für welchen Gymnasialzweig willst du dich bewerben?«, fragte Linda.

Amanda sah wieder Niko an. »Den Sozialzweig.« Sie zögerte ein wenig. »Glaub ich zumindest.«

»Den hab ich auch genommen«, sagte Linda. »Der sozialwissenschaftliche Zweig ist ziemlich breit angelegt.«

Für die Unschlüssigen, dachte sie. Diejenigen, die kein klares Ziel vor Augen haben.

Amanda lächelte. »Man kann danach fast alles machen.«

Das stimmte natürlich. Man konnte zum Beispiel Verkäuferin bei Ica Maxi werden. Nicht dass das irgendwie schlimm gewesen wäre. Linda gefielen nicht nur die Kollegen, sondern auch ihre Tätigkeitsfelder, obwohl das Gehalt eher mau und die Arbeitszeiten mies waren. Trotzdem wünschte sie sich für Niko etwas anderes. Und für Amanda auch.

Unzählige Male war Linda zwischen ihrem zwanzigsten und ihrem fünfundzwanzigsten Lebensjahr auf dem Sprung gewesen – weg von der Stadt und von Ica Maxi. Sie hatte eine Einzimmerwohnung zur Untermiete in Göteborg bekommen, in Lund einen Studienplatz in Sozialpädagogik ergattert, eine

Au-pair-Stelle in Paris gefunden. Nie war es Sasho gewesen, der sie davon abgehalten hatte. Sie fand es beinahe peinlich, es zuzugeben, aber es war die Stadt selbst gewesen, die Sicherheit, Trelleborg. Zwei Jahre aufgezwungenes Exil, als sie zwölf gewesen war, hatten ihre Spuren hinterlassen.

Als die Stille ein bisschen zu lang währte, sah sie sich genötigt, Amanda eine weitere Frage zu stellen.

»Deine Mutter ist nicht aus Trelleborg, oder?«

Niko warf ihr einen Blick zu, der wohl signalisieren sollte, dass es jetzt genug sei.

»Doch.« Amanda wirkte erstaunt über die Frage. »Meine Eltern sind auch noch verheiratet.«

Das war bestimmt nicht alltäglich in Stavstensudde, wo die meisten Männer ihre Frauen gegen jüngere Exemplare auswechselten, sobald sie die erste graue Haarsträhne bei ihren Gattinnen entdeckten.

»Ich meine ursprünglich …« Linda hielt inne. Natürlich reflektierte ein Teenager nicht so über die Herkunft der Eltern.

»Na ja, meine Mutter ist in Malmö aufgewachsen«, sagte Amanda. »Wenn du das meinst.«

Heutzutage waren die Abstände nicht mehr so groß wie vor der Jahrtausendwende. Es gab Züge und Autobahnen, Internet, eine Brücke nach Dänemark und zum restlichen Europa. Ehe Linda in der Sechsten nach Malmö zwangsumgesiedelt wurde, war sie nur im Einkaufszentrum Mobilia am südlichen Rand der Großstadt gewesen, aber nie in der Innenstadt. In Malmö fanden die anderen Mädchen, dass sie einen hässlichen Dialekt sprach. Sie hänselten sie und nannten sie Bauerntrampel, dabei konnte sie kaum eine Kuh von einem Pferd unterscheiden.

»Jetzt reicht es mit der Fragerei, Mama«, sagte Niko.

»Na klar.« Linda entschuldigte sich. Sie hatte sich in ihren schlimmsten Albtraum verwandelt. Sie war Vaska vor zwanzig Jahren geworden.

Amandas Wangen färbten sich rot. »Das Essen war sehr lecker.« Sie sah Vaska an, die strahlte, als hätte sie bei *Schwedens Meisterkoch* gewonnen.

Niko und Amanda räumten ab, und Linda ließ Wasser ins Spülbecken, weil Vaska der Meinung war, eine Spülmaschine sei ein Luxus für Faulpelze.

Amanda half beim Abtrocknen der Gläser, dann klingelte ihr Handy. »Das ist mein Papa«, sagte sie und drückte das Telefon ans Ohr. »Hallo, ja, mach mich gleich auf den Weg.«

»Will er nicht raufkommen und Hallo sagen?«, fragte Linda laut, damit man es am anderen Ende der Leitung hören konnte. »Wir trinken gleich Kaffee. Vaska hat bestimmt etwas Leckeres gebacken.«

Amanda sah unschlüssig aus. »Hast du Zeit für eine Tasse Kaffee?«, sagte sie ins Handy. Dann drehte sie sich weg. »Okay. Nein, nein. Ich komme.«

Es störte Linda, dass Amandas Eltern nicht fünf Minuten opferten, um sich vorzustellen. Sie fuhren in ihren teuren Autos vorbei und brachten und holten Amanda, als hätten sie eine Taxifirma. Waren sie gar nicht neugierig auf die Familie, wo ihre Tochter ein- und ausging? Oder meinten sie schon genug über sie zu wissen?

Linda hatte vorhergesagt, dass sie Probleme bekommen würden, wenn sie Sashos Nachnamen behielten. Sie hatte versucht, ihn zu überreden, nach der Hochzeit ihren Nachnamen Evaldsen anzunehmen. Oder warum nicht einen ganz neuen Namen konstruieren? Irgendwas Neutrales. Aber Sasho hatte sich strikt geweigert. Er wollte sich nicht nach den idiotischen Vorurteilen der Leute richten. Wenn man etwas verändern wollte, dann musste man irgendwo anfangen. Da hatte er natürlich recht, aber es gab so viele andere Orte, wo man anfangen konnte als ausgerechnet in ihrer Familie.

»Mein Vater schafft es leider nicht«, sagte Amanda und schob ihr Handy in die Jeanstasche. »Im Fernsehen kommt irgendein Fußballspiel, das bald anfängt.«

Linda steckte die Hände ins lauwarme Spülwasser. Ein Fußballspiel im Fernsehen? So etwas Lächerliches hatte sie noch nie gehört. Fußball war offenbar wichtiger als die potenziellen Schwiegereltern.

Im Flur umarmte Vaska Amanda wie ein Sumoringer, der gerade seinen Gegner erstickt. Als sie sich endlich aus ihrer Umarmung befreit hatte, holte sie tief Luft und überschüttete Vaska mit Danksagungen und noch mehr Lob für das leckere Essen.

»Komm morgen wieder her. Ich werde das beste Balkanessen für dich kochen. Du bist immer willkommen.« Vaska senkte die Stimme und zog die Augenbrauen zusammen. »Solange du lieb zu Niko bist.«

»Das werde ich immer sein.«

NACH DEM MORD

Sasho stand hinter den Vorhängen im Wohnzimmer und sah durch einen Spalt hinaus, der so schmal war, dass kein Licht hereinfiel. Die Farbe des Himmels an diesem Herbstmorgen war allmählich von Schwarz zu Dunkelgrau gewechselt.

»Ich muss Mama davon erzählen«, sagte er. »Ehe sie es von jemand anderem erfährt.«

Vaska ließ alle ihre Gefühle raus. Sie befand sich immer zwischen den Extremen – einen halben Schritt vom Freudenschrei und einen halben Schritt vom Nervenzusammenbruch entfernt. Was Lindas Mutter betraf, hatte es keine Eile. Durch ihre Demenz war sie mehrere Jahrzehnte in die Vergangenheit gereist, in ein Zuhause mit Aussicht über die Küste zwischen Trelleborg und Ystad. Mit Lindas Schwester hatten sie im Lauf des Morgens SMS-Kontakt gehabt und mehr Familie gab es nicht.

»Okay, wir radeln zu Vaska«, sagte Linda, die den ganzen Morgen zwischen Küche und Wohnzimmer hin- und hergelaufen war. »Irgendwas müssen wir tun. Ich halte es nicht mehr aus.«

Sasho ließ den Vorhang los. »Was sollen wir sagen?«

Er hatte keinen passenden Wortschatz für so etwas. Wie brachte man einer Großmutter bei, dass ihr einziges Enkelkind, ihr kleiner Ljubov, von der Polizei geholt worden war?

»Keine Ahnung. Wir können sie nicht anlügen, sie wird

sowieso von den Gerüchten erfahren«, sagte Linda. »Amanda ist tot und Niko ist bei der Polizei.«

Sasho war wie immer davon beeindruckt, wie es Linda gelang, Ruhe zu bewahren. Vielleicht hatte sie recht. Vielleicht war es gar nicht weiter erstaunlich, dass die Polizei Niko mitgenommen hatte. Amanda und er waren eine Zeit lang wie siamesische Zwillinge gewesen. Außerdem war Amanda am Vorabend bei ihnen zu Hause gewesen, und Niko konnte sehr wohl einer derjenigen sein, der sie als Letzter lebendig gesehen hatte.

»Ich verstehe nur nicht, warum sie ihn hier abholen mussten. Als stünde er irgendwie unter Verdacht!«

Sasho hatte sich kaum zusammenreißen können, als Niko mit dem Polizeiwagen weggebracht worden war. Ein weiblicher Bulle hatte ihn schließlich beruhigen müssen.

»Er kann unmöglich etwas mit der Sache zu tun haben«, sagte Sasho, während er sich die Lederjacke anzog. »Er hat ja geschlafen. Ich habe mich selbst von Amanda verabschiedet, als sie gegangen ist.«

»Selbstverständlich hat er nichts mit Amandas Tod zu tun.« Linda öffnete die Tür. »Aber natürlich muss die Polizei ihn vernehmen. Er kann ja über wichtige Informationen verfügen.«

Sasho trat auf die Vortreppe hinaus und drückte den Schirm der Basecap ins Gesicht. Die Sonne hatte sich hinter einer dicken Wolkendecke versteckt, aber davor wollte er sich auch nicht schützen.

Er radelte schneller als sonst, ohne sich umzuschauen. Im Augenwinkel nahm er die Menschen wahr, an denen sie vorbeifuhren. Es war die Jahreszeit, in der das Licht verschwand und alles sich zu verändern begann. Die Stille wurde kompakter, die Nacht kühler und der Wind ungemütlicher, die Natur kleidete sich in dunkle Farben. Sie waren auf dem Weg in die Finsternis, und Sasho trat in die Pedale, bis die Oberschenkel schmerzten.

Vaska setzte türkischen Kaffee für sie auf und Sasho stopfte sich einen Keks nach dem anderen rein.

»Amanda … tot?« Vaska starrte geradeaus ins Leere. »Die hübsche, liebe Amanda. Sie war doch so voller Leben!«

»Ich fürchte, wir haben nicht das ganze Bild von Amanda zu sehen bekommen«, meinte Linda.

»Was meinst du?« Vaska erhob die Stimme. Sie war von Anfang an wie verzaubert von Amanda gewesen. Linda hingegen hatte sie nie besondere Wertschätzung entgegengebracht.

»Ich meine, dass Amanda Seiten hatte, die sie uns nicht gezeigt hat. Es ging ihr wohl nicht so gut.«

»Sie hat doch gestrahlt!«, sagte Vaska.

Das stimmte zwar, aber Sasho wusste auch, dass Amanda Probleme gehabt hatte. Es war sicher nicht ganz einfach mit Eltern, die ständig mit ihren eigenen Angelegenheiten beschäftigt waren, und einer Schwester, die eine Art Genie und ein Supertalent im Fußball war. Er googelte und las die neuesten Nachrichten in seinem Handy. In den Medien gab es noch immer nicht viel. Es war die Rede von einem Todesfall im Dalabad und dass die Polizei wegen eines schweren Verbrechens ermittle. Aber im anonymen Internetforum Flashback wurde wild spekuliert. Amandas Name tauchte dort auf und irgendjemand hatte einen Link zu einem angeblichen Nacktbild gepostet. Natürlich klickte Sasho den Link nicht an, aber ihm wurde klar, wie schlimm es für Amanda gewesen sein musste, damit zu leben, dass diese Fotos existierten und nie aus dem Netz verschwinden würden.

Die meisten im Forum äußerten den Verdacht, Amanda habe sich das Leben genommen, die Taschen mit Steinen gefüllt und sich ins Meer gestürzt. Doch ganz unten im Thread tauchte Nikos Name auf. Ein User erwähnte seine Festnahme, und ein anderer war davon überzeugt, dass Niko Amanda umgebracht hatte.

Sasho nahm sich noch einen Keks und scrollte weiter. Auch er hatte gern solchen Klatsch und Tratsch gelesen, wenn die Medien über schlimme Verbrechen und Unfälle berichtet hatten. Es war ein bisschen wie Fiktion gewesen, wie eine spannende Geschichte. Jetzt wurde ihm dabei nur schlecht.

Als das Handy zu vibrieren begann, ließ er es vor Schreck beinahe auf den Tisch fallen.

»Was ist?« Linda sah ihn mit großen Augen an, als er aufstand, um das Gespräch anzunehmen.

»Unbekannte Nummer«, sagte er und legte den Finger auf die Lippen.

»Wer ist es? Die Polizei? Was wollen sie?« Vaska überhäufte ihn mit Fragen, worauf Sasho sich hastig ins Schlafzimmer zurückzog und die Tür hinter sich schloss.

»Hier ist Bo Brodin. Ich bin Kriminalkommissar im Dezernat für schwere Kriminalität.« Die Stimme im Telefon klang entschlossen und sanft zugleich. »Es geht um Ihren Sohn Niko.«

»Ja?« Sasho ging zum Fensterbrett, das mit Geranien und kleinen Engeln dekoriert war.

»Die Staatsanwältin hat beschlossen, Niko in Polizeigewahrsam zu behalten. Er steht unter hinreichendem Mordverdacht.«

Das war eine Sprache, die Sasho beinahe vergessen hatte. Mit diesen Worten kehrte der Schmerz in der Brust zurück. Er versuchte, Fragen zu stellen und um Erklärungen zu bitten, doch die Stimme versagte. Ihm blieb nur Schweigen.

Auf der gegenüberliegenden Straßenseite trafen ein paar Zeugen Jehovas in schwarzen Anzügen und ordentlichen Frisuren am Königreichssaal ein. Obwohl Sasho selbst nie an Gott geglaubt hatte, schloss er die Augen, faltete die Hände und betete. Zum ersten Mal, seit sein Vater nach einem Blutgerinnsel zwischen Leben und Tod geschwebt hatte. Damals war er nicht erhört worden. Nun betete er für Niko, für seinen einzigen Sohn, für Amanda und ihre Familie und darum, dass dieser Albtraum ein rasches und schonendes Ende finden möge.

An diesem Abend konnte Sasho nicht einschlafen, obwohl er zwei Tabletten genommen hatte. Linda lief im Haus herum, goss die Topfpflanzen und räumte Schränke auf, während er wie ein Zombie auf dem Sofa vor dem Fernseher saß und zwischen den Sendern hin- und herzappte.

»Er ist erst sechzehn.« Mit der Gießkanne in der Hand blieb Linda vor dem Fenster stehen. »Wie lange dürfen sie ein Kind eigentlich in Gewahrsam behalten?«

Wieder schloss Sasho die Augen. Er konnte noch immer die Zelle vor sich sehen. Die kahlen, schäbigen Wände, die sauerstoffarme, von Angst gesättigte Luft und die harte Pritsche mit dem schwachen, aber unverkennbaren Geruch nach Pisse und eingetrocknetem Sperma. Sasho hatte auch noch woanders hinter Gittern gesessen, aber die Zeit in Trelleborg war für ihn noch immer die schlimmste Erinnerung. Und beim Gedanken daran, dass Niko sich in diesem Moment genau dort befand, verkrampfte sich sein ganzer Körper.

»Das ist ja total gestört«, sagte Linda.

Als er die Augen öffnete, hatte sie die Gießkanne abgestellt und war ihm gegenüber aufs Sofa gesunken.

»Wie können sie Niko verdächtigen?«, wiederholte sie. »Warum hören sie uns nicht zu? Er hat doch ein Alibi.«

Noch ein Begriff, der seit Jahrzehnten kein Bestandteil von Sashos Wortschatz mehr gewesen war. Er dachte, er hätte diese Sprache ganz und gar vergessen, aber sobald er die alten Vokabeln hörte, kam es ihm so vor, als kehre alles wieder zurück.

»Der Polizist hat doch gesagt, dass sie uns zur Vernehmung laden werden, oder?«, fragte er.

Linda wandte sich zum Fernseher, nahm die Fernbedienung vom Tisch und schaltete den Bildschirm mit energischem Knopfdruck aus. Im Lauf des Nachmittags hatte sie mit Kommissar Brodin telefoniert und außerdem mit einer Freundin aus ihrer Kindheit gesprochen, die in der Polizeiwache am Empfang arbeitete.

»Ich verstehe nicht, worauf sie noch warten. Niko hat ein Alibi«, wiederholte sie beharrlich.

Sasho wollte es nicht zugeben, aber er war keineswegs so überzeugt.

Er hatte sich am Vorabend um kurz vor elf von Amanda verabschiedet. Es war ein wenig schockierend gewesen, sie dort unten im Keller zu sehen. Sie und Niko hatten sich seit mehreren Monaten nicht mehr getroffen. Sasho hatte sich auf jeden Fall noch bei ihr vergewissert, dass sie abgeholt werden würde. Als Amanda weg war, hatte Niko ihm Gute Nacht gesagt und war in sein Schlafzimmer im Keller gegangen. Was war danach passiert?

Es hatte nur wenige Minuten gedauert, bis Sasho eingeschlafen war. Nachdem er jahrelang bis weit nach Mitternacht wach gelegen und dem Wind dabei zugehört hatte, wie er an den Baumkronen zerrte, ohne dass sich das geringste Anzeichen von Müdigkeit im Körper eingestellt hätte, hatte er sich wegen seiner Schlaflosigkeit professionelle Hilfe geholt. Eigentlich sollte er die Schlaftabletten nur an drei oder vier Abenden pro Woche nehmen, denn die Ärztin hatte ihn gewarnt, dass sie schnell süchtig machten, doch Sasho war lieber tablettensüchtig, als schlaflos dazuliegen und einen völlig verqueren Tag-Nacht-Rhythmus zu haben.

»Ich hätte es gehört, wenn Niko sich mitten in der Nacht hinausgeschlichen hätte«, sagte Linda.

Seit Sasho die Tür zugenagelt hatte, die von der Waschküche im Keller nach draußen führte, gab es nur noch einen Weg aus dem Keller: die Treppe hinauf und dann durch die quietschende Tür im Hausflur. Das laute Quietschen hatte ihn enorm gestört, und er war schon im Begriff gewesen, mit Olivenöl und Multispray dagegen anzugehen, als Linda ihn gebeten hatte, es sein zu lassen.

»Dieses Geräusch ist der beste Ausbruchsalarm«, hatte sie in scherzhaftem Ton gesagt.

Doch auf einmal war es ernst. Sasho hatte jedenfalls die ganze Nacht wie ein Stein geschlafen, bis die Polizisten an die Tür bollerten.

»Reicht das nicht als Alibi?«, fragte Linda. »Es muss doch viele Leute geben, die bezeugen können, dass es Amanda nicht gut gegangen ist …«

Sasho nickte. Er wollte nicht zu viel sagen, sie nicht unnötig beunruhigen, aber irgendetwas stimmte definitiv nicht. Man behielt einen Sechzehnjährigen nicht ohne plausiblen Grund in Gewahrsam.

»Hat die Polizei womöglich irgendetwas gefunden?« Linda starrte ihn erschrocken an.

»Was sollte das sein?«

»Ich weiß nicht.«

Sasho fröstelte. Es gab so vieles, was sie nicht wussten.

Um sich abzulenken, legte er am Sonntagmorgen eine Trainingseinheit im Partykeller ein. Seit die herbstliche Dunkelheit das Licht bezwungen hatte, war sein Körper erstarrt, und die Schultern fühlten sich von Tag zu Tag schwerer an. Es ging ihm nicht gut, wenn er nicht in Form war. Außerdem bekam er durchs Training ein bisschen Zeit für sich, eine Verschnaufpause von seiner Sorge und Frustration.

Er stand unter der Dusche, wo ihm der innere und äußere Schmerz von der Haut tropfte, als die Polizei endlich anrief. Linda rief ihm zu, er solle sich beeilen, und schon eine Viertelstunde später saßen sie im Auto auf dem Weg zur Polizeiwache.

Als Sasho zuletzt bei der Polizei gewesen war, hatte die Wache sich im Westen der Stadt befunden. Er meinte sich zu erinnern, dass es auch damals schon nach Schimmel gerochen hatte. Irgendwann hatte man das Gebäude schließen müssen, um es zu sanieren, weshalb die Trelleborger Polizei seit zehn Jahren in der früheren Hauptverwaltung der Gummifabrik untergebracht war, nur einen Steinwurf von dem großen Industriegebiet entfernt.

Kriminalkommissar Bo Brodin war klein und dicklich und trug einen Dreitagebart.

»Was soll das eigentlich?«, fragte Sasho und gestikulierte wild herum. »Wo ist unser Sohn?«

»Ich verstehe, dass Sie sich Sorgen machen.« Brodin erklärte, er dürfe derzeit keine weiteren Angaben machen, denn es gebe Unklarheiten, die erst ausgeräumt werden müssten. »Wir müssen Sie vernehmen.«

Aber Sasho konnte seine Gefühle nicht zügeln. »Darum haben wir doch schon die ganze Zeit gebeten. Meine Frau Linda hat angerufen und …«

Sie legte die Hand auf seinen Arm. Auf dem Weg hierher hatten sie vereinbart, sich nicht aufzuregen.

»Kommen Sie bitte mit.«

Brodin ging voraus durch einen schmalen Flur. Der Kommissar war um die sechzig und vermutlich ein erfahrener Polizist. Nachdem er Linda an zwei Kolleginnen übergeben hatte, führte er Sasho in einen anderen Raum.

»Ihre persönlichen Daten, bitte.«

Sasho leierte die Angaben herunter. Sie saßen sich an einem wackligen Furniertisch gegenüber, und der Kommissar machte sich Notizen, obwohl die Vernehmung aufgezeichnet wurde.

»Wie lange war Niko mit Amanda Kekkonen zusammen?«

Sasho überlegte. »Sie haben sich wohl vor einem Jahr kennengelernt. Es war eine Zeit lang ziemlich intensiv, aber im Frühling war es vorbei, glaube ich.«

»Wie hat Niko auf die Trennung reagiert?«

Sasho schluckte. In seiner Brust breitete sich Leere aus. Die traurige Wahrheit war, dass er es nicht wusste.

»Wissen Sie, wer von den beiden die Beziehung beendet hat?«, fragte Brodin.

»Das war wohl …« Beschämt senkte er den Blick. Wieso wusste er das eigentlich nicht? Er hatte das Gefühl, sich rechtfertigen zu müssen. »Wir haben nie so viel über … so was gesprochen. Sie wissen ja, wie Jungs sind.« Er betrachtete den

Vernehmungsleiter mit einem bitteren Geschmack in der Kehle. »Insbesondere in diesem Alter.«

»Meine Söhne waren auch mal im Teenageralter«, entgegnete Brodin in kühlem Tonfall.

Trotzdem schien der Kommissar ihn nicht zu verstehen. Seine Miene deutete an, dass es Teenagern keineswegs schwerfalle, über Gefühle zu sprechen, und das Problem wohl eher bei Sasho liege. Er atmete ein paarmal tief durch, ehe er feststellen musste, dass Brodin möglicherweise recht hatte.

Vielleicht wurde dieses Schweigen weitervererbt? Sasho konnte sich nicht erinnern, jemals mit seinen Eltern über Liebe und Beziehungen gesprochen zu haben. Die Standardantwort auf ihre Frage, wie es ihm gehe, hatte in einem kurzen *Gut* bestanden, und es waren keine weiteren Fragen gefolgt. Seine wenigen Versuche, ein intensiveres Gespräch mit Niko zu führen, waren meistens eher peinlich gewesen.

»Können Sie bitte die Ereignisse des vergangenen Freitags schildern?« Brodin klickte mit seinem Kugelschreiber.

»Tja, Linda und ich sind gegen halb elf von der Arbeit zurückgekommen. Wir waren ziemlich erstaunt darüber, Amanda vorzufinden.« Genau genommen waren sie eher wütend gewesen. »Sie ist wenig später gegangen. Kurz vor elf, würde ich sagen. Sie sagte, ihre Eltern würden sie abholen, also bin ich davon ausgegangen, dass alles in Ordnung war.« Er suchte in Brodins Gesicht nach einer Art Reaktion. »Aber es hat sie niemand abgeholt, oder?«

Der Kommissar hielt sich bedeckt. »Und Niko?«, fragte er stattdessen. »Was hat er gemacht, nachdem Amanda gegangen war?«

»Er hat sich hingelegt. Sein Schlafzimmer liegt im Keller.«

»Und Sie? Was war mit Ihnen und … Ihrer Frau?«

»Wir haben uns auch hingelegt. Es war ein langer Tag gewesen.« Sasho beschloss, die Schlaftablette nicht zu erwähnen, dazu gab es gar keinen Grund. »Wir haben allesamt geschlafen, als Ihre Kollegen frühmorgens bei uns aufgetaucht sind.«

Es hatte sich angefühlt wie in einem schlechten Film. Natürlich ohne gezogene Waffen und Schutzwesten, aber das Erwachen war dennoch brutal gewesen. Vier uniformierte Polizisten hatten auf der Vortreppe gestanden, als Sasho unter Schock und in Jogginghose die Tür öffnete. Zuerst dachte er, sie seien seinetwegen hier, dass jemand ihn fälschlicherweise beschuldigt habe, vielleicht jemand von früher, der nun die Gelegenheit gekommen sah, sich an ihm zu rächen. Als sie dann von Amandas Tod erfuhren, waren Linda und Niko völlig erschüttert gewesen.

»Gibt es einen Kellereingang zu Ihrem Haus?«, wollte Brodin jetzt wissen. »Könnte Niko auf diesem Weg entwischt sein, während Sie geschlafen haben?«

»Es gibt eine Tür, die von der Waschküche im Keller direkt nach draußen führt«, sagte Sasho, »aber die ist zugesperrt.« Er verzichtete darauf, die Sache weiter auszuführen. »Um aus dem Haus zu gelangen, muss man die Treppe hinauf und durch die Kellertür in den Hausflur gehen. Diese Tür quietscht ziemlich laut. Ich kann Ihnen garantieren, dass wir aufgewacht wären, wenn Niko mitten in der Nacht hinausgegangen wäre.«

Brodin legte den Stift aus der Hand. »Sind Sie sich sicher, dass diese quietschende Kellertür geschlossen war?«

»Ja.« Sasho merkte selbst, dass seine Antwort nicht ganz so überzeugt klang. Er hatte die Polizei schon oft angelogen, aber jetzt war die Situation eine andere.

»Hat er das schon früher getan?«, fragte Brodin.

»Was?«

»Ist er öfter von zu Hause verschwunden?«

Der kluge Blick des Kommissars bohrte sich problemlos in sein Inneres. Sasho hatte schon lange und schwierige Polizeivernehmungen schweigend und mit Pokerface durchgestanden, doch er hatte sich inzwischen verändert, und Brodin las in ihm wie ein offenes Buch.

»Einmal im Frühjahr hat er sich heimlich rausgeschlichen. Deshalb habe ich den Kellereingang zugenagelt.«

Ihm war klar, dass diese Aussage zu weiteren Spekulationen einlud. Wenn Niko schon einmal heimlich davongeschlichen war, konnte er es wieder getan haben.

»Warum ist er letztes Mal weggelaufen?«, fragte Brodin.

»Weggelaufen?« So hätte Sasho das nicht bezeichnet. »Er war zehn Minuten weg. Ich habe ihn fünfzig Meter von unserem Haus entfernt gefunden.«

»War er allein?«

»Ja.« Sasho zögerte. Es war unvernünftig. Er musste bei der Wahrheit bleiben. »Amanda war auch da, aber sie ist abgehauen, sobald sie mich gesehen hat.«

Brodin nickte, als hätte er sich das schon gedacht. Sasho legte sich die Hand über die Augen. Er war an jenem Abend rasend vor Wut gewesen.

»Was ist Amanda zugestoßen? Ist sie ertrunken?«, fragte er. »Ich verstehe nicht, warum Sie glauben, dass Niko etwas damit zu tun hat.«

Niko war nicht wie Sasho. Er verlor nicht die Kontrolle. Er hatte nie irgendwelche gewalttätigen Tendenzen gezeigt.

»Es tut mir leid«, sagte Brodin und schien es wirklich so zu meinen. »Aber ich kann Ihnen beim derzeitigen Stand der Ermittlungen nichts weiter sagen.«

Sasho hatte nichts anderes erwartet. Entweder waren die Ermittler in diesem Fall besonders vorsichtig, weil sie befürchteten, dass wichtige Spuren zunichtegemacht werden könnten, wenn sie nicht sofort agierten. Oder sie hatten etwas gegen Niko in der Hand, irgendetwas Kompromittierendes, wovon Sasho noch nichts wusste.

»Was meint er denn selbst dazu? Sie haben ihn doch bestimmt vernommen.«

Brodin verzog den Mund. »Niko hat nicht so viel sagen wollen.«

»Was? Irgendwie muss er sich doch geäußert haben?«

Brodin schüttelte den Kopf.

Das klang nach einer schlechten Strategie, vielleicht irgendwas, das Niko aus *Schnelles Geld* oder den *Sopranos* kannte. Warum erzählte er nicht einfach alles, was er wusste?

»Seit wir ihn gestern früh festgenommen haben, hat Niko nur eine Sache gesagt.« Brodins Blick bekam etwas Mitleidiges. »Er hat gesagt, dass er ein Versprechen gegeben hat.« Der Kommissar senkte die Stimme. »Er hat versprochen zu schweigen.«

Der bleigraue Himmel senkte sich auf das Meer. Jari blieb auf einem der grasbewachsenen Hügel stehen, die zum Sandstrand hin abfielen, wo die Wellen anbrandeten und zu weißem Schaum wurden. Neben ihm stand Maria, die den Arm um Isabellas Schultern gelegt hatte und seinem Blick folgte. Jari sah auf das unruhige Meer hinaus, das an den Badesteg schwappte. Am äußersten Ende hatte sich eine Gruppe von Menschen versammelt. Sie standen reglos da, dicht nebeneinander, mit gebeugten Nacken.

»Ich weiß nicht, ob ich das schaffe«, sagte Maria.

Jari machte einen Schritt vorwärts. Jeder Muskel wehrte sich, die Füße waren bleischwer.

»Komm.« Isabella stieg hinunter in den feuchten Sand. Sixten blieb stehen und wartete auf Maria.

Das Wasser rauschte, als sie den Steg betraten. Die Möwen schwangen sich auf und kreisten schreiend über dem dunklen Meer. Der Badesteg kam ihm so lang vor wie ein ganzes Leben. Die Menschen, die sich auf der Plattform am äußersten Ende versammelt hatten, wandten ihnen langsam das Gesicht zu, und Jari sah auf seine Füße. Ein Schritt nach dem anderen. So würde er sich durch sein weiteres Leben bewegen.

»Wir haben keine Blumen«, sagte Maria.

Auf der Bank am Ende des T-förmigen Stegs lagen mehrere

Blumensträuße in knisterndem Zellophan, neben Windlichtern und handgeschriebenen Grüßen. Jari hatte überhaupt nicht an Blumen gedacht.

»Wir kommen hierher zurück«, sagte er.

Es war ein widerwilliges Versprechen. Am liebsten wollte er das Meer nie wieder sehen.

Ein erschrockener Schwan flatterte mit den Flügeln über die Wasseroberfläche. Isabella zuckte zusammen und Jari nahm sie beruhigend in den Arm. So wie man es von einem Vater erwartete.

Nun konnte er die Gesichter erkennen. Die meisten waren Bekannte: Amandas Freunde und einige Eltern. Feuchte Augen, leere Blicke. Niemand sah Jari direkt an.

»Unser herzliches Beileid.« Die Mutter einer Klassenkameradin faltete die Hände auf dem Bauch. »Es ist so traurig. Mir fehlen die Worte.«

Hinter ihr umarmten sich zwei Mädchen und weinten. Jari erkannte Millans blonde Locken. Er nahm Isabella an der einen Hand und Maria an der anderen. Im Blumenmeer vor ihnen stand ein gerahmtes Foto von Amanda, auf dem sie noch immer diesen kindlich sprühenden Blick hatte und schelmisch in die Kamera lächelte.

»Mandy. Mein kleines Mädchen.« Jaris Stimme ertrank im Rauschen des Meeres.

»Ich will nicht, dass es so ist!« Maria fiel in Jaris Arme. »Nein! Nein!« Sie brüllte und schrie. Geräusche, die er sich nie hätte vorstellen können, drangen aus ihrer Kehle.

»Mein Schatz.« Jari drückte sie an seine Brust. Wenn es überhaupt irgendwelche Worte gab, die in einer solchen Situation passten, dann kannte er sie nicht.

Eine große Welle schlug gegen den Steg und spritzte salzige Tropfen in Jaris Gesicht, während sich die Menschenansammlung allmählich auflöste. Maria schluchzte an seinem Mantel und die Zeit verging. Seltsamerweise war es in all dem Schrecklichen ein kleiner Trost, dass die Sekunden tatsächlich weitertickten. Die Zeit würde die Wunden sicherlich nicht heilen, aber zumindest Abstand schaffen. Es konnte nur besser werden als in diesem Moment.

»Ich vermisse dich.« Aus dem Augenwinkel sah Jari, wie Isabella vor den Blumensträußen auf dem Steg hockte. Sixten legte seine Hände auf ihre Schultern, während der Wind an ihren blonden Locken zerrte. Bei diesem Anblick zerriss es Jari innerlich. Er konnte sich Isabella nicht ohne Amanda vorstellen. Sie waren immer zu zweit gewesen. *Die Mädchen. Die Schwestern.* Trotz aller Unterschiede hatten sie eine besondere Bindung gehabt. Als sie klein waren, hatte Isabella Amanda zum Schulbus gebracht und ihr bei den ersten Hausaufgaben geholfen. Sie hatte eingegriffen, als ein paar ältere Jungs auf dem Schulhof mit Steinchen nach ihrer kleinen Schwester geworfen hatten, und sie auf dem wackligen Badesteg an den Skansarna an der Hand gehalten.

»Sie hat Wasser gehasst.« Isabella spähte auf das endlose Meer hinaus. Vermutlich war es hier draußen gerade mal zwei oder drei Meter tief. Im Sommer stürzten sich die Menschen vom Badesteg ins kühle Nass. Doch jetzt sah Jari nur das Wasser, das sich an der Oberfläche kräuselte. Er hob den Blick und ließ ihn in die Ferne schweifen, über das weite, karge Meer mit seinen unergründlichen Tiefen.

»Warum ist sie hierhergegangen?«, fragte Maria. »Sie hatte wahnsinnige Angst vor dem Meer.«

Jari hatte das nie verstanden. Er war an der Ostsee aufgewachsen. Die Sommer seiner Kindheit hatten aus Barfußlaufen im Sand und ewig langem Baden im Salzwasser bestanden. Die Jungen hatten Quallen in Eimern gesammelt und die Mädchen hatten Muscheln gesucht. Mit Stöckchen hatten sie die Initialen ihrer ersten Liebe in den nassen Sand geschrieben und dann Steine in die Luft geworfen, um zu sehen, wie viele Kinder sie bekommen würden, wenn sie groß waren. Jari hatte das Schwimmen ebenso schnell wie das Radfahren gelernt. Der Meeresduft bedeutete für ihn Heimat und Harmonie.

Als Amanda eine Wasserphobie entwickelte, hatte Jari das nur als kindischen Spleen abgetan und war damit so umgegangen, wie er es in solchen Fällen immer tat: Er riss Witze darüber und machte sich über sie lustig.

»Sie muss totale Panik gehabt haben«, meinte Isabella.

»Echt schlimm.« Sixten legte die Arme um sie und zog sie ganz dicht an sich.

Auf einmal trat Millan vor und umarmte Maria. Die blonden Korkenzieherlocken wirbelten um ihr Gesicht.

»Ich weiß gar nicht, was ich sagen soll.«

Maria schluckte und fröstelte. »Du brauchst gar nichts zu sagen.«

Millan umarmte auch Jari. Er wünschte, es hätte sich gut angefühlt, tröstlich irgendwie, aber jede Umarmung war nur eine weitere Erinnerung an den großen Verlust.

Während Millan zu Sixten und Isabella ging und sie an sich drückte, hielt Jari Maria im Arm. Sie standen im Wind an der Stelle, wo die Polizei in der Nacht ein Zelt aufgeschlagen hatte. Jari hatte es auf einem Foto in der *Trelleborgs Allehanda* gesehen und sich beinahe übergeben müssen.

»Wir warten am Strand«, sagte Sixten.

Langsam gingen die drei Jugendlichen zurück über den Steg, mit gebeugten Rücken und gesenkten Blicken. Sie hatten noch ein langes Leben ohne Amanda vor sich.

Isabella hielt den Blick weiterhin gesenkt. Der Steg ging in Sand über, der zu hartem, scharfkantigem Gras wurde. Obwohl es nicht sonderlich spät am Nachmittag war, wurde es zwischen den Bäumen in dem kleinen Wäldchen am Parkplatz schon dämmerig. Der Wind war kalt und schneidend.

»Komm, Baby, wir setzen uns ins Auto«, sagte Sixten.

Millan war an der kleinen Brücke stehen geblieben, die über den Bach führte. Sie öffnete den Mund, als wollte sie etwas fragen, überlegte es sich dann aber anders und starrte ins Wasser.

»Alles in Ordnung?«, fragte Isabella. »Sollen wir dich nach Hause bringen?«

Millan schüttelte den Kopf. Sie fasste ihre Haare zusammen, um sie aus dem Gesicht zu halten.

»Wie konnte es so weit kommen?« Früher einmal waren sie und Amanda unzertrennlich gewesen. Dann hatten Millans Eltern sich scheiden lassen und das Haus in Stavstensudde verkauft und in der letzten Zeit hatten die ehemals besten Freundinnen nur noch sporadisch Kontakt gehabt. »Ich wünschte, ich hätte mehr für sie getan.«

Isabella konnte sich darin nur zu gut wiedererkennen. Durch die ganze Trauer, Wut und Verzweiflung verlief wie ein roter Faden das Schuldgefühl: Warum hatte sie nicht mehr unternommen?

»Amanda hat sich wirklich verändert, seit sie mit Niko zusammengekommen ist«, fuhr Millan fort. Sie rutschte aus und verlor beinahe das Gleichgewicht, als sie die kleine Holzbrücke betrat. »Sie hat sich zurückgezogen und war nicht mehr so wie früher.«

Isabella folgte ihr auf die Brücke. Das Geländer war hart und kalt. Unter ihr brauste das Wasser und aus dem Gebüsch steckten schwarze Vögel ihre Köpfe hervor. »Es ist ihr nicht gut gegangen.«

»Ich weiß.« Millan blieb stehen und ließ zu, dass der Wind ihr das Haar ins Gesicht wehte. »Ich habe ja die Spuren an ihrem Körper gesehen. Aber dass es so weit kommen würde ...«

Sixten zog Isabella an sich. Seine große Hand auf ihrer Schulter. Sie brauchte ihn jetzt mehr denn je.

»Die Polizei hat Niko festgenommen«, sagte er. »Er scheint ein Jagdgewehr aus Jaris Waffenschrank geklaut und Amanda erschossen zu haben.«

Millan schwankte erneut auf der rutschigen Brücke. »Wie? Ich dachte ...«

»Er war extrem eifersüchtig«, fuhr Sixten fort. »Das war ja wohl der Grund, warum sie mit ihm Schluss gemacht hat, oder?«

Er wandte sich an Isabella, die seine Aussage mit einem leichten Nicken bestätigte. Es schmerzte zu sehr, sich einzugestehen, dass sie im Grunde genommen nicht genug über die ganze Sache wusste.

»Er war sogar eifersüchtig auf mich«, sagte Sixten.

»Echt jetzt?« Millan schob ein paar Locken beiseite, die an ihrer Wange klebten.

»Auf dich?«, fragte Isabella. Das klang ja richtig gestört.

»Hast du das nicht gemerkt?« Sixten strich ihr über den Rücken. »Auf unserer Reise nach Deutschland zum Beispiel. Er hat sich eingebildet, dass Amanda einen Crush auf mich hatte.«

Das war ja total krank und vermutlich der Grund, weshalb Niko Sixten seitdem gemieden hatte.

»Was bin ich eigentlich für eine Schwester?« Ihre Stimme versagte. »Ich konnte … Ich hätte …«

Aber sie wusste eigentlich nicht, was sie hätte tun sollen.

EIN JAHR VOR DEM MORD

»Kann ich reinkommen?« Isabella klopfte mit den Fingerspitzen an die Badezimmertür. »Ich hole mir nur den Lockenstab.«

»Na klar.« Amanda stand auf Zehenspitzen vor dem Spiegel und hatte das Haar in ein Handtuch gewickelt.

»Bäh, ist das nass hier.« Isabella musste wegen der kleinen Wasserpfützen auf dem Fußboden im Zickzack laufen.

»Selber schuld. Ich bin ja noch nicht fertig!« Amanda stellte ihren rechten Fuß neben den von Isabella. »Guck mal, wir haben genau dieselben kleinen Zehen.«

Das klang so seltsam, dass Isabella die Behauptung ihrer Schwester ignorierte und sich bückte, um den Lockenstab aus der Schublade zu nehmen.

»Voll eklig.« Amanda stellte ihren Fuß noch näher an Isabellas. »Die sehen ja aus wie Nacktschnecken.«

Isabella musste hinsehen. Es war ein witziger Vergleich, aber er hatte nicht viel mit der Realität zu tun. In ihren Augen sahen ihre und Amandas Zehen vollkommen normal aus.

Amanda hob den Fuß und spreizte die Zehen. »Also, die kleinen Zehen werde ich mir als Erstes machen lassen. Wenn ich achtzehn bin.«

Isabella betrachtete sie und verschluckte ihr Lachen. Denn das war kein Witz. Es war wirklich traurig, dass ihre kleine

Schwester, die vollkommen den gängigen Schönheitsnormen entsprach, ihren Körper hasste. »Reiß dich zusammen.«

»Weißt du, was Hansson heute gesagt hat?« Amanda fing ihren Blick im Spiegel auf. Sie war zwei Zentimeter größer als Isabella, ein paar Nuancen sonnengebräunter, hatte rundere Brüste und einen größeren Abstand zwischen den Oberschenkeln.

»Welcher Hansson?«

»Der Sportlehrer, Kristian Hansson. Hast du ihn etwa verdrängt?«

Das hatte sie in der Tat. Hansson war ein alter Chauvi, der einen Ständer bekam, wenn er anderen beim Zirkeltraining zusah.

»Ich hab so fiese Regelschmerzen gekriegt, als wir heute Basketball gespielt haben, dass ich mich hinsetzen und ausruhen musste. Da hat Hansson gesagt: ›Deine Schwester Isabella hätte aber nicht so schnell aufgegeben.‹«

»Oh Mann.«

Isabella hatte diese ganzen Vergleiche satt. Meistens kamen sie von Freundinnen und Gleichaltrigen, aber manche Lehrer waren auch nicht besser.

»Weißt du was? In der nächsten Sportstunde kannst du ihn ja mal fragen, wie es damals gelaufen ist, als er mich in der Achten mit Liegestützen herausgefordert hat. Apropos schnell aufgeben.«

Sie lachten und Isabella wickelte das Kabel des Lockenstabs um ihre Hand. Als Amanda zur Seite trat, rutschte das Handtuch hoch und entblößte einen bläulich violetten Krater auf der Außenseite des Oberschenkels.

»Was ist das denn?« Isabella hatte nur einen kurzen Blick darauf erhascht, aber das, was sie gesehen hatte, beunruhigte sie. »Das sieht entzündet aus.«

Sie beugte sich vor, aber Amanda griff nach dem Handtuch. »Alles gut.«

»Hör auf. Du darfst dich nicht selbst verletzen!«, sagte Isabella.

Es war schon eine Weile her, dass sie solche Spuren am Körper ihrer kleinen Schwester gesehen hatte. Nachdem Amanda an einen richtigen Drecksack geraten war, der sie ausgenutzt und Fotos von ihr in halb Trelleborg verbreitet hatte, war sie in ein tiefes Loch gefallen und hatte angefangen, sich zu ritzen, aber in der letzten Zeit schien es ihr viel besser zu gehen.

»Das ist was Altes. Versprochen.« Amanda streckte sich vor dem erleuchteten Badezimmerspiegel. »Guck mal.« Um den Hals hing eine dünne Silberkette mit einem Herz.

»Ist das neu?«

»Ich hab es von Niko bekommen.« Sie strahlte, während sie das Herz zwischen den Fingerspitzen rieb. »Er schreibt gerade einen Song über mich.«

»Wow.« In Isabellas Wahrnehmung war es eine halbe Ewigkeit her, dass ihre Schwester so gestrahlt hatte. »Du bist verliebt!«

Amanda hielt das Herz zwischen den Fingern fest. »Vielleicht. Ein bisschen.«

»Du hast es verdient«, sagte Isabella und umarmte sie von hinten.

Das sprudelnde Lächeln ihrer Schwester blieb im Spiegel hängen, als Isabella das Badezimmer verließ. Jetzt war es ihr egal, wenn sie in eine Pfütze trat und die Nacktschnecken nass wurden.

Einige Tage später feierten Amanda und Niko ihr Zehnwöchiges mit einen romantischen Picknick. Sie fuhren Richtung Süden und stellten ihre Fahrräder am Meer ab.

»Was ist das für ein Ort?«, fragte Amanda, als sie auf einen hohen Hügel stiegen.

Niko ging leicht vornübergebeugt einige Schritte vor ihr.

»Das ist alles Schlamm, der früher auf dem Meeresboden gelegen hat.« Er blieb auf dem Gipfel stehen und keuchte ein wenig, während er auf das Hafengelände schaute. »Ich gehe gern hierher, wenn ich meine Ruhe haben will.«

Auf dem Picknicktisch, der oben auf dem Hügel stand, deckte er Gebäck, Salami, Oliven und Käse auf, während Amanda ein Stück auf dem Hügelkamm weiterging und den Dunst beobachtete, der über dem endlosen Blau lag. Das Meer hatte ihr schon immer Angst gemacht, die trügerisch friedliche Oberfläche, die sich weiter erstreckte, als das Auge sehen konnte, und die unfassbare Tiefe, die nur darauf zu warten schien, dass sie alles verschlingen konnte, was sie zu fassen bekam. Zum Glück befanden sie sich in sicherer Entfernung.

Niko schenkte ihnen heißen Kakao aus einer dampfenden Thermoskanne ein, und dann nahmen sie sich mit verfrorenen Fingern von dem Essen.

»Ich liebe diese Aussicht.« Er legte eine Wolldecke über ihre Schultern. Amanda lehnte sich zurück und kuschelte sich an seinen warmen Körper. »Ich habe noch nie jemanden mit hierhergenommen. Die meisten kennen diesen Ort überhaupt nicht.«

Amanda hatte auch noch nie von der Aussicht auf diesem Hügel gehört. Es war kein Ort, an dem man zufällig vorbeikam. Gleich hinter dem Pier lagen die riesigen Deutschlandfähren, unterhalb standen Lkw in langen Reihen, und weiter weg am betongrauen Himmel ragte zwischen den Häuserdächern, die die Silhouette der Stadt bildeten, der Wasserturm empor.

»Trelleborg ist ein beschissenes Kaff«, sagte Amanda. »Das Einzige, was sich hier bewegt, sind die Busse und Lkw, die von hier wegfahren.«

»Findest du?« Niko kaute. »Ich mag Trelleborg. Es ist gerade groß genug.«

»Du meinst klein genug?«

Am Pfad, der über den Hügel führte, stand ein Hinweisschild, dass Rostock einhundertneunundfünfzig Kilometer weiter südlich lag und Stockholm fünfhundertdreißig Kilometer in nördlicher Richtung.

»Es fühlt sich an wie das Ende der Welt«, sagte Amanda und spürte Nikos warmen Atem an ihrem Nacken.

»Oder genau umgekehrt.« Er legte die Hand auf ihre Schulter. »Hier fängt alles an.«

Langsam beschrieb er mit dem Zeigefinger eine lange Linie am Horizont. Amanda drehte sich um und sah, wie sich sein verträumter Blick weitete und dann verengte, bis er sich in ihrem verfing und ihre Lippen sich begegneten.

»Du bist so wahnsinnig toll«, flüsterte er so dicht an ihrem Ohr, dass es ganz feucht wurde.

Wieder schob er seine Zunge langsam in ihren Mund. Amanda schloss die Augen. Sie sollte das genießen, aber die Alarmglocken klingelten, und sie verkrampfte sich.

»Was ist?« Niko ließ sie los. »Mache ich was falsch?«

Amanda atmete schwer. Unter ihnen fuhren Trucks und Lastwagen durch den geöffneten Rachen einer gigantischen Fähre hinein und heraus.

Das letzte Mal, als sie einen Jungen so nah an sich heranließ, hatte er sie weggeworfen wie eine leere Verpackung, nachdem er fertig gewesen war. Es war mitten in der Nacht gewesen und sie hatte halb nackt und gedemütigt mit aufgekratzten Knien hinter einem Gebüsch in einer schlafenden Einfamilienhaussiedlung gelegen. Am darauffolgenden Montag hatte die ganze Schule sie angeglotzt, als wäre sie ein Ufo.

Solche Erinnerungen setzten sich wie Geschwulste auf eine empfindsame Seele.

»Wir können doch noch ein bisschen warten«, sagte sie.

»Warten? Soll das ein Witz sein, oder was? Wir sind seit zehn Wochen zusammen.«

In gewisser Weise konnte sie Nikos Enttäuschung nachvollziehen. Am liebsten hätte Amanda auch die Kontrolle abgegeben und die körperliche Nähe genossen. Aber sie hatte Angst. Wenn Niko sie wirklich mochte, wenn er es ernst meinte, dann spielten einige Wochen hin oder her auch keine Rolle mehr.

Sie atmete tief ein und wappnete sich. »Warum willst du mit mir zusammen sein? Weißt du überhaupt, wann ich Geburtstag habe? Was mein Lieblingsessen ist?«

»Hör auf.«

»Was ist mein Lieblingssong?«

Niko starrte sie hohläugig an. »Soll das eine Art Quiz sein?«

»Ernsthaft jetzt. Was weißt du über mich?«

Er verzog das Gesicht, als fände er sie total lächerlich.

Doch Amanda ließ nicht locker. »Wie hat mein Papa mich genannt, als ich klein war? Warum hasse ich Leggings? Was ist meine Glückszahl?«

Auf gar keinen Fall wollte sie sich wieder ausnutzen und demütigen lassen. Sie hatte auf die harte Tour gelernt, dass die meisten Typen Arschlöcher waren, die nur auf das eine aus waren. Bisher hatte Niko ihr nicht bewiesen, dass er eine Ausnahme darstellte.

»Was ist an mir denn so wahnsinnig toll?« Sie erhob sich so heftig, dass der Becher umfiel und sich eine Pfütze aus braunem Kakao auf der Decke ausbreitete.

»Was soll der Scheiß?« Niko rutschte auf den Knien herum und versuchte, die Flüssigkeit mit einer Serviette aufzuwischen.

»Du kennst mich ja nicht mal!« In einem Anfall von Trauer und Wut lief Amanda auf dem Pfad davon. Auf dem Weg nach unten blieb sie stehen und drehte sich um, in der Hoffnung, dass Niko ihr folgte. Gleich würde er den Hügel herunterlaufen. Am liebsten wollte sie, dass er sie in den Arm nahm und festhielt und etwas so Einzigartiges sagte, dass ihr Herz Purzelbäume schlug.

Doch er kam nicht. Es gab keine schönen Worte, um das zu beschreiben, was sie miteinander hatten. Niko war wie alle anderen Jungen. Er mochte es, sie anzugucken und ihren Körper anzufassen. Das, was in ihr war und sie ausmachte, das interessierte ihn gar nicht.

Sie nahm die Kette ab, die er ihr geschenkt hatte, und stopfte sie in die Hosentasche. Dann lief sie stolpernd und mit vernebeltem Blick den Hügel hinunter, der aus Dreck vom Meeresboden bestand.

Isabellas Tür war zu, aber nicht abgeschlossen. Amanda klopfte zweimal an, ehe sie eintrat.

»Oh, sorry.«

Der Schreibtisch war belagert mit Büchern, Stiften und Linealen, außerdem lagen dort ein Taschenrechner und ein Schreibblock. Auf dem Drehstuhl saß Sixten.

»Isabella ist beim Training.« Neugierig betrachtete er Amanda. »Sie hat gesagt, dass ich so lange hierbleiben und lernen kann.«

Amanda wollte gerade die Tür hinter sich schließen, als Sixten aufstand. Sein Pullover hatte sich am Hosenbund verfangen, und als er daran zog, spannte der Stoff über dem breiten Brustkorb.

»Ist irgendwas passiert?«

Amanda trat von einem Bein aufs andere. »Nein, alles gut.«

»Natürlich ist was passiert. Das sehe ich doch.« Sixten winkte sie ins Zimmer. »Kann ich irgendwas tun? Soll ich Isabella anrufen?«

Sie schloss die Tür hinter sich und ließ sich aufs Bett fallen. »Ich hab das alles so satt.«

»Was denn genau?«

Es fühlte sich komisch an, mit Sixten über dieses Thema zu reden, aber da war so vieles in ihr, was brodelte und zischte und einfach rausmusste.

»Jungs. Ich kann sie nicht mehr ausstehen.«

Sixten stützte das Kinn in die Hand und lächelte vielsagend. »Das klingt aber ein bisschen sexistisch.«

Normalerweise brachte er Amanda zum Lachen, aber diesmal war sie genervt.

»Ach, vergiss es.«

»Nein.« Sixten setzte sich wieder auf den Schreibtischstuhl und beugte sich weit vor. »Erzähl es mir.« Sein Blick war sanft und neugierig. »Natürlich nur, wenn du willst.«

»Ich weiß nicht.« Es war anstrengend, darüber zu reden, und schwer zu erklären. »Niko ist schlau und lieb und romantisch, aber ich glaube nicht, dass er sich wirklich für mich interessiert. Ich denke, er will in erster Linie eine Freundin haben, wie eine Art Trophäe. Er hat zum Beispiel noch nie gesagt, dass er mich lieb hat.«

Sixten stieß sich ab und rollte auf dem Stuhl in ihre Richtung. »Er ist vielleicht schüchtern. Ihr seid doch noch nicht besonders lange zusammen.«

»Zehn Wochen.« In ihre Augen traten Tränen. »Aber wir haben uns schon mehrmals gestritten.«

»Alle Paare streiten sich«, erwiderte Sixten.

»Ihr nicht.«

Es kam höchstens mal vor, dass Isabella und er sich nicht entscheiden konnten, ob sie an einem Freitagabend Sushi oder Poke Bowl essen sollten, oder sie diskutierten darüber, ob Zlatan weiter in der Nationalmannschaft spielen sollte.

»Doch, aber … Natürlich streiten wir uns auch manchmal.« Es sah so aus, als suchte er in seiner Erinnerung nach einem guten Beispiel. »Wir haben nicht immer dieselbe Meinung.«

Amanda seufzte. »Ich wünschte, ich wäre ein bisschen mehr wie Isabella.«

Ihrer Schwester fiel alles so leicht.

»Hör auf. Du sollst nur du selbst sein. Du bist cool, Amanda. Ich kenne sonst niemanden, der so ist wie du.«

So etwas sagte man, um jemanden zu trösten, das war ihr klar. Aber trotzdem besserte sich ihre Laune. Sixten betrachtete sie so, als würde er sich wirklich für sie interessieren.

»Niko weiß nicht einmal, wann ich Geburtstag habe oder was mein Lieblingssong ist.«

Sixten legte die Hand auf ihr Knie. Er lächelte, aber sein Blick war durchdringender geworden. Amanda erschauerte. Ein gefährliches, verbotenes Kribbeln breitete sich in ihr aus. Sie wollte ihn bitten, die Hand wegzunehmen und aufzuhören, sie so anzuschauen.

»Es ist der fünfzehnte Juni«, sagte er. »*This Is Goodbye* von Imminence.«

Es fühlte sich an wie eine Atombombe im Herzen. Gänsehaut am ganzen Körper. Sixten breitete die Arme aus.

»Komm.«

Benommen krabbelte sie zu ihm und schmiegte sich in seine Arme. Er umarmte sie fest und lange. Sein Duft war so vertraut. Nach all den Jahren hatte er sich mit dem Geruch von Isabella verbunden und war damit eins geworden.

Sie ließen sich gleichzeitig los und sahen sich in die Augen. Amanda legte die Hand auf Sixtens Nacken. Als er nicht protestierte, beugte sie sich vor und küsste ihn.

Linda hielt vor dem Klassenzimmer inne und drehte sich um. Ohne Vorwarnung war Sasho an der Wand stehen geblieben. Düster blickte er auf den Boden und atmete tief ein.

»Hast du Valium oder so?«, flüsterte er.

Sie schob die Hand in ihre Tasche. »Ich habe Strohrum.«

Sie lachten beide.

In den letzten Jahren hatten zwei Elternabende stattgefunden. Sasho war zum ersten gegangen, beim zweiten hatte sich Linda geopfert. Da das heute der letzte Elternabend vor dem Wechsel aufs Gymnasium war, hatten sie sich nach harten Verhandlungen darauf geeinigt, zusammen hinzugehen.

»Komm, bringen wir es hinter uns«, sagte Linda.

Sie ging rasch an den anderen Eltern vorbei, die schon in den Bänken Platz genommen hatten, und lenkte ihre Schritte zu den Stühlen ganz hinten in der Ecke.

Sasho drückte seine Basecap in die Stirn. Sie hätte ihn schonen sollen. Er hasste solche Veranstaltungen, hielt es nicht aus, wie die Leute glotzten, oder tat so, als würde er es nicht sehen. Er meinte, aus ihren Stimmen kleine Seitenhiebe und Unterstellungen herauszuhören. Sie starrten Sasho an und sahen denselben Menschen wie vor fünfundzwanzig Jahren. Den Rowdy, den Gewaltverbrecher. Das war der Fluch der Kleinstadt: Man durfte nie jemand anderer werden.

Ganz vorn am Pult saß die Klassenlehrerin hinter ihrem Laptop. Sie gab vor, beschäftigt zu sein, starrte auf den Bildschirm und tippte auf der Tastatur herum. Natürlich stand sie noch mehr im Rampenlicht als die Eltern, nicht zuletzt, weil auch sie hier aufgewachsen war und die Stadt nie verlassen hatte.

Mindestens die Hälfte der Eltern im Klassenzimmer hatte ihre Wurzeln in Trelleborg. Obwohl man nicht immer grüßte und manchmal so tat, als würde man sich nicht kennen, wussten eigentlich alle, wer die anderen waren. Strukturen und Hierarchien von Schulhöfen und Fußballplätzen lebten weiter. Außerdem gab es einen gewissen Statusunterschied zwischen den Rückkehrern und denen, die dageblieben waren. Wer Trelleborg nie verlassen hatte, dem schien etwas Wesentliches zu fehlen, was auch immer das sein mochte – Lebenserfahrung, Creditpoints an der Uni, Ehrgeiz? Wenn man hingegen die Stadt einmal verlassen hatte – wegen des Studiums, weil man nach Stockholm gegangen war, als Reiseleiterin gearbeitet oder eine Weltreise gemacht hatte – und dann zurückgekehrt war, um sich zur Ruhe zu setzen und eine Familie zu gründen, wurde man ganz anders angesehen.

Linda warf einen Blick auf die Uhr. Sie hätten nicht so früh kommen müssen. Ihre Abneigung gegen diese Art von Zusammenkünften war verbunden mit einem diffusen Schamgefühl angesichts ihrer eigenen Lebensentscheidungen: in erster Linie ihre ausgebliebene berufliche Karriere, aber auch die Ehe mit Sasho. Natürlich sollte sie sich nicht dafür schämen, das war total erbärmlich, aber sie konnte sich nicht dagegen wehren.

Sie glaubte, die Enttäuschung in den Augen der anderen

zu sehen: Linda Evaldsen, ehemalige Schülersprecherin und die Ehrgeizigste ihres Jahrgangs mit Bestnoten in allen Fächern. Jetzt arbeitete sie noch immer bei Ica Maxi, wo sie in der Neunten einen Ferienjob angenommen hatte, und war mit einem der schlimmsten Schlägertypen der Stadt verheiratet.

»Die Lieblingsschüler der Lehrerin setzen sich immer ganz nach hinten«, meinte Patrik Ledin grinsend und ließ sich auf den Stuhl neben Sasho sinken. Aus irgendeinem Grund zog es Patrik immer zu ihm.

»Alles in Ordnung bei euch?« Patriks Frau Ida hatte einen Körper wie ein junges Mädchen, kleidete sich aber wie eine Hausfrau aus den Fünfzigern. Linda hatte sich schon lange gefragt, was Patrik eigentlich der Beziehung mit ihr abgewinnen konnte. Mal abgesehen vom Offensichtlichen.

Linda lächelte. »Alles gut.«

Patrik begrüßte Sasho mit einem Faustcheck.

»Ehrlich gesagt frage ich mich, warum die Schule nicht einfach eine Mail mit den Infos rausschicken kann. Offenbar wird vorausgesetzt, dass wir alle Zeit der Welt haben.«

Patrik sprach immer ein bisschen zu laut, sodass sich die Leute umdrehten und glotzten. Letztendlich war Niko wegen Patrik, dem Vater von Teo, an dieser Schule gelandet. Als die Jungen sich vor ein paar Jahren angefreundet hatten, stellte sich bald heraus, dass Teo nach der Sechsten auf diese Privatschule gehen würde, weil sein Vater die Meinung vertrat, alle kommunalen Einrichtungen seien schlecht. Linda hatte Niko überredet, sich ebenfalls dort zu bewerben, denn Teo war ein ausgezeichneter Umgang für ihn. Sasho hatte nichts dagegen einzuwenden gehabt.

»Wisst ihr, ob heute auch der Rektor kommt?«, fragte Patrik. »Wir müssen über den neuen Mathelehrer reden. Er ist ja eine Katastrophe.«

»Tatsächlich?«

Niko hatte sich ähnlich geäußert, als er nach der letzten Klassenarbeit eine schlechte Note nach Hause gebracht hatte, woraufhin Linda ihn zurechtgewiesen hatte, dass er die Schuld nicht auf andere abwälzen solle. Wenn er Probleme mit Mathe habe, dann müsse er eben härter arbeiten. Sie sah das Mathebuch nicht gerade häufig auf seinem Schreibtisch liegen. Offenbar waren Teos Eltern anders mit diesem Problem umgegangen.

»Die Noten der Kinder sollen doch nicht leiden, weil die Schule es nicht fertigbringt, vernünftiges Personal aufzutreiben!«, sagte Patrik.

»Das stimmt natürlich«, sagte Linda. Sie war zwar nicht unbedingt seiner Meinung, wollte sich aber nicht mit ihm anlegen. »Hast du schon mit dem Mathelehrer gesprochen?«

Patrik Ledin lachte. »Du glaubst doch wohl nicht, dass meine Kunden sich bei den Männern in der Produktion beschweren, wenn sie unzufrieden mit den Lieferungen sind?«

Er sah Ida an, die versuchte, ihre aufgespritzten rosafarbenen Lippen zu einer Art Lächeln zu verziehen. »Seid ihr denn zufrieden mit dem Mathelehrer?«, erkundigte sie sich bei Linda.

»Ich weiß nicht so genau. Aber er hat offenbar promoviert und an der Uni unterrichtet.«

Vielleicht war er überqualifiziert, um pickligen Jugendlichen das Prozentrechnen beizubringen? Andererseits lag es in der Natur der Sache, dass ein Schüler mit schlechten Noten die Verantwortung auf den Lehrer abwälzen wollte. Es gab immer jemand anderen, dem man die Schuld zuschieben konnte.

»Herzlich willkommen«, sagte die Klassenlehrerin, die schließlich ihre Deckung hinter dem Computerbildschirm aufgegeben hatte. Sie sah auf die Uhr, es war schon mehrere Minuten nach sechs. »Dann legen wir mal los.«

Linda mochte die Klassenlehrerin. Sie strahlte Autorität aus, hatte eine gute Körperhaltung und einen offenen Blick. Bei ihr gab es ordentlich Hausaufgaben und auch schriftliche Prüfungen. Sie war absolut keine dieser einfältigen Pädagoginnen, die positive Verstärkung für wichtiger hielten als Intelligenz und die gute Noten verteilten, damit die Mädchen keine Tränen vergossen. Deshalb erstaunte es Linda, dass die Klassenlehrerin offensichtlich eine eher lockere Einstellung zum Thema Pünktlichkeit hatte.

Sie begann damit, die Eltern über die neue Entschuldigungspraxis zu informieren, über die digitale Lernplattform, die in den letzten drei Jahren dreimal gewechselt hatte, über Anträge für Schulbefreiungen und die zentralen Prüfungen. Nach einer guten halben Stunde war sie fertig und erteilte den Eltern das Wort. »Hat jemand noch einen Tagesordnungspunkt?«

Eine Mutter in der ersten Reihe meldete sich. »Ich habe ein Anliegen.«

Linda kannte sie. Kurzes, im Nacken ausrasiertes Haar und eine große eckige Brille mit einer Fassung in Leopardenmuster. Sie war in Lindas Alter und hatte seinerzeit dieselben Nachtclubs besucht wie sie.

»Ich mache mir wirklich Sorgen. Rakel erzählt, dass es in der

Klasse ziemlich sexistisch zugeht. Die Mädchen werden Huren genannt und wegen ihrer Kleiderwahl gehänselt. Sie werden angegrapscht. Und nach den Sportstunden laufen die Jungs in die Mädchenumkleiden.«

Die Klassenlehrerin schien sich ertappt zu fühlen. Sie stellte sich wieder ans Pult und sah verstohlen auf den Bildschirm. Eine andere Mutter meldete sich, konnte anscheinend nicht warten, bis sie drankam.

»Gibt es in der Umkleide denn keine Erwachsenen?«

Linda tat die Klassenlehrerin leid. Sie war ausgezeichnet in ihrem Umgang mit den Kids, aber verlor ihre Autorität, sobald sich die Eltern einmischten.

»Die Sportlehrerin hat im Anschluss leider gleich wieder Unterricht«, sagte die Lehrerin verlegen. »Sie hat daher keine Möglichkeit, anwesend zu sein, wenn sich die Schülerinnen umziehen.«

Patrik Ledin legte ein Bein über das andere und lächelte. »Und Sie?«

»Na ja, ich hab da Mittagspause und anschließend …« Die Lehrerin ließ die Schultern hängen und senkte den Kopf. Dabei sah sie aus, als bereute sie, in Trelleborg geblieben zu sein und jetzt die Rotzlöffel ihrer früheren Bekannten unterrichten zu müssen. Sie kratzte sich am Kinn. »Ich werde sehen, was sich machen lässt.«

Ein Gemurmel ging durch den Raum.

»Sag doch lieber, wer es ist«, meinte Legolas Mutter, die am Gymnasium in Lindas Parallelklasse gegangen war, ehe sie schwanger geworden war und die Schule abgebrochen hatte.

»Ja«, stimmte Ida Ledin ein. »Es ist doch nicht richtig, alle Jungen über eine Kante zu scheren.«

»Über einen Kamm«, flüsterte Linda an Sasho gewandt.

Sie lächelten sich verstohlen zu.

»Ich werde keinen einzelnen Schüler beschuldigen«, sagte Rakels Mutter entschieden. »Es geht um ein strukturelles Problem, das die Schule anpacken muss.«

Die Klassenlehrerin nickte vage und die meisten Eltern sahen erleichtert aus. Auch wenn jeder Einzelne von der Unschuld seines Sprösslings überzeugt war, hatte es natürlich etwas Befreiendes, wenn jemand anderer sich dieser Sache annahm.

»Also«, sagte die Lehrerin. »Ich glaube nicht, dass wir heute viel weiterkommen. Ich werde die Angelegenheit an den Rektor und das Mobbing-Interventionsteam weiterleiten.«

Im selben Moment scharrten die ersten Stühle über den Fußboden und bald hatten sich alle erhoben. Handys wurden gezückt, jemand schob sich eine unangezündete Zigarette hinters Ohr, und eine Schar gackernder Mütter versammelte sich um Rakels Mutter.

»Ich muss wohl mal ein Wörtchen mit Teo reden«, meinte Patrik und klopfte Sasho auf die Schulter. »Wir wissen doch selbst, wie es damals war, als die Mädels Titten bekommen haben.«

»Jetzt hör schon auf.« Ida versetzte ihm einen leichten Klaps auf den Arm. Vielleicht hing ihre Reaktion damit zusammen, dass bei ihr erst mit fünfundzwanzig die Brüste zu sprießen begannen.

»Dann werden wir mit Niko reden«, sagte Sasho und stand auf.

»Natürlich«, sagte Linda.

Dabei wussten sie, dass Niko sich niemals so verhalten würde.

»Ich habe gehört, er hat eine kleine Freundin«, bemerkte Ida.

Patrik grinste. »Richtig, dann sind wir ja quasi um die Ecke verwandt.« Er verschränkte die Finger als Zeichen der Zusammengehörigkeit.

Sasho lächelte, aber Linda wusste, dass Patrik Ledin ihm schnell zu viel wurde.

»Wie schön, dass es Amanda anscheinend besser geht«, sagte Ida, während sie das Klassenzimmer verließen. »Es ging ihr ja eine Weile ziemlich schlecht. Aber das wusstet ihr bestimmt schon?«

Doch ihr Tonfall signalisierte, dass sie davon überzeugt war, dass Linda und Sasho keine Ahnung hatten, wovon sie sprach. Sie würde es genießen, die beiden auf den aktuellen Stand zu bringen.

»Erzähl«, bat Linda widerwillig.

»Nun, sie ist an einen furchtbaren Kerl geraten, der im Internet jede Menge Nacktbilder von ihr verbreitet hat.«

Linda verschluckte sich prompt. Als sie hustete, verstummte das Grüppchen um Rakels Mutter sofort.

»Na ja, so etwas kann natürlich jedem passieren«, fuhr Ida fort. »Obwohl es ja immer heißt, man soll im Internet nichts preisgeben.«

Nacktfotos? Linda blieb die Luft weg. Es gab also einen Haufen eindeutiger Fotos von Amanda im Netz. Bilder, die jeder Trelleborger gesehen hatte. Alle Klassenkameraden von Niko, alle Kunden bei Ica. Es war offensichtlich, dass Ida auch diesmal das genaue Gegenteil von dem meinte, was sie gesagt hatte: So etwas passierte nicht jedem.

Enttäuscht atmete Linda ein. In ihrem Alter sollte sie es

eigentlich gelernt haben: Wenn etwas zu gut wirkte, um wahr zu sein, dann war es häufig genau das – zu gut, um wahr zu sein.

Als Amanda seine Nachricht sah, erhob sie sich vom Stuhl und stürmte aus dem Klassenzimmer.

»Hallo, junge Dame, wo willst du hin?«, rief ihr der Schwedischlehrer nach.

»Ich hab meine Tage gekriegt!«, antwortete sie und zog die Tür des Klassenzimmers hinter sich zu.

In der engen Toilettenkabine leerte sie ihre Schminksachen ins Waschbecken und balancierte auf den Zehenspitzen, um ihr Gesicht im Spiegel zu begutachten.

Nachdem sie sich im Expresstempo geschminkt hatte, begab sie sich auf den Parkplatz vor der Schule. Dort wartete er auf sie, an einen Zaun gelehnt, die Arme auf dem Geländer, das Haar war ihm in die Augen gefallen. Der Asphalt vor seinen Schuhen war mit Punkten von seiner Spucke übersät.

»Tut mir leid«, war das Erste, was er sagte. »Bitte verzeih mir.«

Amanda blieb ein Stück von ihm entfernt stehen. Niko trat mit der Schuhspitze gegen den Zaunpfahl. Sein Blick flackerte. »Ich weiß, dass du am fünfzehnten Juni Geburtstag hast. Du hast einen voll krassen Musikgeschmack und deine Lieblingsgerichte sind Pasta Carbonara und die Cowboysuppe in der Schulmensa.«

Amanda lächelte. »Die Cevapcici deiner Oma haben es auch auf die Liste geschafft.«

»Leider kann ich jetzt gerade nichts davon anbieten«, sagte Niko. »Aber ich lade dich bei Mäckes ein, wenn du willst.«

»McDonald's?«

Er lächelte. »Ich weiß, dass dein Vater dich Mandy genannt hat, als du klein warst. Es gab da irgendeinen Song, den er so gern mochte. Du hast ihn mir vorgespielt, als ich das erste Mal bei euch zu Hause war. Ich vermute, dass du keine Leggings magst, weil du dir einbildest, dass deine Oberschenkel nicht gut aussehen, was natürlich nicht stimmt.«

Ihr Körper füllte sich mit Sonnenschein und Amanda drückte ihm einen klebrigen Kussmund auf die Wange.

Sie sollte sich schämen. Ihr Freund war ganz fantastisch und sie hatte sich wie ein verwöhntes Gör benommen. Niko schenkte ihr tolle Sachen, organisierte ein romantisches Picknick und schrieb ihr einen Song. Was erwartete sie denn eigentlich?

Die Sache mit Sixten war ein blöder Fehler gewesen, der sich niemals wiederholen würde. Sobald Amanda die Gelegenheit dazu bekam, würde sie mit ihm und Isabella reden. Sie hatte keine Wahl, obwohl Panik in ihr aufstieg, wenn sie nur daran dachte. Es war ein flüchtiger Kuss gewesen, sonst nichts. Das war einfach passiert. Sie hatte sich schlecht gefühlt und Sixten hatte sie getröstet. Hoffentlich würde Isabella sie verstehen und ihnen verzeihen.

Eine Viertelstunde später saßen Amanda und Niko an einem Zweiertisch bei McDonald's und tauchten abwechselnd Pommes in ein Softeis.

»Ich hab leider keine Ahnung, welches deine Glückszahl ist«, sagte Niko. »Aber das ist auch kein Wunder, denn du hast es mir nie erzählt.«

»Ups.« Manchmal war sie wirklich blöd. »Warum hast du mir das alles nicht oben auf dem Hügel gesagt?«

»Ich hab es nicht fertiggebracht. Ich war so geschockt. Ich pack das nicht mit streiten und so.«

Amanda sah ihn an, ohne dass ihre Lippen den Trinkhalm losließen. »Na klar.« Wer legte sich schon gern mit anderen an? Oder hatte er etwa den Eindruck, sie sei eine Art Dramaqueen, die es genoss, einen Streit zu provozieren?

»Ich vermute, du hast das Gerede über meinen Vater gehört«, sagte Niko. Er faltete eine Serviette zusammen und wischte sich Eis vom Kinn.

»Nicht wirklich.« Sie drehte ein Pommesstäbchen zwischen den Fingern. »Ich höre nicht auf so was.«

Misstrauisch blickte Niko sie an. »Mein Vater ist in ziemlich viele Schlägereien geraten, als er jung war. Es ist ihm schwergefallen, seine Wut zu kontrollieren.«

»Okay?« Sie sah den ruhigen und zurückgezogenen Sasho Palevski vor sich.

»Er hat sogar wegen Körperverletzung im Gefängnis gesessen.« Niko sah weg. »Das ist total lange her. Aber …«

Amanda ließ den Trinkhalm mit einem Schlürfen los und streckte sich nach seiner Hand aus. Der Moment vibrierte. Niko begann sich zu öffnen und sie an sich heranzulassen.

»Eine Weile hatte ich große Angst, dass ich genauso werde wie er. Deshalb hab ich mich aus allen Konflikten rausgehalten. Es tut mir irgendwie weh. Dann schalte ich einfach ab.«

Das klang vernünftig. Amanda ließ ihre Fingerspitzen über seinen Arm gleiten. »Das muss doch total lange her sein. Du warst vermutlich nicht mal auf der Welt, oder?«

Sie konnte trotzdem seine Angst nachvollziehen. Und echt

im Gefängnis? Sasho musste etwas wirklich Schlimmes getan haben. Warum hatten ihre Eltern nichts davon erzählt? Ihr Papa müsste es wissen. Er und Sasho waren ungefähr gleich alt.

»Ich glaube nicht, dass mein Vater in Trelleborg bleiben wollte«, sagte Niko. »Nur wegen meiner Mutter ist er nicht weggegangen.«

Amanda lächelte vorsichtig. »Die Leute machen die verrücktesten Sachen aus Liebe.«

»Ja, oder? Würdest du meinetwegen den Rest deines Lebens in Trelle verbringen?«

Sie lachte, doch schon bald wurde ihr klar, dass in der Frage ein Körnchen Wahrheit steckte. »Deine Liebe zu dieser Stadt ist nicht gesund«, sagte sie mit einem Lächeln. »Das einzig Gute daran, hier aufzuwachsen, ist, dass jeder normale Mensch kapiert, dass man ganz weit von hier weggehen muss.«

Niko nippte an seiner Cola. Seine Augen funkelten.

»Würdest du denn meinetwegen Trelleborg verlassen?« Sie nahm das letzte Pommesstäbchen und hielt es Niko hin, der es exakt in der Mitte teilte und sich seine Hälfte in den Mundwinkel steckte.

»Wo sollten wir denn hin?«

»Nach Marbella vielleicht.« Sie dachte nach. »Oder Palma. Saint-Tropez soll auch nice sein.«

Niko sog die letzte Pommeshälfte in den Mund und kaute. Er sah etwas bedröppelt aus.

»Siebenundzwanzig«, sagte sie.

»Wie?«

»Das ist meine Glückszahl.« Sie nahm sich den letzten Rest Softeis. »Da haben wir uns kennengelernt. Am Siebenundzwanzigsten.«

Niko bekam kleine Grübchen in den Wangen, als er lächelte. Sie wollte in seine braunen Augen hineinkriechen und es sich dort gemütlich machen. Doch sein Lächeln verschwand so abrupt, wie es gekommen war. Besorgt blickte er auf und starrte zum Eingang.

Amanda drehte sich um und entdeckte Sasho Palevski, der in schwarzer Lederjacke und Boots auf sie zukam. Ohne zu grüßen, deutete er auf Niko.

»Du musst nach Hause. Jetzt.« Er sah Amanda an, ohne eine Miene zu verziehen. »Ihr müsst euch ein andermal treffen.«

Und schon ging er wieder zur Tür und Niko packte seine Sachen. »Ich schreib morgen Bio. Muss nach Hause und lernen.«

Er sah sie nicht einmal an. Amanda hätte nicht sagen können, ob das mit dem Lernen stimmte oder ob er sich das nur ausgedacht hatte.

»Woher wusste er, dass du hier bist?«, flüsterte sie, als er sich mit dem Tablett in der Hand erhob.

»Wir haben so eine Handy-App, wo wir auf einer Karte die Positionen der anderen Familienmitglieder sehen können.«

»Okay.«

So eine App hatte Amanda auch. Der Unterschied war, dass ihre Eltern nie auf die Idee kommen würden, einfach hier aufzutauchen, ganz ohne Vorwarnung. Man konnte ja wenigstens vorher eine Nachricht schicken.

»Ich schreib dir«, sagte Niko und berührte ganz leicht ihren Arm.

Durchs Fenster sah sie ihn im Schatten seines Vaters den Parkplatz überqueren. Obwohl beide ziemlich durchtrainiert waren und Sasho höchstens ein oder zwei Zentimeter größer war als sein Sohn, wirkte Niko so viel kleiner. Als würde er in der Gesellschaft seines Vaters in sich zusammensacken.

Sasho Palevski umgab eine geheimnisvolle Finsternis. Der kräftige Körper, die Lederjacke und das Schweigen, sein strenger Gesichtsausdruck. Und er hatte im Gefängnis gesessen. Amanda schauderte. Das war natürlich erschreckend. Aber irgendwie auch spannend.

NACH DEM MORD

Am Empfang der Polizeiwache warteten die Menschen auf Bänken und Stühlen, während Jari hereingebeten und die Treppen hinauf und in ein helles Büro geführt wurde, an dessen Wänden Zeitungsausschnitte hingen. Als Bo Brodin die Hand zur Begrüßung ausstreckte, war ein Schweißfleck in seiner Achselhöhle zu sehen.

»Wir müssen eine ergänzende Vernehmung durchführen«, erklärte der Kommissar.

Jari hatte seit mehreren Tagen weder richtig gegessen noch ordentlich geschlafen. Die Welt war in Nebel gehüllt, und die Ohren waren zu, wie beim Fliegen. Mehrere Male hatte er dunkles Haar vorbeiflattern sehen, hatte gemeint, eine Stimme zu hören, und sich umgedreht, fest davon überzeugt, dass es Amanda war, um dann jedes Mal feststellen zu müssen, dass seine Augen und sein Gehör ihn getrogen hatten. Sie würde nie wieder zurückkommen.

»Kann ich Ihnen etwas anbieten?«, fragte Brodin. »Wasser? Einen Apfel?«

Jari brachte es kaum fertig, den Kopf zu schütteln. Er wollte nichts haben. Er wollte gar nichts. Es kam ihm so vor, als wäre seine Batterie leer und als fehlte dem Motor der Zündfunke.

»Was sagt Niko?«, brachte er schließlich heraus.

Brodin wand sich unbehaglich. »Niko Palevski hat gar nichts gesagt.«

»Wie? Hat er nicht erzählt, was er am Freitag gemacht hat? Er steht doch unter Verdacht.«

Brodin kratzte sich die Bartstoppeln. »Niko sagt kein Wort. Offenbar hat er jemandem versprochen zu schweigen.«

Das klang völlig verrückt. Wem mochte er ein solches Versprechen gegeben haben? Doch wohl nicht Amanda, denn die lebte ja nicht mehr.

»Was haben Sie gedacht, als Sie erfuhren, dass Amanda einen Jungen kennengelernt hat?«, fragte Bo Brodin und schaltete das Aufnahmegerät an.

»Nichts Besonderes. Ich habe mich für sie gefreut.« Jari erinnerte sich, wie erstaunt er gewesen war, als Niko Palevski bei diesem Turnwettkampf aufgetaucht war. »Ein bisschen beunruhigt war ich vielleicht«, gab er zu.

»Warum das?«

Sofort bereute er, was er gesagt hatte. Wenn man glaubwürdig lügen wollte, musste man so nah wie möglich an der Wahrheit bleiben. Das war ihm sehr bewusst.

»Sie haben selbst keine Töchter, oder?«, fragte er.

Brodin sah erstaunt aus. »Zwei Söhne«, sagte er abwartend.

»Das ist nicht dasselbe. Fragen Sie jemanden, der eine sechzehnjährige Tochter hat.« Jari wusste, dass er sich auf dünnem Eis bewegte, aber zumindest nah an der Wahrheit. »Natürlich ist es einem nicht egal, mit wem sie sich trifft.«

Brodin starrte ihn an. Über so etwas sollte man nicht laut sprechen, das war nicht pc, galt vermutlich als altmodisch und chauvinistisch, aber der Kommissar hatte sich bestimmt schon viel schlimmere Gedanken anhören müssen.

»Man kann das natürlich seltsam finden«, fuhr Jari fort. »Es sollte ja keine Rolle spielen, aber das tut es ja doch irgendwie.«

Brodin klickte ein paarmal mit dem Kugelschreiber. Sein Blick war neutral. »Das heißt, Sie haben sich Sorgen gemacht, als sie Niko Palevski kennengelernt hat?«

»Amanda hat schon vorher schlimme Dinge durchmachen müssen«, sagte Jari. »Ein älterer Typ hat sie dazu gebracht, ihr Nacktbilder zu schicken, die er dann im Internet verbreitet hat. Das hat sie sehr mitgenommen.«

Und mich auch, dachte er. Manchmal fragte er sich, ob es für ihn nicht noch schlimmer gewesen war, aber das konnte er natürlich nicht laut sagen.

»Das muss schrecklich gewesen sein«, sagte Brodin.

Damals hatte Jari allen Ernstes erwogen, zu dem Dreckskerl nach Hause zu fahren und ihm den Hals umzudrehen. Stattdessen hatte er es Maria überlassen, mit Amanda zu reden, während er eigene Konten bei Snapchat und TikTok angelegt hatte, damit er auf dem Laufenden darüber war, was seine Tochter eigentlich im Netz trieb.

»Aber … wie soll ich es formulieren?«, sagte der Kommissar. »War es schwierig für Sie, dass Amanda ausgerechnet mit Niko Palevski zusammenkam?«

»Also … nein.« Jari seufzte schwer, als ihm klar wurde, dass dies nicht ganz der Wahrheit entsprach. »Ich kannte Niko ja, weil er mit dem jüngeren Bruder von Sixten befreundet war, also dem Freund meiner älteren Tochter.« Wobei Jari aus dieser Richtung eigentlich nie etwas Negatives gehört hatte. Es ging wohl eher um etwas anderes. »Ich wusste, wer sein Vater ist.«

Brodin berührte mit dem Stift den Mund. »Was ist denn so besonders an Nikos Vater?«

»Sasho Palevski und ich waren von der Siebten bis zur Neunten in derselben Klasse.« Jari sah den kleinen, muskulösen Jungen in den Fluren der Köpingeskolan vor sich. »Alle wussten, dass man sich von ihm fernhalten sollte. Sasho war ein … Rowdy, wie man damals sagte.«

»Aha, okay.« Brodin schien dieser Tatsache kein größeres Gewicht beizumessen. Vermutlich hatte er im Vorstrafenregister nachgesehen und war mit Sashos Vorgeschichte vertraut.

»Was können Sie über Nikos und Amandas Beziehung sagen?«, fragte er stattdessen. »Wissen Sie etwas darüber?«

»Ja, doch. Es schien zwischen ihnen ganz gut zu laufen.« Jari war es wichtig zu betonen, dass er alles, was er jetzt erzählte, erst im Nachhinein erfahren hatte. »Erst nachdem sie sich im Frühjahr getrennt hatten, habe ich begriffen, dass keineswegs alles gut war. Niko war offenbar total eifersüchtig.«

Er stockte. Wenn er geahnt hätte, wie schlimm die Lage gewesen war, dann hätte er natürlich eingegriffen.

Brodin legte den Kuli auf den Tisch und blätterte in seinen Unterlagen. »Letztes Mal, als Sie hier waren, haben Sie erzählt, dass Sie Ihre Jagdwaffen in einem verschlossenen Schrank im Ankleidezimmer verwahren.«

»Das stimmt.«

»Und wenn ich es richtig verstanden habe«, fuhr der Kommissar fort, der in den Unterlagen etwas zu suchen schien, »braucht man keinen Schlüssel, um den Schrank zu öffnen.«

»Nein, es ist ein Zahlenschloss.«

»Richtig. Und wer kennt den Code?«

Jari war sich nicht ganz sicher. »Vielleicht meine Frau. Ansonsten wohl nur ich.«

»Ihre Töchter?«

»Nein, das glaube ich nicht.« Es war zwar derselbe sechsstellige Code, den er seit mehreren Jahren zum Entsperren seines Handys verwendete, aber das wussten Amanda und Isabella nicht.

Brodin machte sich mit gerunzelter Stirn Notizen. »Wann haben Sie zuletzt das Gewehr gesehen, das wir im Wasser im Dalabad gefunden haben? Ihre H&R Handi-Rifle?«

Darauf wusste er keine Antwort. »Ich hole die Gewehre aus dem Schrank, wenn ich auf die Jagd gehe, ein- oder höchstens zweimal im Jahr.« Er versuchte, sich zu erinnern, wann. »Vielleicht in den Frühjahrsferien? Im Februar?«

»Wusste Niko Palevski, dass Sie in Ihrem Haus Waffen verwahren?«

»Das weiß ich ehrlich gesagt nicht, aber wahrscheinlich schon. Er wusste ja, dass ich jage.«

Brodin machte sich wieder Notizen. »Wir haben den Waffenschrank untersucht, und es gibt keinerlei Anzeichen, dass jemand ihn aufgebrochen hat. Derjenige, der das Gewehr entwendet hat, kannte offenbar den Zahlencode.«

Mit erhobenen Augenbrauen blickte er auf, und Jari spürte, wie ihm der Schweiß unter dem Pullover herunterlief. Das war die Sache mit der Wahrheit: Man sollte sich so wenig wie möglich davon entfernen.

»Oder …« Maria würde durchdrehen, wenn sie jetzt zuhören würde, aber er musste einfach zugeben, dass es auch diese Möglichkeit gab. »Es könnte auch sein, dass ich vergessen habe, den Schrank abzuschließen.«

Unter der Basecap und der Kapuze sah Sasho nur seine eigenen Füße. Wie ein Blinder ließ er sich von Linda über den Gehweg vor der Polizeiwache führen. Als sie plötzlich stehen blieb, wäre er beinahe gestolpert und hingefallen.

»Was machst du?«

Linda antwortete, indem sie schweigend mit dem Kopf auf die andere Straßenseite deutete. Er folgte ihrem Blick und stutzte. Neben einem großen, blitzenden Mercedes standen Amandas Eltern und umarmten sich. Trotz Sakko und Mantel, polierten Lederstiefeletten und glitzerndem Silberschmuck hatte Sasho selten etwas Traurigeres gesehen. Ihre Gesichter waren blass, die Blicke leer. Ihre Umarmung wirkte hilflos.

»Komm«, sagte er und zerrte Linda mit in den Empfang der Polizeiwache. Er lief die Treppen hinauf und spürte, wie der Sauerstoff ins Gehirn zurückkehrte, als Kommissar Brodin ein Stück entfernt auf dem Flur erschien.

Zehn Minuten später saß Sasho erneut im Vernehmungszimmer.

»Erzählen Sie von Amanda Kekkonen«, bat Brodin.

Es widerstrebte ihm. Was sollte er sagen? Doch die Wahrheit musste ans Licht.

»Eigentlich war sie ein wunderbares Mädchen.« Er verschränkte die Hände, damit die Finger aufhörten zu zittern. »Ich verstehe, dass Niko sie mochte.«

Brodin schien nur ein einziges Wort gehört zu haben. »Eigentlich?« Irritiert spielte er an einem Kugelschreiber herum.

»In Amandas Leben gab es viel Drama.« Das war ein passendes Wort, nicht allzu negativ. »Ich habe doch erzählt, dass sie Niko dazu gebracht hat, sich mitten in der Nacht von zu Hause davonzuschleichen.«

»Das haben Sie erzählt, ja«, sagte Brodin.

Sasho begriff, dass er genauer erklären musste, was er meinte. »Amanda ging es wohl nicht so gut. Das war der Eindruck, den ich von ihr hatte. Da waren sehr viele Gefühle im Spiel, große Gefühle.« Vor seinem inneren Auge sah er die leeren Blicke der Eltern und ihre kraftlose Umarmung am Auto. »Sie wirkte orientierungslos auf mich.«

»Das gilt für viele Teenager«, meinte Brodin.

Sasho gab ihm recht. »Aber auch für Fünfundvierzigjährige.«

»Zweifellos.« Der Kommissar war so alt, dass er womöglich dabei gewesen war, als die Polizei ihn damals durch die Stadt gejagt hatte. Sasho konnte sich keine Gesichter merken. Vielleicht wusste Brodin ganz genau, wen er vor sich hatte? Zumindest sah er Sasho fest an, als er weitersprach: »Hat Niko jemals mit Ihnen über Amandas psychisches Befinden gesprochen?«

»Nein.« Das konnte man doch wohl auch nicht erwarten.

»Ist Ihnen selbst irgendetwas aufgefallen?«

Sasho überlegte. Ihm war aufgefallen, dass Amanda manchmal nach Rauch gerochen hatte. Sie hatte sich mal eine Flasche Likör bei ihnen unter den Nagel gerissen. Einmal hatte er sie weinen sehen. Als es ihm selbst mit sechzehn nicht gut gegangen war, hatte er um sich geschlagen und getreten.

»Meine Frau hat bemerkt, dass sie kleine Schnittwunden an den Armen hatte. Es sah aus, als hätte sie sich geritzt.«

Brodin machte sich eine Notiz. »Haben Sie selbst solche Wunden gesehen? Oder irgendwelche anderen Hinweise?«

Sasho schüttelte den Kopf.

»Würden Sie sagen, dass Amanda suizidal war?«, fragte Brodin.

Es gab keine gute Antwort auf diese Frage. Ein *Nein* würde Niko nicht gerade zum Vorteil gereichen, und ein *Ja* würde heißen, dass Sasho Warnsignale wahrgenommen hatte, ohne zu reagieren.

»Ich habe sie den ganzen Sommer über nicht gesehen«, sagte er stattdessen.

Brodin schien mit seiner Antwort zufrieden zu sein.

»Können Sie Nikos Jacke beschreiben?«, fragte er.

Sasho zögerte. Sein Gedächtnis setzte aus. Wieso konnte er sich nicht an die Jacke seines Sohnes erinnern? »Ich glaube, sie ist schwarz. So eine Daunenjacke.«

Er meinte, sich zu erinnern, dass Niko eine Jacke von einer besonders angesagten Marke hatte haben wollen und Linda eine mehr oder weniger identische für den halben Preis gefunden hatte.

»Besitzt er mehrere Jacken?«

»Ja, er hat auch eine dünnere, die er im Sommer anhat.« Die wenigen Male, wenn er abends draußen war, dachte Sasho. »Die hat er schon seit mehreren Jahren.«

»Wie sieht die aus?«

»Grün. Im Pilotenstyle, so wie bei *Top Gun*, wenn Sie verstehen, was ich meine. Mit einem Abzeichen auf der Brust.«

Brodin nickte. »Und was für Schuhe?«

Sasho hielt inne. »Wissen Sie das nicht schon? Sie haben doch am Samstag alles mitgenommen, was er am Freitag anhatte.«

Der Kommissar bedachte ihn mit einem strengen Blick. »Bitte beantworten Sie meine Frage. Was für Schuhe trägt Niko normalerweise?«

»Normale weiße Sneakers.« Wobei die vermutlich nicht mehr richtig weiß waren. »Außerdem hat er welche aus Wildleder, die er sehr gern mag. Die sind ziemlich außergewöhnlich, glaube ich.«

Nikos Mut, seinen eigenen Weg zu gehen, hatte Sasho oft imponiert. Er und Linda hatten im Lauf der Jahre häufig mit ihm darüber gesprochen, wie wichtig es sei, nicht dem Gruppendruck nachzugeben und möglichst wenig auf die Meinung der anderen zu geben.

Brodin kratzte sich am Kinn und sah Sasho nachdenklich an. »Hat Niko irgendwelche Erfahrungen mit dem Gebrauch von Schusswaffen?«

Sasho wollte schon anfangen zu lachen, doch dann merkte er, dass der Kommissar es ernst meinte.

»Was sagen Sie da? Ist Amanda erschossen worden?«

»Bitte beantworten Sie die Frage«, sagte Brodin. »Hat Niko irgendwelche Erfahrungen mit Schusswaffen?«

»Natürlich nicht.«

Sie hatten ihm nicht einmal Nerf-Pistolen erlaubt, und als alle seine Freunde blutige Egoshooter-Games spielten, hatten Sasho und Linda dem Druck widerstanden. Manchmal hatte Sasho sich als unnötig streng empfunden, als den nervigsten und langweiligsten Vater der Welt. Aber er und Linda hatten sich dem Kampf gestellt, hatten geschluckt und sich geweigert, so zu werden wie diese Laissez-faire-Eltern, die es einfach nicht packten und denen Weinabende zu zweit, Padelturniere und Wochenendreisen wichtiger waren als ihre eigenen Kinder.

»Wurde sie erschossen?«, fragte er noch einmal.

Brodin senkte den Blick. »Ich kann Ihnen momentan leider nicht mehr darüber sagen.«

Es nieselte, als Sasho zurück zum Parkplatz lief, wo Linda in dem alten Fiat wartete.

»Hast du etwas in Erfahrung gebracht?«, fragte sie.

Sasho steckte den Schlüssel ins Zündschloss und drehte um. Der Motor stotterte und hustete ein paar Male, ehe er abrupt abstarb.

»Verdammt.« Er zog den Schlüssel hektisch heraus, steckte ihn wieder hinein und drehte ihn jetzt mit voller Kraft, während er Kupplung und Gaspedal betätigte. Diesmal ging die Drehzahl gleich hoch, doch dann ging der Motor wieder aus.

»Wir hätten mit dem Rad fahren sollen«, sagte Linda.

Es war Sashos Idee gewesen, das Auto zu nehmen. Sie nutzten es nur noch selten, und Sasho erinnerte sich plötzlich, warum. Es war mit Müh und Not durch den letzten TÜV gekommen.

»Sie müssen Niko demnächst freilassen«, meinte Linda. »Ich habe ihnen erklärt, wie Amanda drauf war, wie es ihr zu Hause ergangen ist. Alles, was sie erlebt hat. Es ist doch kein Wunder, dass es ihr nicht gut ging. Der Tropfen, der das Fass zum Überlaufen brachte, war wohl, dass Niko sie nicht mehr haben wollte.«

Sasho hörte nur mit halbem Ohr zu. Er war voll darauf fokussiert, das Auto in Gang zu bekommen. Diesmal wartete er eine Weile, nachdem er den Schüssel ins Schloss gesteckt hatte, und drehte dann vorsichtig um. Langsam startete der Motor und begann dann gleichmäßig zu schnurren. Sasho legte den Rückwärtsgang ein und drehte sich nach hinten, während er die eine Hand auf dem Lenkrad ruhen ließ.

Die Wolken zogen direkt über den Hausdächern entlang, der Regen hing wie ein grauer dunstiger Vorhang über den Straßen. Alle Ampeln wechselten auf Rot. Sasho betätigte das Gaspedal, damit der Motor nicht abstarb.

»Das wird schon wieder«, sagte Linda und legte die Hand auf sein Knie.

Auf dem ganzen Heimweg fuhr er hektisch und ruckartig. Vor dem Haus in der Färgaregatan stand ein junges Paar dicht nebeneinander unter einem Regenschirm.

»Wer ist das?«, fragte Linda und beobachtete die beiden, während Sasho auf der Einfahrt parkte.

»Keine Ahnung.«

Er war noch nicht ausgestiegen, als die Frau bereits über die Straße lief und auf sie zukam. »Sorry. Hallo! Haben Sie Zeit?«

Sasho begriff sofort, dass das nichts Gutes verhieß. Anhand des Dialekts verortete er sie in Lund. So redeten jedenfalls keine Leute aus Trelleborg.

»Wir kommen von *Expressen*. Ich habe versucht, Sie heute zu erreichen, Sasho. Ich würde gern ein paar Worte mit Ihnen wechseln.«

Er schloss das Auto ab. Seit Samstag war er von mehreren Journalisten angerufen worden, hatte sie aber alle weggeklickt und ihre Nummern blockiert.

»Hallo? Sasho?« Die Journalistin tat so, als würden sie sich kennen, aber Sasho lenkte seine Schritte direkt zur Haustür.

Als er auf der Vortreppe stand, konnte er plötzlich seinen Haustürschlüssel nicht finden, und Linda musste ihren Schlüsselbund aus der Tasche ziehen.

»Wir werden den Artikel in jedem Fall publizieren«, fuhr die Reporterin fort, die wenigstens den Anstand besaß, an der Grundstückgrenze stehen zu bleiben. Der Kollege stand unter dem Regenschirm mit der Kamera um den Hals da. »Ich möchte Ihnen gern die Möglichkeit geben, sich zu äußern.«

Linda reichte Sasho den Schlüssel. »Wir haben nichts zu sagen!«

»Es geht um Sie, Sasho«, sagte die Journalistin. »Und um Ihren Großvater.«

Eine unangenehme Stille entstand. Der Regen prasselte auf das Blechdach über dem Eingangsbereich, und Sasho versuchte vergebens, die Wut in seinem Inneren zu dämpfen.

»Was hat mein Großvater mit der Sache zu tun? Ziehen Sie nicht meine Verwandtschaft in Ihren verdammten Klatsch und Tratsch hinein!«

Er drehte sich um und fixierte die junge Journalistin mit dem Blick. Das Adrenalin schoss durch die Adern, seine Muskeln spannten sich an. Doch die Reporterin stand ruhig an der Grundstücksgrenze, mit dem einen Fuß in einer Wasserpfütze.

»Sie sind ja selbst wegen eines Gewaltverbrechens verurteilt worden. Wollen Sie etwas dazu sagen?«

»Lassen Sie uns in Ruhe!«, rief Linda.

»Und was ist mit Ihrem Großvater, Sasho?« Die Reporterin sprach noch lauter. »Wollen Sie irgendeinen Kommentar zu dem abgeben, was Ihr Großvater getan hat?«

Entsetzt starrte Linda Sasho an, der sie in den Hausflur schob und die Tür so fest zuknallte, dass das ganze Haus bebte. »*Picka ti mater*!«

EIN JAHR VOR DEM MORD

Nach alter Tradition wurde Trelleborg am ersten Advent weihnachtlich dekoriert und der Weihnachtsmarkt wurde eröffnet. Sasho und Linda stellten ihre Fahrräder in der Östergatan ab und spazierten zum Stadtzentrum an Ständen vorbei, wo Stearinkerzen, gehäkelte Topflappen und Weihnachtsschinken verkauft wurden.

Am Rathausplatz nahm Sasho die Mütze ab und öffnete den Reißverschluss seiner Jacke. Obwohl es auf Weihnachten zuging, zeigte das Thermometer mehrere Grade über null an. In Ermangelung von Schnee und Kälte wurde die Weihnachtsstimmung ein wenig krampfhaft durch Strohballen und durch Ponys erzeugt, die als Rentiere verkleidet waren. Eine Lucia fuhr mit einem Oldtimermotorrad herum, in dessen Anhänger der Weihnachtsmann saß. Das war zwar provinziell und etwas peinlich – aber genau so, wie es sich gehörte.

Sasho grüßte kurz ein paar bekannte Gesichter unter den Hunderten von Trelleborgern, die beim Duft nach Glögg und Holzfeuer auf dem gepflasterten Platz vor dem Rathaus umherschlenderten.

»Wir müssen einen Räucheraal kaufen«, sagte Linda und ging auf ein rot gestrichenes Holzhäuschen zu, in dem die geräucherten Fische von der Decke hingen und in Stapeln auf dem Tresen lagen.

»Ernsthaft?«, entgegnete Sasho. »Es mag doch sowieso niemand Aal. Ist der nicht sogar vom Aussterben bedroht?«

Linda zeigte auf einen der seltsamen Fische. »Dann müssen wir uns ranhalten. Für den da kommt sowieso jede Rettung zu spät.«

Sasho war mit mazedonischen Traditionen aufgewachsen, aber hatte sich brav an den südschwedischen Weihnachtstisch mit Schmorkohl, Rollsülze und Pökelfleisch gewöhnen müssen. Doch ein Aal würde nie in seinen Magen wandern.

»Das ist ja so, als würde man eine Schlange essen.«

Jedenfalls hatte Linda den Aal unter den Arm geklemmt, als sie bald darauf am Stand der Pfadfinder vorbeigingen, wo Kinder Süßigkeiten angeln durften. Aus einem Lautsprecher erklangen wohlbekannte Töne.

»Verdammt, jetzt habe ich verloren«, sagte Sasho.

»Was ist?«

»Hörst du nicht?«

Linda blieb stehen und lauschte. Im nächsten Moment wusste sie, was er meinte. Es war eine Challenge auf Facebook, die darauf hinauslief, dass derjenige einen Weihnachtsschinken gewann, der am längsten nicht den Song *Last Christmas* von Wham hörte.

»Du musst doch einfach nur so tun, als hättest du nichts gehört, oder?« Linda drängte sich weiter durch die Menschenmenge und steuerte auf die provisorische Bühne vor dem Rathaus zu. »Ich hab den Song gar nicht gehört, bevor du mich darauf aufmerksam gemacht hast.«

»Echt jetzt? Soll ich bei einer albernen Facebook-Challenge mogeln?«

Sie zuckte mit den Schultern und legte ihm den Aal in die

Arme. »Mach, was du willst.« Dann stellte sie sich auf die Zehenspitzen, um besser zu sehen, während es vor ihnen in den Lautsprechern so laut knisterte, dass die Ohren beinahe zugingen.

»Hallo, hallo?« Auf der Bühne war ein stadtbekanntes Gesicht aufgetaucht: der lokale Stand-up-Comedian, ein Briefträger in Shorts, der viele Jahre lang Stadtratsvorsitzender gewesen war. »Mir ist die Ehre zuteilgeworden, den Laternenanzünder des Jahres zu präsentieren.«

Einige Orte verteilten Schlüssel, andere wählten Ehrenbürgermeister. In Trelleborg gab es nichts Großartigeres, als in der Abenddämmerung des ersten Adventswochenendes zum Laternenanzünder auserkoren zu werden. Diesmal war die Wahl auf einen Unternehmer und Immobilienhai gefallen, der unter anderem das Bahnhofsgebäude an der Eisenbahnstrecke restauriert hatte, wo nach vierzig Jahren Unterbrechung endlich wieder Züge entlangfuhren.

Linda applaudierte dem stolzen Laternenanzünder, jemand hinter ihnen pfiff auf zwei Fingern, doch Sasho hielt sich zurück.

»Erst verdient er einen Haufen Schotter und dann kriegt er auch noch einen Preis dafür«, bemerkte er.

»Komm schon«, sagte Linda. »Er hat eine Menge guter Dinge für Trelleborg getan. Kleine Orte brauchen starke Männer.«

Sasho verdrehte die Augen. Schon aus Prinzip weigerte er sich, diesen Kleinbonzen zu feiern. Er war überzeugt davon, dass die Rathausverwaltung dem Mann schon etliche Vorteile gewährt hatte.

»Bestimmt bist du nächstes Jahr dran«, sagte Linda und versetzte ihm einen liebevollen Rippenstoß.

Gemeinsam bahnten sie sich einen Weg durch die Menge, vorbei an einem glitzernden Riesenchristbaum und dem herrlichen

Duft von gebrannten Mandeln. Auf einmal stand Amanda vor ihnen und umarmte Linda zur Begrüßung.

»Und das hier ist mein Vater.«

Der große blonde Mann, der Linda und Sasho etwas erstaunt betrachtete, hatte fraglos einen Hauch von Stavstensudde an sich. Diese selbstverständliche Körperhaltung, die Erfolg und Geld signalisierte.

»Hej«, grüßte Linda zurückhaltend. Wochenlang hatte sie sich darüber geärgert, dass Amandas Eltern sich nicht fünf Minuten Zeit nehmen konnten, um sich vorzustellen. Sasho hatte sie gefragt, warum ausgerechnet Amandas Eltern die Initiative ergreifen sollten, und sie ermutigt, selbst den Kontakt zu suchen, aber daraus war nichts geworden.

»Jari.« Er gab erst Linda die Hand und dann Sasho.

»Du warst auf der Köpingeskolan, oder? Amanda hat mir davon erzählt«, sagte Sasho. »Wir müssen gleichzeitig dort gewesen sein.«

Er konnte sich einfach keine Gesichter merken. Bei der Arbeit grüßte er vorsichtshalber alle, um nicht arrogant oder schlecht gelaunt zu wirken.

»Das könnte stimmen«, sagte Amandas Vater ausweichend. Er musste einfach wissen, wer Sasho war. Auch in Trelleborg galt: Jeder kannte den Affen – aber der Affe kannte keinen.

»Die Welt ist klein«, brachte Sasho hervor.

Die Wahrheit war wohl eher, dass es eine sehr kleine Stadt war. Sasho musterte Jari Kekkonen genau. Irgendetwas an ihm kam ihm bekannt vor.

»Papa.« Amanda tippte ihrem Vater auf den Arm. »Jetzt kannst du ja wegen Deutschland fragen.«

Jari sah sie missmutig an. »Ja, nun …«

»Wir machen im Januar eine Schiffsreise nach Rostock.« Amanda wandte sich direkt an Linda. »Meine Schwester nimmt ihren Freund mit, und ich wollte fragen, ob Niko auch mitkommen darf.«

Lindas Lächeln erstarrte. Sie sah zu Sasho, der genau wusste, was er sagen musste.

»Wir werden das zu Hause diskutieren.«

Der schneidende Blick, den Amanda ihm zuwarf, hätte ausgereicht, um innere Blutungen zu verursachen. Sie schien es gewohnt zu sein, ihren Willen durchzusetzen.

»Wir fahren jetzt nach Hause und probieren den ersten Glögg des Jahres«, sagte Linda und gab Sasho einen kleinen Klaps auf den Rücken. »Noch einen schönen ersten Advent!«

Sie gingen zur Kreuzung, wo die Fußgängerzone endete. Der Weihnachtsmarkt ging noch ein Stück an der Östergatan weiter, doch der Abstand zwischen den Ständen wurde immer größer. Dieser Teil der Stadt war ziemlich schäbig und einige der Häuser sahen renovierungsbedürftig aus. In den Neunzigern hatte Sasho hier unter dem Tresen der *Ausländerläden* Schmuggelzigaretten gekauft.

»Diese Reise nach Deutschland …«

Mehr musste Linda nicht sagen. Sasho begriff sofort, was sie dachte.

Als sie elf gewesen war, hatte ihre Mutter einen neuen Mann kennengelernt. Linda und ihre Schwester hatten die Nächte oft allein zu Hause verbringen müssen, was tiefe Spuren in ihr hinterlassen hatte. Es hatte lange gedauert, bis Linda sich getraut hatte, Niko zu Hause allein zu lassen, die Zügel zu lockern und ihm mehr Freiheiten zu gewähren. Sasho hatte sie darin bestärkt. Unzählige Male hatte er sich gewünscht, dass seine Eltern sich in seiner Jugend mehr um ihn gekümmert und ihm klarere Grenzen gesetzt hätten.

»Komm«, sagte er und wich vom Gehsteig auf die Straße aus. In der Nische unter einem Balkon an der Straßenecke standen vier Jungen in Jogginghosen und Sneakers. Er hörte laute Stimmen und das Stampfen von Füßen, Zigarettenrauch stieg auf.

Sasho beobachtete sie angespannt. Von jetzt auf gleich veränderte sich alles. Die Lautstärke stieg, die Stimmung wurde bedrohlich. Einer der Jungen wurde herumgeschubst, zwei andere bauten sich voreinander auf.

Linda blieb stehen. »Los, wir nehmen einen anderen Weg zu unseren Fahrrädern.«

In diesem Moment flog eine Faust durch die Luft. Der Schlag hallte zwischen den Hauswänden wider. Instinktiv stürmte Sasho zu den Jungen. Die beiden Gegner trippelten wie zwei Streithähne voreinander herum. Die beiden anderen schrien und gestikulierten.

»Hallo! Hört auf!«, rief Sasho.

Sein Herz raste, als er die beiden Kämpfer trennte. Die Jungs funkelten ihn an. Sie hielten die Hände zu einer Friedensgeste hoch und versicherten, dass alles gut sei.

Sasho hatte eine Art Flashback. Die Erinnerung an Gewalt: geballte Fäuste und harte Tritte. Und plötzlich wusste er ganz genau, wer Jari Kekkonen war.

Niko lachte erstaunt, als Amanda Zimt auf ihren heißen Kakao streute, und weigerte sich, es ihr nachzutun.

»Feigling. Du musst doch auch mal das Leben genießen.«

Schon wieder lachten die beiden. Sie lachten ständig, wenn sie zusammen waren.

Es war so gut wie menschenleer im Obergeschoss des Cafés Systrar & Bönor mit Aussicht auf die Fußgängerzone. Obwohl Amanda nicht gern Kaffee trank, genoss sie den Duft von frisch aufgebrühtem Kaffee. Es zog kalt vom Fenster und sie wickelte sich in eine kuschlige Wolldecke.

»Ich hab was für dich«, sagte Niko und begann, in seiner Tasche herumzusuchen.

»Aber wir wollten uns doch nichts zu Weihnachten schenken.«

Das hatten sie zu Amandas großer Erleichterung vereinbart. An Heiligabend hatte Niko ihr ein total süßes Video geschickt. Das war tausendmal besser als alles, was es an Schmuck bei Guldfynd oder Ur&Penn zu kaufen gab.

»Das ist ja auch kein Weihnachtsgeschenk.« Niko schob sich das Haar aus der Stirn und lächelte.

»Trotzdem.« Sie hatte ja nichts für ihn.

Das Geschenk war in glänzendes weißes Papier eingewickelt und mit einer goldenen Schleife versehen. Sie ließ sich viel

Zeit beim Öffnen und unzählige Gedanken wanderten durch ihren Kopf.

»Das ist dein Song«, sagte Niko.

Ein kleiner USB-Stick mit einem Herzen darauf und einige Notenblätter aus kräftigem, schönem Papier. Oben auf jeder Seite stand der Titel des Songs in hübscher Kalligrafie, ein einziges Wort: *Amanda.*

»Ich hoffe, er gefällt dir.« Niko lächelte breit und seine Augen strahlten. »Trotz deines schrecklichen Musikgeschmacks.«

Er sah sie an, wie noch nie jemand sie angesehen hatte, so, als sei sie das Wertvollste auf der Welt für ihn. Sein intensiver Blick drang in ihr Innerstes vor und erfasste das, was sie ausmachte, dieses Empfindsame, was sie selbst nur so schwer lieben konnte.

»Danke.« Die Kehle war wie zugeschnürt, und ihre Antwort war kaum zu hören, also presste sie noch einmal hervor: »Danke.«

Niko beugte sich vor und streichelte ihr über das Kinn, ehe er sie küsste. Es war wie auf Netflix.

Als sie die Fußgängerzone entlanggingen, nahm er ihre Hand. Der Wind wirbelte große Schneeflocken durch die Luft. Amanda öffnete den Mund und ließ sie auf der Zunge schmelzen. »Morgen will ich Schlitten fahren.«

Der Baumwollregen hielt eine Viertelstunde an und hinterließ nur eine dunkle Nässe auf der Straße. Aber das machte nichts, und Niko versprach, dass sie trotzdem Schlitten fahren würden, als wollte er ihren Traum nicht zerstören.

Sie setzten sich dicht nebeneinander auf eine Bank hinter dem Schwimmbad. Es tropfte von den Dächern, während Amanda eine Weile mit dem Feuerzeug herumfrickelte, bis sie ihre Zigarette angezündet hatte. Der Rauch brannte im Hals und sie unterdrückte ein Husten.

»Findest du wirklich, dass das gut schmeckt?«

Sie lachte und hustete. »Es ist total widerlich.«

»Warum machst du es dann?«

Mit dem Blick folgte sie dem Rauch, der sich über ihren Köpfen ringelte, und kicherte. »Das ist die einzige Art, um überhaupt in diesem Kaff ein bisschen wild and crazy zu sein.«

Wahrscheinlich passierte genau das, wenn man mit einem Rauchfaschisten aufwuchs. Jari gehörte zu den Leuten, die im Außenbereich eines Restaurants darum baten, den Tisch wechseln zu dürfen, wenn jemand in der Nähe eine Zigarette anzündete, und der Leute zurechtwies, die vor dem Einkaufszentrum standen und herumqualmten. Er hatte seinen beiden Töchtern versprochen, dass er ihnen den Führerschein bezahlen würde, wenn sie bis zum achtzehnten Geburtstag nicht rauchten.

»Reicht es denn nicht, sich Zimt auf den Kakao zu schütten?«, fragte Niko.

Sie kniff ihn in den Arm. »Du solltest dich freuen, dass ich keine Drogen nehme.«

Später küssten sie sich hinter der Autowaschanlage der alten Statoil-Tankstelle. Amanda kaufte sich Kaugummi und bekam eine Nachricht von Sixten, der sich erkundigte, ob sie eine Mitfahrgelegenheit brauche.

»Ich muss los«, sagte sie und steckte ihre Arme unter Nikos Jacke.

Sixten kam in viel zu hohem Tempo angeschlittert, hielt an und ließ den Motor laufen. Er blieb in dem weißen Mini sitzen und trommelte auf dem Lenkrad herum. Amanda hatte gehofft, dass Isabella auch dabei sein würde.

»Warum fährst du bei ihm mit?«, fragte Niko.

»Er wollte sowieso vom Training nach Hause fahren.«

Sie zog die Arme wieder heraus und Niko machte einen demonstrativen Schritt zur Seite. Dabei funkelte er wütend das Auto an, während die Flaggen vor der Tankstelle im Wind schlugen.

»Bist du eifersüchtig?« Das war ja beinahe niedlich. Amanda fiel kein einziger Junge ein, der je ihretwegen eifersüchtig gewesen war.

»Nee.« Niko starrte mit zusammengekniffenen Augen den Mini an.

Es gab gar keinen Grund, sich Sorgen zu machen. Dieser blöde Kuss mit Sixten war längst vergessen. Amanda und er hatten getan, als wäre nichts gewesen, und nun fühlte es sich eigentlich auch so an, als wäre es nie passiert.

»Komm.« Amanda schob Niko in die Lichtkegel der Autoscheinwerfer. Es war so, als würden sie eine Bühne betreten. Sie spuckte ihr Kaugummi aus, küsste Niko heftig und intensiv und legte dabei die Hände auf seinen Hintern.

Über Nikos Schulter hinweg sah sie Sixten hinter dem Steuer. Er hatte aufgehört, mit den Fingern zu trommeln, und starrte sie an.

Jari erhob das Glas zu einem Trinkspruch, während die Fähre so schaukelte, dass das Geschirr auf dem Tisch klirrte. »Wie schön, dass ihr mitgekommen seid. Maria und ich wissen das wirklich zu schätzen. Obwohl ihr bei Mau-Mau totale Nieten seid.«

»Ein Papawitz«, stöhnten Isabella und Amanda synchron, aber Niko und Sixten lachten herzlich.

Sie hatten im Café der MS Peter Pan miteinander Karten gespielt, ehe sie in ihre Kabinen gegangen waren, um sich vor dem Captain's Dinner umzuziehen.

Es war einige Jahre her, dass Jari zuletzt mit der TT-Line gefahren war. Seit dem Bau der Öresundbrücke war es praktischer, zwei- bis dreimal im Jahr mit dem Auto nach Rödby und dann mit der Fähre nach Puttgarden zu fahren, um dort die Alkoholvorräte aufzufüllen. Er trank nicht übermäßig, genehmigte sich am Wochenende aber ein paar Bier, insbesondere im Sommer, und Maria mochte gern Wein zum Essen.

Jetzt saßen sie im Restaurant und waren gerade mit dem Abendessen fertig. Die große Fähre, die Jari zwei Jahrzehnte lang beobachtet hatte, wie sie in den Hafen von Trelleborg einfuhr und ihn wieder verließ, war bereits in Rostock gewesen, hatte dort gewendet und fuhr jetzt übers offene Meer.

»Wollen wir ein bisschen frische Luft schnappen?«, schlug Jari vor.

Draußen an Deck umarmte er Maria, während der Wind in den Ohren sauste und brauste. Isabella und Sixten standen unter einem Rettungsboot und drückten sich an die Wand.

»Ich will nicht!«, rief Amanda, die bei offener Tür mitten im Durchzug stehen geblieben war. Sie hielt sich den Ausschnitt ihres Kleides zu, während der Wind daran riss und ihre Haare sich in Pirouetten drehten.

»Ich bleibe mit ihr drinnen«, sagte Niko.

Sobald die Tür hinter ihnen zugeschlagen war, legte Sixten los. »Ihr wisst schon, dass sein Vater im Gefängnis gewesen ist?«

»Wie? Weshalb?« Maria sah Jari mit diesem besonderen Blick an. »Wusstest du davon?«

Jari zuckte ein bisschen mit den Schultern.

»Körperverletzung.« Sixten schien die Situation richtig zu genießen. »*Schwere* Körperverletzung.«

»Aber das liegt ja schon einige Zeit zurück, oder?«, meinte Jari.

»Ja, schon, aber ...« Sixten ging ein bisschen in die Knie, damit er sich nicht den Kopf am Rettungsboot anschlug.

»Du weißt doch, wie das hier in Trelle ist«, sagte Jari zu Maria. »Niko kann doch nichts für das, was sein Vater vor fünfundzwanzig Jahren getan hat.«

Er hatte begriffen, dass es früher oder später herauskommen würde. Das Seltsame war, dass es so lange gedauert hatte.

Es war natürlich eine Ironie des Schicksals. Jahrzehntelang hatte Jari bewusst versucht, alles zu meiden, was mit Sasho Palevski zu tun hatte. Als Patrik irgendwann berichtet hatte, dass Teo mit Sashos Sohn befreundet sei, hatte Jari eilig das Gesprächsthema gewechselt. Er hatte Umwege gemacht und sogar den Supermarkt gewechselt, um Sasho Palevski nicht zu begegnen. Und dann hatte sich Amanda ausgerechnet in Sashos Sohn verguckt. Als Jari dann am ersten Advent Sasho Auge in Auge gegenüberstand, war auf einmal so vieles wieder da gewesen. Die Schuld und die Scham. Sashos schonungslose Schläge und Tritte.

»Niko ist total nett«, sagte Isabella und warf Sixten einen verärgerten Blick zu. »Wir haben heute länger gequatscht. Er ist clever und witzig und will später auch mal an der TH in Lund studieren.«

Sixten legte den Arm um sie. »Jaja, schon klar. Ich hab es nicht so gemeint.«

»Und Amanda ist sehr in ihn verliebt«, fuhr Isabella fort.

Langsam glitt die Fähre in die silberne Straße hinein, die durch die Reflexion des Mondes auf dem schwarzen Wasser entstand, und ein eisiger Wind drang durch Jaris Hemd und Sakko.

Eine Stunde später saß er auf einem Sofa in der Panoramabar mit einer leeren Flasche IPA-Bier vor sich. Maria nippte an einem Glas Rotwein, und die Jugendlichen waren in eine Diskussion über einen umstrittenen Rapper vertieft, der in Stockholm erschossen worden war.

»Papa.« Amandas Tonfall verriet, dass sie etwas auf dem Herzen hatte. »Man muss in der Bar seinen Ausweis vorzeigen.«

Jari warf Maria einen fragenden Blick zu. »Man muss achtzehn sein, wenn man Alkohol kaufen will«, sagte er. »Haben die denn keine Cola?«

»Ach, Mann.« Amanda klimperte mit den Augen. »Please.«

Jari sah wieder zu Maria. Sie hatten keine durchdachte Strategie, was den Alkoholkonsum der Mädchen betraf. Bei anderen

Drogen herrschte das Prinzip der Nulltoleranz, aber bei Alkohol war die Grenze fließend. Ein paar Male hatten sie Isabella und Sixten eine Flasche Wein für eine Party mitgegeben und Jari hatte sich nie Sorgen gemacht. Doch mit Amanda war das anders.

»Wir tragen auch Verantwortung für Niko. Ihr seid beide noch minderjährig.«

Es war alles andere als selbstverständlich gewesen, dass Niko auf die Reise mitkommen durfte. Erst zwischen den Jahren hatte Sasho Palevski bei Jari angerufen und grünes Licht gegeben.

»Einen kleinen Drink können wir ihnen doch wohl erlauben?«, sagte Maria und lächelte. Sie war nicht mehr ganz nüchtern. »Ich besorge was.« Sie hakte sich bei Amanda ein und ging mit tänzelnden Schritten zur Bar.

Natürlich mussten die Mädchen gleich behandelt werden. Wenn Jari Isabella mal zu einer Pizza einlud, überwies er immer die entsprechende Summe per Swish an Amanda. Wenn er sich am Samstag eines von Isabellas Fußballspielen angesehen hatte, investierte er am Sonntag neunzig Minuten in Amandas Aerobicturnen. Doch hier ging es um eine gesetzliche Altersgrenze.

Letztlich bekam Amanda einen Cidre in die Hand gedrückt und Niko ein Bier. Maria kam zurück zum Sofa, kuschelte sich an Jari, legte die Hand auf sein Knie und rieb mit der Nase an seinem Ohrläppchen. »Wir haben eine tolle Familie.«

Jari spürte, wie ihm ein Schauer den Rücken herunterlief, als er daran dachte, wie Sasho Palevski reagieren würde, wenn er erfuhr, dass sie seinem Sohn Alkohol ausgegeben hatten.

Wenig später setzten sich die Jugendlichen an den Blackjack-Tisch, wo ein fingerfertiger Croupier die Karten verteilte.

Amanda klammerte sich an Niko, während Sixten ein paar Hunderter verspielte.

Die Reise hatte alles in allem Spaß gemacht. Jari wusste, dass längst nicht jedem eine so gute Beziehung zu seinen jugendlichen Kindern und deren Partnern vergönnt war.

»Im Sommer können wir vielleicht irgendwo ein Haus mieten?«, schlug er vor. »Irgendwas, wo wir alle sechs reinpassen. Mit eigenem Pool und so.«

»Ja, vielleicht«, sagte Maria.

Er kitzelte sie am Nacken. »Auf Malta? Du wolltest doch immer mal nach Malta fahren.«

»Mm.«

Jari rutschte tiefer ins Sofa und gab sich Tagträumereien hin, während er und Maria sich heimlich berührten. Ihre Zweisamkeit fand jedoch ein abruptes Ende, als Maria ihn zur Seite schob und aufstand.

»Was machen sie denn da?«

Jari rappelte sich auf und bemerkte das Entsetzen in ihren Augen. »Was ist los?«

Es fühlte sich an, als hätte ihn jemand mit eiskaltem Wasser überschüttet.

Drüben am Blackjack-Tisch waren Sixten und Niko aneinandergeraten und standen sich dicht gegenüber. Da Sixten größer war, musste Niko den Kopf heben, um ihm in die Augen zu sehen. Die Spielkarten und Marken lagen zu ihren Füßen auf dem Boden verstreut und der junge Croupier saß starr vor Entsetzen hinter dem Tisch.

»Du musst sie stoppen«, sagte Maria.

Niko atmete heftig durch die Nase, die Sehnen am Hals traten hervor, die Fäuste waren geballt, die Augen zusammengekniffen und der Blick finster. Plötzlich sah er seinem Vater erschreckend ähnlich.

»Hört auf!«, schrie Amanda, die vom Bartresen zu ihnen stürmte.

Jari machte einen Satz über den Couchtisch und lief zu den Jungen, die langsam auseinandergingen, ohne den jeweils anderen aus den Augen zu lassen. »Was macht ihr da?«

»Nur ein Missverständnis«, sagte Sixten und streckte Niko versöhnlich die Hand hin. »Sorry, Mann.«

Sixten Ledin war normalerweise ein Phänomen, was Selbstbeherrschung anging. Er regte sich nie auf. Jari hatte Fußballspiele gesehen, bei denen die Gegner sich bemüht hatten, ihn aus dem inneren Gleichgewicht zu bringen, aber Sixten ließ sich nicht beeindrucken. Häufig beruhigte er seine Mannschaftskameraden, wenn es Ärger gab.

»Was ist passiert?«, fragte Amanda verzweifelt, während Niko Sixtens Hand schüttelte.

»Nichts. Alles gut.«

Jari beobachtete, wie Nikos Wut sich wieder legte. Er hatte diese Seite an ihm noch nie wahrgenommen und gehofft, dass es sie gar nicht gab, doch jetzt konnte er die Augen nicht mehr vor der Wahrheit verschließen: wie der Vater, so der Sohn. Jari wusste nur nicht, was er dagegen tun konnte.

Wie dünner Rauch schwebte der Morgennebel über der Ostsee, als Linda an einem Dienstag im Februar mit dem Rad zur Arbeit fuhr. Die Reifen knirschten um die Wette mit dem monotonen Brausen von der westlichen Auffahrt auf die E 6, wo die große weite Welt begann.

Trelleborg war wie eine alte Tante. Man konnte heimlich über sie lachen, sie vor Fremden verhöhnen und sich ein bisschen schämen, aber wenn es hart auf hart kam, war die Liebe unerschütterlich.

Als Linda sich im Supermarkt umgezogen und eingestempelt hatte, ging sie im scharfen Neonlicht durch das Labyrinth von Gängen und Regalen. Nach all den Jahren war Ica für sie zu einer zweiten Heimat geworden, dabei hatte sie den Laden ursprünglich als vorübergehenden Zufluchtsort gesehen, wo sie herauszufinden versuchte, was sie eigentlich mit ihrem Leben anfangen wollte. Jahrelang hatte sie zu allen gesagt, dass sie einen Nebenjob bei Ica habe. So tief war der Gedanke in ihr verwurzelt, dass man Trelleborg hinter sich lassen musste.

Mit routinierten Bewegungen nahm sie die Nudelverpackungen von einem großen Rollbehälter und füllte das Regal auf. Von der Mitte nach außen, das kürzeste Mindesthaltbarkeitsdatum nach vorn.

Kunden, die vorbeikamen, grüßten höflich und vertraut. Bald

schaute ein kleines Kind ohne Begleitung eines Erwachsenen um die Ecke.

»Hallo du«, sagte Linda.

Es war ein Blondschopf von zwei oder drei Jahren in Latzhose und rosa Fleecejacke. Die Kleine starrte Linda mit großen Augen an, drehte sich um und wollte gerade davonlaufen, als sie über ihre eigenen Füße stolperte und hinfiel. Ein gellender Schrei löste sich aus der kleinen Kehle und Linda war rasch bei ihr und tröstete sie.

»Wo hast du Mama und Papa gelassen?«

Das Mädchen schniefte, die Tränen liefen. Linda erinnerte sich an einen Vorfall vor vielen Jahren auf dem Spielplatz im Stadtpark. Niko war etwa so alt gewesen wie dieses Kind, als ein größerer Junge ihn von einer Schaukel geschubst hatte. Niko hatte lauthals gebrüllt und war zu Linda gerannt, die ihn nur kurz getröstet und sich dann bemüht hatte, ihn nicht wie ihre eigene Mutter früher zu verhätscheln und zu verziehen. Kurz die Hände auf die tränenüberströmten Wangen legen und ein paar Worte, dass es doch nicht so schlimm sei – das musste reichen. Sie umarmte ihn und versetzte ihm einen kleinen Knuff in Richtung Spielplatz. Mit hängendem Kopf und schweren Schritten war Niko zurückgekehrt und hatte zugesehen, wie der größere und stärkere Junge weitergeschaukelt hatte.

An diesem Abend hatten Sasho und Linda sich gestritten. Sasho fand, Niko hätte sich ruhig wehren und zurückschlagen sollen, denn schließlich hatte der andere ihm die Schaukel vor der Nase weggeschnappt.

»Du weißt nicht, wie das bei Jungs ist. Man kann nicht einfach nachgeben. Was ist mit Jesus passiert, als er die andere Wange hingehalten hat?«

Das war natürlich ein lächerlicher Vergleich, aber Sasho meinte es ernst. Jungen dürften sich nie erniedrigen lassen. Es gehe darum zu zeigen, wer die Macht habe.

»Wenn sie dich treten, dann musst du dich wehren, sonst treten sie nächstes Mal doppelt so fest zu.«

»Hör auf, er ist drei Jahre alt. Wir wollen ihn doch nicht etwa zu Gewalt ermutigen, oder? Willst du, dass er so wird …«

Im letzten Moment war es Linda gelungen, sich zu beherrschen und nicht auf Sashos Vergangenheit anzuspielen. Sie wusste ja, wie schlecht es ihm ging, weil er niemals den Stempel als Schläger und Gewalttäter loswerden würde.

»Du hast recht«, hatte er nach einigen Sekunden angespannter Stille gesagt. Ganz so, als wäre er vorübergehend in eine alte, vergessene Rolle zurückgefallen und hätte nun seinen Fehler eingesehen. Sie hatten die Diskussion beendet und Sasho hatte nie wieder etwas Vergleichbares geäußert.

Bald kam ein verschwitzter Vater angelaufen und nahm sein unglückliches Kind an sich.

»Sie ist hingefallen«, sagte Linda.

Der Vater schaukelte das Mädchen auf seinen Knien auf und ab. »Ich musste nur eben eine Mail beantworten«, erklärte er Linda. »Als ich mich umdrehte, war sie weg.«

Linda wollte ihn beruhigen. Es sei ja nichts passiert und das sei ja nicht seine Schuld gewesen. Doch im letzten Moment hielt sie inne. Denn es hätte tatsächlich übel ausgehen können. Und wessen Schuld wäre es sonst gewesen, wenn nicht die des Vaters?

Die Mittagspause näherte sich. Linda schob gerade den Rollbehälter mit den leeren Pappkartons durch den Supermarkt, als eine Frau sie aufhielt. »Entschuldigung, dieses Granola zum Sonderpreis für Stammkunden …«

Linda erkannte die kantige Brille mit Leopardenmuster. Natürlich aß Rakels Mutter Granola – was auch immer das sein mochte. Hinter ihr stand Rakel. Sie trug ein T-Shirt mit einer geballten Faust und dem Text *Grl pwr*.

»Läuft es inzwischen besser nach der Sportstunde?«, fragte Linda. »Hat die Schule sich mit diesen Jungs auseinandergesetzt?«

»Nicht direkt«, meinte Rakel.

Da ging der Mutter auf, dass sie Linda hätte wiedererkennen müssen. »Richtig, du bist doch …«

Linda lächelte breit. »Nikos Mutter.«

»Na ja, die Jungs laufen zumindest nicht mehr in der Umkleide herum, oder?« Rakels Mutter wandte sich an ihre Tochter, die aussah wie ihre Mama, nur dünner und jünger. Sie trug keine Brille, war aber noch wütender.

»Nein, jetzt müssen wir uns nur noch anhören, was für hässliche, widerliche, lesbische und feministische Huren wir sind.«

Linda packte den Handgriff des Rollbehälters. »Ist das wahr? Wer sagt denn so was?«

Rakel fixierte sie mit dem Blick. Die Lippen verliefen wie eine schmale Linie unter ihrer spitzen Nase. »Niko und Teo sind am schlimmsten.«

Obwohl Linda hörte, was die Mitschülerin ihres Sohnes sagte, konnte ihr Gehirn diese Information nicht verarbeiten. »Das glaube ich nicht. Nicht Niko.«

Die Stirn von Rakels Mutter war hochrot. »Das sind die beiden Namen, die ich am häufigsten höre.«

Linda taumelte. Die hellen Leuchtröhren an der Decke blendeten sie und sie musste sich mit beiden Händen am Rollbehälter festhalten. »Ich … ich … ich werde mit Niko reden.«

Langsam begann das Gehirn das Unfassbare zu verarbeiten. Ihr Sohn war ein Mobber. Sie erinnerte sich an die Jungen in Malmö, die ihr zugeschrien hatten, dass sie nach Fisch stinke. Die Mädchen in der Klasse, die ihr den Rücken zugewandt hatten, sobald sie sich näherte. Sie hatte noch immer Albträume aus dieser Zeit.

»Versprochen.« Sie sah wieder Rakel an. »Niko wird dir nie wieder so etwas antun.«

Wie oft hatte sie befürchtet, dass Niko ein Außenseiter sein, gehänselt oder ausgeschlossen werden würde. Diesen Schmerz vergaß man nie. Doch nicht ein einziges Mal hatte Linda sich vorgestellt, dass Niko ein Mobber sein könnte. Welche Mutter dachte an so etwas?

Sie stolperte zurück in den Pausenraum und rührte schweigend mit der Gabel in ihrer Lunchbox. Die Stimmen am Tisch wurden zu einem eintönigen, bedeutungslosen Gemurmel. Sie war traurig und enttäuscht, vor allem aber wütend. Es war die Aufgabe von Eltern, dafür zu sorgen, dass die Kinder immer nett zu anderen waren. Sie war naiv gewesen.

Jari war spät dran. Während er die C B Friisgatan entlanglief, wäre er beinahe mit einem Pfau zusammengestoßen, der seinen imposanten Federschmuck über den Bürgersteig schleppte. Sie waren ein exotischer Bestandteil des Stadtbildes – die Pfaue, die eigentlich im Stadtpark lebten, aber sich öfter mal ins Ortszentrum verirrten.

»Alles in Ordnung?«, fragte Patrik Ledin, der seinen Porsche illegal vor dem Lokal Tre Lyktor geparkt hatte.

Jari nickte und zeigte auf das Halteverbotsschild. »Hier kannst du aber nicht parken.«

»Jaja.« Patrik zuckte mit den Schultern. »Ich habe keine Zeit, herumzufahren und nach einem legalen Parkplatz zu suchen.« Er lächelte breit und zwinkerte. »Ist Anna A.s kleine Schwester nicht Zettelpuppe? Die soll es nur wagen, mir ein Knöllchen zu geben.«

»Anna A.? Hatte die eine Schwester?« Sie hatten drei Annas in der Klasse gehabt und Jari brachte sie immer durcheinander.

»Eine sehr nette Schwester.« Patrik beschrieb mit den Händen zwei imaginäre Brüste. Es war nicht ganz klar, was diese Geste bedeuten sollte, aber Jari hatte keine Lust, das Thema zu vertiefen.

»Hast du zugenommen?«, fragte Patrik und tätschelte Jari den Bauch, während dieser ihm die Eingangstür des Lokals aufhielt.

Es stimmte. Jari hatte sich wenig Gedanken gemacht und die kleine Ausbuchtung an seinem Bauch kaum bemerkt, aber jetzt packte ihn die Panik. Wie seltsam, dass Patrik noch immer diese Wirkung auf ihn hatte. Es spielte keine Rolle, dass sie Mitte vierzig waren – an den Rollen und Beziehungen ihrer Jugend schien sich nichts geändert zu haben. Als Kind und Jugendlicher hatte Jari zu Patrik aufgeblickt. Seine Ansichten waren ihm wichtig gewesen. Patrik war der King der Klasse, der Liebling der Mädchen und erfolgreich bei allem, was er sich vornahm. Er hatte als Erster Haare am Schniedel, er wusste als Erster von einem Zungenkuss zu berichten, er hatte als Erster eine Freundin. Außerdem – und das war das Wichtigste – spielte er am besten Fußball.

»Zweimal das Tagesgericht, Mohammed!«, rief Patrik, als sie sich in den halbdunklen Nebenraum setzten, in dem abends Bier getrunken wurde und Dartpfeile herumflogen.

Tre Lyktor lag in dem bombastischen Gebäude, das früher einmal Trelleborgs Centralhotell beherbergt hatte. Ein klassisches Pub mit langem Bartresen und Ledersesseln. Mittags kamen Anzugträger, abends saßen hier junge Männer in Jogginghosen vor den Spielautomaten.

»Bitte sehr«, sagte der Kellner und servierte zwei ordentliche Portionen überbackene Fleischwurst.

»Jetzt haben meine Eltern entschieden zu verkaufen«, sagte Patrik mit einem schweren Seufzer. »Es ist wirklich schade, aber sie haben keine andere Wahl. Man glaubt nicht, dass so etwas im Schweden des einundzwanzigsten Jahrhunderts passieren kann.«

»Wirklich traurig«, sagte Jari und schob die Käseschicht von der Wurst. »Sie bekommen doch wohl hoffentlich eine gute Entschädigung dafür?«

Patrik starrte ihn fragend an. »Darum geht es doch gar nicht. Mein Vater hat dieses Haus mit seinen eigenen Händen gebaut. Es ist mein Elternhaus, mein Paradies auf Erden. Jetzt haben ein paar überhebliche Hobbypolitiker beschlossen, dass das Haus dem Erdboden gleichgemacht werden soll.«

Das Projekt Kuststad 2025 sah vor, dass das große Hafengebiet, das die zentrale Küstenlinie in Trelleborg okkupierte, nach Osten verlegt werden sollte, um am Wasser für Tausende Wohnungen, für Unternehmen und Restaurants Platz zu machen. Jari gefiel die Idee. Natürlich sollte die Stadt ihre Nähe zur Ostsee nutzen. Doch man musste eine neue Umgehungsstraße bauen, damit der schwere Lkw-Verkehr zum Hafengebiet gelangen konnte, und um eine Straße anzulegen, musste die Gemeinde für rund zwanzig Gebäude eine Ablöse zahlen und sie abreißen lassen.

»Du bist doch auch ein Junge aus dem Trelleborger Osten«, sagte Patrik und schob das Gemüse auf seinem Teller beiseite. »Wir sollten auf diesen Wahnsinn reagieren.«

»Ja, wobei …« Jari hatte nie so ganz begriffen, was diese Aufteilung der Stadt in Ost und West eigentlich sollte. Außerdem war er nicht sonderlich sentimental veranlagt. Natürlich war es manchmal zutiefst traurig, sich von seinem Elternhaus trennen zu müssen, insbesondere wenn es gegen den eigenen Willen geschah, aber sobald man etwas Neues für die Zukunft baute, war immer jemand betroffen. Das ließ sich nicht vermeiden.

»Weißt du, dass man früher sogar unterschiedliche Dialekte im Osten und Westen von Trelleborg gesprochen hat?«, fuhr Patrik fort. »Das habe ich im Radio gehört. In anderen schonischen Städten gab es einen Unterschied zwischen Stadt und

Land, aber in Trelleborg hing dein Dialekt davon ab, aus welchem Teil der Stadt du kamst.«

Jari betrachtete den goldbraunen Käse auf seinem Teller, erinnerte sich dann aber an Patriks Bemerkung über sein Gewicht und widerstand der Versuchung. »Der Dialekt klingt total bescheuert, sowohl im Westen als auch im Osten.« Wie viele andere hatte er sich die extremen Diphtonge abgewöhnt, sobald er zum Studium nach Lund gegangen war.

»Unsinn. Das ist die schönste Sprache der Welt.« Patrik lächelte mit dem Mund voller Kartoffelbrei. Er hatte nicht studiert und fand ein Studium auch vollkommen überbewertet. Patrik war Unternehmer wie sein Vater. Mit zehn hatte er als Brötchenjunge bei Franckes angefangen und samstagsmorgens in Trelleborg Frühstück ausgeliefert. Während der Gymnasialzeit hatte er die Brötchen gegen schwarz gebrannten Schnaps eingetauscht, ansonsten war das Prinzip dasselbe geblieben, auch wenn der Kundenstamm etwas jünger und die Lieferzeit nicht ganz so frühmorgens war. Mit neunzehn Jahren hatte er diese eher lichtscheue Tätigkeit hinter sich gelassen und seine erste Aktiengesellschaft gegründet.

Jari und Patrik waren nur zwei Straßen voneinander entfernt am Östra Stranden aufgewachsen und von der Ersten bis zur Neunten in dieselbe Klasse gegangen. Jari war Mittelfeldspieler beim IFK, Patrik Stürmer beim TFF. Jari war Rocker und Patrik Mod. Trotzdem waren sie gut miteinander ausgekommen. Zwei Jahrzehnte später wohnten sie wieder zwei Straßen voneinander entfernt, aber auf der anderen Seite der Stadt. Und als Isabella von der Schule nach Hause kam und erzählte, dass sie mit Patriks Sohn zusammen war, hatte Jari einen seltsamen Stolz empfunden.

»Meinen Glückwunsch übrigens. Ich habe gehört, dass Sixten einen Fördervertrag in der A-Mannschaft angeboten bekommen hat.«

»Na, wir werden sehen.« Patrik kaute mit offenem Mund. »Sixten kennt seinen Wert. Bisher sind die Bedingungen nicht attraktiv genug.«

Das war typisch für die Familie Ledin. Die meisten Achtzehnjährigen hätten unterschrieben, ohne mit der Wimper zu zucken, aber Sixten hatte das Selbstvertrauen und die selbstverständliche Fähigkeit geerbt, über das meiste auf der Welt zu verhandeln.

»Du«, sagte Jari. Es war an der Zeit, zur Sache zu kommen, den eigentlichen Grund dieses Mittagessens. »Was weißt du über Niko Palevski?« Er versuchte, es so klingen zu lassen, als sei ihm diese Frage gerade erst eingefallen. »Ist er nicht mit Teo befreundet?«

Patrik lächelte hintergründig. »Was heißt schon befreundet. Sie gehen zumindest in dieselbe Klasse.«

Jari griff nach einem Zahnstocher. »Ist er denn in Ordnung?« Er sah sich um. Patrik hatte eine Tendenz, immer so zu sprechen, als hätte er Publikum, was in dieser Stadt oft vorkam.

»Ja doch.« Patrik kratzte sich am Handgelenk. Ein gewisses Zögern. »Teo und Niko haben gerade ein bisschen Ärger in der Schule. Sie sind sicher nicht ganz unschuldig, aber die Mädchen sind heutzutage so verdammt empfindlich. Du weißt doch, wie das ist. Man kann ja kaum ein Kompliment aussprechen, ohne dass jemand gekränkt ist.«

»Aber er ist doch wohl nicht …« Jari beugte sich vor und flüsterte. Er sah die dunklen Augen vor sich, als Niko sich auf Sixten stürzte, am Blackjack-Tisch weit draußen auf der Ostsee. »Er ist doch wohl nicht …«

»… wie sein Vater?« Patrik legte das Besteck auf den Teller und lachte. »Sasho Palevski – was für eine Legende.« Er drehte seine Snusdose zwischen den Händen. »Nein, da kannst du ganz beruhigt sein. Dein neuer Schwiegersohn ist kein Rowdy.«

Er lachte so laut und polterig, dass Mohammed vom Küchendurchgang zu ihnen kam und sich erkundigte, ob alles zu ihrer Zufriedenheit sei.

»Auf jeden Fall«, versicherte Jari und sah wieder Patrik an. »Du kannst das nicht nachvollziehen. Du hast keine Töchter.«

»Das ist wohl wahr.« Patrik schob sich ein Stück Snus unter die Oberlippe. »Mit Jungs ist es einfacher. Die kommen schon irgendwie allein zurecht.«

Jari war sich nicht ganz darüber im Klaren, was Patrik meinte. Die meisten Männer und Jungen, die er kannte, würden nicht eine halbe Woche ohne weibliche Hilfe zurechtkommen. Als Vater von pubertierenden Mädchen befand man sich immer auf einer Gratwanderung zwischen Wachsamkeit und Überbehüten. Seitdem dieser ältere Typ Amanda dazu verleitet hatte, ihm Nacktfotos zu schicken, die er dann im Internet verbreitet hatte, fiel es Jari immer schwerer, bei dieser Gratwanderung das Gleichgewicht zu halten. Um Isabella hatte er sich nie Sorgen machen müssen. Sie hatte ja Sixten. Außerdem war sie ganz anders als ihre jüngere Schwester, eher vorsichtig und vorausschauend.

»Sasho hat sich verändert«, sagte Patrik. »Seine Frau ist ja so eine ganz Vernünftige. Du weißt, wer sie ist, oder? Linda.«

»Ja.« Sie waren ungefähr im selben Alter. Linda arbeitete bei Ica Maxi, genau wie ihr Mann.

»Eine richtige Trelleborgerin«, fuhr Patrik fort.

»Wie ist man denn als richtiger Trelleborger?« Jari war wirklich neugierig.

»Du weißt schon, jemand, den alle auf der Straße grüßen und der nie von hier wegziehen würde.«

Jari fragte sich, ob er selbst wohl zu den echten Trelleborgern zählte. Das war durchaus denkbar.

Als sie aus dem Pub traten, stand Katty Bornebrink an der Straßenecke – mit einem Energydrink in der einen Hand und einer Zigarette in der anderen. Ein Hauch von nostalgischer Sehnsucht befiel Jari. Sein eigenes Leben und das von Katty hatten sich in entgegengesetzte Richtungen entwickelt. Als Kattys Beliebtheit auf der Köpingeskolan in der Achten ihren Höhepunkt erreicht hatte, war Jari so gut wie unsichtbar gewesen. Während Jari in Lund studiert hatte, hatte Katty Bornebrink die Abendschule geschmissen, war schwanger geworden und hatte das Leuchten in ihren hellblauen Augen verloren.

»Hi, Katty!«, rief Patrik und öffnete mit dem Funkschlüssel den Porsche, der in der Tat ohne Knöllchen davongekommen war. Er senkte die Stimme, während er sich mit einem Faustcheck von Jari verabschiedete. »Diese Frau, also wirklich. Das war der beste Fick meines Lebens.«

NACH DEM MORD

Vaska schwankte, als ihre lila Lederstiefel im Matsch versanken.

»Alles in Ordnung?« Sasho ging langsamer.

»Jaja, ich bin noch nicht völlig hilflos.«

Vaska trat ein bisschen Lehm von ihren Stiefeln und holte ihn ein, kurz bevor der weiße Sand am Östra Stranden begann. Sasho betrachtete das taunasse Gras und die Bäume, die allmählich ihr Herbstgold verloren. Wenn die Kommunalpolitiker ihren Willen durchbekämen, wäre das alles bald weg. Die Idee war, den Hafen vom Stadtzentrum Richtung Osten zu verlegen und eine mehrspurige Umgehungsstraße zu bauen, die nicht nur erstklassiges Ackerland, sondern auch eine bildschöne Küstenidylle vernichten würde.

Am Straßenrand war ein Protestplakat angebracht.

»Das ist echt krass«, sagte Sasho. »Sie zwingen die Leute, ihre Häuser zu verlassen.«

Vaska warf einen Blick auf das Plakat und seufzte. »So läuft das eben. Man kann die Entwicklung nicht aufhalten.«

Sasho war sich nicht ganz sicher, ob das stimmte. Denn wenn man akzeptierte, dass sich ein solcher Prozess nicht beeinflussen ließ, käme das einer selbsterfüllenden Prophezeiung gleich.

»Warum lässt die Polizei Niko nicht frei?«, fragte Vaska und hängte sich bei ihm ein. »Jeder Mazedonier in der ganzen Stadt hat sich bei mir gemeldet und will wissen, was los ist.«

Das kannte er schon. In seiner Jugend hatte seine Mutter immer ganz besonders heftig auf sein Verhalten reagiert, wenn andere Mazedonier sich bei ihr meldeten. Damals hatte er nicht begriffen, warum sie so viel Wert auf die Ansichten dieser ungleichen Menschengruppe legte, die nicht viel mehr verband als ihre Herkunft. Erst als Sasho Linda kennenlernte, hatte er es verstanden. Die Trelleborger waren ihre Mazedonier.

»Niko hat der Polizei nichts gesagt«, erklärte Sasho seiner Mutter. »Aber ich verstehe nicht, was das soll.«

»Du hast doch gesagt, dass er die ganze Nacht zu Hause war und geschlafen hat«, meinte Vaska. »Meine Güte, ich habe ja selbst gemerkt, wie er Amanda angeschaut hat. Genau so, wie dein Vater mich angesehen hat. Er hat sie geliebt.«

Mehrere Tage lang hatte Vaska sich allein in ihre Wohnung zurückgezogen. Als ihr Bedürfnis nach einem Gespräch zu stark geworden war, hatte sie Sasho angerufen, der sie mit dem Auto abgeholt und ihr angeboten hatte, sie hinzufahren, wo auch immer sie hinwollte. Sie hatte sich für das Meer entschieden.

»Dein Vater und ich sind früher hier spazieren gegangen. Wusstest du das? Am Strand entlang, bis zum Dalabad und wieder zurück.«

Sasho konnte sie vor sich sehen. Dann dachte er an seinen Großvater. Er war in dem Glauben aufgewachsen, dass seine Großeltern mütterlicherseits beide längst tot waren, als Vaska mit dem Bus quer durch Europa fuhr, um in der südlichsten Stadt Schwedens Autoreifen herzustellen. Seine Mutter hatte kaum je ihre Eltern erwähnt, und Sasho hatte nicht derjenige sein wollen, der ihre traurige Erinnerungen zum Leben erweckte. Doch warum interessierte sich ein Boulevardjournalist für seinen Großvater, der, soweit Sasho wusste, nie seinen Fuß auf schwedischen Boden gesetzt hatte?

»Wir haben immer über die Mauer da drüben geschaut«, sagte Vaska. »Da hat der Fabrikdirektor gewohnt, der Chef von dem ganzen Gummi.«

Sasho betrachtete die große Villa mit überdachtem Swimmingpool, die sicher bei ihrer Errichtung in den Achtzigerjahren aufgefallen war, doch seitdem hatte der Östra Stranden seinen Charakter geändert. Zum Fischmarkt und den alten Häuschen von der Jahrhundertwende hatten sich mehrere protzige Häuser mit Panoramafenstern und Pool hinzugesellt, auf deren Einfahrten silberfarbene SUVs mit 22-Zoll-Reifen standen.

»Eines Tages hat er im Garten gestanden, in Unterhemd und kurzer Hose.«

»Wer?« Sasho hielt sein Gesicht in den Wind.

»Der Direktor.« Vaska fixierte ihn mit dem Blick. »Hörst du mir gar nicht zu?« Sie wartete, bis sie seine volle Aufmerksamkeit hatte. »Papa und ich haben einen Riesenschrecken bekommen, als er uns entdeckte. Wir haben uns geduckt, aber er hat nach uns gerufen. Wir haben gedacht, dass er uns zusammenfalten, ja, vielleicht sogar entlassen würde. Stattdessen hat er uns im Garten auf einen Kaffee eingeladen.«

Sie zog eine Strickmütze hervor, die sie sich über den Kopf zog. Am Nacken quoll das dunkle Haar hervor. »Das hat mein Bild von den Schweden verändert.«

»Wie nett von ihm«, sagte Sasho.

»Das waren andere Zeiten damals. Die Leute haben sich umeinander gekümmert.«

Das Meer brauste und rauschte, und der feine Sand stieg

in kleinen Wolken empor, die im Wind trieben und herumwirbelten.

»Mama.« Sasho hielt die Hand schützend vor die Augen. »Gestern war jemand von der Zeitung bei uns zu Hause.«

»Der Reporter von *Allehanda*? Der Nette?«

»Nein, nicht der Nette von *Allehanda*.« Sasho griff nach dem Arm seiner Mutter, um ihr auf den Bunker am Strand hinaufzuhelfen. An der gesamten Küste entlang befanden sich solche Verteidigungsanlagen – Schutzräume und Panzerbunker, die im Zweiten Weltkrieg errichtet worden waren. Vor einer halben Ewigkeit war es Sasho und einigen Freunden gelungen, sich Zutritt zu diesem Bunker zu verschaffen, als sie am Strand Verstecken mit Anschlagen gespielt hatten.

Diesmal rutschte er aus und griff nach einer rostigen Eisenstange, die aus dem Beton herausragte. Er musste seine Mutter loslassen, die überraschend gelenkig auf das Dach des Bunkers sprang.

»Es war eine Reporterin von einer Boulevardzeitung«, sagte Sasho, ohne sie anzusehen. »Sie hat schon vor dem Haus auf uns gewartet, als wir nach Hause kamen.« Er kletterte auf den Bunker und wandte sich zum Meer. »Sie wollen etwas über Opa schreiben.«

»Das können sie nicht tun. Sie wissen nichts über meinen Vater.«

Sasho stellte sich an den äußersten Rand des Bunkers. Unter ihm fegte der Sturm über das blauschwarze Wasser. Obwohl er Vaska den Rücken zugewandt hatte, spürte er die Wut und die Sorge in ihrem Gesicht.

»Dürfen sie das?«, fragte sie. »Dürfen sie schreiben, was sie wollen?«

Sasho verfolgte, wie die Wellen aus der endlosen blauen Ferne bis zum Strand rollten.

»Was hast du mir verschwiegen, Mama?« Ein feuchter Nebel hatte sich um seine Augen gelegt. Vielleicht war es die Feuchtigkeit vom Meer, die der Wind mitgebracht hatte?

»Das ist so lange her. Was hat es mit uns zu tun? Mit Niko? Das war in einem Land, das es nicht mehr gibt, und in einer Zeit, die alle vergessen wollen.«

»Mama.« Sashos Geduld war zu Ende. »Was ist mit Opa passiert? Warum befragt mich eine Journalistin über ihn?«

Ein Stück weiter draußen im Meer erhob sich eine große Welle, die mit einer solchen Kraft an den Strand brandete, dass Vaskas Antwort im Dröhnen ertränkt wurde.

»Was hast du gesagt?«, rief Sasho gegen den Wind an.

Eine Fähre glitt aus dem Hafen und tutete zweimal. Der Rauch stieg aus dem Schornstein und der Schiffsrumpf schnitt feine Linien ins Wasser.

»Ich weiß nicht, was diese Reporterin sich einbildet. Wie soll ich das wissen?« Vaska gestikulierte aufgeregt mit den Händen. »Niko hat nichts mit meinem Vater gemeinsam. Sie sind sich nie begegnet.«

Sasho packte sie am Jackenärmel. Jetzt reichte es mit Lügen und Geheimnissen. »Sag einfach die Wahrheit, Mama.«

Vaska schien den Tränen nahe zu sein. »Es war zu schlimm, als dass ich darüber hätte sprechen können.« Der Wind verschluckte jedes zweite Wort und zwang sie, die Stimme zu erheben. »Ich wollte nicht an meinen Vater denken.«

Vor dem Schießplatz in Stavstensudde setzte Jari den Blinker und bremste ab. Isabella wartete schon vor dem Haus. Sie hatte die Arme um den Körper geschlungen und im Wind schaukelte ihre Handtasche auf und ab.

»Wolltest du nicht zum Training?«, fragte Jari, als Isabella auf der Rückbank Platz genommen hatte.

Er und Maria waren vor dem Termin im Bestattungsbüro noch einmal nach Hause gefahren, um sie einzusammeln. Doch sie hatte sich nicht umgezogen und keine Sporttasche dabei.

»Ach, ich schau stattdessen bei Sixtens Training zu. Ich kann doch nicht auf dem Fußballplatz rumkicken, wenn Amanda tot ist.«

Jari sah Maria an, dass er jetzt wohl besser schwieg. Sie fuhren an der Verlängerung des Hedvägen entlang, an der Tankstelle und dem Schnellrestaurant vorbei. Der Acker lag brach und am Straßenrand streute das Feuerkraut seine Samen in den Wind.

»Was haben sie bei der Polizei gesagt?«, wollte Isabella wissen.

Jari und Maria hatten die Polizeiwache verlassen und waren den ganzen Weg bis Stavstensudde gefahren, ohne ein Wort über das zu verlieren, was bei der Polizei herausgekommen war.

»Der Obduktionsbericht ist fertig«, erklärte Maria.

Jari schauderte jedes Mal, wenn er das Wort hörte, denn dabei drängte sich ihm das Bild von einem kalten, leblosen Körper auf einem Seziertisch aus Edelstahl auf. Seine Tochter, die immer so lebendig gewesen war, die kleine Mandy, die Räder durchs Leben geschlagen hatte. Jari konnte noch ihr sprudelndes Lachen hören, wenn er die Augen schloss. Wie lange würde ihm diese Erinnerung noch bleiben?

»Sie hatte an mehreren Körperstellen Narben«, fuhr Maria fort. »Lauter kleine Wunden und Verletzungen verschiedenster Art auf der Innenseite der Oberschenkel und in den Achselhöhlen.«

»Sogar Brandmale«, sagte Jari.

Es fiel ihm noch immer schwer, das zu begreifen. Laut Obduktionsbericht waren diese Verletzungen nicht im zeitlichen Umfeld ihres Todes entstanden, sondern dem Körper schon früher zugefügt worden, vermutlich bei mehreren verschiedenen Gelegenheiten.

Im Rückspiegel sah er, wie Isabella die Lippen zusammenpresste.

»Du wusstest davon?«

Natürlich wusste sie davon. Die Schwestern hatten sich alles erzählt.

»Sie hat mir versichert, dass sie damit aufgehört hätte.« Isabella beugte sich vor, sodass die Haare ihr in die Augen fielen.

»Es hat angefangen, nachdem diese Nacktfotos im Internet verbreitet wurden«, sagte Maria.

Jari presste die Hände ans Steuer. »Du auch? Wussten alle außer mir davon? Ich dachte, sie wäre über die Sache mit den Fotos ziemlich schnell hinweggekommen.« Er war selbst erstaunt gewesen, wie bald sie sich erholt hatte. »Warum hat sie nichts gesagt?«

Maria und Isabella wechselten einen kurzen Blick. Manchmal

kam es ihm so vor, als würden die Mädchen mit Maria auf einer Frequenz kommunizieren, zu der er keinen Zugang hatte.

»Sie hat sich geschämt«, sagte Isabella. »Das ist doch nichts, was man mit seinen Eltern diskutiert.«

Jari war peinlich naiv gewesen. Er hatte geglaubt, dass alles wieder in Ordnung gewesen sei. »Wir hätten nach Malta fahren sollen«, sagte er. Als hätte das alles verändert. »Warum habe ich so viel gearbeitet?«

Maria legte ihm die Hand auf den Arm. »Hör auf, dir die Schuld daran zu geben.«

Er sah sie an und wünschte, dass auch sie ihr Verhalten mal hinterfragen würde.

»Wie könnt ihr euch so sicher sein, dass sie sich die Verletzungen selbst zugefügt hat?« Er dachte an den Sommerausflug zum Bauernhofcafé Hallongården. Ausnahmsweise war es ihm gelungen, zu Amanda vorzudringen. Sie hatte sich ihm geöffnet. »Das könnte ihr doch auch Niko angetan haben!«

Maria runzelte die Stirn. »Glaubst du, er hat sie gefoltert?«

Jari zuckte zusammen. Das Abbremsen kam etwas plötzlich, und er musste das Lenkrad herumreißen, um den Mercedes wieder unter Kontrolle zu bekommen.

»Das ist doch nicht ausgeschlossen. Warum verteidigst du ihn?«

»Das tue ich doch gar nicht.« Maria klang wie ein störrisches Kind.

Sie hatten noch nie besonders gut miteinander diskutieren können. Jari wurde wütend und spie Argumente und Anschuldigungen aus. Maria in ihrer Rolle als Juristin sezierte jedes Detail und führte es ad absurdum.

»Am Abend, bevor sie starb, hat Amanda mich zum Thema

Tod befragt«, erzählte sie jetzt. »Sie wollte wissen, was meiner Meinung nach passiert, wenn man stirbt.«

Isabella beugte sich vor und schob den Kopf zwischen die Sitze. »Meint ihr, dass sie sich da schon entschieden hatte?«

»Ich meine gar nichts. Ich sage nur, was war.«

Jari stöhnte genervt angesichts ihrer Unterstellungen. Selbst wenn Amanda sich wider Erwarten das Leben genommen hatte, konnte trotzdem Niko daran schuld sein.

Eifrig berichtete er, was Amanda im Café Hallongården zu ihm gesagt hatte. »Sie hat von einem jungen Mädchen erzählt, das sich umgebracht hat.« Jari hätte begreifen müssen, dass Amanda versucht hatte, etwas über sich selbst preiszugeben. Er hätte das Thema weiterverfolgen müssen. »Das Mädchen war vergewaltigt worden, doch niemand hatte ihr geglaubt. Am Ende hat sie keinen anderen Ausweg mehr gesehen, als sich das Leben zu nehmen.«

»Was war das denn für ein Mädchen?«, fragte Isabella.

»Jemand auf YouTube, hat Amanda behauptet. Vielleicht wollte sie mir damit etwas sagen? Es gab ja schon vorher Alarmsignale. Ihr erinnert euch doch sicher daran, wie Niko sich auf der Deutschlandfähre auf Sixten gestürzt hat. Seitdem ist Amanda ständig zu spät zur Schule gekommen und hat ihr Training geschwänzt.« Er sah zu Maria, die das Gesicht abgewandt hatte. »Du hast mir die Schuld gegeben, aber es kann ganz andere Ursachen gegeben haben.«

»Ich habe dir nicht die Schuld gegeben«, murmelte sie.

»Ich glaube, dass auf dem Frühlingsball irgendwas vorgefallen ist.« Isabella wurde ganz eifrig. »Da hat sie erzählt, dass Niko extrem eifersüchtig sei. Und nach dem Ball haben sie sich getrennt. Amanda wirkte beinahe ängstlich.«

»Verdammt!« Jari schlug mit der flachen Hand aufs Armaturenbrett. Sie hätten das Ganze verhindern können. Wenn Maria nur ehrlich gewesen wäre und ihm zugehört hätte. Und wenn er seine eigenen Sorgen ernster genommen hätte.

Vor dem Fußballstadion hielt er an und ließ Isabella aussteigen. Im Rückspiegel verfolgte er, wie sie zum Eingangsbereich lief. Das lange blonde Haar, die raschen Schritte. Er legte den Rückwärtsgang ein und blickte auf den Bildschirm am Armaturenbrett, während er so heftig Gas gab, dass die Reifen durchdrehten. Isabella wandte sich um und er ließ mit einem Surren die Fensterscheibe herunter.

»Hab dich lieb«, sagte er. »Pass auf dich auf.«

Jari und Maria blätterten in einem Katalog mit Särgen. Der Bestatter trug einen Anzug und sprach leise über die organisatorischen Umstände des Todes. Die Wände waren kahl, die Möbel wirkten steril. Es roch wie im Krankenhaus.

»Haben Sie schon über die Todesanzeige nachgedacht?«

Es war dasselbe Familienunternehmen, das sich um alles gekümmert hatte, als Jaris Mutter gestorben war. Damals hatte Jari sich engagiert. Jetzt wollte er nur weg von hier.

»Bitte entschuldigen Sie mich.« Er ging zum zweiten Mal auf die Toilette, beugte sich übers Waschbecken und hyperventilierte.

Die Natur hatte nicht vorgesehen, dass man den Sarg und den Grabstein für sein Kind auswählen sollte. Er wollte sich keine weiteren Fotos in diesem geschmacklosen Katalog anschauen. Es war ihm vollkommen egal, welche Lieder aus dem Gesangbuch der Kantor bei der Trauerfeier spielte oder welcher Kuchen anschließend serviert wurde. Jemand anders musste entscheiden, ob der Leichnam kremiert werden sollte oder nicht.

»Was hältst du von einem weißen Herzen?«, fragte Maria, als er schwankend von der Toilette zurückkam. »Also statt eines Kreuzes?«

Er nickte kurz. »Klingt gut.«

Der Bestatter sprach so langsam und umständlich in seinem nuscheligen Trelleborger Dialekt, dass Jaris Gedanken schon bald abdrifteten.

Es war ihm gut gegangen, besser als den meisten anderen. Zumindest hatte er sein Leben in den vergangenen zehn Jahren so eingeschätzt. Maria und er hatten interessante und herausfordernde Jobs, sie mussten sich keine Sorgen wegen irgendwelcher unvorhergesehener Ausgaben machen und konnten es sich leisten, die schönen Dinge des Lebens zu genießen. Sie waren gesund und ihren Töchtern lag die Welt zu Füßen. Was mehr konnte man sich wünschen? Er spielte Padeltennis und jagte, ging manchmal ins Stadion, machte Reisen ins Ausland und buchte für sich und Maria ab und zu Wellnesswochenenden, saß mit einem IPA-Beer in der Hand auf dem Sofa und sah Champions League. Das Leben hatte es gut mit ihm gemeint.

»Was bin ich eigentlich für ein Vater? Wie konnte ich übersehen, dass es Amanda so schlecht gegangen ist?«, sagte er zu Maria, während sie den verlassenen Parkplatz überquerten.

Sie antwortete, nachdem sie sich ins Auto gesetzt hatte. »Man wird gut darin, es zu verbergen.«

Jari fuhr in Richtung Meer. Ihm war bewusst, dass Marias Antwort etwas Unausgesprochenes enthielt, aber er brachte es nicht fertig, ihr irgendwelche weiteren Fragen zu stellen. Er hatte jetzt keine Zeit für Ratespielchen.

»Du.« Maria zog nach und nach an ihren Fingern, bis die Gelenke knackten. »Was hast du Freitagnacht gemacht?«

Die Ampel in der Hamngatan sprang auf Gelb um, aber Jari drückte rasch das Gaspedal durch und brauste über den Fußgängerüberweg.

»Was meinst du?« Er starrte auf die Straße.

»Na ja, nachdem du mit Millans Vater gesprochen hast. Als du erfahren hast, dass Amanda uns wegen der Übernachtung angelogen hatte.«

In Jaris Gehirn breitete sich Nebel aus. Er erinnerte sich nur noch daran, dass er zum Auto gerannt war.

»Ich bin losgefahren und habe sie gesucht.« Eine Pause entstand, als die nächste Ampel auf Rot schaltete und die Autos vor ihnen langsamer wurden. »Ich bin beinahe eine Stunde lang herumgefahren und habe nach ihr gesucht.« Er starrte direkt in die rote Ampel. »Wenn ich nur weitergesucht hätte. Wenn ich nur nicht aufgegeben hätte.«

Das ganze Leben war zu einem einzigen großen *Wenn* geworden.

EIN HALBES JAHR VOR DEM MORD

Jari Kekkonen hielt nicht viel von Shoppen. Wenn er etwas Neues brauchte, zum Beispiel eine schwarze Jeans, weil seine langsam ausblich oder ein wenig zu eng an der Taille geworden war, ging er in einen Laden, in dem es schwarze Jeans gab, fragte die Verkäuferin, wo sie lagen, probierte eine an und vergewisserte sich, dass sie passte, ehe er sie an der Kasse bezahlte.

Marias Shoppingverhalten sah vollkommen anders aus. Sie liebte es, planlos herumzuschlendern, Kleidungsstücke anzuschauen und zu berühren. Sie schien nie zu wissen, was sie wirklich brauchte, und sie war nicht der Meinung, dass das Ziel eines Einkaufsbummels zwangsläufig ein Kauf war.

Eigentlich hatte sie zum gigantischen und abscheulichen Einkaufszentrum Emporia in Malmö fahren wollen, aber Jari war es durch Verhandlungsgeschick gelungen, sie zu überzeugen, dass sie in Trelleborg blieben und den Samstag in der weitaus kleineren und gemütlicheren Valengallerian verbrachten.

Sie fuhren mit der Rolltreppe nach oben, drängten sich an einer Rentnergruppe mit Rollatoren vorbei und betraten den Bekleidungsladen Kappahl.

»Wie angenehm«, sagte Jari. »Kaum Leute hier.«

Maria verdrehte die Augen. »Und kaum irgendwelche Läden.«

Sie griff nach einer mintgrünen Bluse, doch dann sah sie sich um und begrüßte mit übertriebenem Enthusiasmus Amandas Trainerin Jennifer, die von den Kassen auf sie zukam. Die junge Frau blieb stehen und presste die große Einkaufstüte an sich.

»Alles in Ordnung?«, fragte Jari.

Er schätzte die Mittzwanzigerin, die sich über die Maßen engagierte. Letztes Jahr war sie in Trelleborg zur Trainerin des Jahres gewählt worden. Ehrenamtliche wie Jennifer hielten das großartige Vereinsleben der Stadt am Laufen.

»Bei mir ist alles okay, aber wie geht es Amanda?«, fragte sie. »Ich habe ihr mehrmals geschrieben, aber sie meldet sich nicht.«

»Wie?« Verdutzt sah Jari zu Maria, die eine resignierte Geste machte.

»Sie ist seit dem Herbst nicht mehr ins Training gekommen«, fuhr Jennifer fort.

»Nicht?« Jari wurde es schwer ums Herz. Aus irgendeinem Grund schien Maria die Sache nicht so ernst zu nehmen wie er. »Sie hat doch ihre Tasche gepackt und ist mit dem Bus losgefahren. Ich habe sie gefragt, wie das Training gelaufen ist, und sie hat erzählt, was ihr gerade macht.«

Oder nicht? Er fragte immer nach, sowohl was die Schule als auch was ihr Training betraf. Doch jetzt erinnerte er sich an keine der Antworten, die er bekommen hatte. Eigentlich kein Wunder, da er keine Ahnung von Aerobicturnen hatte.

»Ich hoffe, sie kommt bald wieder«, sagte Jennifer und knisterte mit ihrer Tüte. »Richtet ihr bitte aus, dass wir sie vermissen.«

»Auf jeden Fall.« Maria setzte ein unverbindliches Lächeln auf, das Jari gern ihr Juristinnenlächeln nannte. »Wir werden mit ihr reden.«

Mit kleinen raschen Schritten ging sie weiter durch den Laden, während Jari gegen einen Rundständer mit Kleidern krachte und laut auf Finnisch fluchte. Flüche waren das einzige sprachliche Erbe, das sein Vater ihm hinterlassen hatte.

»Worum geht es hier eigentlich?«, zischte er, als er Maria ganz hinten bei den Hemden und Anzügen eingeholt hatte. »Sie hat uns ins Gesicht gelogen. Jetzt reicht es, verdammt noch mal.«

Maria sah einen Kleiderständer mit ein paar karierten Hemden durch und prüfte die Größen auf den Etiketten. Zwar interessierte auch sie sich für Sport und war früher ein großes Fußballtalent im Verein Husie gewesen, aber das ließ sich nicht mit Jaris Engagement vergleichen. Seit der Geburt der Kinder war sie nur aus gesundheitlichen Gründen ins Fitnessstudio gegangen und verfolgte kaum noch die Spiele der Nationalmannschaft im Fernsehen.

Für Jari bedeutete der Sport so viel. Fast alle seine Freunde waren Mannschaftskameraden von früher. Der Fußball hatte ihm ein Gefühl von Zugehörigkeit gegeben und ihn vor Schlimmerem bewahrt. Als seine Klassenkameraden Mackan und Timo, die zwei linke Füße hatten, in der Achten anfingen, zu sniffen und die Schule zu schwänzen, war Jari mit seinem Fußballtraining beschäftigt gewesen. Die Freude und das Gefühl von Gemeinschaft beim Sport waren einzigartig und er wollte diese Erfahrung so gern an seine Töchter weitergeben.

»Ich erkenne Amanda nicht wieder.«

In Wahrheit fühlte er sich betrogen, aber das traute er sich nicht zu sagen. Er fragte sich, ob man als Elternteil überhaupt so empfinden durfte. Amanda war minderjährig, noch immer ein Kind. Eigentlich sollte doch Jari der Erwachsene sein.

Vielleicht hatte seine starke Reaktion etwas mit seinem eigenen

Vater zu tun. Als Jari sechzehn war, stellte sich heraus, dass sein Vater eine Affäre mit einer Kollegin in der Gummifabrik hatte. Die Eltern trennten sich unter dramatischen Umständen und die Beziehung zum Vater ließ sich nie wieder kitten. Am Ende hatte ihre einzige Kommunikation aus kurzen Höflichkeitsphrasen bestanden, wenn Jari ihm zufällig in der Stadt begegnete.

Jari hatte nie besonders intensiv mit jemandem darüber gesprochen, am allerwenigsten mit seiner Mutter, was Maria unbegreiflich fand. Sie war der Meinung gewesen, dass er und seine Mutter eine Therapie machen sollten, aber Jari hatte das mit einem Witz abgetan: »Wir sind Finnen. Da ist es schwer genug, überhaupt miteinander zu reden.«

Jetzt nahm Maria ein klein kariertes Hemd vom Ständer und zupfte ein bisschen am Stoff, als wollte sie die Qualität prüfen. »Sie fühlt sich verloren. Sechzehn Jahre – das ist ein schwieriges Alter.«

Bla, bla, dachte Jari. Jedes Alter war auf seine Weise schwierig.

»Isabella würde nie …« Er unterbrach sich, als Maria ihn wütend anfunkelte und das Hemd mit einem Knall zurückhängte.

»Hast du je darüber nachgedacht, dass sie vielleicht nicht weitermachen will mit dem Aerobicturnen, aber sich nicht getraut hat, es dir zu sagen?«

»Nicht getraut? Warum …«

»Weil ihr klar war, wie du reagieren würdest.«

Maria wandte ihm den Rücken zu und marschierte weiter in die Damenabteilung.

»Du hast es gewusst?« Jari holte sie rasch ein, doch sie ging noch schneller. »Du hast bei dem ganzen Theater mitgemacht. Du hast zugesehen, wenn sie ihre Sporttasche gepackt hat, aber du hast nichts gesagt, obwohl du wusstest, dass sie nicht zum Training gehen würde.«

Vor dem Regal mit der Unterwäsche blieb Maria stehen. »Ich wollte, dass sie es dir selbst sagt. Ich fand das wichtig.«

Jari war schwindelig. Slips und BHs in Spitze und Satin drohten auf ihn herabzuregnen. »Was für Lügen hast du mir noch aufgetischt?« Er umfasste das Regal, sah sich um und senkte die Stimme. »Was hast du mir noch vorenthalten?«

Marias Beziehung zu den Mädchen war anders gelagert als seine. Keine Frage. Jari versuchte, Grenzen zu setzen, wobei es ihm bisweilen sogar gelang, zu widerstehen, wenn sie ihre Tricks probierten. Maria war der zärtliche und tröstende Part, was er auch völlig in Ordnung fand. Denn es war doch ganz natürlich, dass sich die Beziehung einer Mutter zu ihren Töchtern in emotionaler Hinsicht intimer gestaltete als die des Vaters. Aber Jari hatte nicht eine Sekunde gedacht, dass es Dinge gab, die Maria nur mit den Töchtern teilte.

»Denk lieber darüber nach, warum sie sich nicht getraut hat, dir vom Turnen zu erzählen«, meinte Maria und verließ mit entschlossenen Schritten den Laden.

Nach der schockierenden Begegnung mit Rakel und ihrer Mutter machte Linda eine kleine Umfrage bei den anderen Klasseneltern und kam zum Ergebnis, dass das Unfassbare tatsächlich der Wahrheit entsprach: Niko und Teo waren die treibenden Kräfte hinter den Schikanen gegen die Mitschülerinnen.

»Es tut mir wirklich leid.« Niko saß neben Sasho im Partykeller, während Linda im Raum auf und ab ging. »Manchmal kommt es mir so vor, als würde ich Dinge tun, obwohl ich es gar nicht will. Und die Mädels lieben es, uns zu provozieren.«

»Hör auf, die Schuld auf andere abzuwälzen!«

Linda hatte sich dieselben Sprüche anhören müssen, als sie sich am Ende ein Herz gefasst und ihrer Mutter erzählt hatte, wie sie in der Schule in Malmö behandelt wurde. Zu einer Auseinandersetzung gehören immer zwei, hieß es da. Man muss sich eben ein bisschen anstrengen, um in die Gruppe zu passen.

Und jetzt behauptete Niko, dass Rakel und die anderen Mädchen sich über sein Aussehen, seine Kleidung, seine Interessen und seinen Intellekt lustig machten, aber zum Lehrer liefen und sich beschwerten, sobald er ihnen Widerworte gab.

»Es ist völlig egal, was jemand anders tut oder sagt, Niko. Du bist für dein eigenes Verhalten verantwortlich.«

Das war etwas so Grundlegendes. Linda predigte es ihm seit fast sechzehn Jahren. *Widersteh dem Gruppendruck. Trau dich, du selbst zu sein. Komm immer zu uns, wenn irgendetwas passiert.*

Das hätte sie sich damals gewünscht. Linda war in die sechste Klasse gegangen, als ihre Mutter das Haus im Osten der Stadt verkauft und ihre Töchter mit nach Malmö genommen hatte. Frisch verliebt und vollkommen verblendet hatte sie ihre Mädchen entwurzelt. Linda hatte sich in den beiden Jahren in Malmö einsam und ausgeschlossen gefühlt. Tag und Nacht hatte sie sich zurückgesehnt – nach ihren Freunden und der Geborgenheit in Trelleborg.

»Du musst dich bei Rakel und den anderen Mädchen entschuldigen.«

»Natürlich«, sagte Niko. »Versprochen.«

»Und dann müssen wir mit Teo und seinen Eltern reden«, meinte Linda seufzend. Darauf freute sie sich nicht gerade.

Sasho saß unbehaglich in der Ecke und schwieg – wie gewöhnlich.

»Was ist? Was sollten wir denn deiner Meinung nach tun?« Immer musste sie alle schwierigen Entscheidungen treffen. »Du darfst mir gern helfen.«

Sasho starrte seine Hände an, drehte den Ehering. Diesmal würde er nicht davonkommen. Sie waren schließlich zu zweit, man konnte sich nicht aussuchen, welchen Part man als Elternteil übernehmen wollte. Ein paar Minuten vergingen, während Sasho immer wieder hochschaute, um dann rasch den Blick erneut abzuwenden. Schließlich räusperte er sich.

»Dann muss es wohl eine Strafe geben.«

Linda seufzte laut. »Du meinst eine *Konsequenz*?«

Bestrafungen waren etwas anderes: konstruierte Folgen, die keine logische Verbindung zum vorangegangenen Vorfall hatten.

Aus einer Strafe würde Niko nichts lernen. Sie mussten tiefer graben, um die Wurzel des Problems zu finden.

»Warum tust du so etwas?«

Niko murmelte, ohne aufzusehen: »Weil ich bescheuert bin.«

Linda wünschte, ihre Mutter hätte sie dasselbe gefragt. Natürlich gab es einen Grund, warum Niko sich so verhielt, und den mussten sie herausfinden.

Amanda rannte den halben Kilometer vom Solarium zur Bushaltestelle. Eigentlich hatte sie eine Runde im Fitnessstudio trainieren wollen, aber ein Sprint musste heute als Sporteinheit reichen. Sie grüßte den Busfahrer und hielt ihr Handy vors Lesegerät, dann parkte sie ihre Sporttasche auf einem Sitz und den Hintern auf einem anderen. Sie nahm den eigenartigen Geruch nach Solariumschweiß an ihrem Körper wahr und tauchte im Handy ab. Auf Insta entdeckte sie eine neue Follower-Anfrage von einem unbekannten Typen. Vor Neugier begannen ihre Finger zu jucken, viel zu spät begriff sie, worum es ging.

Bist du das? Ich liebe deine Fotze!!!

Das Foto, das er angehängt hatte, war ein Selfie von ihr. Nach mehreren Wochen Love Bombing durch einen Jungen vom Gymnasium hatte Amanda einmal spätnachts, als der Selbsthass in ihrer Brust gebrannt hatte, eine Reihe von Nacktfotos mit dem Handy geschossen. Der Typ hatte versprochen, sie niemals jemandem zu zeigen, wenn sie sie ihm schickte. Er hatte gelogen.

Jetzt blockierte sie einen weiteren Dreckskerl, der auf diese Fotos gestoßen war. Sie stieg in Albäck aus dem Bus, zündete sich eine Zigarette an und hörte auf dem gesamten Heimweg lauten Death-Metal. Zu Hause schloss sie sich in ihr Zimmer ein und löcherte die akute Panik mit einer messerscharfen Nagelschere.

Als Papa nach ihr rief, ignorierte sie ihn. Sie kannte seine Stimme, jede Veränderung im Tonfall. Jetzt war er wütend.

Sie ließ ihn immer weiter schreien. Am Ende dröhnten Schritte auf der Treppe und er schlug an ihre Tür.

»Ich höre Musik«, sagte sie und deutete trotzig auf die Ohrhörer.

»Wir müssen reden«, sagte Papa.

Amanda wusste, was das bedeutete. Es war verkehrt, es ein Gespräch zu nennen, es war eher ein Monolog. Mit einem Seufzer folgte sie ihm nach unten in die Küche.

»Setz dich.« Er stellte sich mit verschränkten Armen an die Spüle, während sie einen Stuhl hervorzog und sich darauf fallen ließ. »Wir sind heute Jennifer begegnet.«

Verdammt aber auch. Sie hätte mit Papa übers Training reden müssen. Amanda hatte Mama und Isabella überredet, ihm nichts zu verraten – dafür gab sie ihnen das Versprechen, ihm selbst die Wahrheit zu sagen, sobald sich die Gelegenheit ergab. Doch das war irgendwie nicht passiert.

»Das Schlimme ist ja nicht, dass du mit dem Aerobicturnen aufhören möchtest«, sagte Papa. »Das, was mir wirklich wehtut, ist, dass du nicht mit mir redest, Mandy.«

Er spielte den Gekränkten. Und es klang einfach nur lächerlich, wenn er diesen alten Kosenamen verwendete.

»Weißt du nicht mehr, wie es war, als ich damals mit dem Tanzen aufhören wollte?«, sagte sie.

»Ja, aber …« Papa wurde knallrot im Gesicht. »Das war eine andere Sache. Wir hatten gerade erst die Jahresgebühr bezahlt. Außerdem hast du das Tanzen geliebt. Du wolltest nur aufhören, weil du mit diesen Mädchen von der Pilevallsskolan nicht klargekommen bist.«

»Nicht klargekommen? Sie haben mich an den Haaren gezogen und meine Klamotten in die Dusche geschmissen!«

Trotzdem hatte Papa sie buchstäblich zum Tanzen gezwungen. Er hatte mit den jugendlichen Tanzlehrerinnen gesprochen und danach hatten sich die Schikanen der Pilevallsclique auf fiese Blicke und spöttisches Gelächter beschränkt. Erst als Mama mit der Scheidung gedroht hatte, musste Amanda nicht mehr zum Tanztraining gehen.

»Das heißt, du willst überhaupt keine Freizeitaktivitäten mehr machen?« Papas gekränkte Stimme ging allmählich in einen aggressiveren Tonfall über.

»Ich spiele jeden Donnerstag Padeltennis«, sagte Amanda. »Reicht das nicht? Darf ich gar nichts frei entscheiden? Isabella zwingt ihr nie zu irgendwas. Nur weil sie so verdammt schlau und perfekt ist.«

»So ist es gar nicht«, sagte Papa und wirkte noch wütender. Er hasste es, wenn er sich anhören musste, dass sie Isabella bevorzugten.

»Aber kapierst du gar nicht, wie viel man in der Neunten lernen muss? Wir haben zwölf zentrale Prüfungen.«

Diese Strategie funktionierte immer.

»Und Millan? Mit wem soll sie jetzt trainieren?«, wollte Papa wissen.

»Ach, die will doch auch aufhören.«

»Aha.« Papa ließ die Schultern fallen und beugte den Nacken. Er sah beinahe besänftigt aus. »Es ist schon lange her, dass sie hier bei uns zu Hause war.«

Amanda rutschte tiefer in den Stuhl hinein. Nicht auch noch das.

»Es ist nicht gut, sich allzu sehr an eine einzige Person zu binden.« Papa schürzte die Lippen und versuchte auszusehen, als würde er sich wirklich Gedanken machen. »Liebesbeziehungen kommen und gehen, echte Freundschaften bleiben bestehen.«

Irgendwas in Amandas Gehirn zerriss. »Hast du das wirklich eben gesagt?« Sie legte die Hände auf die Tischplatte und erhob sich halb. »Bitte sag, dass mit meinem Gehör was nicht stimmt. Das hast du nicht wirklich gesagt, oder?«

»Du.« Papa streckte sich nach ihr aus. »Du verstehst doch hoffentlich, dass ich nur dein Bestes will. Du und deine Schwester bedeuten alles für mich.«

Das wusste sie. Trotzdem lief es oft so verkehrt.

»Was zum Teufel?« Papa schnupperte wie ein Spürhund. »Du riechst nach Rauch.«

Jetzt reichte es. Amanda wandte das Gesicht ab und hielt die Luft an. Der Stuhl knallte auf den Boden, als sie aus der Küche stürmte, sich im Flur die Jacke schnappte und zur Bushaltestelle rannte.

Niko strich ihr über den Rücken. Jedes Mal, wenn er sie berührte, kam es ihr so vor, als würde die Zeitbombe in ihrem Brustkorb ein bisschen langsamer ticken.

»Ich will von zu Hause ausziehen«, sagte sie. »Darf ich bei dir wohnen?«

»Na ja …« Niko schien sich zu fragen, ob sie ihn auf den Arm nahm. Sie wusste ja nicht einmal selbst, ob sie es ernst meinte.

»Schau mal hier.« Auf dem Regal neben dem Fernseher standen ein paar Spirituosenflaschen. Amanda hob die edelste davon hoch und betrachtete das Etikett. »Likör. Ich mag Likör.«

Niko lachte. »Das stimmt doch gar nicht.«

Sie wirbelte herum und sah ihn an, während sie die Flasche an die Brust drückte. »Ich weiß es nicht, weil ich noch nie Likör probiert habe.« Sie musste sich anstrengen, um sie zu öffnen. »Es wäre doch blöd, davon auszugehen, dass ich ihn nicht mag.«

Niko sah ziemlich skeptisch aus, als sie die Flasche ansetzte und das Getränk in sich hineingluckerte. Es schmeckte nach Frappé, ein bisschen herb, aber nicht eklig. Als Niko etwas sagen wollte, schubste sie ihn aufs Sofa und attackierte ihn mit Küssen.

In der nächsten halben Stunde kippte Amanda zwei Drittel des Inhalts aus der stylischen Flasche in sich hinein. Sie drehte die Musik von Rammstein so laut, dass die Wände vibrierten. Das Ticken in ihrer Brust hörte auf, der Körper wurde leichter, und es fühlte sich an, als hätte sie Kohlensäurebläschen im Gehirn.

Sie legte sich auf Niko. Die beiden küssten sich weiter, und es fiel ihm immer schwerer, sich zu beherrschen. Er schob die eine Hand unter ihren Pullover und bald lag Amanda nur im BH auf dem Sofa.

Wie schön, wenn einem alles scheißegal war. Niemand würde ihr sagen, was sie zu tun und zu lassen hatte.

Als die Musik plötzlich verstummte, blickte Amanda hoch, als wäre sie aus einem Traum gerissen worden. Sie rieb sich die Augen und sah, wie Nikos Mutter die Likörflasche an sich riss.

»Was verdammt noch mal geht hier vor?« Linda sah eher ängstlich als böse aus. »Wisst ihr eigentlich, was diese Flasche gekostet hat?«

Niko begann, den Tisch aufzuräumen, während Amanda auf

dem Sofa liegen blieb und ins Licht blinzelte. »Tut mir leid«, sagte sie und langte nach dem Pullover, der vom Sofa gefallen war.

»Du bist ja betrunken.« Linda baute sich breitbeinig vor ihr auf und starrte sie an. Amanda kannte diesen Blick, der sie blitzschnell beurteilte und entschied, was sie für eine war.

»Alles gut, Mama«, sagte Niko.

»Gut?« Linda ergriff Amandas zerknitterten Pullover.

»Danke«, sagte Amanda leise und wollte gerade den Pulli nehmen, als Linda ihren Arm packte.

»Was ist das da?« Sie zeigte auf die tiefen kleinen Löcher unter der Achselhöhle, wo die Nagelschere die Haut perforiert hatte. »Einstichstellen von Spritzen?«

»Mama!«, sagte Niko.

»Ich bin nicht drogensüchtig, verdammt!« Amanda drehte ihren Pullover auf rechts und zog ihn über den Kopf.

»Okay.« Linda ging rückwärts und zog eine mitleidige Miene. »Ich verstehe.« Ein ganzes Puzzle schien sich in ihrem Kopf zusammenzufügen. »Ich rufe deine Eltern an.«

Linda brachte Amanda nach Stavstensudde, weil das Ehepaar Kekkonen nicht *in fahrtüchtigem Zustand* war und ihre große Schwester Isabella gerade an einem Fußballspiel teilnahm.

Auf der Fahrt sprachen sie kaum miteinander.

Sie hatte Amanda Kekkonen falsch eingeschätzt. Natürlich hätte sie schon Unrat wittern müssen, als sie von diesen Nacktbildern erfahren hatte, die im Internet kursierten. Amanda hatte Probleme und schien außerdem über die Fähigkeit zu verfügen, ständig neue zu erzeugen.

Natürlich konnte einem das Mädchen leidtun. In gewisser Weise konnte Linda sie ja verstehen. Ihr eigener Vater war nie für sie da gewesen und ihre Mutter hatte sich mit ihren eigenen Angelegenheiten und vor allem mit ihren Männern beschäftigt. Amandas Eltern waren vermutlich ebenso abwesend, wenn auch auf andere Weise, und davon erfüllt, Karriere zu machen und sich selbst zu verwirklichen.

»Wissen deine Eltern davon?«, fragte Linda, als sie Stavstensudde erreichten.

»Was denn? Dass ich Drogen nehme?«

»Jetzt hör schon auf.« Linda bedauerte ihre impulsive Reaktion wegen der kleinen Stichwunden und hatte sich schon mehrfach bei Amanda entschuldigt.

»Hast du noch nie das Gefühl gehabt, als müsstest du gleich explodieren?«, fragte Amanda.

Sie sah jetzt aus, als hätte sie einen Kater. Die Augen waren gerötet und die Schminke verschmiert.

»Natürlich«, antwortete Linda aufrichtig. Doch sie konnte diesen Zustand phänomenal gut verbergen. Heutzutage schienen gewisse Jugendliche beinahe einen Wettbewerb darin zu veranstalten, wem es am schlechtesten ging.

»Ich werde es nicht wieder tun«, sagte Amanda und sah ihr in die Augen.

»Gut.« Linda parkte das Auto auf der Straße vor dem schönen Haus der Familie Kekkonen. »Nichts wird besser davon.«

Sie folgte Amanda durch den gepflegten puristischen Vorgarten bis zur Haustür. Amanda gab den Code für das Schloss ein und betrat den Flur. »Mama! Papa!«

Linda blieb in der Türöffnung stehen, während Amanda weiter nach ihren Eltern rief. Wenn es um Niko gegangen wäre und Linda einen solchen Anruf bekommen hätte wie Maria Kekkonen eben gerade, hätte sie als Mutter selbstverständlich im Flur gestanden und auf ihr betrunkenes Kind gewartet.

Als Amandas Mutter sich schließlich die Treppe herunterbegab, legte sie mitleidig den Arm um ihre Tochter. »Wie geht es dir, mein Schatz?«

Amanda antwortete mit einem Murmeln.

»Nicht besonders, hab ich den Eindruck«, sagte Linda.

Sie musste von den Stichwunden erzählen, die sie gesehen hatte, oder zumindest irgendetwas andeuten, von einer besorgten Mutter zur anderen. Doch Maria Kekkonen schien sich nicht für das zu interessieren, was sie zu sagen hatte. Sie packte die Klinke und wollte die Tür schließen.

»Wie nett von dir, sie nach Hause zu bringen.« Maria war stark geschminkt, sehr schick, aber sah bedeutend älter aus, als sie eigentlich war. »Sonst hätten wir natürlich ein Taxi organisiert.«

Linda trat instinktiv einen Schritt zurück. »Kein Problem«, sagte sie und betrachtete Amanda. »Kümmere dich um sie.«

Maria nickte. An der Wand hinter ihr hing ein Plakat mit einem Foto von Astrid Lindgren. Darauf stand: *Gebt den Kindern Liebe, mehr Liebe und noch mehr Liebe – und der gesunde Menschenverstand kommt ganz von allein.* Linda liebte Astrid Lindgren, aber dieser Spruch stellte beinahe eine Beleidigung dar, wenn man bedachte, was es wirklich bedeutete, Eltern zu sein.

Nikos letztes Entwicklungsgespräch an der Privatschule musste Linda übernehmen, weil Sasho sich im Fitnessstudio einen Hexenschuss geholt hatte. Nikos Mentorin starrte besorgt auf den Bildschirm ihres Computers.

»Wir erkennen dich gar nicht wieder, Niko.« Sie warf Linda einen raschen Blick zu, dann sah sie wieder auf den Monitor. »Es hat in diesem Halbjahr eine Reihe von Konflikten mit deinen Mitschülerinnen gegeben. Du warst überhaupt nicht so fokussiert wie früher.«

Linda spannte den Nacken, die Schultern, die Bauchmuskeln an. Konnte die Zeit bitte etwas schneller vergehen?

»Die Ergebnisse der zentralen Prüfungen waren auf C- und D-Niveau, Niko.« Die Mentorin verzog das Gesicht. Auch sie fand das Gespräch offenbar anstrengend. »Wie es jetzt aussieht, könnten deine Abschlussnoten dadurch schlechter ausfallen.«

Nikos Schulnoten waren immer vorbildlich gewesen. Im ersten Halbjahr der Siebten hatte er ein C in Werken gehabt, aber seitdem nur noch die Noten A und B in allen Fächern, ohne dass er sich besonders hätte anstrengen müssen.

»Ich werde mich zusammenreißen.« Niko starrte auf die Tischplatte. »Versprochen.«

»Du schaffst das schon«, sagte seine Mentorin. »Das Halbjahr ist ja längst nicht vorbei.«

Sie klang übertrieben optimistisch, aber das war wohl ein Teil ihres Jobs. Als sie aufstanden, um zu gehen, meinte Linda, die Gedanken der Lehrerin lesen zu können: Das hätte man nie gedacht von der tüchtigen Linda Evaldsen, aber so kann es gehen, wenn man mit einem wie Sasho Palevski Kinder bekommt.

Eilig verließ Linda die Schule. Sie verspürte einen starken Druck auf der Brust. Es roch nach Traubenkirsche und der Himmel hing schlammgrau über dem Dach der Elim-Kirche. Am Zebrastreifen an der Engelbrektsgatan ließ sie eine alte Puch Dakota vorbei.

»Tut mir leid, Mama«, sagte Niko.

Sie fokussierte sich auf ihre Atmung und versuchte, nicht allzu empört zu klingen. »Was ist denn eigentlich los?«

In erster Linie empfand sie Ohnmacht. Sie verlor gerade die Kontrolle.

»Du bist gemein zu deinen Mitschülerinnen und hast schlechte Noten. Die Lehrer sagen, dass sie dich nicht wiedererkennen.« Sie ging weiter über die Straße, ohne Niko anzusehen. »Hat das etwas mit Amanda zu tun?«

Das war natürlich ein kritisches Thema, aber sie sah sich dennoch gezwungen, es aufzugreifen. Amanda ging es nicht gut. Sie war verloren und aufmüpfig, ganz anders als Niko. Ihre Unterschiede wurden von Tag zu Tag greifbarer.

»Hör auf«, sagte Niko. »Die Schule ist total öde.« Er schlurfte mit den Schuhen über den Boden. »Der Unterricht macht einfach keinen Spaß.«

»Komm schon.« Linda atmete weiter tief durch. Sie nickte einer Frau zu, die mit einem kleinen Hund vorbeikam, in der einen Hand eine Leine und in der anderen einen rosafarbenen

Kotbeutel. »Es muss auch nicht die ganze Zeit Spaß machen. Die Aufgabe der Schule ist es, dich auf die Zukunft vorzubereiten. Das ist eine langfristige Investition. Du lernst jetzt, damit du später einen guten Ausbildungs- oder Studienplatz, eine ordentliche Arbeit und ein gutes Leben als Erwachsener hast.«

»Aber was ist mit euch?«, wandte Niko ein. »Du und Papa habt keine Ausbildung, aber ihr habt doch wohl trotzdem ein gutes Leben?«

Linda zögerte mit der Antwort. Sie hatte Abitur mit Bestnoten gemacht und ein Stipendium bekommen, obwohl ihre Mutter nie nach ihren Hausaufgaben gefragt oder irgendein Interesse an den Ergebnissen ihrer Klassenarbeiten gezeigt hatte. Alle in ihrem Bekanntenkreis waren davon ausgegangen, dass sie studieren würde. Lund? Uppsala? USA?

»Das kann man nicht vergleichen«, sagte sie schließlich. »Die Zeiten haben sich geändert. Man kann nicht mehr das Gymi abbrechen und gleich Geld verdienen.«

Linda hatte Zeit gebraucht, um vor sich selbst und anderen einzugestehen, dass sie zufrieden war. Die große Welt und das Abenteuer eigneten sich eben nicht für alle. Sie erwartete nicht mehr vom Leben, als dass alles so lief wie immer: die Hintergrundmusik bei Ica Maxi, das laute Gelächter im Pausenraum, die Straßen, die sie kannte wie die Gesäßtaschen ihrer Jogginghose. Und dass sie abends mit einem Gefühl von Geborgenheit einschlafen und am nächsten Morgen neben jemandem aufwachen durfte, den sie liebte.

Warum genügte Niko nicht auch solch ein Leben, wie sie es führten? Sie verstand es selbst nicht. Vermisste sie etwa in ihrem tiefsten Inneren doch etwas?

Immerhin war Niko erst sechzehn. Sie und Sasho trugen die

Verantwortung, dass er einen Platz im naturwissenschaftlichen Zweig und damit die bestmöglichen Voraussetzungen für seine Zukunft bekam. Sein Frontallappen war nicht voll entwickelt, das Konsequenzdenken funktionierte noch nicht richtig. Aber er sollte nicht in fünf Jahren ankommen und fragen, warum sie nichts unternommen hätten, als seine Noten schlechter geworden waren.

Später am Abend saß sie im Bett, während Sasho sich auszog.

»Schlechtes Betragen, schlechte Noten. Wir müssen dem einen Riegel vorschieben, bevor es noch schlimmer wird.«

Niko hatte versprochen, sich zusammenzureißen, mehr zu lernen und sich in der Schule besser zu konzentrieren. Die Frage war, ob das reichen würde. Auf dem Nachttisch lag sein ausgeschaltetes Handy, das sie beschlagnahmt hatten, weil die Ledins darauf bestanden hatten, dass zwei Wochen Handyverbot eine geeignete Bestrafung für das Verhalten der Jungen in der Schule sei.

»Er hat doch nicht etwa angefangen, Drogen zu nehmen?«, fragte Linda.

Sasho legte sich unter die Decke. »Glaubst du? Niko doch nicht.«

»Wir sollten nicht naiv sein.« Sie waren ganz sicher nicht die ersten Eltern, die sich nicht vorstellen konnten, dass ihr Kind mit Drogen experimentierte.

»Aber das hast du doch im Blick?«, vergewisserte sich Sasho. Er bezog sich auf ihre kleinen Hausdurchsuchungen im Keller. Dabei schnupperte Linda an Nikos Kleidung und ging die Taschen durch.

»Es gibt so viel Mist heutzutage. Tabletten und Lachgas und …«

»Es muss etwas anderes dahinterstecken«, sagte Sasho.

Linda schaltete das Licht am Schlafzimmerfenster aus und sah in die pechschwarze Dunkelheit hinaus. Der Wind hatte etwas nachgelassen, zerrte aber immer noch an den Baumkronen gegenüber. Die Nachbarhäuser schlummerten mit heruntergelassenen Jalousien, an der Kreuzung flackerte eine kaputte Straßenlaterne.

Sie legte sich in Löffelchenstellung hinter Sasho und drückte die Nase an seinen breiten Nacken. Die kurzen Haarstoppeln kitzelten an ihren Lippen und sie spürte die Wärme ihrer eigenen Atemzüge.

Sasho drehte sich um, drückte das Kissen zurecht und sah sie an.

»Ich liebe dich«, sagte er.

Als er das zuletzt zu ihr gesagt hatte, musste Linda lachen, und sie hatte ihn gefragt, ob er der Meinung war, sie spielten in einer romantischen Komödie mit. Worte waren ihr nie wichtig gewesen. In ihrer Jugend hatte ihre Mutter sie und ihre Schwester mit Lob und Liebesbeteuerungen überschüttet, dabei aber meistens ganz anders gehandelt. Dadurch waren die schönen Superlative schon bald entwertet. Als Linda sich in Malmö als der einsamste Mensch auf der Welt fühlte, hatte sie trotzdem behauptet, es sei alles in Ordnung, kein Problem. Worte bedeuteten ja doch nichts.

Jetzt sah sie Sasho von der Seite an. Warum sagte er, dass er sie liebte? Sie wünschte sich, er würde etwas tun, wodurch sie seine Liebe wirklich spürte. Sie brauchte ihn, aber war das dasselbe, wie ihn zu lieben? Die Antwort war nicht ganz eindeutig. Für Linda bedeutete Liebe immer auch ein Gefühl der Geborgenheit.

Es hatte zu Beginn ihrer Beziehung einen ausschlaggebenden Moment gegeben. Sie hatten vor der Shelltankstelle in der Hamngatan angestanden, um sich nach einem langen Kneipenabend noch etwas zu essen zu kaufen, als ein besoffener Typ mit Vokuhila sich vorgedrängelt hatte. Sasho hatte ihn zur Seite geschoben und sofort hatte der Mann etwas über Kanaken und schwedische Huren von sich gegeben. Sasho war förmlich explodiert. Er hatte den Typen an die Wand gedrückt und die geballte Faust drohend in die Luft gehalten. Linda sah noch immer seinen Blick vor sich. Hart und finster wie die Nacht.

Damals kannte sie Sashos Vorgeschichte natürlich, aber plötzlich Gewalt aus nächster Nähe zu erleben, machte ihr Angst, und sie entschied sich, niemals zu akzeptieren, dass Sasho auch nur seine Stimme gegen sie erhob. Doch zugleich entstand auch ein anderes Gefühl in ihr. Eines, das sie in ihrer gesamten Kindheit vermisst hatte: Sasho würde niemals zulassen, dass ihr etwas zustieß.

Sie schmiegte sich an ihn und flüsterte: »Ich liebe dich auch.«

In dieser Nacht schliefen sie eng umschlungen. Als sie aufwachten, kam es ihnen so vor, als hätte sich zwischen ihnen etwas geöffnet. Ein kompaktes Schweigen, das einen Riss bekommen hatte.

»Ich glaube, ich weiß, was wir tun müssen«, sagte Sasho. »Das Ganze hat angefangen, als Niko und Amanda zusammengekommen sind.«

Amanda wartete ungeduldig in der Dunkelheit. Nach drei Tagen totalen Schweigens hatte sie Niko endlich erwischt. Eigentlich wollte sie auf ihn wütend sein, schreien und brüllen, ihm eine Szene machen, doch die Angst hatte alle anderen Gefühle besiegt. Im Lauf des Abends hatte sie sich mit einer Pinzette den Arm verletzt.

Zu ihren Eltern hatte sie gesagt, sie schlafe bei Millan. Das funktionierte immer. Seitdem Millans Mutter sich vor mehreren Jahren mit halb Stavstensudde angelegt hatte, weil sie eine inkontinente Katze gehabt und Maria Kekkonen als Tierhasserin bezeichnet hatte, mieden ihre Eltern es, sie ohne wichtigen Grund zu kontaktieren.

Niko kam aus dem Kellereingang hinter dem Haus, schwarz gekleidet und die Basecap in die Stirn gezogen. Sein Blick war nervös, und er hielt den Zeigefinger an die Lippen, noch ehe sie den Mund geöffnet hatte. Zusammen gingen sie unbemerkt durch schweigende Straßen, vorbei an einem schäbigen Spielplatz bis zu einer versteckten Ecke hinter dornigem Gebüsch.

Da konnte Amanda nicht mehr an sich halten. »Was ist los? Warum antwortest du mir nicht, wenn ich dir schreibe?«

»Sie haben mir das Handy weggenommen.«

»Deine Eltern?«

Er nickte und zog sich die Jacke übers Kinn. Der Frühling

war schon im Anmarsch, aber die Nächte waren noch immer kühl. Unter der Straßenlaterne an der Ecke umschwirrten Kriebelmücken die taunassen Spinnweben.

»Ist es meinetwegen?«, fragte Amanda.

»Nein, es hat ein bisschen Stress mit einigen Mädels aus meiner Klasse gegeben.« Niko schob die Basecap hoch, sodass seine Augen zu sehen waren. »Ich hab ein paar verdammt blöde Sachen gesagt. Und dann ist auch noch die zentrale Prüfung beschissen gelaufen.«

»Inwiefern beschissen?« Bestimmt übertrieb er maßlos. Amanda hatte an dem Tag verschlafen, dadurch einen Teil der Matheprüfung verpasst und in Englisch ein E geschrieben. »Du hast ein C bekommen, oder wie?«

Er nickte.

»Das ist so gestört. Deine Eltern haben dein Telefon einkassiert und eine Ausgangssperre verhängt, weil du in der zentralen Prüfung ein C geschrieben hast?«

»Nicht ganz.« Niko verzog das Gesicht. »Meine Eltern wollen, dass ich für eine Weile mehr Zeit in die Schule stecke. Du weißt ja, wie Eltern sein können.«

Das wusste sie vielleicht, aber nicht aus eigener Erfahrung. Amanda hatte noch nie eine Ausgangssperre bekommen. So etwas existierte nicht in ihrer Familie. Und wegen der Noten setzten ihre Eltern sie schon lange nicht mehr unter Druck. Sie hatten irgendwie aufgegeben und akzeptiert, dass sie ohnehin nie Isabellas Niveau erreichen würde.

Niko atmete schwer. Die Luft zwischen ihnen fühlte sich dick an.

»Vielleicht ist es gut, wenn wir eine kleine Pause einlegen«, sagte er.

Amanda wurde innerlich ganz schwarz. *Pause.* So etwas sagte man, wenn man sich nicht traute, Schluss zu machen. Alle wussten, was eine Pause bedeutete. »Meinst du …«

Sie fühlte sich vollkommen leer. Da war gar nichts mehr. Keine Wut, keine Trauer, nur noch eine große Leere.

»Also, eine Pause«, wiederholte er. »Nichts anderes.«

»Ich will dich aber nicht auf Pause setzen«, stieß sie aus.

Niko wandte sich ab und spuckte heftig aus. Als er sie wieder ansah, hatte sein Blick sich verfinstert. »Du hast ja Sixten.«

Ein Beben durchfuhr sie. Er konnte unmöglich wissen, dass sie Sixten geküsst hatte. Ein einziger schneller Kuss, ein idiotischer Fehler, der sich niemals wiederholen würde.

»Hat Sixten gesagt …?«

Niko unterbrach sie. »Auf der Deutschlandfähre.«

Sie sah noch genau vor sich, wie Sixten und Niko am Blackjack-Tisch aneinandergeraten waren. Beide hatten hinterher behauptet, es sei ein Missverständnis beim Kartenspiel gewesen. In Wahrheit war es um etwas ganz anderes gegangen.

»Sixten hat gesagt, dass du eigentlich ihn haben willst. Dass du schon seit Ewigkeiten scharf auf ihn bist. Ich sei nur zweite Wahl.«

»Echt jetzt?« Was für eine blöde Behauptung. Hatte er das wirklich gesagt?

»Er hat behauptet, er könnte dich mit einem Fingerschnipsen rumkriegen. Das würde er auch tun, hat er gesagt. Wäre da nicht Isabella, die ihm bei den Abivorbereitungen in den naturwissenschaftlichen Fächern helfen müsse.«

»Nein!« Amanda glaubte ihm nicht. Warum sollte Sixten so etwas sagen?

»In dem Moment bin ich ausgerastet«, sagte Niko und versteckte das halbe Gesicht hinter der Hand. »Ich weiß kaum noch, was passiert ist. Da hab ich einfach nur rotgesehen. Ich hatte mich nicht mehr im Griff. Wenn dein Vater nicht gekommen wäre …«

Sein Blick flackerte und sein Körper veränderte sich: Die Muskeln spannten sich an, die Sehnen und Adern traten hervor, die Knöchel wurden rot.

»Ich dachte, du hasst Streit.« Oder hatte er das nur so dahingesagt? Als Vorwand, um diese Heulstory von seinem Vater zu erzählen, der im Gefängnis gesessen hatte?

»Ist das wahr?«, fragte er und fixierte sie mit dem Blick. »Bist du scharf auf Sixten?«

»Natürlich nicht, das checkst du doch wohl! Er ist der Freund meiner Schwester.«

Niko scharrte mit dem Fuß über den Boden. Dann holte er aus und trat gegen einen Stein, der ins Gebüsch flog.

»Ich glaube trotzdem, dass wir eine Pause brauchen.«

Das war total daneben. Er wollte Schluss machen, weil er sich einbildete, sie sei an Sixten interessiert.

»Zumindest, bis ich den Schulstoff aufgeholt habe«, fügte er hinzu. »Und mit dem Klavier wieder auf einem guten Niveau bin.«

Amanda befand sich wie in einem Vakuum. Der Nachthimmel war unendlich schwarz und die Sterne kleine Punkte in der Ferne. Da näherte sich ein knirschendes Geräusch. Niko erblasste. Keuchende Atemzüge und eine quietschende Kette, Fahrradreifen auf dem Kiesweg. Er beugte sich vor, um nachzusehen.

»Scheiße, das ist mein Vater!«

Amanda spähte über das hohe Gras hinweg, das sich im Wind duckte, hinüber zum Schaukelgestell und zur Rutsche. Hinter einem Hügel verlief die Straße in Richtung Osten.

»Hau ab«, zischte Niko. »Lauf!«

Das Fahrrad sauste um die Ecke und Amanda rannte in die entgegengesetzte Richtung. Sie lief durch die Nacht, auf Schritten aus Luft, und drehte sich erst um, als die Dunkelheit jegliche Spur von dem verschluckt hatte, was sie hinter sich gelassen hatte.

Die letzten Strahlen der Vorfrühlingssonne fielen auf die Sandbunker und Rasenflächen des Golfplatzes. In der Kurve am Restaurant, das mittlerweile geschlossen war, bremste der Mini ab und fuhr dann langsam weiter zu einem Kiefernwäldchen hinten am Parkplatz.

Amanda betrachtete Sixten, der das Steuer fest umklammert hielt. Er hatte Isabella am Stadion abgesetzt, um anschließend Amanda abzuholen.

»Hier haben wir unsere Ruhe.« Als er den Motor abschaltete, war nur noch der pfeifende Wind zu hören. Offiziell gehörte der Mini Sixtens Mutter, aber er schien unbegrenzten Zugriff auf den Wagen zu haben.

»Wie geht es dir?«, fragte er. »Ist wieder was mit Niko? Du verdienst jemanden, der dich besser behandelt.«

Amanda lehnte sich nach hinten an die Kopfstütze und sah auf das sturmgeplagte Flachland. Weiße Wolkenfetzen tanzten über den hellblauen Himmel und in einiger Entfernung verschwand der Strand im tiefblauen Wasser.

Sie hatte Sixten keine Nachricht schreiben wollen, da Isabella und er ständig aufeinanderhockten. Das Risiko, dass ihre Schwester sie sehen würde, war zu groß.

»Hast du zu Niko gesagt, dass ich mich in dich verliebt habe?«, fragte sie.

»Wie? Nein! Wann denn?«

»Auf der Deutschlandfähre?«

»Aha.« Sixten fuhr sich durchs Haar. »Nein, ganz so war es nicht. Niko war so verdammt großkotzig da am Blackjack-Tisch. Am Ende bin ich einfach ausgeflippt.«

»Großkotzig? Inwiefern?«

Isabella war auf der Toilette gewesen, als Amanda die Jungs allein gelassen hatte, um sich ein Glas Wasser an der Bar zu holen. Da war alles noch friedlich gewesen.

»Er hat gesagt, dass …« Sixten war selten verlegen, aber jetzt errötete er. »›Du hast die schlaue Schwester gekriegt und ich hab die hübsche genommen.‹«

»Bestimmt nicht!« So etwas würde Niko nicht sagen.

»Doch, das stimmt«, sagte Sixten. »Ein echt unnötiger Kommentar irgendwie.«

»Und dann hast du gesagt, dass ich eigentlich dich will?«

Er hatte noch immer gerötete Wangen. »Sorry.«

»Wie? Glaubst du das, echt jetzt?«

Sixten lächelte. Manchmal hatte sie das Gefühl, als würde er ihr direkt ins Gehirn schauen.

»Hör auf.«

Es kribbelte zwischen den Beinen. Die Gedanken wurden unscharf und kompliziert. Natürlich mochte sie Sixten, das tat jeder. Aber er war Isabellas Freund.

»Komm.« Der Wind brachte das Auto zum Schaukeln und Sixten griff mit seiner großen, sehnigen Hand nach dem Schaltknüppel. Sie sahen einander in die Augen und ihr wurde schwindlig. Er atmete schwerer. Hinter ihm schlug das wilde Meer ans Ufer und er näherte sich ihr langsam.

»Hör auf, Sixten!«

Er küsste sie vorsichtig. Seine Hand bedeckte Amandas gesamte Wange. Sie wollte nicht, aber ihr Zögern wirkte nicht überzeugend. Der Körper gehorchte ihr nicht.

Er blieb mit seinen Lippen so dicht vor ihr, dass sie beinahe ihren Mund berührten, und es vibrierte tief unten in ihrem Bauch. Amanda drückte die Hand an seine Brust, als wollte sie ihn wegschieben. Die festen Muskeln formten sich unter ihrer Hand. Er fühlte sich ganz anders an als Niko: mehr Mann als Junge.

Ohne Vorwarnung presste er wieder den Mund an ihre Lippen. Ihre Proteste ertranken und vor den Scheiben stieg das Pfeifen des Windes um eine weitere Oktave.

NACH DEM MORD

Sasho ging ans Fenster und starrte in die Finsternis hinaus, die die Häuser umhüllte. Nieselregen hatte die Straße dunkel gefärbt, kleine Tropfen glitten an der Scheibe herunter, und die Äste der Bäume hingen müde und schwer herab. Plötzlich glitt ein Lichtstrahl durch die feuchte Nacht und Sasho zog mit einem Ruck den Vorhang zu.

Die Dunkelheit hatte tausend Augen und alle richteten sich auf ihn. Entschlossen ging er von Zimmer zu Zimmer und zog die Vorhänge zu. Als er in den Keller kam, traf er auf Linda, die auf dem Klavierhocker saß. Die Tränen hatten sich in ihre Wangen eingegraben. Der ausgehöhlte Blick richtete sich auf die schwarz-weiße Klaviatur.

»Wie geht es dir?«

Sie musste gar nichts sagen.

Das Klavier war ihr Vorschlag gewesen. Ein Zeichen von Bildung und Klasse, ein Kontrast zu Jogginghosen und Billigzigaretten. Sasho fand, Niko sollte lieber Schlagzeug spielen und ein zweiter Lars Ulrich werden. Sie hatten laut darüber gelacht. Nun war ihnen das Lachen vergangen.

Letzten Winter hatte Niko einmal spätabends mit Amanda auf dem Sofa gesessen, während die Hip-Hop-Musik aus den Lautsprechern dröhnte. Sasho hatte nur einzelne Wörter aufgeschnappt: Glock, Weed, Mörderauto. Zumindest Linda hatte es gereicht. Sie war zum Lautsprecher gestapft und hatte das Kabel herausgezogen.

»Ist doch nur ein Song«, hatte Niko gemeint.

Linda hatte mit dem Kabel in der Hand dagestanden. Natürlich war klar, dass nur Amanda solche Musik hörte.

»Nicht hier«, sagte Linda. »Nicht in unserem Haus.«

»Hört euch doch stattdessen was Gutes an«, hatte Sasho vorgeschlagen und sich an einem Lächeln versucht. »Das *Black Album* von Metallica vielleicht?«

Jetzt quetschte er sich ebenfalls auf den Klavierhocker und Linda musste zur Seite rutschen. Er versuchte, sie zu umarmen, doch sie schob sich so weit an den Rand, dass seine Hand ins Leere fiel.

»Wie kann dir deine Mutter das die ganzen Jahre verheimlicht haben? Das ist doch nicht normal. Was hat sie dir noch verschwiegen?«

Auf dem Fußboden zu Lindas Füßen lag die neueste Nummer von *Expressen*. Die Doppelseite in der Mitte war dem gewidmet, was die Journalisten mittlerweile als den *Teeniemord* in Trelleborg bezeichneten. In einer exklusiven Enthüllungsstory berichtete die Reporterin von dem Verbrechen, dessen sich Sashos Großvater schuldig gemacht hatte.

»Das ist typisch für die ältere Generation.« Sasho dachte nach. »Man kehrt den Dreck lieber unter den Teppich.«

Im selben Moment ging ihm auf, dass dies nicht stimmte. Es hatte nichts mit Generationsunterschieden zu tun. Die mangelnde Fähigkeit, die dunklen Seiten des Lebens zu erhellen, lag eher in der Familie.

»Wir haben in unserer Familie nie über schwierige Themen gesprochen«, bemerkte er.

Die Dunkelheit presste sich durch die schmalen Kellerfenster. Vor einer Woche hatte er hier mit Niko gesessen, der versucht hatte, ihm ein neues Autorennspiel auf der Playstation beizubringen. Sie hatten Popcorn gegessen, und ihre Stimmen wurden heiser vor Lachen, als Sasho mit dem Wagen so heftig in die Box gecrasht war, dass sich das Mechanikerteam zur Seite werfen musste. Alles war wie immer gewesen, Niko schien es gut zu gehen. Und dennoch … Was hatten sie übersehen?

War Niko in einem Erbe gefangen, aus dem er sich nicht befreien konnte? Gewalt hatte einen Großteil von Sashos Jugend geprägt. Als Drohung, Versprechen und Erlösung. Die einzige Lösung, die er beherrscht hatte. Er war klein vom Körperbau her und hatte spät sprechen gelernt. Daher hatte er sich Macht durch Stärke und Mut erkämpft. Häufig musste er sich nicht einmal prügeln. Sein Ruf hatte genügt.

Als er damals angefangen hatte, sich mit Linda außerhalb der Arbeit zu verabreden, erzählte er ihr schon bald von der Gewalttat und der Haftstrafe. Er saß im Schneidersitz da und hatte das Gesicht zur Hälfte hinter den Händen versteckt, wie ein Kind. Sie trafen sich erst seit einigen Wochen, aber schon bald hatten sich intensive Gefühle zwischen ihnen entwickelt. Sasho bebte vor Reue, als er Lindas Hand nahm und seine Vergangenheit in ihren Schoß legte.

Jetzt hob er die Zeitung vom Boden auf. In der Waschküche hinter ihnen pulsierte der Trockner rhythmisch. Was, wenn sie statt eines Klaviers ein Schlagzeug für Niko gekauft hätten? Vermutlich hätte es überhaupt nichts geändert. Oder alles.

Expressen schrieb, dass der Sechzehnjährige, der verdächtigt werde, seine frühere Freundin ermordet zu haben, aus einer Familie stamme, die von männlicher Gewalt geprägt sei. Der

Vater des Jungen sei wegen schwerer Körperverletzung verurteilt worden und sein Urgroßvater habe eine Frau umgebracht.

Sashos Großvater hieß Slavko und war nur neunzehn Jahre alt gewesen, als er Elisabeta geheiratet hatte. Er arbeitete in einer Holzhandlung außerhalb von Bitola, nachdem er mit fünfzehn die Schule geschmissen hatte. Vaska hatte ihn als zurückgezogen und schweigsam beschrieben. Manchmal war er betrunken nach Hause gekommen, aber da war er normalerweise müde gewesen. Wütend hatte sie ihn kaum jemals erlebt.

Als er Vaska und ihre Geschwister in jener mazedonischen Sommernacht geweckt hatte, begriffen sie sofort, dass etwas Schreckliches passiert sein musste. Seine Hände und Arme waren blutig und die Geschwister fanden ihre Mutter erschlagen im Bett vor. Der Vater hatte sich ruhig verhalten und Reue gezeigt. Ständig hatte er wiederholt, dass Elisabeta ihn nicht habe schlafen lassen.

»Ich war so müde«, sagte er den Tränen nahe. »Ich wollte nur schlafen. Warum hat sie mich nicht schlafen lassen?«

Die Polizei kam und führte ihn ab und Vaska sah ihren Vater nie wieder. In diesem Moment hatte sie beschlossen, ihr Land zu verlassen und kein Wort über den Mann zu verlieren, der ihre Mutter erschlagen hatte.

In der Zeitung war zu lesen, dass Slavko zu fünfundzwanzig Jahren Gefängnis verurteilt worden und später in der Haft verstorben sei. In einem Land weit im Norden habe sein Enkel das gewalttätige Erbe weitergeführt, und jetzt – ein halbes Jahrhundert später – stehe sein Urenkel in Verdacht, seine Ex-Freundin mit dem Jagdgewehr ihres eigenen Vaters erschossen zu haben.

Sasho blickte in die Zeitung und sah Linda an. »Niko soll Amanda mit Jari Kekkonens Waffe erschossen haben?« Er musste es noch einmal lesen. »Das ist doch völlig unmöglich! Total irre!«

Linda deutete auf den Hinweis unter dem Artikel, wann und wo die Trauerfeier für Amanda stattfinden würde.

»Ich will hingehen«, sagte sie und erhob sich vom Klavierhocker. Ihr Haar war zerzaust, die Wangen blass. Sie hatte seit Tagen die Kleidung nicht gewechselt.

»Na ja, aber …« Das würde nur falsch rüberkommen. »Solange Niko unter Verdacht steht, ist es am besten, wenn wir uns fernhalten.«

»Ganz im Gegenteil! Wir können uns nicht weiter verstecken«, sagte Linda. »Das vermittelt doch erst recht den Eindruck, dass Niko in die ganze Sache involviert ist. Wir müssen mit Amandas Eltern reden.«

»Wie?« Das klang nach einer schlechten Idee. Egal, ob Jari und Maria glaubten, Niko sei in den Fall verstrickt, wäre das viel zu aufdringlich.

»Es ist bestimmt total schwer für sie, es sich einzugestehen«, fuhr Linda fort, »aber sie müssen einsehen, dass ihre Tochter sich das Leben genommen hat.«

Sasho legte die Zeitung weg. »Darüber wissen wir doch gar nichts.«

»Wie? Was meinst du?«, entgegnete Linda. »Wir wissen, dass Amanda autoaggressiv war. Ich habe selbst die Stichwunden an ihrem Arm gesehen.«

Sasho war übel. Er konnte sich nichts Schlimmeres vorstellen, als mit der Trauergemeinde in der Kirche zu sitzen, während halb Trelleborg anscheinend davon ausging, Niko habe Amanda ermordet.

»Wir sollten besser die Ergebnisse der kriminaltechnischen Untersuchungen abwarten«, sagte er. »Die Eltern können ohnehin nicht die Ermittlungen der Polizei beeinflussen.«

Linda betrachtete ihn, als wäre er ein dummes Kind. »Glaubst du, dass die Justiz dich genauso behandelt hätte, wenn du nicht Palevski heißen würdest? Hätte sich die Polizei genauso verhalten, wenn du Teilhaber einer Firma oder Jurist wärst, einen Mercedes fahren und in Stavstensudde wohnen würdest?«

»Vielleicht nicht.« Sasho hatte solche Erklärungsmodelle immer zu vermeiden versucht.

»Wir müssen auch mit Teos Eltern reden«, fuhr Linda fort. »Vielleicht wissen sie irgendetwas, was uns hilft, damit Niko wieder nach Hause kann.«

»Mit den Ledins?« Sasho war äußerst zögerlich. Er dachte an den selbstgerechten Patrik mit seinem Schlips und den Happy Socks und an seine Frau, die Königin des örtlichen Buschfunks.

»Irgendjemand muss doch etwas tun, verdammt!«, brüllte Linda.

Entschlossen ging sie die Treppe nach oben. Normalerweise schätzte Sasho die Hartnäckigkeit seiner Frau – dass sie sich nicht damit begnügte, eine passive Zuschauerin zu sein. Ihm selbst mangelte es allzu oft an der Handlungskraft, über die sie so selbstverständlich verfügte. Doch jetzt hatte er Angst. Sie unterschätzte offenbar die Macht der Gerüchteküche.

Vorsichtig schob er den Hocker näher ans Klavier. Auf den Notenblättern waren die schwarzen Flecken scheinbar willkürlich auf den Linien verteilt. Es war seltsam, dass aus diesen Zeichen so schöne Musik werden konnte.

Die Menschen liebten es, Muster zu sehen, auch dort, wo es keine gab. Ein gewalttätiger Vater bekam gewalttätige Söhne.

Ein Urgroßvater erschlug seine Frau – und schon war der Zusammenhang hergestellt. Aber man wurde doch nicht als Mörder geboren? Es war die verdammte Pflicht und Schuldigkeit von Eltern, ihre Kinder so zu erziehen, dass sie anderen Menschen nichts antaten. Das hatte Sasho als seine wichtigste Aufgabe im Leben gesehen. Und was auch immer Amanda zugestoßen sein mochte, wie auch immer man die Ereignisse bewertete – er zumindest war auf ganzer Linie gescheitert.

Langsam lehnte er sich nach vorne und stützte den Kopf in die Hände. War es Zufall oder Schicksal, dass er nur dunkle Mollklänge hörte?

Der Pfarrer nahm Isabella an den Händen und geleitete sie zu dem runden Kerzenleuchter unter der Kanzel. Die Finger zitterten, als sie die Schachtel öffnete und das Streichholz anzündete. Vorsichtig führte sie es an den Kerzendocht und sah zu, wie die Flamme aufflackerte und größer wurde.

Der Pfarrer hielt sie am Arm, als sie sich dem Mikrofon näherte. Von den Bankreihen der St.-Nikolai-Kirche hörte man Jammern und Schluchzen, gebeugte Rücken bebten vor Weinen. Isabella sah das alles, doch sie mied die Blicke der Menschen. Sie hielt es einfach nicht aus, dass sie sie anschauten.

Langsam beugte sie sich vor und blies ins Mikrofon. Sofort verstummte das Gemurmel. Isabella wandte ihren Blick zum Mittelgang. Ein vereinzeltes Weinen hallte von der hohen Decke wider.

»Bei einer Trauerfeier soll man sich an den Verstorbenen erinnern.«

Es fiel ihr schwer, ihre eigene Stimme in den Lautsprechern wiederzuerkennen. Sie machte eine lange Pause und versuchte vergeblich, sich ins Gedächtnis zu rufen, was sie sagen wollte. Doch das war egal. Sie legte die Hand aufs Herz, alles war dadrinnen.

»Aber ich will mich nicht an meine Schwester erinnern.«

Sie atmete langsam und spürte, wie das Herz gegen ihre Handfläche schlug.

»Ich will, dass sie hier ist.«

Sie verstummte wieder, als sie Mama in der ersten Bankreihe hörte. Obwohl es nur ein Schluchzen war, oder eher ein gedämpfter Seufzer, wusste sie sofort, dass der Laut von ihr stammte.

»Ich war zwei Jahre alt, als Amanda geboren wurde.« Ihre Lippen berührten das Mikrofon. »Angeblich kann das Gehirn des Menschen in diesem frühen Alter keine bleibenden Erinnerungen erzeugen. Ich erinnere mich also nicht an ein Leben ohne Amanda.« Sie legte erneut eine Pause ein. »Und ich will, dass es so bleibt.«

Ihre Stimme brach beinahe. Als sie kurz zur Seite sah, nickte ihr der Pfarrer bekräftigend zu, und sie fuhr fort: »Ihr Leben endete in einer dunklen Septembernacht.«

Jetzt weinte Mama. Das Geräusch ging erst durch Mark und Bein, doch schon bald schwächte es sich ab, als hätte sie sich die Hände vors Gesicht gelegt oder sich an Papas Schulter gelehnt.

»Amanda hat Ungerechtigkeiten gehasst.« Die Wut überwältigte sie und Isabella sprach lauter. »Ich hasse auch Ungerechtigkeiten.«

Zum ersten Mal ließ sie den Blick durch die Reihen der Zuhörer schweifen. Gesicht um Gesicht, Augenpaar um Augenpaar. Sie sah direkt in sie hinein, ohne auszuweichen.

So viele Menschen. Trelleborger. Viele kannte sie, andere waren nur entfernte Bekannte. Die ganze Stadt hatte sich in Trauer versammelt.

»Amanda hätte das gehasst. Und ich hasse es auch.« Eine letzte lange Pause. Isabella holte Luft. »Es ist so ungerecht.«

Die letzte Luft entwich aus ihrer Lunge. Sie trat zur Seite

und stieß versehentlich gegen das Mikrofonstativ, das bedenklich schwankte. Es knisterte laut, und in den Bänken wurde gemurmelt, während der Pfarrer nach vorn eilte, um das Mikrofon aufzufangen.

»Danke, Isabella.« Der Pfarrer wandte sich zum Hochaltar, wo fünf schwarz gekleidete Jungs hinter ihren Instrumenten Platz nahmen. »Nun hören wir uns eine von Amandas Lieblingsbands an.« Der Pfarrer las von einem Zettel in der Hand ab. »Imminence.«

Isabella schloss die Augen, während die Gitarre das Intro von Amandas Lieblingssong *This is Goodbye* spielte. Die Tränen flossen und beim Refrain wäre die Stimme des Sängers beinahe gekippt. Wie oft hatte sich Isabella nicht über Amandas Musikgeschmack geärgert? Sie hatte gegen die Wand gehauen und sie gebeten, Kopfhörer aufzusetzen. Jetzt hatte sie das Gefühl, nie etwas Schöneres gehört zu haben. Sie sah ihre kleine Schwester vor sich, klar und deutlich: das schelmische Zahnlückenlächeln, die vielen verrückten Grimassen. Mehrere Jahre lang hatten sie dicht beieinander im selben Bett geschlafen. Jede Nacht um kurz nach zwölf kam Amanda auf Zehenspitzen angetrippelt und hatte sich zu Isabella gekuschelt, die den Arm um ihre Schwester gelegt hatte und zum Geräusch ihrer Atemzüge wieder eingeschlafen war. Noch immer konnte sie jederzeit den Duft von Amandas Haut und ihr leises Schnaufen im Schlaf heraufbeschwören.

Die Band bekam keinen Applaus. Die Trauernden in den Bänken begnügten sich damit, ihre Köpfe zu heben und zu nicken. Der Sänger, der ebenfalls in Trelleborg aufgewachsen war, flüsterte »Ruhe in Frieden« ins Mikro, bevor er sich mit der Geige auf dem tätowierten Arm aufmachte.

»Während der Kantor spielt, dürft ihr euch gern von Amanda verabschieden«, erklärte der Pfarrer.

Die Orgeltöne klangen so träge, als würde die Luft dagegen protestieren, durch die Pfeifen gepresst zu werden. Währenddessen legten Jari und Maria je einen Arm um Isabella, und zusammen gingen sie auf zitternden Beinen hinüber zum Gedenktisch neben dem Taufbecken, wo Amanda ihnen von einem großen, gerahmten Foto entgegenlächelte.

Isabella drückte fest die Hände ihrer Eltern, als sie das Glück in den Augen ihrer Schwester sah. Die Orgel brauste und das Lied *Nur ein Tag* überstimmte ihr lautes Weinen.

Als sie sich umdrehte, stand Sixten vor ihr. Sie schmiegte sich in den Kokon seines Jacketts und schloss unter Tränen die Augen, sodass es ganz dunkel um sie wurde. Ineinander verschlungen taumelten und stolperten sie durch den Mittelgang, während bekannte und unbekannte Stimmen ihr Beileid aussprachen. Isabella hörte alles, sie schätzte auch die Gegenwart der anderen, doch sie brachte es nicht fertig, ihre Trauer mit ihnen zu teilen. Nicht jetzt, noch nicht.

Erst auf der Treppe vor der Kirche öffnete sie die Augen und sah in den hellen Himmel. Auf der Straße standen Menschen in Schwarz mit Blumen und roten Wangen, gesenkten Köpfen und gefalteten Händen. Sixten hielt sie im Arm und führte sie über den knirschenden Kiesweg davon. Auf einmal sah sie etwas aus dem Augenwinkel.

»Was ist das denn?« Es klang wie ein Seufzer. Erst der Schock, dann die Übelkeit. Und schließlich die Wut. »Was machen die denn hier?«

Unter einem großen Baum hinter der Kirche standen Nikos Eltern. Der Vater hatte dunkle Augenringe und hielt einen

Regenschirm in der Hand. Die Mutter trug einen Blumenstrauß.

Sixten ließ Isabella los und stürmte über den Rasen. »Haut ab von hier! Weg mit euch!«

Die Leute drehten sich um, Isabella stellte sich hinter Sixten.

»Es tut mir so leid«, sagte Linda Palevski mit rauer Stimme. Ihre Haare waren zerzaust, die Haut blass. Sie sah so aus, als stünde sie unter Drogen.

»Komm«, sagte Isabella und packte Sixtens Arm. »Vergiss sie.«

Nikos Vater sah sich um. Er sprach so leise, dass es kaum zu hören war. »Wir trauern auch. Niemand hat das gewollt. Es ist schrecklich.« Er nahm seiner Frau den Blumenstrauß aus der Hand und legte ihn unten an das Wurzelwerk des Baumes. »Wir gehen jetzt.«

Sixten riss sich aus Isabellas Griff los. Drei lange Schritte, als würde er in seinem blauen TFF-Trikot Anlauf für einen Strafstoß nehmen, dann trat er so heftig gegen den Strauß, dass die Blumenblätter umherwirbelten.

»Ihr seid schuld!«

Alle, die aus der Kirche traten, glotzten und beobachteten, wie Nikos Eltern davonschlichen.

»Ihr habt einen Mörder großgezogen!«

EIN HALBES JAHR VOR DEM MORD

Isabella erhob sich von der morschen Holzbank an der Seitenlinie, schrie auf und wollte gerade die Arme hochreißen, weil Sixten den letzten gegnerischen Verteidiger ausgetrickst und einen harten Schuss aufs Tor abgegeben hatte. Es gab einen dumpfen Knall. Pfosten. Ein frustriertes Gemurmel breitete sich unter den Zuschauern aus. Isabella ließ sich wieder neben Amanda sinken.

»Ich versteh nicht, was heute mit ihm los ist. Normalerweise schießt er in solchen Situationen nie daneben.«

»Man kann doch nicht immer in Topform sein«, meinte Amanda.

Auf der gegenüberliegenden Seite des Fußballplatzes stand Patrik Ledin mit Maggie an der Leine. Er winkte Sixten zu sich und zischte ihm von der Seitenlinie aus etwas zu. Bei jeder vergebenen Torchance seines Sohns hatte Sixtens Vater sich die Basecap etwas tiefer in die Stirn geschoben. Jetzt waren die Augen gar nicht mehr zu sehen.

»Warum will er nicht bei uns sitzen?«, fragte Amanda.

»Er steht immer neben der Spielerkabine. Ich glaube, es ist wegen Maggie.« Das war eine Notlüge. Isabella war klar, dass er dort stand, damit er hörte, was die Trainer sagten.

Als Sixten wieder zu ihnen herübersah, ballte Isabella die Faust in seine Richtung. *Komm schon!* Er war ein Fighter, genau wie sie. Aber als einsamer Stürmer lastete auch ein enormer Druck auf ihm, ein Tor zu liefern. Wenn er in seltenen Fällen einmal ohne ein einziges Tor vom Platz ging, konnte man mehrere Tage lang kaum mit ihm reden.

Amanda zog ihr Handy hervor.

»Was hat Niko heute vor?«, fragte Isabella.

Sie fand es schade, dass sie ihn nicht besser kannte. Amanda und Sixten standen sich ja total nahe. Auf der Deutschlandfähre hatte sie sich länger mit Niko unterhalten, über die Schule und Zukunftspläne gesprochen. Er wirkte total lieb, aber er hatte auch eine harte Schale, durch die man nur schwer hindurchdrang. Auch Amanda hatte sich beklagt, dass er sich ihr nicht wirklich öffnete.

»Er lernt wohl. Wie immer.« Sie legte das Handy in ihre Tasche und zögerte ein bisschen, als wüsste sie nicht, wie viel sie verraten sollte. »Seine Eltern sind total sauer auf ihn, weil er ein fucking C bei der zentralen Prüfung bekommen hat. Die sind nicht normal.«

Offenbar hatten sie Nikos Handy konfisziert und ihn gezwungen, den ganzen Tag mit Lernen zu verbringen. Amanda stellte sie als totale Diktatoren dar.

»Die sind irre streng! Es gibt nur Lernen, Lernen, Lernen. Und das beschissene Klavier. Sie haben ihn die ganze Zeit unter Kontrolle. Kapierst du, wie gestört das ist? Die haben sogar so eine App mit GPS, damit sie sehen können, wo er gerade ist.«

»Aber so eine haben wir doch auch.« Isabella nutzte sie beinahe jeden Tag, um auf der Karte zu sehen, ob ihre Eltern schon von der Arbeit nach Hause gekommen waren. »Ich kann sie schon verstehen. Die Noten in der Neunten sind echt wichtig.«

Isabella hatte nie einen besonderen Druck von zu Hause erfahren. Das war auch nicht nötig gewesen, weil sie immer schon eine starke innere Leistungsmotivation gehabt hatte. Aber manchmal dachte sie, dass Amanda von etwas mehr Peitsche als Zuckerbrot profitiert hätte.

»Sie sind doch selbst keine Akademiker«, fuhr sie fort. Das war eine nette Art, es auszudrücken. Es gab keinen Grund, die Haftstrafe des Vaters zu erwähnen. »Niko ist ihr einziges Kind. Sie wollen sicher nur, dass er so gute Voraussetzungen wie möglich bekommt.«

»Danke für die Info.« Amanda verdrehte die Augen. »Weißt du was? Nikos Mutter erinnert mich ein bisschen an dich. Nur ihretwegen wohnen sie noch immer hier. Sie bringt es einfach nicht fertig, das kleine sichere Trelleborg zu verlassen.«

»Trelleborg ist doch nicht verkehrt.« Isabella hatte diese abgedroschene Kleinstadthasser-Attitüde so satt. »Ich bin viel lieber ein Hai in einem kleinen Teich als ein Hering in der Ostsee.«

Amanda lachte. »Hast du mich eben Hering genannt? Das ist ja das Fieseste, was ich je gehört habe.«

Isabella erhob sich demonstrativ von der Bank und hängte sich die Trainingstasche über die Schulter. Als sie sah, wie Amanda sich bemühte, beleidigt zu wirken, konnte sie sich ein Lächeln nicht verkneifen. »Fährst du später mit Sixten nach Hause?«

»Okay.« Amanda blinzelte sie an, während Patrik von der gegenüberliegenden Seite des Platzes nach dem Schiedsrichter rief und wenig später die Trillerpfeife ertönte.

Amanda hatte genug von Fußball und scrollte stattdessen durch die neuesten TikTok-Videos. Als der Trainer Sixten zurief, dass er in fünf Minuten ausgewechselt werden sollte, sah sie auf.

Wenig später nahm Sixten eine Flanke mit der Stirn an und haute den Ball hinter dem gegnerischen Torwart in die Maschen – eins zu null. Im Siegesrausch spurtete er zur Seitenlinie, die Arme zu einer Jubelgeste erhoben, umgeben von seinen glücklichen Mannschaftskameraden. Er sah direkt zu Amanda. Der Schweiß im Gesicht, diese breiten Schultern und die Oberschenkelmuskeln unter der Hose. Wenn Sixten nur jemand anderer gewesen wäre.

Irgendwie war das so typisch für ihn. Er hatte das ganze Spiel gekämpft, um den Ball ins Netz zu bekommen, die meisten Versuche waren fehlgeschlagen, und er hatte nicht gut gespielt. Aber sobald er erfahren hatte, dass er demnächst ausgewechselt werden würde, hatte er keine Zeit mehr zu verlieren und ein Traumtor geschossen.

Nach dem Abpfiff wartete Amanda vor dem Mini, während Sixten sich umzog. Schließlich erschien er mit frisch gewaschenem Haar, in einem engen T-Shirt und einer grauen Nike-Hose.

»Glückwunsch«, sagte sie. »Cooles Tor.«

»Danke.« Sixten stellte seine Tasche auf den Rücksitz und setzte sich ans Steuer. »Aber ich hätte mehr schießen sollen.«

So war er eben. Einer, der nie zufrieden war.

Schweres Herrenparfüm erfüllte den Innenraum des Autos, und Sixten drehte an der Klimaanlage, bis kalte Luft aus der Lüftung kam.

»Sag mal, du …« Amanda fiel es schwer, ihn anzusehen.

»Was ist?« Sixten fuhr rückwärts und winkte einigen Mannschaftskameraden auf dem Parkplatz zum Abschied zu.

»Wir müssen es Isabella sagen.«

Das Auto schwankte kurz. Der Motor drehte hoch, als Sixten am Krankenhaus unnötig viel Gas gab.

»Was meinst du? Spinnst du eigentlich?«

Verbissen starrte er geradeaus und fuhr in hohem Tempo durch den Kreisverkehr.

»Es war ein Irrtum.« Amanda flüsterte beinahe.

Sie hatte ihre eigene Schwester betrogen, ihre beste Freundin im ganzen Universum, den einzigen Menschen, der immer für sie da sein würde. Sie konnte Isabella kaum in die Augen sehen, ohne dass ihr die Erinnerung an Sixtens hungrige Lippen Brechreiz verursachte.

An einem Zebrastreifen bremste Sixten abrupt wegen einer Oma mit Rollator. Als die Dame sich winkend bedankte, setzte er blitzschnell ein freundliches Lächeln auf.

»Ein Irrtum?« Er klang gekränkt. »Und was sollten wir zu ihr sagen? Dass wir uns rein zufällig geküsst haben? Zweimal?«

Das ging natürlich nicht. Amanda fröstelte wegen der Zugluft von der Klimaanlage. Warum hatte sie sich nicht gewehrt? Weshalb hatte sie Sixten nicht weggeschubst und ihn angeschrien?

»Isabella wird uns nie verzeihen«, sagte Sixten.

Er fuhr jetzt langsamer auf der Straße stadtauswärts. Der Aprilhimmel war kristallklar und die Rapsfelder leuchteten golden.

Die Tränen flossen, und Amanda versuchte, sich im Spiegel wieder herzurichten. »Was sollen wir tun?«

»Weißt du was?« Sixten nahm seine Hand vom Schaltknüppel und legte sie auf ihren Oberschenkel. »Du und ich – wir sind nicht wie Isabella. Sie wird nie von hier weggehen. Stell dir vor, sie sucht schon auf Hemnet nach Häusern.«

Das stimmte wirklich. Jedes Mal, wenn ein neues Objekt in Trelleborg zum Verkauf stand, bekam Isabella eine Nachricht aufs Handy.

»In einem Jahr machen wir Abi«, fuhr Sixten fort. »Dann gehe ich ins Ausland und werde Profispieler. Du weißt, dass Isabella nie mitkommen würde.«

Auch das stimmte wohl. Isabella hatte die Zukunft schon mit vierzehn klar vor Augen gehabt: bei Mama und Papa wohnen, während sie in Lund Ingenieurwesen studierte, irgendwo im Osten von Trelleborg ein Haus kaufen, sich mit Sixten verloben, einen Hund anschaffen, Kinder kriegen.

Amanda fiel es schwer, sich Sixten als einen dieser Langweiler vorzustellen, die im kleinen Trelleborg Wurzeln schlugen und dort hängen blieben.

»Wie meinst du das?« Amanda war schwindlig. Sie legte den Puderpinsel in die Handtasche und sah ihn an.

»Wir sagen jetzt überhaupt nichts.« Sixten streichelte ihr langsam über den Oberschenkel.

Amanda schloss die Augen und atmete tief. Niko wollte sie nicht mehr. In der Schule lief es beschissen. Millan hatte eine neue BFF gefunden, die alte Mädelsclique existierte nicht mehr. In den Augen der Trelleborger war Amanda immer noch die Schlampe, die im Internet auf Pornofotos posiert hatte.

Aber neben all dem Schweren und Dunkeln in ihrem Inneren gab es jetzt ein Luftloch, eine Oase der Hoffnung, der sie sich kaum zu nähern wagte und auf die sie vielleicht am liebsten verzichtet hätte. Sie betrachtete Sixten und spürte, wie ihr Herz in der Brust einen kleinen Hüpfer machte.

»Wir müssen Geduld haben«, sagte er. »Unsere Zeit wird kommen.«

Linda und Niko blieben stehen, als sie Vaskas Stimme hörten. Sie hatten gerade ihre Wohnung verlassen, nachdem sie Kaffee und ein üppiges Kuchenbüfett genossen hatten. Jetzt stand Nikos Oma auf dem sonnenbeschienenen Balkon und rief: »Grüß die süße Amanda von mir! Nächstes Mal müsst ihr sie mitbringen!«

»Das machen wir«, antwortete Niko und reckte den Daumen nach oben.

Linda ging davon aus, dass er Vaska beruhigen wollte. Sie waren sich einig gewesen, dass es mit Amanda zu viel geworden war, die Schularbeit hatte unter ihrer Beziehung gelitten, Niko war nicht wiederzuerkennen gewesen, und als er sich dann mitten in der Nacht von zu Hause weggeschlichen hatte, war eine letzte Grenze überschritten worden.

Am Parkplatz auf dem Ripatorget dröhnte ein Bass aus einem A-Traktor, während die Krähen in den Wertstoffcontainern herumwühlten. Auf der Kraaksgatan wandte Linda sich Richtung Süden und ging an dem Haus vorbei, wo ihr erster Freund am Gymnasium gewohnt hatte. Nach zwei Monaten hatte er Schluss gemacht – mit der Begründung, Linda sei langweiliger als das Testbild im Fernsehen. Als sie bei der Abschlussfeier ihr Abiturstipendium in Höhe von zehntausend Kronen bekam, war sie zu ihm hingegangen und hatte sich bei ihm bedankt, weil sie nicht mehr wertvolle Zeit auf ihn hatte verschwenden müssen.

»Du bist sehr jung«, sagte sie zu Niko. »Wenn Amanda die Richtige ist, dann findet ihr sicher wieder zueinander …«

»Bitte, Mama. Sei still.«

Sie begriff, was sie gerade getan hatte. »Tut mir leid.«

Niko ging einen halben Meter hinter ihr. Sie waren unterwegs zum Stortorget, wo sie sich mit Sasho treffen und im Casa Blanca essen wollten, aber Linda wusste nicht, ob sie mehr herunterbekommen würde als ein Glas Prosecco. Bestimmt hatte sie nach Vaskas Einladung mindestens drei Kilo zugenommen.

Die Sonne strahlte und durch die großen Fenster des Schwimmbads waren die weiß gefliesten Wände und das hellblaue Wasser zu erkennen. Linda erinnerte sich, wie sie vor vielen Jahren in Badelatschen über den rutschigen Boden gelaufen war, als Niko sich geweigert hatte, ins Wasser zu gehen. Nachdem es der jungen Trainerin der Schwimmschule nicht gelungen war, mehr als die halbe Kindergruppe ins Wasser zu locken, hatte Linda ganz ruhig zu Niko gesagt, dass er keine Wahl habe, denn alle müssten schwimmen lernen. Dann hatte sie ihre Hosenbeine hochgekrempelt und Niko mit sich ins Becken geschleppt. Ein paar andere Eltern waren am Rand sitzen geblieben und hatten mit ihren badeunwilligen Fünfjährigen verhandelt, bis die Stunde um war. Vermutlich fanden sie Linda viel zu autoritär, aber alles, was sie tat, war zu Nikos Bestem. Eines Tages, so hoffte sie, würde er das verstehen und ihr dafür danken.

Sie blieben an der Ampel vor dem Schwimmbad stehen. Niko drückte den Knopf.

»Was weißt du eigentlich über das, was Papa damals gemacht hat?«

»Wie?« Linda verstand sofort, worauf er sich bezog, aber es kam so unerwartet. Sie wollte nicht darüber sprechen.

»Diese Körperverletzung«, sagte Niko. »Wegen der er ins Gefängnis musste.«

Linda überlegte, was sie sagen sollte. Sie hatten das Thema schon seit einigen Jahren nicht mehr angesprochen. »Er war sehr jung. Damals war er ein anderer Mensch.«

Die Ampel wurde grün und sie ging eilig weiter.

»Aber weißt du denn, was passiert ist?«, fragte Niko, der in seinen abgenutzten Wildlederschuhen hinterherstolperte.

Linda drehte sich nicht um. »Das war, bevor wir uns kennengelernt haben.«

Natürlich hatte sie die vielen Gerüchte und auch Sashos eigene Version gehört, aber sie hatte kein Interesse an irgendwelchen Details. Was sollte das schon bringen?

»Der eine Typ wäre beinahe gestorben«, sagte Niko. Offenbar hatte das blöde Gerede auch ihn erreicht.

»Hör nicht auf dieses dumme Gewäsch.« Linda wusste, dass zwei Jungs in ihrem eigenen Alter bei der Prügelei schwer verletzt worden waren. Glaubte man der Gerüchteküche, lebte einer von ihnen noch immer in der Stadt. Sie verlieh ihrer Stimme mehr Schärfe: »Wo hast du das her?«

»Von Teo.«

Das wunderte sie nicht. Vermutlich hatte Teo Ledin die Vorliebe für blöden Tratsch von seiner Mutter geerbt.

»Weißt du, dass es eine Art Gewalt-Gen gibt?«, fragte Niko. »Ich habe davon im Netz gelesen.«

»Du sollst nicht alles glauben, was im Internet steht.«

»Aber es stimmt. Es gibt jede Menge Forschung dazu. Menschen mit diesem besonderen Gen in ihrer DNA werden leichter aggressiv und gewalttätig. Die Mehrheit der Häftlinge, die wegen Gewaltverbrechen im Gefängnis sitzen, trägt diese Genmutation in sich.«

Linda hatte den Tag gefürchtet, an dem Niko anfangen würde, Fragen zu Sashos gewalttätiger Vergangenheit und der Haftstrafe zu stellen. Früher oder später würde er es tun, das war unvermeidlich. Aber sie hatte sich die Situation nicht so vorgestellt.

»Das glaube ich ehrlich gesagt nicht. Menschen sind keine Tiere. Wir werden von unserer Umwelt, unserer Erziehung und all dem beeinflusst, was wir erleben. Die Gewalt sitzt nicht in der DNA. Du bist doch zum Beispiel gar nicht aggressiv.«

Natürlich war Niko ab und zu wütend geworden, hatte die Stimme erhoben und eine Tür zugeknallt, aber er hatte keine ernsthaften Aggressionsprobleme, er prügelte sich nicht, er war nicht gewalttätig.

»Die Forscher glauben, dass es eine Kombination ist«, sagte Niko. »Erbe und Umwelt, beides ist von Bedeutung.«

An der alten Centralskolan bogen sie Richtung Stortorget ab. In einer Ladezone an der Straße stand ein mit Graffiti besprühter Transporter, dessen Warnblinker an waren. Zwei fröhliche ältere Männer schleppten Kartons herum und sangen in einer Sprache, die Linda nicht kannte. Jedes Wort klang wie aus dem Herzen geschnitzt.

»Weißt du, was ich glaube?«, sagte Niko.

»Nein«, entgegnete Linda abwesend. Sie hatte gerade Sasho entdeckt, der vor dem Eingang zum Stadtpark stand und sich mit der einen Hand den gekrümmten Rücken hielt.

»Ich glaube, dass der Zufall entscheidet«, sagte Niko.

Linda winkte Sasho zu, der sie noch immer nicht entdeckt hatte.

»Es geht so schnell, wenn es passiert«, fuhr Niko fort und winkte ebenfalls. »Im falschen Moment kann jeder gewalttätig werden.«

Linda versuchte weiter, mit Sasho in Kontakt zu treten, doch er sah gar nicht in ihre Richtung. Sein intensiver Blick aus den zusammengekniffenen Augen war scharf und beinahe schwarz.

Amanda schlüpfte in das glitzernde Silberkleid, das sie eigens für den Frühlingsball gekauft hatte, und ging langsam die Treppe hinunter.

»Wow, einfach nur wow!« Mamas Augen blitzten. »Du bist so unglaublich hübsch.«

Es hatte mehrere Stunden gedauert, bis sie sich geschminkt und die Haare gestylt hatte. Amanda hatte ein Video gepostet und die richtigen Filter eingesetzt – und sofort hatte sie jede Menge Likes bekommen.

»Oh my God!«, rief Isabella und erhob sich vom Sofa. »Du siehst total amazing aus!«

Papa sah sie etwas hinterhältig an. »Ich weiß nicht, ob ich dich so rauslassen kann.«

»Seid ihr sicher, dass wir Geschwister sind?« Isabella fuhr mit der Hand über den sauteuren Kleiderstoff. »Warum habe ich nicht einmal einen Bruchteil dieser Gene abbekommen?«

Amandas Egoboost stockte. War das etwa alles, was sie zu bieten hatte? Die Oberfläche, die Fassade? Am liebsten hätte sie das Kleid in Fetzen gerissen und sich die ganze Schminke abgewaschen. Es war alles so traurig. So schief, so ein Fake. Denn unter dem ganzen Puder und der Foundation verbarg sich eine simple Hure, die mit dem Freund ihrer Schwester herumgeknutscht hatte.

Sixten saß vor dem Fernseher, mit meilenweit gegrätschten Beinen. »Schick siehst du aus«, sagte er, ohne das Gesicht zu verziehen. Dann wandte er sich an Isabella. »Erinnerst du dich noch an unseren Ball in der Neunten?«

Isabella lachte glücklich, während Sixten dieselbe Story erzählte, die Amanda schon mindestens zehnmal gehört hatte, vom Frühlingsball, der zwei Tage vor der zentralen Prüfung in den naturwissenschaftlichen Fächern stattgefunden hatte. Isabella war total gestresst gewesen und hatte während der gesamten Feier in einer Ecke gesessen und gelernt. Sie waren früh nach Hause gefahren und natürlich hatte Isabella die Prüfungen mit Bravour bestanden.

»Ich fahre heute Abend vermutlich auch früh nach Hause«, sagte Amanda.

»Ja, ganz bestimmt.« Isabella lachte. »Schreib mir, dann hole ich dich ab. Egal, wie spät es ist.«

Es fühlte sich voll steinzeitlich an, dass man einen Kavalier zum Ball mitbringen musste. Die Lehrer und der Rektor hatten darauf hingewiesen, dass es gar keine solche Regel gab, aber das kümmerte niemanden. Es war einfach so. Und nur die Neuntklässler der eigenen Schule waren willkommen. Niko war ein bisschen sauer gewesen, als er davon gehört hatte, aber jetzt war es ihm vermutlich egal.

Etwa die Hälfte aller Jungs in der Klasse hatten Amanda angeboten, mit ihr zum Ball zu gehen, aber sie war auf Kontra gegangen und hatte stattdessen versucht, Millan zu überreden, ihren Kavalier zu spielen.

»Hör auf, das ist ein wichtiger Abend«, sagte Millan. »Du wirst dich für immer daran erinnern.«

Das bezweifelte Amanda. Es würde mehr und schönere Bälle geben.

Am Ende ging sie allein hin. Die eine Hälfte der Klasse schien sie mutig zu finden, die andere hielt sie für einen Freak.

Zumindest war der Versuch der Lehrer, die Mensa für einen Abend in eine Partylocation zu verwandeln, einigermaßen gelungen: Ballons und Luftschlangen auf den Tischen, Wimpel in allen Farben des Regenbogens und eine große Banderole mit dem Text: *Wir werden euch vermissen.*

Sie waren gekommen, um mit Ciderbowle und Schnittchen auf Silbertabletts zu feiern, dass die neun Jahre Grundschule bald um sein würden. Alle hatten sich schick gemacht, sogar der Mathelehrer hatte seine Birkenstocksandalen gegen schwarze Lackschuhe getauscht und sich einen knittrigen Schlips um den Hals gehängt. Die Mädchen wetteiferten darin, wer die höchsten Absätze, am meisten Schminke und den tiefsten Ausschnitt hatte. Die Jungs starrten sie an, begrüßten sich lautstark mit Faustcheck und lieferten sich kleine Spaßkämpfe. Selbst die Fußballspieler trugen Hemden, hatten ihre Stollenschuhe ausgezogen und sahen beinahe normal aus.

Amanda reagierte auf alle Komplimente und Blicke mit einem abweisenden Lächeln. Wie ein verirrtes Nachtinsekt wurde sie wie immer vom Rampenlicht angezogen, obwohl es blendete und tötete. Sie hatte nie danach gesucht, hatte nie gern im Zentrum gestanden. Es war so widerlich, angeglotzt und beurteilt zu werden, sie konnte in ihrem Kopf schon das böse Getuschel hören. Trotzdem geschah es immer wieder. Als würde das Licht von ihrer Dunkelheit angezogen.

»Irgendwie bist du der Star der Party«, sagte Millan.

Amanda nahm ihre Clutch unter den Arm und schlich sich

hinaus, um mit ein paar Jungs eine zu rauchen. Einer von ihnen hatte im Gebüsch einen Flachmann versteckt, aus dem sie irgendwas Alkoholisches trank, das sie zum Husten brachte.

Plötzlich kam ein Snap von Sixten. *Verdammt cool hast du heute Abend ausgesehen.* Das klang billig. Sie antwortete nicht. *Wünschte, ich wäre dein Kavalier*, schrieb er dann.

Amanda trat die Zigarette aus, sodass die Glut unter dem Absatz Funken sprühte. Warum machte er immer weiter?

Die Zeit vergeht schnell, schrieb er und schickte ein Selfie. *Bald sind wir zusammen.*

Amanda starrte das Foto an, die hohen Wangenknochen, den Blick, der aussah, als wollte er sie auffressen. Schwankend schlich sie auf ihren hohen Absätzen hinter den Kunstraum. Beleuchtet von einer Lampe an der Fassade schob sie die Brüste vor und machte ein Selfie. *Hätt dich gern hier*, schrieb sie dazu. Das war kitschig genug.

Da war immer schon eine besondere Chemie zwischen ihr und Sixten gewesen. Sie hatten sich gekabbelt und sich geheimnisvolle Blicke zugeworfen. Aber Amanda liebte ihre Schwester über alles. Was machte sie da eigentlich, verdammt noch mal? Voller Selbstekel taumelte sie zurück zur Mensa, wo der Rektor gerade eine Rede hielt und Millan flennte, weil bald alles vorbei war. Amanda ließ sich auf einen Stuhl sacken und stützte die Ellbogen auf die glänzende Papiertischdecke. Die Gedanken an die Zukunft rasten unkontrolliert durchs Gehirn.

Sixten hatte recht, wenn er sagte, dass Isabella nicht so war wie Amanda und er. Sobald sie Sixten durchs Abi gelotst hatte, würde sie in der Universitätswelt von Lund abtauchen. Vermutlich würde sie die Fußballschuhe an den Nagel hängen. Sie würde wohl jemand anders kennenlernen, jemanden, der besser zu ihr passte. Und Sixten würde aus Trelleborg wegziehen, ein Luxusleben als Fußballprofi in irgendeinem warmen Land führen.

Amanda war übel. Sie wollte sich gerade erheben und auf die Toilette gehen, als sie eine neue Nachricht aufs Handy bekam.

Hast du Spaß auf dem Ball?

Niko hatte sich seit zwei Wochen nicht mehr gemeldet. Warum schrieb er ihr ausgerechnet jetzt? War er eifersüchtig? Er war es doch gewesen, der eine Pause hatte einlegen wollen.

Ist voll cool hier!, antwortete Amanda.

Wut stieg in ihr auf. Rasch reichte sie Millan das Handy und fragte, ob sie ein Foto von Amanda mit zwei Jungs aus der B-Klasse machen könne, die zufällig neben ihr saßen. Amanda zupfte ein bisschen am Kleid herum, damit die Brüste besser zu sehen waren, und legte die Arme um die erstaunten Jungs, die sich dicht an sie drückten.

Sobald sie das Foto an Niko geschickt hatte, erschien die kleine Sprechblase mit den Punkten, die zeigte, dass er schrieb. Nach einigen Sekunden verschwand sie wieder. Keine Nachricht. Bald war die Sprechblase erneut zu sehen. Er schien noch einmal zu schreiben, aber auch jetzt bekam sie keine Nachricht.

Sollte er doch zur Hölle fahren.

»Komm«, sagte Amanda und scheuchte Millan auf die Tanzfläche.

Eine halbe Stunde lang schwang sie unbeholfen die Hüften unter den blinkenden Lichtern, während das Gehirn durchdrehte und ihr Herz schmerzte. Kurz vor Mitternacht schrieb sie Isabella, damit diese sie abholte. Erschöpft und benommen taumelte sie mit schmerzenden Füßen hinaus auf den Gehsteig. Der Vollmond füllte den halben Himmel und die Luft war frisch.

Nach einer halben Ewigkeit näherte sich endlich Papas Mercedes vom Kreisverkehr am McDonald's. Amanda nahm ihre High Heels in die Hand und überquerte die Straße. Erst kurz bevor das Auto hielt, sah sie, wer hinter dem Steuer saß.

»Wo ist Isabella?«, fragte sie, als sie einstieg.

Sixten sah erst in den Rückspiegel, dann in den Außenspiegel. »Ich dachte, du würdest dich freuen.« Er trat aufs Gaspedal.

»Doch, aber ich hab mich natürlich gewundert.«

Sixten lächelte und zwinkerte ihr zu. »Isabella schläft. Dein Vater hat gesagt, es ist okay, wenn ich mir das Auto ausleihe.«

Er setzte den Blinker und bog gleich nach rechts ab ins Industriegebiet am Sjöviksvägen. Das war eine seltsame Entscheidung. Naheliegender wäre es gewesen, weiter geradeaus bis zur Tankstelle an der Autobahnauffahrt West zu fahren und dann der E 6 bis nach Stavstensudde zu folgen. Aber natürlich konnte man auch diese Strecke nehmen, vorbei an den Industrieanlagen, dem Schrottplatz und der Müllkippe, rüber zum Hedvägen und dann hinaus nach Stavstensudde.

»Ich hab echt genug von kindischen Jungs, die eifersüchtig werden, sobald es nicht nach ihrem Willen geht«, sagte Amanda.

Sie warf die Schuhe auf die Fußmatte und legte die Handtasche auf den Schoß. Vor dem Fenster rauschte ein Reifenlager vorbei.

»Niko?«, fragte Sixten.

Sie erwog zu lügen, aber Sixten würde es ihr ohnehin nicht abnehmen.

»Verstehst du nicht, dass du etwas viel Besseres verdienst?«, fuhr er irritiert fort.

Amanda beugte sich vor und klappte die Sonnenblende herunter. »Ich hab mit ihm Schluss gemacht.«

Nicht einmal Isabella hatte sie von der Pause erzählt, die Niko eingefordert hatte. Es war ihr zu anstrengend und peinlich gewesen. Amanda fand es unerträglich, dass sie ein weiteres Mal versagt hatte.

»Gut«, sagte Sixten. »Gut.«

Amanda blinzelte ihr Spiegelbild in der Sonnenblende an. Das Lipgloss war verschmiert, aber es würde zu aufdringlich wirken, wenn sie es jetzt nachbesserte. Sie dachte an Sixtens Snaps. Worauf war er eigentlich aus?

»In einem Jahr hauen wir ab«, sagte er. »Ich werde jetzt wie ein Tier trainieren. Mein Vater hat einen der besten Agenten des Landes für mich organisiert.«

Sie versuchte, so geheimnisvoll zu lächeln wie Isabella. »Und wo wohnen wir? Mailand? Barcelona?«

»Das ist doch Scheiße«, sagte Sixten. »Wir gehen nach Katar oder Dubai. Da, wo es richtig viel Kohle gibt.«

»Okay!« Ein Traum. Eine Fantasie über etwas, das so viel größer war als Trelleborg und Bälle in der Schulmensa.

Sixten bremste vor einem Schrottplatz mit halb demolierten Autos, einem rostigen Wohnwagen mit kaputten Fensterscheiben und einem Bauwagen, bei dem die Lampe über der Tür kurz aufflackerte und dann erlosch.

Er hob ihre abgenutzte Tasche von H&M hoch. »Was willst du statt der hier haben? In Dubai werde ich dir eine echte Designertasche kaufen.«

Sie lachte. »Michael Kors vielleicht. Oder Louis Vuitton.«

»Scheißegal. Du bekommst eine von jeder Marke.«

Mit einem Lächeln lehnte sie sich zurück und schloss die

Augen. Die Müdigkeit schmerzte wie ein schwerer Helm. Es spannte und drückte an den Schläfen und das betäubende Surren des Automotors wiegte sie beinahe in den Schlaf.

Doch dann dachte sie an Isabella und das Schuldgefühl versetzte ihr einen Stich. Sie berappelte sich wieder. Als sie hinaussah, stand das Auto still. Sixten schubste ihre Handtasche auf die Gummimatte neben ihre Schuhe, schnallte sich ab und beugte sich vor.

Sie bebte, als er mit seiner großen Hand langsam über ihren Rücken strich, sie unter ihr Haar schob und die empfindsame Haut an ihrem Nacken streichelte.

Zwischen ihren Beinen wurde es heiß. Ihr Körper sehnte sich nach ihm, aber ihr Gewissen schaltete sich ein.

»Hör auf«, bat sie. »Wir müssen bis Dubai warten.«

»Ich kann nicht warten«, murmelte Sixten.

Sie versuchte, ihm zu entkommen, und drückte sich an die Scheibe. Aber sie konnte ihn nicht aufhalten, als er die eine Hand zwischen ihre Schenkel presste und sie heftig küsste, während er mit der anderen Hand ihren Nacken umfasste.

Ihr Protest wurde erstickt und zu einem Murmeln, ihre Füße zappelten hilflos.

»Komm schon.« Sixten vergrub seine Finger tief in ihrem Nacken.

Sie würgte, als er sich mit seiner ganzen Schwere auf sie legte. Nichts daran war richtig. Sie konnte das Isabella nicht antun.

Sixten zog an ihrem Slip und schob seine Zunge in ihren Mund.

»In Dubai«, sagte sie flehend und versuchte, ihn wegzuschieben.

Sixten sah sie beleidigt an. »Bis dahin ist es noch ein ganzes beschissenes Jahr.«

Er drängte sie in die Ecke des Autos. Ihr Hinterkopf schlug gegen die Scheibe, ehe sie den Griff fand und die Tür aufbekam. Verschwommene Gedanken kreisten in ihrem Kopf, als sie mit bloßen Füßen auf den Parkplatz hinausstolperte. Sixten folgte ihr.

Sie standen einander gegenüber, ganz still in der Frühlingsnacht. Der Asphalt war uneben, der Mond warf sein bleiches Licht über die Dächer, und der ranzige Gestank von der Müllkippe stieg ihr in die Nase.

»Die Leute können uns sehen«, murmelte sie.

Isabella würde ihr nie verzeihen, wenn jetzt etwas passierte. Das durfte nicht sein. Es brannte im Hals und Amanda wollte nur noch nach Hause.

»Sssch.« Sixten lächelte und drückte sie an seine Brust. Er küsste sie gierig, schob ihren Slip nach unten über die Knie und drehte sie resolut zum Auto hin.

»Nein! Bitte, hör auf!« Sie versuchte, weniger ängstlich zu klingen, als sie es eigentlich war. Auf keinen Fall wollte sie ihm zeigen, dass ihr Körper sich vor Panik wie gelähmt anfühlte. Es war weder der richtige Zeitpunkt noch der richtige Ort. Und – diese Einsicht traf sie mit voller Wucht – auch nicht der richtige Junge.

Da öffnete sich eine Luke mitten im Jetzt, und Amanda verließ die Realität, während Sixten seine Jeans aufknöpfte und ihr in den Nacken keuchte. Sie schloss die Augen und befand sich ganz woanders, als es passierte.

NACH DEM MORD

Die letzten Sonnenstrahlen schwebten glitzernd über den bräunlich gelben Feldern, als Isabella den Mercedes in den Maglarpskreisel lenkte und weiter in Richtung Trelleborg fuhr. Über dem Meer hingen bedrohlich schwarze Wolken.

»Das muss ein Witz sein.« Mama saß auf der Rückbank, über die Mittelkonsole gebeugt, während Papa ganz außen auf dem Beifahrersitz Platz genommen hatte. »Hast du wirklich vergessen, den Schrank abzuschließen? Du weißt ja, was ich davon halte, zu Hause Waffen zu lagern!«

Isabella war kurz davor zu implodieren. Es war offensichtlich, dass es Papa schon jetzt beschissen ging.

»Könnt ihr nicht einfach aufhören?«

Amanda war tot. Jetzt musste der Rest der Familie zusammenhalten. »Niemand trägt die Schuld an dem, was passiert ist«, sagte sie entschieden.

Mama lehnte sich zurück

»Doch«, brummte Papa. »Es war Nikos Schuld. Er hatte die Waffe in der Hand.«

Davon war er schon überzeugt gewesen, als die Polizisten und der Pfarrer nachts die Todesbotschaft überbrachten. »Es war Niko, oder?«, sagte er sofort. »Er hat sie ermordet.«

Die widerliche Szene spielte sich erneut vor Isabellas innerem Auge ab. Der Nachthimmel, der Steg und das unendliche

Meer. In ihren Albträumen hörte sie den Schuss, der abgefeuert wurde, und das Glucksen, als das Wasser ihre Schwester verschlang.

»Wir wissen doch gar nicht, was genau passiert ist«, sagte sie. »Amanda ging es jedenfalls nicht gut.«

Dasselbe hatte sie zu Sixten gesagt. Doch sie mussten der Polizei die Ermittlungen überlassen.

»Amanda würde sich niemals ...« Papa verschluckte die letzten Worte.

Isabella wünschte sich, dass sie genauso überzeugt wäre wie er.

»Ich habe immer gedacht, man merkt es, wenn es dem eigenen Kind schlecht geht«, sagte Mama und legte den großen Blumenstrauß neben sich auf den Rücksitz. »Als Mutter sollte man die entsprechenden Signale ja wahrnehmen.«

Isabella gab etwas weniger Gas. »Das ist doch Quatsch.« Sie hasste dieses patriarchalische Gerede, das den Frauen die Schuld zuschob.

»Aber ich hätte sehen müssen, dass sie sich selbst verletzt hat.« Ihre Blicke begegneten sich im Rückspiegel. »Bei dir habe ich immer aufgepasst. Mir kommt es beinahe so vor, als hätte ich Amanda darüber vergessen.« Mama strich mit dem Zeigefinger unterhalb der Augen entlang und presste die Lippen zu einem Strich zusammen. »Mir war gar nicht klar, dass auch sie unter dem Leistungsdruck gelitten hat. Genau wie du und ich.«

Solange Isabella zurückdenken konnte, hatte Mama gesagt, dass Liebe und Leistung nichts miteinander zu tun hätten und man nicht immer an der Spitze stehen müsse. Dabei hatte sie selbst ihre Abende und Wochenenden für die Arbeit und die

Karriere geopfert. Isabellas deutlichste Kindheitserinnerung an Mama war, wie sie auf dem Sofa saß, mit dem Arbeitslaptop auf den Knien, während die Mädchen spielten, lasen oder fernsahen.

»Wir hätten doch wohl gemerkt, wenn sie sich geritzt hätte«, meinte Papa irritiert.

Es wurde still. Im Grunde war es egal, was sie sagten. Wenn Papa sich eine Meinung gebildet hatte, dann hielt er daran fest.

Mama sah aus dem Seitenfenster und murmelte: »Mir hast du das nie angesehen.«

»Wie?«, fragten Isabella und Papa gleichzeitig.

Mama atmete tief und kontrolliert. Sie schien nachzudenken.

»Die Wunden an meinen Füßen. Du hast es nie begriffen.« Sie drehte sich zu Isabella um. »Nach dem Abi wollte ich meine Energie ins Studium stecken, aber alle haben gesagt, ich solle stattdessen auf Fußball setzen. Ich war zu gut. Man könne so ein Talent doch nicht einfach vergeuden, hieß es.«

Im Lauf der Jahre hatte Papa ihnen ständig von Mamas Fußball-Skills vorgeschwärmt. Sie habe diesen einzigartigen Blick fürs Spiel gehabt und eine fantastische Schusstechnik.

»Als es nur noch um Leistung ging, hat es keinen Spaß mehr gemacht«, fuhr Mama fort. »Vor jedem Spiel hatte ich Panik. Es fing damit an, dass ich einen Wundschorf am Fuß abpulte und dann an der Stelle herumspielte, bis sie sich entzündete. Als es anfing zu verheilen, habe ich die Stelle wieder aufgerissen. Am Ende habe ich eine Blutvergiftung bekommen.«

Papa wirbelte herum und starrte sie an. »Warum hast du mir nicht die Wahrheit gesagt?«

»Du hättest es nicht begriffen.«

Vermutlich hatte sie recht. Als Isabella sich gegen eine Bewerbung für das Fußballgymnasium entschieden hatte, war Papa monatelang beleidigt gewesen. Er hatte die ganze Zeit behauptet, es sei ihre Sache, aber er zeigte ihr deutlich, wie unzufrieden er war.

Jetzt sah er aus wie ein gekränkter kleiner Junge. »Du hast immer gesagt, dass wir miteinander über alles reden können.«

»Ich habe mich geschämt«, sagte Mama. »Du bist so stark und so stabil. Für dich zählt nur die Leistung. Du liebst es zu gewinnen.«

»Na ja.« Papa schien mit seinen Gedanken abzudriften.

»Ich hatte Angst, dass du mich verlässt.« Mamas Stimme wurde dünner, und Isabella spürte, wie sich ihr Magen verkrampfte. »Ich habe dich geliebt.«

Papa drehte sich zu Mama nach hinten und ergriff ihre Hand. »Aber mein Schatz.«

Isabella konzentrierte sich aufs Fahren. An der Bushaltestelle am Hauptbahnhof hing eine Clique von der Schule herum. Sie duckte sich, um ihren Blicken zu entgehen. Wie sollte sie jemals wieder in den Alltag zurückkehren? Sie wollte kein Mitleid, und vor allem wollte sie nicht mit Leuten, die sie kaum kannte, über Amanda und den Tod sprechen. Auch wenn alle sie für arrogant halten würden, brachte sie es nicht fertig, jemanden außerhalb des engsten Kreises an ihrer Trauer teilhaben zu lassen. Doch im Grunde genommen war sie dankbar für die Unterstützung der anderen.

Ihre Augen brannten, als sie die ineinander verflochtenen Hände ihrer Eltern sah.

Sie erkannte sich selbst in Mama wieder. Zu Beginn ihrer Beziehung mit Sixten hatte sie sich so ähnlich gefühlt wie Mama damals. Sie hatte eine Höllenangst davor gehabt, Schwäche zu zeigen. Sixten hatte ihre Erfolge auf dem Fußballplatz genossen, was ihre Beziehung weiter gefestigt hatte. Jedes Mal, wenn sie die Stollenschuhe in der Umkleide schnürte, war Sixten in ihren Gedanken.

Mehrere ihrer Freundinnen hatten komplizierte Beziehungen voller Konflikte und Intrigen. Manche waren richtigen Arschlöchern zum Opfer gefallen, anderen hatte man das Herz gebrochen. Doch Isabella hatte mit Sixten so ein irres Glück gehabt. Er hätte im Prinzip jede haben können, aber er entschied sich jeden Tag aufs Neue für sie. Er pflegte zu sagen, dass sie sein Anker sei.

Während sie das Auto auf dem Parkplatz am Dalabad abstellte, schmetterten die ersten Tropfen an die Windschutzscheibe. Sie ließ den Motor laufen und stellte die Lüftung auf die höchste Stufe. Die Scheibenwischer schoben sich quietschend über das Glas.

»Vielleicht zieht es schnell vorbei«, sagte Mama, die den riesigen Blumenstrauß in den Händen hielt.

Auf diese Hoffnung gab Isabella nicht viel. Durch den Regen sah sie, wie vom Meer die Finsternis heranzog. Aber sie sagte nichts.

Stattdessen drehte sie die Lautstärke der Anlage hoch. Ein Zuhörer hatte im Studio des Lokalradios angerufen und grüßte seine Verwandten. Sein breiter Dialekt klang provinziell, die Lacher gingen bald in Raucherhusten über und wurden durch ein Saxofon ersetzt.

»Dieses Stück ist total schön«, sagte Papa. »Meine Mutter hat es geliebt.«

Während der Regen auf die Windschutzscheibe prasselte, griff Jari nach einem Taschentuch. Er dachte an seine Mutter. Nachdem sein Vater die Familie verlassen hatte, war das Radio ihr bester Freund geworden. Mit bitterem Kaffee und gelben Blend-Zigaretten verbrachte sie ihre Tage vor dem quadratischen Gerät in der Küche. Sie wurde Mitglied im örtlichen Radioverein, besuchte ein Nähkränzchen und spielte Bridge mit ihren Vereinsfreunden. Gleichzeitig hatte irgendwo in der Brust ein Tumor zu wachsen begonnen, und während Thorleifs auf der Frequenz 92,8 MHz *Weine keine Tränen* sangen, wurde in aller Stille das Totenkleid genäht. Beim letzten Besuch im Elternhaus am Östra Stranden, als Jari begriff, dass er nun von seiner Mutter Abschied nehmen musste, hatte sie mühsam den Kopf vom Kissen erhoben. Mit unerwartet klarem Blick hatte sie ihn angesehen und gefragt: »Warum waren wir ihm nicht gut genug?«

In den letzten zwanzig Jahren hatten sie den Vater in ihren Gesprächen nie erwähnt.

Hatte Jari vor allem ihm beweisen wollen, dass er nicht nur gut, sondern meistens sogar sehr erfolgreich war? Beim Fußball, in seiner Karriere und im Liebesleben, bei den Familienmatches in der Padelhalle. Vielleicht war das alles nur eine einzige Revanche. Freud hätte bestimmt sein Vergnügen daran gehabt.

»Wollen wir nicht los?«, sagte Isabella. »Das geht wahrscheinlich den ganzen Abend so weiter.« Sie setzte die Kapuze auf, ehe sie ausstieg und den Campingplatz betrat.

Jari hielt sich die Hand schützend vor Augen und eilte über eine kleine Holzbrücke. Dann stieg er in den schweren Sand hinunter. Im Platzregen war nur der halbe Badesteg zu erkennen, der Rest versank in Nebel und Dunkelheit. Jari drehte sich um und sah Maria und Isabella, die ihm durch den Regen folgten. Gemeinsam betraten sie den Steg und gingen das letzte Stück langsam nebeneinanderher.

Der Wind heulte und die Wogen schlugen an die Holzpfähle. Maria legte den großen Strauß neben das Meer von Blumen, die im Sturzregen ihre Köpfe hängen ließen.

Jari wollte nicht bleiben. Mit Abscheu beobachtete er das heimtückische Meer, das Amanda verschlungen hatte, und ihm wurde speiübel. Obwohl er wusste, wozu Sasho Palevski in der Lage war, hatte er über seine Vorurteile hinweggesehen und Niko in seine Familie gelassen. Er hatte moralisch korrekt gehandelt, doch auf Kosten seiner Pflichten als Vater. Als er sein kleines Mädchen im Kreißsaal in den Armen gehalten hatte, damals, als sie nur ein kleines Frotteebündel gewesen war, hatte er Amanda und sich selbst gelobt, immer für sie da zu sein. Dieses Versprechen hatte er gebrochen.

Er blinzelte in den Regen und wischte sich über die Augen. Die Lippen schmeckten nach Salz. Maria und Isabella hockten vor den Blumen und den Grablichtern. Sie lagen sich in den Armen und weinten, während der dunkle Himmel grollte und der Regen niederprasselte.

Die Küche in der Färgaregatan duftete nach Paprika, Vegeta und Kindheit. Bekleidet mit Lindas roter Schürze trippelte Vaska an der Küchenarbeitsplatte so eifrig hin und her, dass sie Muhammad Ali zum Staunen gebracht hätte.

»Wir hätten nicht dort hingehen sollen.« Sasho faltete die Tageszeitung zusammen und stützte das Kinn in die Hände.

»Natürlich nicht«, sagte Vaska, während das Fleisch in der Pfanne brutzelte. »Die Leute glauben ja, dass es Niko war.«

Obwohl es Sasho immerhin gelungen war, Linda davon abzuhalten, in die Kirche hineinzugehen, hatte das Ganze in einer Katastrophe geendet.

Jetzt schlief Linda, nachdem sie eine von seinen Schlaftabletten genommen hatte. Vaska war vorbeigekommen, um ihnen etwas zu kochen.

»Wie lange bist du noch krankgeschrieben?«, fragte sie.

»Noch mindestens zwei Wochen.«

»Schläfst du ordentlich?«

»Ja.«

Seine Mutter stellte eine Frage nach der anderen – die Antworten waren weniger wichtig. Sie plapperte unaufhörlich, während sie auf Sasho unwichtige Fragen niederprasseln ließ. Die Kindheit hatte in seiner Erinnerung aus einem einzigen Monolog bestanden, bei dem die Mutter manchmal mitten in einem Satz nahtlos vom Schwedischen ins Mazedonische wechselte. Als Kind hatte er aufmerksam zugehört, doch inzwischen wusste er, dass sie in erster Linie plapperte, um nicht die Stille ertragen zu müssen.

»Warum hast du mir nie von Oma und Opa erzählt?«

»Ach.« Vaska drehte die Dunstabzugshaube auf die höchste Stufe und wedelte mit der Hand über dem rauchenden Fleisch.

»Das muss ein furchtbares Trauma für dich gewesen sein, Mama.«

Sie hob die Bratpfanne von der Platte und schwenkte sie, damit das Fleisch nicht anbrannte.

»Du? Mama?«

Dieses Schweigen musste ein Ende haben. Er stand auf und riss ihr die Bratpfanne aus der Hand.

Vaska sah erschrocken aus. »Was hättest du davon, wenn ich es dir erzählte? Ich bin durch halb Europa geflohen, um dieses Elend zu vergessen.«

Sasho nahm sie in den Arm. Es fühlte sich ungewohnt an, beinahe peinlich. »Manchmal geht es einem vielleicht besser, wenn man über solche Dinge spricht.«

Die Augenbrauen seiner Mutter wanderten nach oben. Er verstand sie nur zu gut. Sasho selbst hatte ein ganzes Leben lang geschwiegen.

Am Anfang ihrer Beziehung hatte Linda gesagt, dass es so gut mit ihm laufe, weil sie nicht die ganze Zeit ein Gespräch in Gang halten müsse. Er hatte keine Angst vor Wortlosigkeit, unangenehm fühlte es sich nie an. Und damit hatte ein fünfundzwanzig Jahre andauerndes Schweigen begonnen, das jetzt mit einem ohrenbetäubenden Krachen endete.

»Ich habe wohl Nikos Schweigen so gedeutet, dass alles in Ordnung war«, sagte Sasho nachdenklich.

»Natürlich. Was sonst?«

Er merkte, dass er in die Fußstapfen seiner Mutter getreten war. Es war ihm gelungen, seine eigene stumme Jugend zu verdrängen.

»Schweigen ist Gift«, fuhr er fort. »Ich hätte ihm helfen sollen, seine Gefühle und Erlebnisse in Worte zu fassen. Stattdessen habe ich zugelassen, dass er alles einfach weggedrückt hat.«

Vater und Sohn – vielleicht waren sie sich ähnlicher, als er geahnt hatte. Ob auch Niko das Gefühl mit sich herumtrug, nichts wert zu sein?

»Dir ist aber schon klar, warum ich mich damals geprügelt habe?«, fragte Sasho seine Mutter.

Er hatte sich immer davor gescheut, sein Verhalten als Hilferuf zu bezeichnen oder als eine Möglichkeit, gesehen zu werden, aber in Wahrheit war die Gewalt zu seiner Hauptsprache geworden.

»So.« Vaska drückte eine Gabel ins Fleisch, aus dem rötlicher Saft sickerte. »Wenn etwas übrig bleibt, frier es ein.«

Sie nahm die Schürze ab und hängte sie wieder unter die Hutablage im Flur, ehe sie sich den Mantel anzog. »Du brauchst mich nicht nach Hause zu begleiten.«

Kaum hatte Sasho die Haustür geöffnet, wurde die Gardine im Küchenfenster des Nachbarhauses blitzschnell zugezogen. Die Dämmerung senkte sich langsam über den schläfrigen Herbstgarten und unter der Eberesche sprang eine getigerte Katze vom getöpferten Vogelbad herunter.

»Du brauchst mich nicht zu begleiten, habe ich gesagt«, schnauzte Vaska ihn an, als er einen weiteren Schritt in ihre Richtung machte.

Als er mit dem Rad an ihrer Wohnung vorbeigefahren war, hatte sie die Jalousien heruntergelassen. Sie hatte ihr Zuhause seit Samstag im Großen und Ganzen kaum verlassen. Vermutlich wollte sie nicht, dass Sasho sie nach Hause brachte, weil dann noch klarer wäre, wer sie war: die Großmutter des Mordverdächtigen.

Sasho insistierte nicht, aber folgte ihr trotzdem über die Einfahrt. Er hatte vorgehabt, den Briefkasten zu leeren, blieb aber abrupt stehen, als er die weiße Sprühfarbe entdeckte, die ihm vom Asphalt entgegenleuchtete. Ein einziges Wort in riesigen, unbeholfenen Großbuchstaben: MÖRDER.

Die Raserei erhob sich aus der Tiefe seiner Brust. Das war der Funke, den es gebraucht hatte, um die Aggression in ihm zu entzünden. Er spuckte auf das Wort, trampelte darauf herum und scharrte mit der Schuhsohle darüber, hob einen Stein auf, um die Farbe wegzukratzen.

Er spürte seinen Körper nicht mehr. Sein Blick verdunkelte sich. Die Stille schrie in seinen Ohren. Dieselbe unkontrollierbare Wut wie damals, als er in seiner Jugend mit Tritten und Schlägen auf andere losgegangen war. Er hatte vergessen, wie es sich anfühlte. Dieser Rausch und dann die Befreiung.

Es ging ihm alles so nah. Von dem Mist, der im Internet kursierte, konnte man sich fernhalten, ebenso von den Blicken in der Stadt und dem Geschwätz hinter den Küchengardinen, aber dies war doch ihr Zuhause, der einzige sichere Platz, der ihnen geblieben war.

»Hör sofort damit auf!« Vaska sah sich panisch um und machte eine hilflose Geste mit den Händen. Die Scham überwältigte ihn, und das Adrenalin verschwand so schnell, wie es seinen Körper geflutet hatte.

»Wir können hier nicht wohnen bleiben«, sagte er bedrückt. »Wir müssen weg aus dieser Stadt.«

Vaska nickte. Dabei wussten sie beide, dass Linda sich nie dazu überreden lassen würde. Für einen Außenstehenden mochte Trelleborg eine der vielen südschwedischen Kleinstädte sein, wo keinerlei Leben pulsierte und alles im Leerlauf ging, ein übel riechendes Kaff, wo die Läden ebenso gähnend leer waren wie die Straßen an einem Samstagabend. Aber für Linda bedeutete diese Stadt so viel mehr. Sie liebte Trelleborg: die Palmen und die Pfauen, die nuschelnden Stimmen im Lokalradio, ein Lächeln an einem schläfrigen Sonntag auf der Rolltreppe des Einkaufszentrums. Sogar dem Wind brachte sie eine gewisse Wertschätzung entgegen.

»Ich gehe jetzt«, sagte Vaska und sah sich auf der Straße um. »Pass auf dich auf, mein Junge.«

»Tschüs, Mama.«

Sasho zitterte am ganzen Körper. So war es immer hinterher: wenn die Wut sich verzogen hatte und er begriff, dass er die Kontrolle über sich selbst verloren hatte. Jetzt übernahm die Angst das Regiment. Die Angst vor der Zukunft, vor dem, was in der Nacht auf dem Badesteg passiert war. Aber auch die Angst vor dem Menschen, der er in Wahrheit war.

DREI MONATE VOR DEM MORD

Amanda rannte schneller, während sie die Zuschauertribüne des Stadions Vångavallen umrundete, und sah sich um, ehe sie zum Trainingsplatz weiterlief, der von hohen Bäumen umgeben und von Scheinwerferlicht erhellt war. Der keuchende Atem der Spieler mischte sich mit dem dumpfen Aufprall der Bälle.

Ein paar Leute grüßten im Vorübergehen, und Amanda grüßte zurück, ohne genauer hinzusehen. Unterhalb der kleinen Rasenfläche, die zum Trainingsplatz hinaufführte, blieb sie stehen und holte Atem. Sie war verschwitzt, musste aufs Klo, die Fersen schmerzten. Oben auf dem Platz rief Isabella etwas. Ihre Schwester, die sonst nie ihre Stimme erhob. Wenn sie sich die Schienbeinschoner und die Stollenschuhe anzog, verwandelte sie sich in einen anderen Menschen.

Was war eigentlich heute Nacht passiert? Der Frühlingsball hatte sich als eine einzige große Enttäuschung entpuppt: die vielen bitchigen Blicke, der ganze Bullshit. Nikos Nachricht und das Foto, das sie ihm geschickt hatte, um … Ja, warum eigentlich? Um ihn eifersüchtig zu machen? Oder ihm zu zeigen, dass sie ihn nicht mehr brauchte? Wie unfassbar blöd.

Und dann Sixten, der mit dem Auto von Papa vorgefahren war. Sein peinliches Gerede über Dubai und Michael-Kors-Taschen. Warum hatte sie ihn nicht gebeten, zur Hölle zu fahren? Amanda ekelte sich vor sich selbst.

Das, was später auf dem verlassenen Parkplatz geschah, war nur noch eine vage Erinnerung ohne Konturen. Amandas Gehirn war wie zu Eis erstarrt. Die Gedanken hatten sie woandershin getragen, weit weg von dem, was gerade passierte. Sie war dort gewesen, aber irgendwie auch nicht. Sie hatte es über sich ergehen lassen, nicht geschrien oder um sich geschlagen, keinen Versuch unternommen, zu fliehen. Alle Körperfunktionen waren abgeschaltet gewesen, als hätte Gott oder jemand anders den Stecker gezogen, und plötzlich hatte sie wieder im Auto gesessen, und Sixten hatte den Reißverschluss seiner Hose zugezogen und gesagt, dass sie das auf jeden Fall für sich behalten müssten, denn Isabella würde ihnen nie verzeihen. Aber ihre Zeit würde noch kommen.

Amanda wühlte die Nagelschere aus der Tasche. Sie blieb hinter einem Baum auf der Rasenfläche stehen, und diesmal versuchte sie nicht einmal, eine strategisch gute Stelle am Körper zu finden, ehe sie die Schere durch die Haut trieb.

Sie hasste jeden Millimeter von sich selbst. Eine widerliche verdammte Hure – nichts anderes war sie.

»Amanda?« Isabella kam mit den Schienbeinschonern in der Hand auf sie zu. »Was machst du denn hier?« Sie löste ihren Pferdeschwanz und warf die Haare über die Schultern.

Amanda stotterte. Sie wusste es selbst nicht mehr. Eigentlich war sie hergekommen, um Isabella alles zu erzählen, weil das das einzig Richtige war und weil Schwestern das so machten. Sie hatte gedacht, es würde ihre Beziehung zueinander verändern. Natürlich bräuchte es seine Zeit, aber am Ende würde die Wahrheit die Schwestern näher zusammenführen. Jetzt zögerte sie plötzlich.

Ihre Augen brannten von dem grellen Scheinwerferlicht.

Isabella merkte natürlich, dass irgendwas nicht stimmte. »Wie geht es dir?«

Amanda sah weg. Ein Teil ihrer Panik war durch die Verletzung mit der Nagelschere verschwunden, unter dem Pulli sickerte zusammen mit dem Blut der Schmerz hinaus, doch in ihrem Kopf und im Herzen spielte sich ein Krieg ab. Isabella tat ihr so wahnsinnig leid, sie hasste sich selbst, sie hasste Sixten. Und sie wusste nicht, was sie tun sollte.

»Es ist nichts. Keine große Sache.«

»Hör auf.« Isabella würde nicht so schnell aufgeben. »Ich sehe ja, dass irgendwas ist. Erzähl es mir.«

Was sollte sie sagen? Das, was auf dem Parkplatz passiert war, ließ sich nicht erklären. Sie hätte es nie so weit kommen lassen dürfen. Sixtens Gesäusel über die Zukunft war nichts anderes als eine alberne Fantasie. Das begriff doch jeder.

Niemand würde Amanda glauben, wenn sie sagte, dass Sixten sich ihr aufgezwungen hatte. Warum hätte er das tun sollen? Er konnte doch jede kriegen. Alle fanden Sixten perfekt, genau wie Isabella.

»Also …« Eigentlich wollte sie es nicht auf Niko schieben, aber schließlich hatte er mit ihr Schluss gemacht, um sie dann wochenlang total zu ignorieren. Und dann hatte er sich wie aus dem Nichts während des Balls gemeldet, als wollte er kontrollieren, was sie machte. »Ich pack es nicht mehr mit Niko.«

»Meine Liebe.« Isabella zog sie an sich. Sie roch nach Schweiß und Gras und Amanda schluchzte an ihrer Schulter. »Was hat er getan?«

»Er kann nicht damit umgehen, dass ich mit anderen Jungs befreundet bin«, schniefte Amanda. »Erst wollte er nur, dass wir eine Pause einlegen, und jetzt darf ich nicht mal auf den Ball gehen, mit wem ich will.«

Isabellas Körper spannte sich an. Ihre Augen sprühten vor Wut. Sie hatte keinen Grund, Amandas Geschichte infrage zu stellen.

»Das ist echt nicht normal«, sagte sie. »Sixten hat mir auch ein paar Dinge über Niko erzählt.« Sie hielt Amanda eng umarmt. »Du hast etwas viel Besseres verdient.«

Als Jari zuletzt seinen Fuß in die Straße seiner Mutter gesetzt hatte, war es auch gerade Frühsommer gewesen. Damals hatten sie das Elternhaus ausgeräumt, die Mutter in ein Altersheim geschickt und Jaris alten Eishockeyschläger an die Kinderhilfe verschenkt. Das war der Lauf der Dinge. Niemand hatte sich beschwert oder getrauert.

Jetzt fuhr er fünfzig Meter weiter am Östra Stranden rückwärts auf einen Anhänger zu, der vor Patrik Ledins Elternhaus stand. Patriks Vater, der alte Kommunalbonze, hatte Tränen in den Augen, als sie die Bananenkisten aus der Garage schleppten.

»Verdammte Sozis«, sagte der Mann, der die rote Rose am Revers längst gegen das Leberblümchen der Schwedendemokraten getauscht hatte. »Das nennt man Zwangsumsiedlung.«

Dort, wo das Haus aus Kalksandstein in idyllischer Lage nur einen Steinwurf vom Meer entfernt stand, würde bald ein Konvoi aus schweren Lkw auf der neuen Hafenzufahrt vorbeirollen.

Patrik zog seine Arbeitshandschuhe aus. »Maggie braucht eine Pause«, sagte er und pfiff seinen Hund heran.

Jari nahm eine prall gefüllte braune Papiertüte vom Beifahrersitz. »Ich habe bei Franckes Brötchen gekauft.«

Patrik sah gekränkt aus. »Das heißt Semmeln. Du redest ja wie jemand aus der Hauptstadt.«

Jari lachte verlegen, während Patrik Maggie an die Leine nahm und seine Mutter ihm einen Korb mit Butter, Aufschnitt und einer Thermoskanne voller Kaffee reichte. Auf dem schmalen, von Strandhafer gesäumten Pfad, wo der Flugsand Dünen als Windschutz errichtet hatte, gingen sie zum Wasser. Jari hatte zwei Liegestühle zum Zusammenklappen dabei. Als sie das Meer sahen, ließ Patrik den Hund von der Leine. Maggie lief am Spülsaum entlang, dass der Sand nur so emporwirbelte.

»Nett von dir, dass du heute mitgemacht hast.« Patrik drehte die Thermoskanne auf, während Jari zwei Brötchen aus der Tüte holte. Es war ein schwieriger Vormittag gewesen, körperlich wie mental. Patriks Eltern hatten eine Umzugsfirma für den eigentlichen Hausstand angeheuert, aber Jari hatte versprochen, beim Ausräumen der Garage zu helfen und den unbrauchbaren Kram zur Müllkippe zu fahren. Nach vierzig Jahren hatte sich einiges angesammelt. Patriks Vater war wahnsinnig wütend gewesen und die Mutter hatte geweint.

»Kein Problem.« Jari ließ sich auf den Liegestuhl sinken. Patrik zog sich gerade Schuhe und Strümpfe aus. Er war genauso aufgebracht wie sein Vater, weil die Gemeinde die Eltern zum Umzug gezwungen hatte, am meisten aber regte er sich darüber auf, dass er diesen Prozess nicht hatte aufhalten können.

Der Himmel war leuchtend blau, es herrschten sicher zwanzig Grad, und Jari öffnete sämtliche Knöpfe seines Polohemds. Zwei Mädchen um die zwanzig in bauchfreien Oberteilen, Flipflops und Bikinihosen gingen vorbei. Es sah ziemlich kühl aus.

»Was glotzt ihr so blöd?«, sagte die eine und drohte ihnen mit der geballten Faust. »Ihr widerlichen Säcke!«

Ihre Freundin, die sich anscheinend einen halben Roman auf den Rücken hatte tätowieren lassen, streckte den Mittelfinger in die Luft. Im nächsten Moment waren die beiden Mädchen zwischen den Häusern verschwunden.

»Was war das denn?« Jari begriff gar nichts.

»Völlig daneben!« Patrik grinste. »Warum läuft man so rum, wenn man nicht will, dass die Leute einen anschauen? Diese Mädels investieren jeden Monat bestimmt Tausende von Kronen in Fitnessstudio, Fillers und Tattoos. Aber wehe, du riskierst einen Blick! Dann sind sie beleidigt.«

Jari wollte protestieren, denn er dachte an seine eigenen Töchter, aber er zögerte zu lange.

»Es ist heutzutage wirklich nicht leicht, mit einem Y-Chromosom geboren zu sein«, fuhr Patrik fort und mampfte sein Brötchen. »Teo hat ganz schön damit zu kämpfen. Die Mädels sind ja total unantastbar geworden, verdammt. Egal, was die Jungs machen, wird ihnen Sexismus und Frauenhass vorgeworfen. Wenn dir eine gefällt, wage es bloß nicht, dich ihr irgendwie körperlich zu nähern, das kannst du total vergessen. Ehe man sich's versieht, schreit jemand: *Vergewaltigung!*« Er schluckte und holte schnell Luft. »Das war zu unserer Zeit bedeutend einfacher.«

Jari schob die Sonnenbrille auf die Nase. »War das wirklich so?« Vielleicht war es *zu* einfach gewesen? Zumindest für die Jungen. In den Achtzigerjahren war man meilenweit von MeToo, Normenkritik und feministischem Bewusstsein entfernt gewesen. Jari selbst hatte sich zusammen mit seinem Vater peinliche Kindersendungen mit lauter jungen Mädchen in Bikinis angeschaut.

»Die Wände meines Jungenzimmers waren mit Plakaten von Samantha Fox' Titten gepflastert«, sagte Patrik. »Da hat sich keiner beschwert.« Er bohrte seine Fersen in den Sand und wackelte mit den Zehen. »Damals hat PC auch noch Personal Computer bedeutet.«

Jari schob sich den letzten Rest des Brötchens in den Mund und spülte mit lauwarmem Kaffee nach. Patrik lachte laut.

»Wir Schweden sind so steif. Alles soll immer so verdammt seriös sein«, bemerkte er, ohne sich im Geringsten darum zu scheren, wie Jari sein Geplapper aufnahm. »Wir sollten ein bisschen dänischer werden. Ein bisschen entspannter und kontinentaler.«

Jari gähnte. Er hörte sich diese Sprüche schon seit Jahrzehnten an, aber aus alter Gewohnheit unterließ er es, Gegenargumente vorzubringen. Wenn er nachdachte, konnte er sich in all den Jahren, seit er Patrik kannte, nicht an eine einzige Gelegenheit erinnern, bei der er protestiert oder den Freund infrage gestellt hätte. Niemand hatte das getan.

Aber es gab eine Sache, die Jari nicht losließ und ihn ärgerte, seitdem sie zusammen in Tre Lyktor zu Mittag gegessen hatten.

»Und du warst mit Katty Bornebrink im Bett?«

Patrik lachte wieder. »Na klar.«

Jari blinzelte in die Sonne. Alle hatten gewusst, wie irre verliebt er damals in Katty gewesen war. In der Jungsclique hatten sie mit pathetischen Slogans wie *bros before hoes* um sich geworfen, aber bei erster Gelegenheit hatte Patrik Jaris großen Schwarm von der Disco im Telinska magasinet mit zum Parkhaus am Hafen genommen. Jari hatte noch gesehen, wie die beiden davongetorkelt waren, aber er hatte Patrik nie danach gefragt. Es war besser, es nicht zu wissen.

»Und du warst ja total verknallt in die Braut«, meinte Patrik grinsend. »Die ganze Schulzeit bis zur Neunten, oder?« Er kippte den letzten Rest Kaffee aus seinem Becher in den Sand, um sich gleich frischen aus der Thermoskanne nachzuschenken. »Als Kind hat man ja nicht gerade das weltbeste Urteilsvermögen.«

In dem Punkt hatte er sogar recht. Jari hatte beinahe verdrängt, wie übel Patrik sich teilweise benommen hatte: Er hatte die Mädchen wie Stapelware behandelt, schlimme Gerüchte über sie verbreitet und seine Freundinnen ständig betrogen. Dennoch hatten alle zu ihm aufgesehen. Jari hatte sich die gleichen grün-schwarzen Stollenschuhe der Marke Diadora gekauft, die Patrik besaß, und genau dieselbe Föhnfrisur mit Mittelscheitel getragen. Meistens hatte Jari bei Patrik zu Hause angerufen, bis heute konnte er sich an die fünfstellige Telefonnummer erinnern, und wenn Patrik keine anderen Pläne und keine witzigeren oder cooleren Freunde zum Abhängen hatte, bekam Jari eine Audienz bei ihm. Dann radelten sie durch die Östra Förstadsgatan, spielten Landhockey und Tennis, machten Tricks mit der Lederkugel oder spielten bei Katty zu Hause das Kartenspiel *Camps*.

Für Patrik war Jari einer von vielen gewesen. Als Isabella fünfundzwanzig Jahre später mit Sixten zusammengekommen war, kam es ihm wie eine seltsame Art von Revanche vor, ein großes Endlich.

»Gibt es was Neues vom Schwiegersohn?«, fragte Patrik und schob sich ein Päckchen Snus unter die Oberlippe. Er pfiff nach Maggie, die gerade ihre Zähne in einen großen Ast schlug, den das Meer angespült hatte. Der Hund sah rasch zu seinem Herrchen und vertiefte sich dann wieder in den Ast.

»Ehrlich gesagt habe ich ihn in der letzten Zeit nicht sonderlich oft gesehen«, sagte Jari.

»Gut.« Patrik pfiff wieder. Diesmal ignorierte Maggie ihn komplett. »Kennt Sasho dich eigentlich? Er weiß doch wohl, wer du bist?«

»Ich glaube nicht.« Vielleicht war das aber auch nur Wunschdenken. »Ich habe versucht, Begegnungen mit ihm zu vermeiden. Hat er irgendwas zu dir gesagt?«

»Nein, nein, er sagt ja nicht so viel. Er redet meistens mit denen hier.« Patrik ballte die Hände zu Fäusten und tat so, als boxe er. »Allerdings habe ich Teo gefragt.«

»Ach?«

Patrik schob sich die Ray-Ban in die Stirn und eine besorgte Falte erschien zwischen den Augenbrauen. »Ich will dich nicht beunruhigen oder so. Ich verstehe, wie es ist, ein Mädchenpapa zu sein.« Er wackelte heftig mit den Zehen im Sand. »Aber offenbar ist Niko nicht ganz einfach. Teo sagt, dass er ständig die Mädchen in der Schule nervt und manchmal richtige Tobsuchtsanfälle bekommt.«

Die Sonne schien stärker, als es zunächst den Anschein gehabt hatte, die Haut brannte, und Jari klappte den Kragen seines Polohemdes hoch. »Das wundert mich nicht.« Er hatte selbst gesehen, wie Niko auf der Fähre die Fassung verloren hatte.

Patrik stand auf und rief nach dem Hund. »Maggie! Hier!« Er sah verstohlen zu Jari, der immer tiefer in den Liegestuhl gerutscht war. »Wie sagt man so schön? Der Apfel fällt nicht weit vom Stamm.«

NACH DEM MORD

Sasho fuhr an der Küstenstraße entlang, die von Trelleborg nach Ystad führte – durch alte Fischerdörfer, die zu Sommerparadiesen für die wohlhabende Mittelklasse aufgehübscht worden waren. Beddingestrand, Hörte, Abbekås und Svarte. Karge Strandabschnitte an windgepeitschten Buchten, knorrige Weidenbäume und Abbruchkanten über dem azurblauen Meer.

»Es ist nicht zu fassen, dass es so weit gekommen ist«, brummte Linda.

Sie waren unterwegs zum Landgericht in Ystad, wo Niko dem Haftrichter vorgeführt werden sollte, da es nach Auffassung der Staatsanwaltschaft gute Gründe gab, Niko während der Ermittlungen in Untersuchungshaft zu nehmen.

Als Sasho seinerzeit festgenommen und verurteilt wurde, hatte es in Trelleborg ein eigenes Landgericht gegeben. Mittlerweile befand sich dort ein Museum. Die Lage der Stadt bedeutete sowohl Stärke als auch Schwäche. Als die Lokalzeitung von ein paar Jugendlichen wissen wollte, was sie an Trelleborg am besten fänden, antworteten sie, am besten sei, dass man so schnell von dort wegkomme. Es war nicht weit nach Malmö und Lund, in einer Dreiviertelstunde war man in der Innenstadt von Kopenhagen. In Sashos Kindheit hatte die Stadt mit dem Slogan *Das Tor zum Kontinent* geworben. Manchmal wurde darüber gestritten, was die Schokoladenseite Schwedens sei: Ost oder West, Stockholm oder Göteborg. Doch die Trelleborger wussten, wo sich Schwedens wahre Schokoladenseite befand.

Die Nähe zur übrigen Welt führte allerdings auch dazu, dass das Angebot der Stadt verarmte. Das Landgericht war schon lange verlegt worden, trotz beharrlicher Proteste hatte man die Geburtsklinik geschlossen, und die Notaufnahme machte um acht Uhr abends zu. Im Stadtzentrum standen immer mehr Läden leer, man war ja ohnehin so schnell in Malmö.

»Er darf doch wohl mit uns nach Hause, oder?«, sagte Linda, während sie an der Marina und dem Theater vorbei nach Ystad hineinfuhren.

Das sagte sie, seit sie morgens aufgestanden waren. Linda hatte dunkle Augenringe und bediente sich neuerdings an Sashos Schlaftabletten, doch sie schien keinerlei Zweifel zu hegen, was den Ausgang der heutigen Verhandlung betraf. Vielleicht war das auch nur eine Art Verteidigungsmechanismus.

»Keine Ahnung«, sagte Sasho, der gerade eine freie Parklücke gefunden hatte.

Hoffentlich würden sie erfahren, worauf die Polizei ihren Verdacht gründete. Ob es irgendwelche Beweise gab? Normalerweise brauchte es in Schweden nicht viel, um eine Person in Untersuchungshaft zu nehmen, da reichte schon die Befürchtung, der Verdächtige könne die weiteren Ermittlungen beeinflussen. Aber Niko war trotz allem erst sechzehn.

»Ich hoffe, dass sie ihm keine Handschellen angelegt haben«, sagte Linda und schauderte.

»Das glaube ich nicht.«

Sasho war bewusst wortkarg, was seine eigenen Erfahrungen

mit der Untersuchungshaft und Gerichtsverhandlungen betraf. Es wäre Wahnsinn, jetzt noch Öl ins Feuer zu gießen, doch er erinnerte sich ganz genau an den schlimmsten Moment: als sich das Schloss der engen, stinkenden Zelle geöffnet hatte und sie ihn in den Gerichtssaal geführt hatten, wo sich jedes Augenpaar auf ihn richtete. Sie hatten ihm vorher Handschellen angelegt.

Linda und Sasho gingen an den großen Fenstern des Hotel Continental vorbei, wo Kurt Wallander in der Verfilmung sein Abendessen einnahm, und weiter durch die schmalen Gassen zwischen Fachwerkhäusern und Strohdächern. Ystad und Trelleborg hatten vieles gemeinsam – zwei ähnlich große Städte, die ihr Wachstum dem Meer verdankten. Zwischen ihnen erstreckte sich die südlichste Küste Schwedens. Dennoch gab es große Unterschiede. Während Ystad sich seine charmante Architektur aus dem Mittelalter bewahrt hatte, waren in Trelleborg Abrissbirnen und Bagger zum Einsatz gekommen.

Vor dem Landgericht wartete ein uniformierter Wachmann mit aufgekrempelten Ärmeln. Er kontrollierte Lindas Tasche, ehe sie die Sicherheitskontrolle passieren durften. Ein Monitor zeigte an, wo sie hinmussten, und schon bald wurde Nikos Fall im Lautsprechersystem ausgerufen.

»Dort müssen wir hin«, sagte Linda und zog Sasho am Arm.

Bei der Vorführung vor dem Haftrichter waren seine Eltern nicht dabei gewesen. Wenn er sich recht entsann, waren nur er, der Strafverteidiger, der Staatsanwalt und der Richter anwesend. Er war achtzehn Jahre alt gewesen. Zunächst hatte er sich noch erwachsen und routiniert gefühlt, überlegen und aufmüpfig, wie sich nur Jugendliche fühlen können, doch in der

Untersuchungshaft hatte er völlig sein Selbstvertrauen verloren. Er hatte geheult, sich in die Hose gemacht und sich nach seiner Mutter gesehnt. Es gab sicher einiges am schwedischen Rechtssystem auszusetzen, und vielleicht war Sasho eine Ausnahme, aber die Wochen in der U-Haft und die folgenden Monate im Gefängnis hatten ihn gerettet.

Sobald sie den Gerichtssaal betraten, brach es aus Linda hervor: »Mein geliebtes Kind.«

Zwanzig Meter vor ihnen saß Niko neben seinem Verteidiger, zusammengesunken und hohläugig. Rasch drehte er sich um und starrte sie an: fragend, als wollte er wissen, was sie hier taten, oder vielleicht auch, warum er sich hier befand.

Linda nickte ihm eifrig zu.

»Jetzt ist es bald vorbei«, flüsterte sie Sasho ins Ohr.

Sie setzten sich auf die Zuschauerbank, während der Richter der Staatsanwältin das Wort erteilte, einer blonden Frau mit hochgesteckten Haaren und roter Brille.

Sashos Gedanken schweiften ab. Er sah Niko im Kreißsaal: das blaue Gesichtchen, das zuerst den Atem angehalten und dann den wunderbarsten aller Schreie von sich gegeben hatte. Nikos erstes Fahrrad, das grüne mit den Stützrädern. Das zahnlückige Lachen. Der Schulranzen mit Lightning McQueen. Der gerade Rücken auf dem Klavierhocker. Der junge Mann in Frack und mit Fliege auf dem Sommerkonzert.

Und dann erinnerte er sich an etwas, was Linda vor vielen Jahren gesagt hatte, als sie über weiteren Familienzuwachs nachgedacht hatten. Sasho hatte schon früh die Meinung vertreten, dass ein Kind genug sei. Niko solle alles bekommen und nie mit einem Geschwisterchen etwas teilen müssen. Linda war nicht ganz so überzeugt gewesen. »Stell dir vor, Niko stirbt«, hatte sie gesagt. »Dann haben wir gar kein Kind.« Sasho hatte allein diesen Gedanken geschmacklos gefunden.

Jetzt wandte sich die Staatsanwältin an Niko, der den Kopf in die Hände gestützt hatte und immer weiter in sich zusammensackte.

»Niko Palevskis Handy hat sich in der Mordnacht mit einem Funkmast in der Nähe des Tatorts verbunden«, sagte die Staatsanwältin. »Außerdem gibt es einen Zeugen, der aussagt, ihn dort zusammen mit der Verstorbenen gesehen zu haben.«

Linda holte Luft. »Was denn für ein Zeuge?« Ihr Flüstern war so laut, dass der Richter sie verärgert ansah.

Nikos Verteidiger drehte sich ebenfalls um. Sein halb langes schwarzes Haar glänzte und das Jackett spannte über der breiten Schulterpartie.

»Mein Klient bestreitet keineswegs die Haftgründe, die die Staatsanwältin genannt hat, aber er legt auch kein Geständnis ab«, erklärte der Rechtsanwalt mit tiefer Stimme. »Er hat entschieden, sich überhaupt nicht zu äußern.«

Hatte Niko noch immer nichts gesagt? Nicht einmal zu seinem Verteidiger? Sasho konnte die Gedankengänge seines Sohnes nicht nachvollziehen. Natürlich verfestigte sich der Verdacht gegen ihn, wenn er nicht aussagte.

»Wir wissen doch, dass er zu Hause war«, zischte Linda Sasho ins Ohr. »Amanda muss sein Handy geklaut und mitgenommen haben.«

Diesmal begnügte sich der Richter nicht mit einem Blick. Er unterbrach den Rechtsanwalt und erklärte Linda sachlich und beherrscht, dass sie den Gerichtssaal verlassen müsse, wenn sie sich nicht ruhig verhalte.

Linda schüttelte wütend den Kopf und wischte sich ein paar

Tränen von der Wange. Sasho versuchte, sie zu beruhigen. Er hatte sie selten so erlebt. Normalerweise war er es, der die Kontrolle verlor und explodierte. Jetzt war Linda nur noch ein schluchzendes Häufchen Elend. Sasho konnte das nicht mitansehen. Er musste irgendetwas tun.

Soweit Jari zurückdenken konnte, war er immer dieselbe Runde gelaufen, durch die Unterführung unter der E 6 hindurch, um einen der Teiche im Albäcksskogen herum und wieder zurück nach Stavstensudde. Vor zehn Jahren, als er beim Trelleborgslauf und beim Silvesterlauf angetreten war, hatte er die Runde in unter siebenundzwanzig Minuten geschafft. Jetzt lag er meist bei über zweiunddreißig. Die Waden schmerzten, das linke Knie knarzte und knackte. Immer mehr Zeit musste in die Vorbereitungen gesteckt werden: Tigerbalsam, Kniebandagen und Massagepistole.

Maria war in die Stadt gefahren, um mit einer Psychologin zu sprechen, doch Jari hatte nicht mitkommen wollen.

Als er auf dem Rückweg die Unterführung verließ, hing die Herbstsonne müde über den Hausdächern. Die Autobahn summte wie Tausende Grashüpfer. Er lief am Porsche vor dem Haus der Ledins vorbei, aber sah niemanden im Garten oder hinter den Fenstern.

Er und Patrik waren in dieselbe Klasse gegangen, und jede Mittagspause, fünf Tage die Woche, von August bis Juni, hatten sich die Jungs auf dem Kiesplatz versammelt und sich in Mannschaften aufgeteilt. Die beiden Besten, also Patrik und noch einer, Mücke oder Jonas, durften wählen, wer in ihre Mannschaft sollte. Dabei war es egal, ob man ein TFF-Fan oder ein IFK-Anhänger war – man pickte sich die Besten heraus. Patrik und sein Gegner zeigten der Reihe nach auf diejenigen, die sie haben wollten.

Jari war im Fußball ein Spätentwickler gewesen, lange verließ er sich eher auf Willen und Beharrlichkeit als auf Technik, seine Schusskraft war nicht besonders, und er wurde lächerlicherweise nervös, sobald er eine Torchance bekam. Erst mit vierzehn oder fünfzehn Jahren war er richtig gut geworden.

Jede Mittagspause schlang er das Schulessen hinunter und sauste dann hinunter zum Kiesplatz, in der Hoffnung, dass Patrik Ledin ihn heute auserwählen würde. Doch es gab immer Bessere als ihn, und nicht selten landete Jari bei den Jungs, die als *Ausschuss* bezeichnet und schließlich als komplette Gruppe gegen einen Spieler mit mehr Ballgefühl und Torgespür eingetauscht wurden.

Als er jetzt um die Kurve kam und wie immer zwischen den Steinblöcken auf dem Rasenstück hindurchlief, fielen ihm vor dem Haus mehrere Autos auf. Ein schräg geparkter schwarzer Volvo, ein großer gelber Abschleppwagen und ein Streifenwagen. Er blinzelte den Schweiß aus den Augen, und es gelang ihm wider Erwarten, noch ein bisschen Kraft im Körper zu mobilisieren. Die letzten Meter taumelte er vorwärts.

»Wie schön, dass Sie da sind.« Kriminalkommissar Bo Brodin kam ihm vom Haus entgegen. Der rote Schal, den er sich um den Hals gewickelt hatte, stellte einen auffälligen Farbklecks angesichts seiner ansonsten behördengrauen Erscheinung dar.

»Was ist los?«, keuchte Jari und warf einen Blick auf die Uhr, die bei dreiunddreißig Minuten und zehn Sekunden stehen geblieben war. »Was machen Sie hier?«

Zwei uniformierte Polizisten führten ein leises Gespräch hinter dem Mercedes auf der Einfahrt.

»Wir müssen leider Ihr Auto beschlagnahmen«, erklärte Brodin und wühlte in seiner Hosentasche.

Jari betrachtete seinen Mercedes. Er hatte achtzehn Monate warten müssen, bis er das neueste Facelift bekommen hatte. »Warum?«

»Ich bin mir darüber im Klaren, dass das für Sie überraschend sein muss«, sagte Brodin. »Es tut mir leid, aber wir müssen alle Möglichkeiten in Betracht ziehen. Und wir haben nach wie vor nicht feststellen können, wo Sie sich Freitagnacht aufgehalten haben.«

Dreiunddreißig zehn. So schlecht war er seit dem Frühling nicht mehr gelaufen.

»Glauben Sie etwa, ich habe meine eigene Tochter getötet?« Sein Mund war trocken und die Waden schienen gleich zu bersten.

Brodin schob die Hände in die Taschen seines grauen Wollmantels. »Wie gesagt, es ist unsere Pflicht, alle Möglichkeiten in Betracht zu ziehen.«

Jari zitterte am ganzen Körper. Die Beine trugen ihn kaum noch. Dennoch gelang es ihm, sich an Brodin und seinen Kollegen vorbeizudrängeln. »Ich hole den Autoschlüssel.«

Jari stand unter der Dusche und verlor sich in Tagträumereien, bis kein warmes Wasser mehr kam. Dann ging er langsam durchs Haus, das im Wind ächzte und knackte. Als er sich in den Lesesessel fallen ließ, sah er, dass er nasse Fußspuren auf dem Boden hinterlassen hatte.

Doch er brachte es nicht fertig, etwas dagegen zu unternehmen. Seine Kräfte waren erschöpft, sein inneres Feuer, all sein Streben nach Triumph und Revanche. Geblieben war ein großes Nichts. Mentale Milchsäure, seelischer Kollaps. Er war wie eine vorbeiziehende Wolke, ohne Kontur und Inhalt.

Vor dem Fenster fuhren Autos entlang, Paare mit Kinderwagen und Hunden spazierten vorbei, irgendjemand hämmerte und sägte. Das Leben ging weiter. Die Leute standen auf und fuhren zur Arbeit, wie sie es immer getan hatten, die Sonne stieg über der Stadt auf und versank im Meer, das Laub fiel von den Bäumen, und die Tage zogen vorbei. Es würde Winter werden, Advent und Weihnachten. Die Leute lebten weiter: lachten, tanzten und sangen. Natürlich gab es keine Alternative. Es war nur so absurd.

Als Maria nach Hause kam, saß er noch immer im Sessel. Sie hängte ihre Handtasche und den Mantel auf, ohne ihn zu bemerken. Die Jahre waren vergangen, aber Maria war immer noch die schönste Frau, die er kannte.

»Wie war es?«

Sie zuckte zusammen, als sie ihn entdeckte.

»Es hilft, mit jemand Außenstehendem zu reden.« Sie setzte sich auf den Hocker und zog die Schuhe aus. »Du solltest es auch ausprobieren.«

»Ich rede lieber mit dir«, sagte Jari.

Zwei Jahrzehnte lang waren sie blind durch die Tage und Wochen gerast. Sie hatten einander überholt, wie Flüchtende in sich kreuzenden Bahnen. Ein zeitloser Kampf gegen die Uhr. Windelwechsel und Gutenachtgeschichten, Nudeln auf dem Herd. Spülmaschinen mussten gefüllt werden, Waschmaschinen geleert, Trainingsstunden absolviert und Arbeit erledigt werden. Sie hatten Chauffeur und Laufbursche gespielt, während sie die Karriereleiter hochgeklettert waren, die Wertpapierdepots aufgefüllt und Überstunden angehäuft hatten.

Sie waren gut, daran bestand kein Zweifel. Engagierte Bürger, fähige Eltern, kompetent in ihren Berufen. Aber war das wirklich alles?

»Was ist eigentlich aus uns geworden?«, fragte Jari.

Er betrachtete Marias Zweitausendkronenbluse, ihre durch Airbrush-Tanning gebräunte Haut, die Brüste, die sie hatte straffen lassen. Er betrachtete die dänische Designerlampe, den Tisch, den sie eigens aus England bestellt hatten, die im Regal nach Farben sortierten Bücher, die sie nie zu lesen geschafft hatten. All das hatte er fälschlicherweise für Glück gehalten.

»Wir waren gerade erst zusammengekommen und du hast mich angelogen.« Jari hatte wirklich versucht, den Gedanken daran loszulassen, aber Marias Verrat verursachte bei ihm ein unangenehmes Kribbeln im gesamten Körper. »Warum hast du nicht die Wahrheit gesagt? Dass es dir schlecht ging und du nicht weiter Fußball spielen wolltest?«

Sie stellte sich ans Panoramafenster. Die Bluse war am Rücken verknittert. »Du warst so stark, so kontrolliert. Ich hatte Angst, dass du mich verurteilen, auf mich herabschauen würdest.«

Sie waren umeinandergekreist, hatten sich dabei aber voneinander entfernt. Jari hatte alles getan, um sein Selbstbild aufrechtzuerhalten, und Maria hatte sich angepasst. Es hatte sie nur immer weiter auseinandergebracht.

»Du hast mir verschwiegen, dass Amanda Verletzungen am Körper hatte. Du hast mich auch im Herbst angelogen, als sie ihr Training geschwänzt hat. Was hast du mir noch für Lügen aufgetischt?«

»Hör auf, Jari.« Maria drehte sich um. Hinter ihr waren die wogenden Wiesen zu sehen, die bis zum Meer reichten.

An der Wand hing ein kleiner Bilderrahmen mit dem Spruch *Kinder sollen wachsen, nicht gehorchen.* Als die Mädchen auf die Welt kamen, waren sich Jari und Maria rührend einig gewesen, dass sie keine gehorsamen Roboter heranziehen wollten, sondern selbstständig denkende Individuen. In den vergangenen Monaten hatte Jari nicht übel Lust gehabt, den Bilderrahmen von der Wand zu reißen.

Rasch erhob er sich vom Sessel und zog sich das Handtuch enger um den Körper.

Maria marschierte an ihm vorbei. Sie schob ihm wirklich die gesamte Schuld zu.

»Die Polizei hat den Wagen beschlagnahmt.«

Sie blieb im Flur stehen, ohne ihn anzusehen. »Warum? Was werden sie finden?«

»Nichts.« Jari hörte selbst, wie mürrisch er klang. »Nichts natürlich.«

»Es gibt doch wohl einen Bordcomputer im Auto«, sagte sie. »Die werden ganz genau sehen, wo du entlanggefahren bist.«

Sie sah ihn mit ihrem glasartigen Blick an, als wäre er ein Fremder: zurückhaltend und wachsam, mit einer gewissen Unruhe. Das war nicht die Maria, die er liebte. Und er war nicht der Mann, mit dem sie ihr Leben hatte teilen wollen.

In einer Hinsicht hatte sie allerdings recht: Der Bordcomputer des Mercedes registrierte sämtliche Fahrstrecken. Die Polizei würde keine Schwierigkeiten haben zu rekonstruieren, wo genau Jari sich in jener Nacht aufgehalten hatte. Das war ihm klar. Er hatte nur nicht damit gerechnet, dass sie es überprüfen würden.

Um diese Jahreszeit schlich sich die Dunkelheit nicht mehr langsam an. Durch einen Spalt in der Jalousie betrachtete Sasho die einsame Straße und die Nachbarhäuser unter dem hellen Abendhimmel, um eine halbe Stunde später in die kompakte Finsternis hinauszustarren.

»Jetzt fahren wir«, sagte er.

Der Fiat startete beim ersten Versuch, doch sobald sie zur westlichen Einfahrtsstraße kamen, begann der Motor zu scheppern. Das Geräusch hatte auf dem Heimweg von Ystad begonnen. Da hatte Sasho das Radio lauter gestellt und ein Stoßgebet zum Himmel geschickt, dass es von allein wieder verschwinden möge.

»Wir hätten vorher anrufen sollen«, sagte Linda jetzt. »Oder zumindest eine Nachricht schicken.«

Sasho seufzte. Ursprünglich war es Lindas Idee gewesen, zu den Ledins zu fahren. Er hatte sich nur widerwillig darauf eingelassen, hauptsächlich weil er selbst sich in dieser ganzen Sache so hilflos und unzulänglich fühlte.

»Ich glaube kaum, dass sie über unseren Besuch jubeln werden.«

Langsam fuhr er nach Stavstensudde hinein. Es war Jahre her, dass er zuletzt hier draußen gewesen war. Wenn man kein explizites Anliegen hatte, landete man nicht hier zwischen den modernen Einfamilienhäusern mit den großen Glasfronten und properen Gärten, glitzernd blauen Pools, Aufklebern mit dem Hinweis auf die Alarmanlage und glänzenden SUVs.

»Hoffentlich sind Teo und Sixten zu Hause«, sagte Linda.

Sasho schaltete den Motor aus und zog mit Mühe die Handbremse an. »Bleib ganz ruhig«, sagte er.

Es war Patrik, der die Tür öffnete. Der Hund entwischte zwischen seinen Beinen hindurch nach draußen und begrüßte sie mit wedelndem Schwanz und heraushängender Zunge. Als Sasho und Linda nicht denselben Enthusiasmus an den Tag legten, machte er wieder kehrt und ging zurück zu seinem Herrchen.

»Rein mit dir, Maggie«, sagte Patrik und sah sich beunruhigt auf der Straße um.

Linda nannte Patrik gern einen Selfmademan, was nicht ganz der Wahrheit entsprach, da die Familie Ledin seit Generationen für die Sozialdemokraten im Stadtrat gesessen hatte und Patriks Vater über ein Vermögen von zig Millionen Kronen verfügte – dank der Spedition, die der Großvater einst gegründet hatte.

»Wir würden gern mit euren Jungs reden«, sagte Linda und verschränkte die Arme vor der Brust. »Niko ist in U-Haft.«

Patrik betrachtete nervös den Fiat auf dem Wendeplatz, ehe er sie hereinließ. Fasziniert bewunderte Sasho die offene Raumgestaltung. Helle Holzböden verliefen nahtlos durch die gesamte Etage, in der tagsüber vermutlich das Licht durch die riesigen Fenster hereinströmte und von den weißen Wänden reflektiert wurde.

»Ida!«, rief Patrik. »Ida! Ruf mal Teo her.«

Wenige Minuten später kamen seine Frau und der jüngste Sohn die Treppe herunter. Ida Ledin wurde rot im Gesicht, als sie Linda und Sasho sah.

»Sixten ist leider nicht zu Hause«, sagte Patrik. »Er ist beim Training.«

Ida beeilte sich hinzuzufügen: »Wir wollen uns für sein Verhalten vor der Kirche entschuldigen. Sixten ist gar nicht wiederzuerkennen. Er und Amanda standen sich sehr nahe.«

Patrik sah beinahe ein bisschen erstaunt aus. »Na ja, diese Sache hat uns allen zugesetzt«, sagte er. »Eine ganze Stadt ist betroffen.«

Das klang in Sashos Augen vermessen. Zwar war es schön, dass ganz Trelleborg zusammenhielt, zugleich wirkte es wie Hohn.

»Wir hätten euch eine SMS schicken sollen«, sagte Ida. »Aber ihr wisst ja, wie das ist. Es kommt immer was dazwischen.«

Sasho verstand, was sie meinte, und es irritierte ihn. Er sehnte sich in die Zeit zurück, als etwas *dazwischengekommen war* – eine umgekippte Colaflasche, eine Erkältung oder eine kaputte Spülmaschine.

Teo verschwand rasch in der großen Küche, in der lange Reihen von Spotlights an der Decke die Hochglanzflächen der Schränke zum Funkeln brachten.

»Wir müssen mit Teo reden«, sagte Linda und sah ihm hinterher. »Er hat sich am häufigsten mit Niko getroffen.«

»Aha?« Ida klang zögerlich. Sie sah Patrik fragend an, als wäre das eine Entscheidung, die sie nicht allein treffen könne.

»Es geht schnell«, versprach Sasho und fixierte Patrik Ledin mit dem Blick. Er hatte nicht vergessen, wie das ging. Mit einem

Schlag kehrte er in den Aufenthaltsraum der neunten Klasse zurück. Damals hatte es Sasho ganz gut gefallen, wenn er in den Augen eines anderen Menschen Angst sah. Jetzt empfand er dabei nur Abscheu.

»Sicher, natürlich.« Patrik drängte sich an ihnen vorbei. Seine Stimme klang verändert, beinahe kleinlaut. »Komm bitte mal her, Teo!«

»Kann ich euch was anbieten?«, fragte Ida, die vor ihnen ins Wohnzimmer ging. »Kaffee? Nüsschen? Prosecco?«

Linda lehnte alles entschieden ab, ehe Sasho auch nur darüber nachgedacht hatte. Sie setzte sich auf das weiße Samtsofa unter einem großen Ölgemälde, dessen Striche in verschiedenen rosa und roten Farbnuancen die Konturen eines Frauenkörpers bildeten.

Teo kam mit einer Schüssel voller Chips herein. Knabbernd ließ er sich aufs Sofa sinken, ohne sie anzusehen.

»Durftet ihr Niko sehen?«, fragte Patrik.

»Nur im Gericht, als er dem Haftrichter vorgeführt wurde«, sagte Sasho.

Ida zog ihr kariertes Kleid über die Knie. »Stimmt es, dass er die Aussage verweigert?«

Natürlich brodelte die Gerüchteküche. Sasho sah Linda an, in der Erwartung, dass sie antworten würde. Als sie nichts sagte, sah er sich gezwungen, einen Erklärungsversuch abzugeben. »Er hat Amanda versprochen zu schweigen.«

Teo schob sich einen großen Chip zwischen die Zähne und funkelte Sasho an.

»Aber er muss doch erzählen, was passiert ist«, sagte Ida.

Sie wollte noch etwas sagen, doch Patrik unterbrach sie. »Glaubt ihr, dass er jemanden schützen will?«

Der Gedanke war Sasho natürlich auch schon gekommen. Was hatte Niko Amanda eigentlich versprochen? Und warum?

»Die Polizei war heute bei den Kekkonens«, sagte Ida und riss die Augen auf. »Sie haben Jaris Mercedes beschlagnahmt.«

»Bestimmt war das nur eine Routinemaßnahme«, sagte Patrik rasch.

»Ja, vermutlich.« Ida lehnte sich zurück, und es sah so aus, als hätte sie diesen Gedankengang abgeschlossen, doch dann überlegte sie es sich offenbar anders und beugte sich erneut vor. »Aber wir wissen, dass Jari mit dem Auto in der Nacht unterwegs war, in der Amanda gestorben ist.«

Das klang so, als wollte sie ihm irgendetwas unterstellen. Ihr ungeduldiger Blick wanderte zwischen Sasho und Linda hin und her.

»Er war mit dem Auto unterwegs?«, fragte Linda. »In der Nacht von Freitag auf Samstag?«

Ida nickte eifrig. »Sixten hat erzählt, Jari wäre mit dem Mercedes losgefahren, als ihm klar wurde, dass Amanda ihn angelogen hatte. Sie hat ja behauptet, sie würde bei einer Freundin übernachten.«

»Jetzt hör auf«, sagte Patrik. »Kapierst du eigentlich, was du da sagst? Du glaubst doch wohl nicht, dass Jari …«

Ida schürzte die Lippen, die dadurch noch größer wirkten. Mit gedämpfter Stimme fügte sie hinzu: »Du hast doch selbst gesagt, dass er Niko nicht leiden konnte.«

Linda zuckte zusammen und sah Sasho an. Eigentlich wunderte sie das nicht besonders. Doch nun wurde ihre Vermutung bestätigt.

»Amanda wurde mit Jaris Gewehr erschossen«, sagte Linda.

»Wie sollte Niko darauf Zugriff gehabt haben?« Sie redete sich in Rage. »Also, das Ganze sieht mir allmählich nach Justizmord aus.«

»Was sagt Nikos Anwalt?«, fragte Patrik.

»Nichts! Er tut rein gar nichts.« Linda drehte noch mehr auf, und Sasho sah sich genötigt, beruhigend die Hand auf ihren Arm zu legen.

»Wir versuchen ihn schon seit dem Termin im Landgericht neulich zu erreichen«, sagte er.

Vergeblich hatten sie den Anwalt immer wieder angerufen, in der Kanzlei und unter seiner Mobilnummer. Als Niko in Ystad aus dem Gerichtssaal geführt worden war, hatte er völlig schockiert gewirkt, und Sasho war fest entschlossen, alles in seiner Macht Stehende zu unternehmen, um ein Gespräch mit dem Sohn führen zu dürfen.

Linda schob seine Hand weg und drehte sich energisch zu Teo, der sich gerade einen weiteren Chip in den Mund geschoben hatte.

»Weißt du noch mehr, Teo?« Linda hatte diese Stimme, die sogar Sasho zum Zittern bringen konnte. »Es ist kein Geheimnis, dass Amanda labil war. Niko muss dir doch irgendwas erzählt haben?«

Teo warf die Haare nach hinten und knabberte an seinem Chip. Nachdenklich sah er Linda und Sasho an, öffnete den Mund, als wollte er etwas sagen, schwieg dann aber und schluckte.

»Hör mal zu«, sagte Patrik. »Wenn du was weißt, dann spuck es aus.«

Ida lächelte nervös. »Das ist so schwierig mit euch Jungs. Ihr seid nicht gerade gesprächig.«

Sasho konnte ihr nicht widersprechen. Aber war das wirklich nur eine Frage des Geschlechts?

Teo fuhr sich mit der Zunge über die Zähne und sah seinen Vater an. »Sie hat ihn betrogen.«

»Wie?« Patrik verlor den Faden und stotterte: »Wie … Was?«

»Sie war mit jemand anderem im Bett«, erklärte Teo. »Deshalb war dann auch bald Schluss zwischen den beiden.«

Sasho versuchte, sich klarzumachen, was das bedeutete.

»Hab ich es doch geahnt«, sagte Linda und schlug mit der Hand auf den Sofatisch.

Ida Ledin presste die Knie zusammen und riss die Augen noch weiter auf.

»Warum hast du das nicht früher erzählt?«, fragte Patrik.

»Das hab ich doch!«, meinte Teo genervt. »Und zwar der Polizei.«

Natürlich, dachte Sasho. Das erklärte einiges. Wenn Brodin und seine Kollegen in Erfahrung gebracht hatten, dass Niko betrogen worden war, dann lagen gewisse Schlussfolgerungen nahe. Alle wussten, wie sehr Niko Amanda geliebt hatte.

»Das war kurz vor dem Abschluss der Neunten. Niko war total depri, als er davon erfahren hat«, fuhr Teo fort. »Er hat die ganze Zeit nur noch von Amanda gesprochen.«

Ida Ledin blinzelte, ihr Fischmund stand sperrangelweit offen. Patrik starrte hinunter auf seine bunten Socken.

»Aber er würde ihr nie etwas antun!« Linda erhob sich vom Sofa und gestikulierte wild herum. Sie zeigte auf Teo. »Hast du ihn jemals gewalttätig erlebt?«

Teo drückte langsam das Kinn auf die Brust. Eine kleine Bewegung, die so viel bedeutete. Ein Loch tat sich in Sashos Innerem auf.

»Er mag es nicht, wenn jemand über seinen Vater spricht.« Teo funkelte Sasho von unten an. »Wenn die Leute Scheiße über dich erzählen, kann er total ausflippen.«

Sasho bemühte sich, seine eigenen Gefühle zu sortieren: die Erschütterung, weil seine Jugendsünden auch den Sohn betrafen, den Stolz, weil Niko ihn verteidigt hatte, seine Wut und diese Müdigkeit. Sie hätten längst das Feld räumen und einen Ort finden sollen, wo seine Vergangenheit sie nicht mehr verfolgte.

»Niko hatte an dem Abend ja sturmfrei. Ihr habt gearbeitet.« Teo sah erst zu Sasho und Linda und dann zu seinem Vater, ehe er fortfuhr: »Wir wollten im Keller sitzen und gamen. Dann hat er es sich plötzlich anders überlegt und abgesagt, weil er sich mit Amanda treffen wollte.«

»Wann hast du davon erfahren?«, wollte Sasho wissen.

»Am Abend. Ich war schon in der Stadt.« Teo wirkte alles andere als erfreut darüber. »Ich bin trotzdem zu euch gefahren und wollte ihn umstimmen. Ich hab ihm gesagt, er soll Amanda vergessen und dass sie es nicht wert sei.«

Teo verstummte und sah weg. Sasho konnte sich ohne Weiteres das Szenario vorstellen: den Kumpel, der an der Tür stand und sämtliche Überredungskünste mobilisierte, dabei sehnte man sich doch eigentlich nur danach, Zeit mit *ihr* zu verbringen.

»Was ist dann passiert?«, fragte Linda.

Teo wühlte in der Chipsschüssel herum. »Nikos Blick ist total finster geworden. So hab ich ihn vorher noch nie gesehen. Er hat mich gewürgt. Mit beiden Händen. So.«

Teo demonstrierte es an sich selbst.

»Wie schrecklich!«, sagte Ida.

»Er hat gesagt, er würde mich umbringen, sollte ich jemals wieder Mist über Amanda verbreiten.«

ZWEI MONATE VOR DEM MORD

Amanda saß in sich zusammengesunken auf dem Bett, hatte die Decke bis zum Kinn hochgezogen und scrollte gelangweilt durch den TikTok-Feed, als ausgelassenes Gelächter durch die Wand drang. Sie drehte die Lautstärke ihres Handys hoch, um es nicht hören zu müssen, doch das Gelächter wurde immer lauter und ekstatischer. Amanda stellte sich vor, wie die beiden im Bett herumtobten und wie Sixten Isabella schöne Worte ins Ohr flüsterte.

Er war nichts anderes als ein manipulativer, narzisstischer Dreckskerl, der sich ohne Rücksicht auf Verluste nahm, was er haben wollte.

Amanda zog so fest an ihrem Haar, dass ihr die Tränen kamen. Am Ende saß sie mit großen Büscheln in der Hand da. Doch die Bombe in ihrer Brust tickte weiter. Der Druck stieg und stieg. Sie brauchte ein Ventil.

Nach zehnmaligem Klingeln ging Millan endlich ran. »Hi, Babe! Kommst du?«, fragte sie.

Bei Aisha aus der Parallelklasse fand eine Party statt. Alle waren gekommen außer Amanda.

»Vielleicht«, sagte sie. »Mal sehen.«

Das war in diesem Frühling ihre Standardantwort geworden.

Sobald sie das Gespräch beendet hatten, schrieb sie an Niko: *Wir müssen reden. Wichtig!*

Sie konnte es nicht mehr für sich behalten. Und Niko war der Einzige, der sie verstehen würde. Der Einzige, der ihr geblieben war.

Als Papa rief, dass das Essen fertig sei, wühlte sie einen alten ausgeblichenen Rollkragenpullover aus dem Schrank, warf nur einen kurzen Blick in den Spiegel und schlurfte die Treppe nach unten, wo es nach Knoblauch und Oregano duftete.

»Jetzt mach schon«, sagte Papa. »Die Soße wird kalt.«

Er und Mama saßen auf ihren normalen Plätzen, am nächsten zur Küche. Auf der Bank gegenüber waren Isabella und Sixten dicht zusammengerutscht und hatten das äußerste Ende für Amanda frei gelassen. Beide starrten sie eindringlich an, als sie sich setzte.

»Wie geht es dir?«, fragte Isabella beunruhigt.

Die Story, die Amanda ihrer Schwester aufgetischt hatte, lief im Großen und Ganzen darauf hinaus, dass Niko ein total eifersüchtiger Kontrollfreak war, weshalb sie Schluss gemacht habe.

»Schon okay.« Amanda legte ein paar Spiralnudeln auf ihren Teller und würzte sie mit einem Löffel Soße. Sie sah Sixten an. Dachte daran, wie er ihr die Arme auf den Rücken gedrückt und vollkommen ohne Vorwarnung in sie eingedrungen war. Wie weh es getan hatte. Wie widerlich es sich angefühlt hatte. Es war nach wenigen Minuten vorbei gewesen, aber für Amanda würde es bis in alle Ewigkeit weitergehen.

»Mama und ich haben uns gedacht, dass wir im Sommer für eine Woche ein Haus mieten.« Papa erhob voller Stolz sein Glas. »Wir haben was Wunderschönes auf Malta gefunden.«

Amanda spielte mit der Gabel an einer Nudel herum und spürte den Würgereiz, der im Hals lauerte.

»Oh, wie nice!«, sagte Sixten. »Das habt ihr euch wirklich verdient, so wie ihr in der letzten Zeit geschuftet habt.«

»Nicht nur wir.« Papa lächelte noch breiter, noch stolzer. »Es ist genug Platz für uns alle da. Wir laden euch ein!«

Sixten pfiff leise und Isabella sprang von ihrem Stuhl auf und umarmte Papa. »Wow, ist das toll!«

Amanda versuchte, sich ein Lächeln abzuringen – Papa wusste ja nicht, was er ihr damit antat –, aber Mama durchschaute sie sofort. »Findest du nicht, dass das gut klingt, Schatz? Vielleicht willst du Millan mitnehmen? Oder … Niko?«

In ihrem Mund wuchsen die Nudeln zu einem großen, zähen Klumpen aus Käse und Mehl.

Sie konnte Sixten nicht entkommen. Sie war eine Gefangene in ihrer eigenen Familie.

Mit verschleiertem Blick lief Amanda die Treppe hinauf und warf sich aufs Bett. Sie begrub das Gesicht tief ins Kissen mit seinem vertrauten Duft nach Träumen und Schweiß. Was für ein Mensch war sie eigentlich? Ihr ganzes Leben lang hatte sie mehr wie Isabella werden wollen. Hatte sie deshalb das alles zugelassen? Hatte sie unterbewusst versucht, ihrer Schwester dieses großartige Leben zu stehlen?

Niko hatte noch immer nicht auf ihre Nachrichten geantwortet. Vermutlich hatten seine Eltern wieder sein Handy konfisziert. Nachdem er mitten in der Nacht von zu Hause abgehauen war, hatte sein Vater auch noch den Kellerausgang zugenagelt. Wie im schlimmsten Hochsicherheitsgefängnis. Man sollte mal beim Kinderschutz oder beim Jugendamt anrufen.

Amanda schloss sich im Badezimmer ein und ritzte lange Schnitte in die Haut, bis das Blut heraussickerte und im Abfluss der Dusche verschwand. Das war das Einzige, was half. Langsam verschob sie Teile des Bösen aus der Finsternis ihres Herzens zu Körperstellen, wo keine Blicke jemals hingelangen würden. Ein paar Wunden hatten sich entzündet und waren zu eitrigen Fleischlöchern mutiert. Sie bekam, was sie verdient hatte. Ein ekliger Mensch verdiente einen ekligen Körper.

Als sie später mit ihrem Tablet im Bett lag und mit Copy und Paste einen letzten argumentierenden Text zusammenbaute, der benotet wurde und vor Mitternacht eingereicht werden musste, klopfte Mama an die Tür.

»Wie geht es dir, Liebes?« Mama setzte sich auf die Bettkante und hantierte mit den Kissen herum. »Ich habe an Isabellas Reaktion gemerkt, dass es mit Niko nicht so gut läuft.«

»Egal.« Amanda starrte weiter auf ihr Tablet. »Ich brauche ihn nicht. Ich brauche überhaupt keinen Typen.«

»Das wird schon. Bestimmt.« Mama sah Amanda über die Schulter und begutachtete ihren Text. »Sag Bescheid, wenn ich irgendwas für dich tun kann. Ich vermute, es ist gerade viel los, so im Endspurt vor dem Schulabschluss?«

»Irre stressig«, schwindelte Amanda. Schon lange spielten Noten für sie keine Rolle mehr. Einen Platz im sozialen Zweig zu bekommen, war sowieso nicht besonders schwer.

»Man muss nicht immer Höchstleistungen erbringen«, sagte Mama und spielte noch ein bisschen an den Kissen herum, die sie in einer tadellosen Reihe an der Wand arrangiert hatte. »Das Leben kann ganz schön unerträglich werden, wenn man immer in Topform sein muss. Oft reicht es, einfach nur gut zu sein. Good enough. Und weißt du was? Manchmal kann es einem auch einfach total schnurz sein.«

Amanda versuchte zu lächeln. Sie schätzte Mamas Versuch,

obwohl er eine ordentliche Dosis Doppelmoral enthielt. Denn auch wenn ihre Eltern gern behaupteten, es sei gar nicht wichtig, immer die Beste zu sein, deutete alles auf das Gegenteil hin. Die beiden konnten ihre Freude nicht verbergen, wenn Isabella auf dem Fußballplatz souverän einen Freistoß verwandelte oder bei einer Klassenarbeit die volle Punktzahl erreichte, wenn Amanda zur Lucia der Schule gewählt wurde oder zehntausend Likes bei TikTok bekam.

»Papa und ich werden dich immer lieben«, sagte Mama und gab ihr einen Kuss auf die Stirn. »Völlig egal, was du tust oder was passiert. Wir sind für dich da.«

»Ich weiß«, flüsterte Amanda.

Das bezweifelte sie nicht eine Sekunde. Ihre Eltern waren großartig und hätten ein besseres Kind verdient, eines, das ihre Liebe zu schätzen wusste. Sie wünschte, sie wäre eine ebenso gute Tochter wie Isabella.

Mama stand auf. »Morgen wecke ich dich eine halbe Stunde früher«, sagte sie. »Dein Mentor hat mir eine Mail geschrieben, dass du öfter zu spät kommst.«

Sie lächelte und erinnerte Amanda noch einmal daran, wie lieb sie und Papa sie hätten. Dann schaltete sie die Deckenlampe aus und ließ Amanda allein in der Dunkelheit zurück.

Am darauffolgenden Tag saß Amanda dösend im Bus auf dem Heimweg von der Schule, als Niko von einem geliehenen Handy aus anrief. Sie stieg an der nächsten Haltestelle aus und lief durch die Unterführung in den Albäcksskogen. Es roch nach Nässe, Bäumen und Farnkraut.

Niko kam mit dem nächsten Bus. Sie hielten fünf Meter

Abstand, als sie sich begrüßten, und Amanda ging mehrere Schritte vor ihm auf dem Pfad, der tief in den Wald hineinführte. In Gedanken probierte sie verschiedene Formulierungen aus. Sie wollte Niko alles erzählen. Er war der klügste Mensch, den sie kannte. Er würde ihr helfen, alles wieder hinzubiegen.

Sie kamen zu einem Teich, den das Schilf wie eine Mauer umgab und in dessen glatter Oberfläche sich die gewaltigen Bäume spiegelten. Niko legte seine Hände auf das Holzgeländer und blickte angespannt in den Wald hinein.

»Du.« Es zuckte um seine Augen herum. »Warum hast du mir dieses Bild vom Ball geschickt?«

Sie hatte das Foto, das Millan geschossen hatte, beinahe vergessen.

»Bist du mit einem der Jungs zusammen gewesen?« Er klang traurig und wütend zugleich.

»Hör auf!« Amanda griff ebenfalls nach dem Geländer. Unter der Wasseroberfläche bewegten sich dunkle Schatten, die langsam vom schlammigen Boden aufstiegen und sich umeinanderschlängelten.

»Ich wollte dich wohl eifersüchtig machen«, gestand sie dann. »Warum hast du mir ausgerechnet an dem Abend geschrieben? Du hast doch gewusst, dass ich auf dem Ball bin?«

»Tut mir leid.« Ein Holzbrett knackte, als Niko einen Schritt näher trat. »Wir hatten doch nur vereinbart, dass wir eine Pause einlegen. Ich will dich nicht verlieren.«

Amanda wurde schwindelig. Sie wusste nicht mehr, was sie gesagt hatten. »Du hast mit mir Schluss gemacht.«

»Nein. Eine Pause, habe ich gesagt. In zwei Wochen ist die Schule rum. Und nach dem Konzert hab ich den ganzen

Sommer frei. Verstehst du gar nicht, wie sehr ich dich vermisse?«

Sie hängte sich über das Holzgeländer und ließ den Blick im tiefen Wasser versinken. Unter der Oberfläche geschah so vieles, was man sich erst vorstellen konnte, wenn man ganz nah herankam.

»Ich hab dich so krass lieb, Amanda.« Niko legte den Arm um sie. Sein Atem wärmte ihre Wange. Sie drehte sich zu ihm und verlor sich in einem langsamen Kuss.

Sie gingen weiter den gewundenen Pfad entlang. Der Wald wurde dichter und am Bach quakten die Frösche. Eine rötliche Libelle surrte um Amandas Kopf, und Niko half ihr, sie zu verscheuchen.

Sie musste alles von Sixten erzählen, aber wo sollte sie anfangen?

»Darf ich mir mal dein Handy leihen?«, fragte Niko, als die Baumkronen sich lichteten.

Sie zog das Gerät aus der Tasche und reichte es ihm. »Wann kriegst du dein eigenes zurück?«

»Keine Ahnung, aber ich komme auch so zurecht.« Er wischte den Bildschirmschoner beiseite und fragte nach dem Code.

»222222«, sagte Amanda. »So viele Zweien, wie hinpassen.«

Sie blieben vor einem Abhang stehen und Niko entsperrte das Handy. Auf der Rasenfläche unter ihnen lief ein bellender Hund mit einem Ast im Maul zu seinem Frauchen, das ihn überschwänglich lobte.

»Was ist das denn?«, fragte Niko plötzlich.

Amanda beobachtete den Hund, der mit dem Schwanz wedelte. »Was meinst du?«

Als sie Nikos finstere, zusammengekniffenen Augen sah, riss sie ihm das Handy aus der Hand.

Es war ein Snap von Sixten.

Ich vermiss dich. Mach keine Dummheiten. Die Zukunft gehört uns.

An einem Freitag im Juni schloss Niko die neunte Klasse ab. Auf dem Schulhof standen die Eltern mit sonnengeröteten Wangen in sommerlicher Kleidung. Sasho arbeitete, aber Linda hatte ihre Schicht tauschen können. Jetzt stand sie ein wenig am Rand des Geschehens und summte bei *Idas Sommerlied* und *Die Blütezeit jetzt kommet* mit. Dann wartete sie auf dem Parkplatz mit einer Rose in der einen und einer Flasche alkoholfreiem Sekt in der anderen Hand.

Als Linda damals mit ihrem Abschlusszeugnis der Neunten nach Hause gekommen war, hatte ihre Mutter im Garten gelegen und ein Sonnenbad genommen. Beim Anblick ihrer tollen Noten hatte sie zwar gestrahlt und stolz gewirkt, aber dennoch nicht die Gelegenheit versäumt, sie darauf hinzuweisen, dass gute Noten nicht alles im Leben seien.

Alle Eltern wünschten sich für ihre Kinder, dass es ihnen gut ging und sie glücklich wurden. Lindas Mutter stellte in dieser Hinsicht keine Ausnahme dar. Trotzdem hatte Linda schon früh beschlossen, nicht so zu werden wie ihre Mutter. Sie würde immer in Nikos Nähe sein, ihn unterstützen und antreiben. Forderungen zu stellen war auch ein Liebesbeweis.

»Mama!« Niko strahlte, als er sie entdeckte. Er sah so gut aus mit seinem Anzug und der hellblauen Fliege. Der Stolz sprengte beinahe ihre Brust.

»Herzlichen Glückwunsch, mein Junge! Wie fleißig du in den letzten Wochen gearbeitet hast.«

Sie umarmten sich lang und innig, bevor sie im Sonnenschein nach Hause gingen.

»Darf ich mir das Zeugnis mal ansehen?«, fragte Linda.

Niko steckte seine Hand in die Schultasche, während langsam ein Sportwagen mit offenem Verdeck vorbeiglitt, voll von Abiturienten, die das Lied von den glücklichen Jugendtagen brüllten. Linda lächelte ihnen ermutigend zu.

»Mathe und Bio konnte ich nicht mehr ausgleichen«, sagte Niko und reichte ihr einen Umschlag.

Vorsichtig zog Linda das steife Zeugnisdokument heraus. A, B, A, B, C, C, C. Die Buchstaben verschwammen. Als sie aufblickte, schien ihr die Sonne direkt in die Augen, und sie blinzelte hektisch, um die schwarzen Flecken wieder loszuwerden.

»Ich weiß, dass du enttäuscht bist«, sagte Niko. »Aber es reicht auf jeden Fall für den naturwissenschaftlichen Zweig.«

Sie rang sich ein Lächeln ab. Es gab keinen Grund überzureagieren. Niko hatte sich bemüht. In den letzten Wochen hatte er seine komplette Zeit dem Lernen und dem Klavierspiel gewidmet. Linda wollte keine dieser Mütter sein, die ihre eigenen eitlen Träume durch das Kind verwirklicht sehen wollten. Es ging ihr nur um Niko.

»Du hast dein Bestes getan.« Sie schirmte die gleißende Sonne mit der Hand ab. »Wie läuft es mit der Jobsuche? Hast du es beim Gemüseladen in Böste probiert?«

»Ich hab überall nach einem Ferienjob gesucht. Jetzt ist es zu spät, Mama.«

Seltsam. Warum war es ihm nicht gelungen, einen Ferienjob zu finden? Linda hatte auf Erdbeerfeldern, in Eiscafés und beim Pflegedienst geschuftet. Das hatte ihr gutgetan. Das gehörte zum Erwachsenwerden dazu.

Sie hätte bei dem Nachnamen nicht nachgeben sollen. Natürlich hatten die Leute Bedenken, einen Palevski einzustellen. Aber Sasho war damals hartnäckig gewesen. Er hatte nur selten eine dezidierte Meinung zu irgendwas, zumindest, was die Einrichtung ihres Hauses, Essenspläne, Sport und Politik betraf. Doch beim Nachnamen war er unbelehrbar gewesen. Ein weiteres Beispiel für seine Halsstarrigkeit war die Geschichte, als Niko in den Kindergarten ging und Lindas Schwester ihm einen rosa Plüschanzug geschenkt hatte, aus dem ihre Tochter herausgewachsen war. Vielleicht hatte sie mit dem Geschenk auch irgendwelche Hintergedanken gehabt. Jedenfalls liebte Niko den Overall, doch Sasho war ausgerastet. Sein Sohn werde auf gar keinen Fall in einem rosa Mädchenanzug zum Kindergarten gehen. »Die anderen Jungs werden ihn schlachten.« Als Linda protestierte, war Sasho immer wütender geworden. Spätabends hatte sie den rosa Overall zerschnitten im Müll gefunden. »Er stammt aus einer anderen Kultur«, hatte sie zu ihrer Schwester gesagt, doch die hatte ihr das nicht abgenommen.

Hinter der Elim-Kirche bogen sie ab. Die Schultasche auf Nikos Rücken war weit hinuntergerutscht. »Was wird Papa zum Zeugnis sagen? Was meinst du?«

»Mach dir keine Gedanken.« Sasho verlor nur noch selten die Fassung. Im vergangenen Sommer war er einmal richtig wütend geworden und hatte sein Handy auf den Boden geschmissen, weil irgendeine App gestreikt hatte. Aber meistens war er die Ruhe selbst. Er würde nie wieder zu dem werden, der er einmal gewesen war.

»Ich rede mit Papa«, versprach Linda.

Aus irgendeinem Grund schien Niko nicht davon überzeugt zu sein, dass das reichen würde.

Am darauffolgenden Samstag gingen Linda und Sasho in den Stadtpark, wo das jährliche Sommerkonzert der Kulturschule stattfand. Sasho zog es vor, so lange wie möglich zu stehen, da sein Rücken noch immer nicht ganz in Ordnung war. Auch Linda stand mehrmals auf und spähte über das Meer von Zuschauern. Unter einem blühenden Busch saßen ein paar Pfauen, und die örtlichen Alkis, die auf einer Parkbank Platz genommen hatten, sahen erwartungsvoll aus.

»Bist du nicht eine Evaldsen?«, fragte ein grauhaariger Mann, der direkt neben Linda saß. »Die Tochter von Gittan, stimmt's?«

»Ganz genau.« Linda konnte sich Gesichter eigentlich gut merken, aber diesen Mann konnte sie nicht zuordnen.

»Dann sind wir verwandt.« Der Grauhaarige strahlte wie die Sonne. »Gittan ist meine Großcousine. Oder Cousine zweiten Grades. Das ist vielleicht dasselbe?«

»Ich glaube schon.« Linda lachte. Sie war alles andere als eine Ahnenforscherin. Seitdem ihr Großvater vor zehn Jahren gestorben war, hatte sie nur Kontakt zu ihrer Mutter und zu keinen anderen Verwandten gehabt.

»Mein Enkel spielt heute Abend Flöte.« Der Grauhaarige bewegte die Finger vor seinem Mund. »Ich habe immer schon gesagt, dass wir Musik im Blut haben. Wir sind ja mit Mikael Wiehe verwandt.«

»Tatsächlich?« Davon hatte Linda nichts gewusst. »Hast du das gehört?«, sagte sie zu Sasho und sang leise: »*Es begann wie ein Beben auf dem unteren Deck …*«

Sasho schien den Song nicht zu kennen. Die Musik des mittlerweile in die Jahre gekommenen linken Liedermachers traf wohl nicht seinen Geschmack. Er hatte sich noch immer nicht die Lederjacke ausgezogen, obwohl ihm der Schweiß über die Stirn lief.

»Nervös?«

Statt einer Antwort gab Sasho ein Brummen von sich, aber Linda verstand ihn auch so. Er mochte diese Art von Menschenansammlungen nicht, bei denen jeder wusste, wer er war. Linda hingegen machte sich eher Sorgen, dass Niko sich verspielen könnte. Chopins Scherzo Nr. 2 war nichts, was man mal eben so mit der linken Hand herunterklimperte. Das hatte auch seine Klavierlehrerin gesagt, als Linda Niko beim Auswählen des Stücks für das Sommerkonzert geholfen hatte. Niko und sie hatten es als eine schöne Herausforderung gesehen.

Das Konzert wurde mit den Geigen und Trompeten eingeleitet. Das Enkelkind des grauhaarigen Verwandten spielte Flöte, dass die Trommelfelle schmerzten. Die Verwandtschaft mit Wiehe schien sich nicht besonders ausgewirkt zu haben. Das schwarze, funkelnde Klavier stand im hinteren Bereich der Bühne.

Linda kaute an ihren Fingernägeln. Eine Unsitte aus ihrer Kindheit, die in regelmäßigen Abständen wiederkehrte. Um sich selbst davon abzuhalten, griff sie nach Sashos großer, verschwitzter Hand.

Der Moderator stolperte mit einem breiten Lächeln auf die Bühne. Gelächter und Applaus. Er war der Liebling aller Trelleborger, ein Entertainer, der Theater spielte und Festivalchef war und zugleich ein beliebter Gymnasiallehrer. »Dann kommen wir zum großen Finale.«

Im vergangenen Sommer war am Ende des Konzerts ein Mädchen aufgetreten, das Nyckelharpa gespielt und anschließend Standing Ovations bekommen hatte.

Niko trat in Frack und Fliege auf. Der Moderator bat um Ruhe, die Abendsonne spiegelte sich in den Glaswänden der Bühne, und einer der Alkis pfiff laut auf zwei Fingern. Linda schwitzte und bekam Atemnot. Langsam überquerte Niko die Bühne und bei jedem Schritt knarrte der Boden. Er setzte sich ans Klavier, zupfte den Frack zurecht und schob den Hocker näher an die Tasten. Linda konnte den Anfang des Stücks auswendig und hörte ihn schon in ihrem Kopf.

Als die ersten Töne wie Wassertropfen in den sonnengeküssten Stadtpark fielen, entspannte sie sich und atmete durch. Niko bewegte beim Spielen den Kopf, die Hände hoben und senkten sich. Linda schloss genüsslich die Augen.

Nach ein paar Minuten veränderte sich die Musik. Das Tempo stockte. Linda öffnete die Augen und fragte sich, was los war. Die Leute neben ihr lehnten sich nach vorn, um besser zu hören. Linda sah hinüber zu Sasho.

Ein falscher Ton schlich sich ein. Noch einer. Die Dissonanz war so deutlich zu vernehmen, dass sogar der unmusikalische Enkel mit der Flöte sich die Zeigefinger in die Ohren steckte. Linda hielt wieder die Luft an, biss die Zähne zusammen und versuchte, Niko durch Telepathie dazu zu bewegen, sich zu konzentrieren und weiterzuspielen. Doch immer mehr falsche Töne entwischten ihm. Er kam aus dem Konzept und fing von vorne an. Linda tropfte der Schweiß auf die Knie. Es zerriss sie innerlich.

Am Ende zog Niko wütend die Hände über die Tasten und stand so abrupt auf, dass der Klavierhocker mit einem Krachen auf den Boden fiel. Mit geballten Fäusten und wirren Haaren blieb er auf der Bühne stehen, bis der wortgewandte Moderator die Situation rettete. Höflich, aber sichtlich irritiert stimmte das Publikum in einen zögerlichen Applaus ein, während Niko von der Bühne abging.

Linda hatte ihre Gefühle nicht im Griff. Ohnmacht und Zorn, Trauer und Scham. Sasho stand abrupt auf, packte sie und zog sie mit sich davon.

Amanda verschlief die erste Woche der Sommerferien. Wenn sie gegen zwölf aufwachte, zog sie rasch die Jalousie hoch, um zu entscheiden, ob sie im Bett bleiben oder auf die Sonnenliege im Garten umziehen sollte, wo sie sich die Airpods in die Ohren schob und auf dem Handy eine Serie nach der anderen glotzte. Der hohe Himmel und die Aussicht auf die weite Ebene am Schießplatz machten ihr schmerzlich bewusst, wie klein und bedeutungslos sie war.

Am Samstag öffnete sie wie immer die Glastür zum Garten, doch sie schaffte nur zwei Schritte hinaus auf die Holzterrasse. Auf dem Liegestuhl, wo sie normalerweise saß, hatte Sixten Platz genommen, mit Fußballshorts bekleidet und einer Sonnenbrille auf der Nase. Das Haar war noch zerzaust und die Brust glänzte von Kokosöl.

»Aha, ist jetzt Aufstehzeit? Hab ich dir deinen Platz weggenommen?«

»Bleib ruhig sitzen.« Sie wandte sich abrupt in Richtung Küche um, denn sie wollte nicht mit ihm allein sein.

»Nein, warte!« Die Sonnenliege knarrte, als Sixten aufstand. »Wir müssen reden.«

Der Wind hatte die Tür zugeschlagen und Amanda bekam sie nicht auf. Als sie sich umdrehte, stand Sixten mit seinem Sixpack und seinen Fußballschenkeln vor ihr.

»Wo ist Isabella?«, fragte sie.

»Im Fitnessstudio.« Der Westwind brachte Sixtens Haar zum Flattern. Als er lächelte und sich streckte, spannte sich die Brustmuskulatur an. »Ich hab gestern Abend eine Nachricht von Niko bekommen.«

»Wie?« Amanda zog ihren Kaftan über der Brust enger.

»Mit welchem Körperteil denkst du eigentlich?« Sixten baute sich vor ihr auf. Seine Augen funkelten. »Hast du ihm von uns erzählt?«

Amanda versuchte, die Tür aufzumachen, aber der Wind war stärker, als sie gedacht hätte.

»Natürlich nicht«, sagte sie und fluchte wegen der verdammten Tür, die nicht aufging. »Es gibt kein *uns*.«

Sie hatte ihm gesagt, dass er aufhören sollte, dass sie nicht wollte, aber er hatte das ignoriert und einfach weitergemacht. Auf einem Parkplatz neben einer stinkenden Müllkippe.

»Hör zu«, sagte Sixten. »Der Spinner hat gedroht, Isabella alles zu erzählen. Du musst ihn dazu kriegen, dass er die Fresse hält.«

Amanda ignorierte ihn. Schließlich gelang es ihr, die Tür ein Stück aufzubekommen und den Fuß in den Spalt zu stellen. »Lass mich in Ruhe!« Sie eilte in die Küche, aber Sixten folgte ihr.

»Isabella wird dir nie verzeihen. Das ist dir klar, oder?«

Amanda lief in den Flur und die Treppe hinauf. Auf der dritten Stufe stolperte sie, fiel aufs Knie und schrie auf. Dann erwischte sie das Geländer und drehte sich um. Sixten stand hinter ihr wie ein schnaufender Stier. Er glotzte sie an und lächelte dabei.

»Du hast mich vergewaltigt«, sagte sie.

Das war ein durch und durch schwarzes Wort, auch am Rand nicht das kleinste bisschen grau. Sie hatte gezweifelt, war unsicher gewesen und hatte geglaubt, dass sie übertrieb. Doch jetzt wusste sie es: Es gab kein anderes Wort, um das zu beschreiben, was passiert war.

Sixten fixierte sie mit dem Blick. Sein Lächeln wuchs immer mehr, bis sein ganzes Gesicht aus einem einzigen Grinsen bestand. »Man kann niemanden vergewaltigen, der es selbst will.«

»Ich wollte nicht!«, schrie sie. »Ich hab dir gesagt, du sollst aufhören.«

Sixten lachte. »Komm schon, du hast nicht gerade Widerstand geleistet. Ich hab doch gemerkt, dass es dir gefallen hat.«

Amanda schrie drauflos. Ein gewaltiges Brüllen, bei dem Sixten sich die Ohren zuhielt.

»Bist du jetzt fertig?«, fragte er, als sie verstummt war. »Du hast die ganze Zeit ziemlich eindeutig deine Absichten gezeigt, Mandy.«

Sie hasste es, dass er diesen Namen in den Mund nahm. Aber Sixten war das egal. Eiskalt zog er sein Handy aus der Tasche seiner Shorts. Nach ein paar Wischbewegungen mit dem Daumen hielt er Amanda das Display hin.

Es war das Foto, das sie auf dem Frühlingsball gemacht und ihm geschickt hatte. Ihre Augen glänzten und die Spalte zwischen ihren Brüsten kam in dem silberfarbenen Kleid besonders zur Geltung. *Hätt dich gern hier*, hatte sie geschrieben.

Niko ließ sich darauf ein, sich an der alten Wikingerburg zu treffen. Amanda kam mit dem Bus und wartete auf dem Parkplatz neben dem gefakten Runenstein. Kein Auto war zu sehen, kein Mensch, nicht einmal ein Holländer auf Fahrradurlaub. Eine tausend Jahre alte Wikingerburg mitten in der Stadt war schon etwas seltsam, aber Amanda hatte sich daran gewöhnt. In der Sechsten war sie mit der Klasse hier gewesen und hatte sich Live-Rollenspieler angeschaut, die mit Schilden und Speeren gekämpft hatten. Schon damals, als Zwölfjährige, hatte sie gestaunt, wie leicht es den Menschen fiel, ihre primitiven Seiten auszupacken.

Schließlich kam Niko die Straße entlang. Er hatte Farbe im Gesicht, richtige Bauarbeiterbräune, und ließ den Kopf und die Schultern hängen.

»Ich brauche was zu trinken«, sagte Amanda.

Sie spazierten zu dem kleinen Laden hinunter. Amanda wünschte, sie wäre jemand anders, eine, die keine Pornofotos an einen fremden Typen verschickte oder versuchte, ihren Freund eifersüchtig zu machen. Eine, die nicht mit dem festen Freund ihrer Schwester herummachte. Sie wünschte, dass sie ganz normal wäre. Jemand, der es wert war, geliebt zu werden.

Nachdem sie sich Energydrinks gekauft hatten, setzten sie sich auf eine schattige Steinmauer.

»Ich hab das Sommerkonzert verkackt.« Niko trat mit den Fersen gegen die Mauer. »Meine Eltern sind nicht gerade froh.«

»Oh nein.« Amanda nahm an, dass auch das ihre Schuld war. »Was ist passiert?«

Niko zuckte mit den Schultern. »Ist auch egal.«

Jetzt sah sie, dass nicht nur seine Haut dunkler war, auch die Augen hatten ihre Leuchtkraft verloren.

»Wie konntest du nur?« Er klang nicht traurig oder empört, sondern nur resigniert.

Nachdem er bei ihrem Treffen im Albäcksskogen Sixtens Nachricht auf ihrem Handy gesehen hatte, wollte Amanda ihm erzählen, was passiert war, aber Niko hatte nicht zugehört und war weggerannt.

»Wie konntest du nur?«, wiederholte er, noch immer ohne jegliches Anzeichen von Wut.

Sie selbst hatte sich diese Frage bestimmt tausendmal gestellt. Vielleicht war sie ganz einfach ein schlimmer Mensch? Wäre alles anders gewesen, wenn sie nicht so aussähe? Wenn sie mehr gelernt hätte und besser Fußball spielen würde? Wenn sie woanders geboren und in einer anderen Stadt aufgewachsen wäre?

»Ich bitte dich«, sagte sie und sah Niko flehend an. »Sag nichts zu Isabella. Das muss ich selber machen.«

Niko trat immer heftiger gegen die Mauer. »Hast du dich in ihn verliebt?«

»Natürlich nicht!« Sie musste ihm vom Ballabend erzählen. Von der Vergewaltigung. Aber würde Niko ihr glauben?

Er sprang von der Mauer und lief hin und her. Amanda hatte nicht nur ihre Schwester betrogen, sondern auch Niko. Sie hatte ihm die Schuld gegeben, statt die Wahrheit über Sixten preiszugeben.

»Aber habt ihr was miteinander gehabt?«, fragte er und spuckte auf den Boden.

»Na ja, also …« Sie räusperte sich. Dieses schwarze Wort, das so schwer zu artikulieren war, saß wie ein zäher Klumpen im Hals.

»Scheiße!« Niko stampfte auf den Asphalt. »Du kannst mich mal!«

Er spuckte erneut aus und lief dann weiter am Friedhof entlang.

»Warte!«, rief Amanda.

Sie sprang von der Mauer und machte ein paar Schritte auf den Gehweg, doch Niko war schon zu weit weg.

Einige Tage später fuhr Amanda mit Papa zum Café Hallongården nördlich der Stadt. Schon an der Landstraße stauten sich die Autos, deren Insassen die Himbeeren probieren wollten, die letztes Jahr auf der Nobelfeier serviert worden waren. Papa und Amanda saßen mit zwei Himbeerschnitten und Saft unter einem Sonnenschirm, während im Gras daneben Hühner pickten.

»Warum wolltest du herfahren?«, fragte Amanda.

Der Vorschlag hatte sie etwas überrascht. Als kleines Mädchen war sie so gerne zum Hallongården gefahren, hatte die Ziegen gestreichelt, während ihre Eltern Himbeeren pflückten. Damals kamen ihr die Tage länger vor, es war vor dem Karriere- und Notenstress gewesen, als sie noch eine richtige Familie waren.

»Ich will nur Zeit mit meiner Tochter verbringen«, sagte Papa lächelnd.

»Okay.« Eigentlich sollte sie sich über seine Initiative freuen, aber die letzten Tage waren schrecklich gewesen, und Amanda hatte gerade wenig Lust auf soziale Kontakte.

»Wie läuft es denn so?«, fragte Papa und fummelte die Sonnenbrille aus der Brusttasche.

Amanda steckte den Löffel in ihre Himbeerschnitte. »Schon okay.«

Jedes Mal, wenn Papa mit ihr über etwas anderes als Sport, Essen oder Schule reden wollte, wurde alles irgendwie krampfig. Es hatte natürlich auch etwas Rührendes an sich, aber im Moment befand sich Amandas Geduld auf dem Nullpunkt.

»Es ist schon eine ganze Weile her, dass Niko zuletzt bei uns zu Besuch war.«

»Ja.« Sie ging davon aus, dass Mama ihm einen Hinweis gegeben hatte.

»Seid ihr nicht mehr zusammen?« Wie immer kam er gleich zur Sache.

»Nope.« Sie kratzte die Hälfte der Sahne von ihrem Gebäck.

»Das tut mir leid«, log Papa vollkommen schamlos. Dabei hatte er Niko schon vom ersten Tag an nicht gemocht. Immerhin war er klug genug gewesen, nichts zu sagen. Jetzt schien er nach irgendeinem schlauen Kommentar zu suchen. »Das ist ja auch gar nicht so leicht mit Beziehungen.«

Er betrachtete sie hinter seiner Sonnenbrille und schien darauf zu warten, dass sie irgendetwas sagte, was ihn vor weiteren Peinlichkeiten bewahrte. Als sie es nicht tat, wand er sich unbehaglich auf dem Caféstuhl.

»Das wird schon«, sagte er und kratzte sich am Hals. »Es kommen ja noch mehr …«

»Papa?« Eigentlich hatte sie gar nichts sagen wollen, am allerwenigsten zu Papa, aber jetzt purzelte es einfach aus ihr heraus. Vor der Konfrontation mit Sixten war sie sich ziemlich sicher gewesen, was zwischen ihnen passiert war, aber er hatte nur gegrinst und völlig unbeteiligt gewirkt. Sie musste die Sicht von jemand anders dazu anhören. »Woher weiß man eigentlich, ob man vergewaltigt worden ist?«

Papa erstarrte zu Eis. Die Brille glitt auf die Nasenspitze

hinab und ein Klecks rosa Sahne blieb an seinem Mundwinkel hängen. »Vergewaltigt? Was sagst du da?«

»Ganz ruhig, Papa.« Der Tisch wackelte, als ihr Vater erneut seine Sitzposition änderte. Amanda musste nach dem Teller greifen, damit das Gebäck nicht auf den Boden fiel. »Es geht nicht um mich.«

An einem Sommerabend vor einigen Jahren hatte sie ein Gespräch zwischen Papa und Patrik Ledin im Garten mitgehört. Nach Grillfleisch und Bier waren sie auf das Thema gekommen, wie schwierig es doch mit Teenagern sei, und Patrik hatte erklärt, wie froh er sei, keine Töchter zu haben. Im Vergleich mit Mädchen seien Jungs unkompliziert und geradeheraus. Am schlimmsten fanden die beiden die Vorstellung, ihre Kinder könnten Opfer sexueller Gewalt werden. Insbesondere ein Satz ihres Vaters war ihr in Erinnerung geblieben: *Mir ist es lieber, sie landet im Rollstuhl, als dass sie vergewaltigt wird.*

»Ein Mädchen auf YouTube hat darüber gesprochen«, sagte Amanda rasch und sah, wie Papas Schultern sich entspannten. »Sie hatte Sex mit einem Typen, den sie ziemlich hot fand. Es war ein beliebter Junge, den niemand von der Bettkante stoßen würde. Aber eigentlich wollte sie nicht.«

»Jetzt warte mal kurz.« Papa wischte sich den Sahneklecks vom Mund. »Du hast doch eben gesagt, dass sie ihn hot fand.«

»Ja, aber sie wollte keinen Sex mit ihm.«

»Hat sie das denn zu ihm gesagt?«

Sie holte tief Luft. Wie konnte man zu allen Dingen eine so klare Meinung haben? Sie selbst traute sich kaum zu glauben, dass der Himmel über ihr blau war, obwohl sie ihn sehen konnte.

»Meinst du, man muss schreien und sich prügeln und Widerstand leisten?«

»Nein, nein, das habe ich nicht gesagt.« Papa sah seinen Fehler ein. »Wir haben ja inzwischen dieses Zustimmungsgesetz. Beide müssen ihr Einverständnis gegeben haben …«

»Wie das? Muss man vorher einen Vertrag unterschreiben?«

Papa wiegte den Kopf hin und her. »Natürlich nicht.« Er steckte den Löffel in den Mund, leckte ihn ab und zog ihn wieder heraus. »Das ist alles nicht so ganz einfach.«

Amanda stand abrupt auf. Es sollte aber einfach sein. Es sollte verdammt einfach sein.

»Wie ist es mit dem Mädchen weitergegangen?«, fragte Papa.

»Mit welchem Mädchen?« Amandas Gesicht war hochrot, als sie den Stuhl an den Tisch schob.

»Dem Mädchen auf YouTube.«

Papa folgte ihr, vorbei an den gackernden Hühnern. Auf dem Feld nebenan lärmte ein Mähdrescher in einer Wolke von zerhäckselten Strohresten. Der Dieselgeruch stach ihr in der Nase.

»Sie hat sich umgebracht«, sagte Amanda und ging noch ein wenig schneller durchs Tor hinaus.

NACH DEM MORD

Isabella brauchte Luft.

»Noch mehr Mathe pack ich jetzt nicht.«

Sie zog sich die Daunenjacke an und holte sich im Flur eine Mütze. Sixten nahm den Schuhlöffel vom Haken.

Die ganze Woche war sie zu Hause geblieben, hatte aber versucht, allein zu lernen, um nicht allzu sehr hinterherzuhinken. Im Frühling fanden die zentralen Prüfungen statt, es gab das Abschlusszeugnis und die Abiturfeier. Wie eine parallele Realität, ein Alltag, der nebenbei weiterging, während ihre eigene Welt auf dem Kopf stand.

»Sie haben Nikos Schulspind eingetreten«, sagte Sixten und stieg in seinen Schnürstiefel.

Im Internet und auf den Schulfluren verbreitete sich der Hass gegen Niko und seine Familie.

»Davon wird nichts besser.«

»Aber auch nicht schlechter«, meinte Sixten.

Papa kam in Laufhose und mit Kniebandagen aus der Waschküche. Es stank nach Tigerbalsam.

»Sixten und ich drehen eine Runde«, sagte Isabella, doch Papa war völlig damit beschäftigt, seine Pulsuhr anzulegen. »Hallo? Hörst du überhaupt zu?«

Die Uhr piepte und Papa blickte auf. »Na klar. Starte die Schrittzähler-App, dann sehen wir, wer gewinnt.«

Isabella verdrehte die Augen. Wie konnte er jetzt an so etwas denken? Aber Sixten hantierte schon an seinem Handy herum.

Solange Isabella zurückdenken konnte, hatte Papa Wettkämpfe veranstaltet. In der ganzen Schulzeit bis zum Gymnasium waren die Jungs in ihrem Freundeskreis wahnsinnig beeindruckt gewesen. Ob sie nun Rundlauf an der Tischtennisplatte in der Garage, Krocket auf dem Rasen, Monopoly oder auf der Wii im Wohnzimmer gespielt hatten – Jari war vorbeidefiliert und hatte zu Isabellas Begeisterung auch die großspurigsten Typen in die Knie gezwungen, inklusive Sixten. Jetzt fühlte sich das alles so armselig an.

In der zugigen Unterführung unter der donnernden Autobahn klappte Isabella den Kragen hoch und hielt Sixtens Hand.

»Ich hab ein bisschen nach Depression und selbst verletzendem Verhalten gegoogelt«, sagte sie, als sie auf der Waldseite ankamen, wo ein paar Schüler mit Karte und Kompass herumliefen. »Die Erblichkeit ist ziemlich groß.«

Sixten hatte kaum seinen Ohren getraut, als sie von der Selbstverletzung ihrer Mutter erzählt hatte. Für ihn war es völlig unbegreiflich, dass überhaupt irgendjemand *nicht* alles auf den Fußball setzen wollte. Und er konnte nicht nachvollziehen, dass Isabellas Mutter sich absichtlich die Wundschorfe an den Füßen aufgerissen hatte, um sich dem starken Druck zu entziehen, den ihr Talent mit sich gebracht hatte.

»Bei selbst verletzendem Verhalten geht es nicht unbedingt nur um körperliche Dinge«, sagte Isabella, die Sixtens Hand losließ, um eine matschige Pfütze zu umrunden. »Manche Menschen suchen bewusst nach Situationen, in denen sie gekränkt und missbraucht werden. Das ist wohl eine Art, sich selbst zu bestrafen.«

Sixten sah verwirrt aus. »Meinst du, ihre Beziehung mit Niko hatte auch etwas damit zu tun?«

»Vielleicht.« Sie griff wieder nach Sixtens Hand.

Nachdem diese widerlichen Fotos im Netz gelandet waren, hatte Amanda sich eine ganze Weile in einem depressiven Tief befunden, aber sie hatte sich davon erholt und im vergangenen Sommer stabiler als je zuvor gewirkt. Dann hatte sie Niko kennengelernt.

»Eigentlich ist es ja egal, wie es Amanda ging«, meinte Sixten. »Es war schließlich Niko, der sie umgebracht hat. Er würde ja wohl kaum in U-Haft sitzen, wenn es keine Beweise gäbe.«

Sie blieben am Wasser stehen, wo das Schilf raschelte und Stockenten vorbeiglitten. Vermutlich hatte Sixten recht. Isabella wünschte nur, sie wäre genauso überzeugt wie er.

»Du kannst dir nicht die Schuld dafür geben, Baby.« Er strich ihr über den Rücken. »Das ist alles Nikos Schuld.«

Sie drehte sich um und küsste ihn. Sixten war immer da, er stand an ihrer Seite. Dennoch fühlte sie sich einsamer als je zuvor.

»Wo ist eigentlich dein Auto?«

Nachdem Isabella Sixten heimgebracht hatte, war sie nach Hause gegangen, wo sie Papa im sogenannten Lesesessel vorfand. Dabei wäre *Schlafsessel* der passendere Name für das Möbelstück, in das Mama sich in einer Galerie auf dem Land verliebt und für das sie ein halbes Vermögen bezahlt hatte.

»Das ist …«, murmelte Papa mit vom Schlaf geröteten Augen. »… beschlagnahmt.«

»Soll das ein Witz sein?«

Zuerst hatte Isabella angenommen, Papa sei unterwegs, weil das Auto nicht in der Einfahrt stand, und war überrascht, als sie ihn nun dösend im Sessel vorfand.

»Die Polizei sagt, sie müssen alle Möglichkeiten in Betracht ziehen.« Papa dehnte den Nacken und erhob sich. »Weil ich Freitagnacht mit dem Auto unterwegs war.«

»Das ist doch total gestört. Können die einfach so ein Auto mitnehmen?«

»Ich bekomme es ja morgen zurück.«

Mama kam aus der Toilette. Sie trug eine Baggy-Jeans und eine Odd-Molly-Strickjacke. Der rausgewachsene Haaransatz war nicht zu übersehen, ihr Gesicht war ungeschminkt.

»Du«, sagte sie zu Isabella. »Hast du gewusst, dass Amanda im Frühjahr einen anderen Jungen kennengelernt hat?«

Das klang nach billigem Klatsch und Tratsch. »Was denn für ein Junge?«

»Ich weiß nicht.« Mama drehte an ihren Armbändern. »Das hat Ida Ledin gesagt. Niko hat Teo offenbar erzählt, Amanda hätte ihn betrogen.«

»What? Auf gar keinen Fall.« Das hätte Amanda ihr doch gesagt. »Sorry, aber betrogen?« Sie schüttelte den Kopf. »Das müssen Nikos Fantasien sein. Er ist ja offenbar auf ungesunde Art eifersüchtig.«

Sie dachte wieder an den Frühlingsball. Am folgenden Tag hatte Amanda ziemlich angeschlagen gewirkt, und zwar nicht nur, weil sie verkatert war. Sie hatte erzählt, dass Niko eifersüchtig geworden und ausgeflippt sei. Hatte er sich etwa eingebildet, Amanda habe mit jemand anders geflirtet? Auf Isabellas eigenem Ball hatte es auch ziemlich viel Drama gegeben, weil die festen Freundinnen und Freunde von anderen

Schulen nicht willkommen waren, alle aber trotzdem eine Begleitung brauchten.

»Was hat Amanda eigentlich erzählt, als du sie vom Ball abgeholt hast?«

Papa antwortete nicht. An diesem Abend hatte Amanda in ihrem neuen Kleid hübscher als je zuvor ausgesehen. Isabella war wie so oft stolz und neidisch zugleich gewesen.

»Papa, hörst du mir zu?« Sie kniff ihn in den Zeh und er brummte irgendwas. »Hast du was gemerkt, als du Amanda vom Frühlingsball abgeholt hast?«

»Vom Frühlingsball?« Papa runzelte die Stirn. »Ich habe sie doch gar nicht vom Ball abgeholt. Sixten hat mich mitten in der Nacht geweckt und gefragt, ob er sich den Mercedes ausleihen dürfe. Du warst anscheinend eingeschlafen.«

Wie seltsam. Sixten hatte niemals ein Wort darüber verloren.

»Da musst du Sixten fragen«, fuhr Papa fort.

Das würde sie definitiv tun.

Mama wirkte noch immer mitgenommen. »Ida hat auch noch etwas anderes erzählt«, sagte sie mit großen Augen.

Sie gingen in die Küche, wo im Radio Schlagermusik lief. Der Himmel vor dem Fenster sah müde aus. Der Herbst hatte Wurzeln geschlagen, das Licht verschwand zusehends.

»Niko soll am Freitag Teo angegriffen haben«, fuhr Mama fort. »Nur wenige Stunden vor dem Mord. Er hat ihn gewürgt und bedroht.«

Papa riss die Kühlschranktür auf. »Wie konnte ich das nur zulassen, verdammt?«

Isabella versuchte, die Schuld wieder dort hinzuschieben, wo sie hingehörte. »Weiß die Polizei davon? Haben sie noch immer keine Ergebnisse von der Spurensicherung?« Es war ja beinahe so, als würden sie alles tun, um Niko reinzuwaschen. Sie warf Mama einen wütenden Blick zu. »Die kommen einfach her und nehmen Papas Auto mit. Was denken die sich eigentlich?«

Papa starrte weiter in den Kühlschrank. Die kalte Luft strömte an ihm vorbei und breitete sich im Zimmer aus. Isabella bekam Gänsehaut.

»Gibt es etwas, was du mir nicht erzählt hast, Jari?« Mama packte den Griff der Kühlschranktür. Sie beschwerte sich immer, wenn Isabella oder Amanda am offenen Kühlschrank standen und hineinstarrten. Der Kühlschrank sei doch kein Fernseher, pflegte sie zu sagen. »Warum wolltest du nicht die Polizei rufen?«

Isabella verstand nicht, was sie meinte. »Wann denn?«

Mama schlug den Kühlschrank zu und fixierte Papa mit dem Blick. »Als du Amanda nicht gefunden hast, habe ich gesagt, wir sollten die 112 wählen, aber du wolltest nicht.«

»Was heißt schon, ich wollte nicht. Ich habe ja nicht gedacht …«

Mama erhob die Stimme. »Wo hast du eigentlich nach ihr gesucht?«

Papa wurde kreideweiß im Gesicht.

»Hör auf zu schreien«, sagte Isabella zu Mama.

Sobald Papa mit Millans Vater gesprochen hatte, war er losgefahren, um nach Amanda zu suchen. So war er: ein Macher, der dafür sorgte, dass etwas passierte. Auf ihn konnte man sich verlassen.

»Erst bin ich zu den Palevskis nach Hause gefahren, weil ich Angst hatte, dass Niko Amanda wehtun könnte.« Papa hatte ein paar Schritte rückwärts gemacht und stand nun an der Wand. Er sah noch immer schockiert aus. »Ich bin durch die

Stadt gefahren, schnell wie der Teufel. Aber als ich da ankam … Es war Viertel vor zwölf in der Nacht. Ich habe mir gedacht, warum sollte Amanda dort sein? Sie hatte Niko ja schon ewig nicht mehr getroffen.«

Er sah auf den Boden und Mama trat einen Schritt zurück.

»Also bin ich weitergefahren.« Er sprach langsam, ohne sie anzusehen. »Richtung Osten.« Jedes Wort brauchte seine Zeit. »Zum Meer.« Ein langer Atemzug. »Zum Dalabad.«

Sasho ging viel zu schnell.

»Jetzt beruhige dich doch ein bisschen«, sagte Vaska, die nicht mit ihm Schritt halten konnte. »Sehe ich aus wie Usain Bolt, oder wie?«

Am Eingang zum Stadtpark verlangsamte er sein Tempo. Ein paar Tauben pickten im Gras herum und auf einer Bank saßen ein paar Unglücksraben mit Bierdosen und schwelenden Zigarettenstummeln.

»Das ist jetzt nicht dein Ernst!«

Sashos Mutter war vor einem Schwarm Stockenten stehen geblieben und hatte eine Plastiktüte mit altem Brot aus der Handtasche geholt.

»Man soll sie nicht mit Brot füttern.«

»Unfug«, brummte Vaska. Als sie die Brotkrumen verstreute, zankten sich die Enten darum, und die Federn wirbelten durch die Luft. »Anscheinend sind sogar die Enten inzwischen allergisch gegen Gluten.«

»Komm jetzt, Mama.« Er war mit ihr in der Apotheke und bei der Fußpflege gewesen, aber jetzt musste er nach Hause und Linda die Tabletten bringen, die sie verschrieben bekommen hatte.

Ehe Niko in U-Haft gekommen war, hatte Linda beinahe manisch optimistisch gewirkt und fest davon überzeugt, dass man ihn bald von jeglichem Verdacht freisprechen werde. Doch nachdem sie den Ledins einen Besuch abgestattet und mit Teo gesprochen hatten, schien alle Luft aus Linda gewichen zu sein. Sie war auf dem Sofa zusammengesunken und hatte leer vor sich hin gestarrt. Sasho war nicht zu ihr vorgedrungen. Schließlich hatte er den Arzt angerufen.

»Ihr müsst euch einen anderen Anwalt suchen«, sagte Vaska, während sie weiter zur Bühne gingen, wo Niko beim Sommerkonzert Klavier gespielt hatte. Jetzt präsentierte ein Pfauenmännchen mit seinen bunten Federn eine eigene Show. »Wenn er seine Arbeit ordentlich gemacht hätte, dann wäre Niko längst auf freiem Fuß. Wir wissen ja, dass er zu Hause war und schlief, als Amanda starb.«

»Aber offenbar gibt es einen Zeugen, der aussagt, ihn am Dalabad gesehen zu haben«, meinte Sasho. »Außerdem behaupten die Leute, dass Niko eifersüchtig und gewalttätig gewesen sei.«

»Das ist doch Bockmist.« Vaska ließ erneut einen Brotregen über die Enten niederrieseln. »Niko ist der netteste Junge der Welt.«

Sasho spürte, wie die Ohnmacht in seinen Fingern stach.

»Das war ich doch auch, oder? Und trotzdem habe ich so viel Hass und Aggression in mir gehabt. Niko hat seine Mitschülerinnen schikaniert und seine Freunde angegriffen. Aber wir Idioten haben nichts gemerkt.«

Vaska drehte die Plastiktüte um und die Enten stritten sich um die letzten Krümel.

»Daran glaube ich nicht«, brummte sie. »Niko würde nie zu irgendjemandem gemein sein. Er ist immer höflich und wohlerzogen gewesen, der netteste Junge der Welt.«

Sasho musste sich beherrschen. Seine Mutter konnte hartnäckiger als die Sünde sein, aber laut zu werden würde nichts nützen. »Weißt du was? Niko hat es wie ich gemacht. Er hat ganz einfach das nach außen gekehrt, was wir sehen wollten. Gute Noten und schönes Klavierspiel.«

Vaska verzog das Gesicht. »Du hattest nie gute Noten. Und du hast nur laute, blöde Musik gehört.«

Eine weitere Diskussion hatte einfach keinen Sinn. Sasho umrundete eilig die Volieren, in denen Vogelgezwitscher zu hören war, und betrat einen schmalen Pfad. Als er merkte, dass ihnen jemand entgegenkam, blieb er stehen. Das war tief in ihm verwurzelt: die Umwege, damit er niemanden grüßen musste, der gesenkte Blick.

Eine Familie kam direkt auf sie zu. Ein Junge auf einem Roller, ein zweiter auf einem Segway. Die Eltern kamen ihm vage bekannt vor.

»Wir können hier entlanggehen«, meinte Vaska und bog auf eine kleine Brücke ab, die über den Teich führte.

»Nein«, sagte Sasho. Jetzt war es genug. Er hatte sein ganzes Erwachsenenleben Umwege gemacht, sich versteckt und weggesehen. »Komm.«

Vaska folgte ihm erstaunt.

»Hallo«, sagte er und lächelte, als sie der Familie begegneten.

»Hallo!«, entgegneten die Kinder und auch ihre Eltern nickten wiedererkennend. Wenn sie irgendetwas dachten, dann verbargen sie es geschickt hinter freundlichen Mienen.

Nachdem Sasho seine Mutter in ihre Wohnung gebracht hatte und es ihm gelungen war, ihre hartnäckigen Versuche abzulehnen, ihn noch auf einen Kaffee einzuladen, eilte er Richtung Osten, vorbei an den Schornsteinen der Gummifabrik.

Er tippte die Nummer des Strafverteidigers ein und presste das Handy ans Ohr, ohne sich größere Hoffnungen zu machen, dass der Mann sich meldete. Es war der fünfte Versuch binnen weniger Stunden.

»Gabor Szalay.« Sasho zuckte zusammen, als er die Stimme des Anwalts hörte. Er überquerte die Straße und blieb unter einem großen Baum stehen.

»Hier ist Sasho Palevski, der Vater von Niko.« Es fiel ihm schwer, seine Irritation zu verbergen. »Ich habe schon mehrmals versucht, Sie zu erreichen.«

»Ich weiß, ich weiß. Und ich bitte vielmals um Entschuldigung. Es ist hier ungeheuer hektisch zugegangen.«

Sasho erinnerte sich an seinen eigenen Anwalt damals: einen ergrauten Herrn in Anzug mit arrogantem Blick und einem schwer verständlichen Vokabular. Im Gerichtssaal hatte Sasho sich sehr einsam gefühlt und die ganzen alten Männer mit ihren Krawatten kaum unterscheiden können. Zum Glück hatten sich die Zeiten geändert.

»Hat Niko irgendwas zu Ihnen gesagt?«, wollte er von Gabor Szalay wissen.

»Leider nicht. Er schweigt noch immer.«

Sasho fiel es schwer, damit umzugehen. Er konnte nicht begreifen, warum sein Sohn nichts sagte, wenn er doch nichts mit Amandas Tod zu tun hatte.

»Wir müssen ihn sehen«, sagte er. »Bestimmt können wir ihn dazu bewegen, uns zu erzählen, was passiert ist.«

»Ich verstehe Sie.« Gabor Szalays Stimme war auffällig tief. »Glauben Sie mir, ich bin dran. Aber die Staatsanwältin hat Niko mit einer kompletten Kontaktsperre belegt.«

»Es müsste doch auch in ihrem Interesse liegen«, sagte Sasho.

Strebte die Staatsanwaltschaft nicht nach unparteiischen Ermittlungen, um der Wahrheit so nahe wie möglich zu kommen? Ohne Nikos Aussage würde sich nur schwer feststellen lassen, was geschehen war.

»Ich garantiere Ihnen«, sagte Gabor Szalay, »dass ich alles tue, um ein Treffen zustande zu bekommen.«

»Danke«, sagte Sasho.

Vielleicht war er einfach zu nett? Seine Mutter fand ja, dass sie einen neuen Verteidiger für Niko fordern sollten. Sasho wollte nicht einmal darüber nachdenken, was dabei herausgekommen wäre, wenn Linda das Gespräch mit Gabor Szalay geführt hätte. Aber das Leben hatte ihn gelehrt: Es lohnte sich, nett zu sein.

Als er nach Hause kam, lag Linda in Embryonalstellung auf dem Sofa.

»Wie geht es dir?« Er kniete sich hin und strich ihr ein paar Haarsträhnen aus der Stirn. Sofort bereute er, dass er sie so lange allein gelassen hatte.

Als sie sich kennenlernten, hatte Linda einen großen Bekanntenkreis gehabt, der im Lauf der Jahre immer kleiner geworden war. Sie hatten sich abgeschirmt, sich beschränkt, sich in ihre eigene kleine Blase zurückgezogen. Das war allein Sashos Schuld.

»Ich habe so fürchterliche Angst«, flüsterte Linda.

Er legte ihr den Blister mit den Beruhigungstabletten hin und holte ein Glas Wasser. Linda steckte sich zwei Tabletten zwischen die trockenen Lippen, stützte sich auf den Ellbogen und spülte sie mit Wasser herunter.

Mehrere ihrer Freundinnen hatten sich wegen Sasho von ihr zurückgezogen. Keine von ihnen hatte es so deutlich ausgedrückt wie ihre Schwester: Wenn Linda nicht Sasho verließe, wolle sie mit ihr nichts mehr zu tun haben. Er stand für immer in Lindas Schuld. Als alle anderen ihn auf Lebenszeit verurteilt hatten, hatte sie alles geopfert und war an seiner Seite geblieben.

»Ich werde mal mit Amandas Vater reden«, sagte Sasho und nahm ihr das Glas aus der Hand.

Linda hatte Kontakt zu Amandas Eltern aufnehmen wollen, aber Sasho hatte sie überredet, es bleiben zu lassen. Jetzt hatten sie nichts mehr zu verlieren.

»Warum das?«, fragte Linda.

Weil er ihr das schuldig war. Sie hatte seinetwegen auf so viel verzichtet. Aber das sagte er nicht.

»Du hast doch selbst gehört, was Ida erzählt hat. Jari Kekkonen war in der Nacht, in der Amanda gestorben ist, mit dem Auto unterwegs.« Sasho biss die Zähne zusammen und zögerte. »Außerdem war es sein Gewehr.«

Schon am ersten Advent hatte Sasho Jari wiedererkannt, den langen blassen Jungen von der Köpingeskolan mit Mittelscheitel und Schlaghose. Sasho war nie der Meinung gewesen, dass Kekkonen irgendwie in seiner Schuld stünde. Er hatte sich nicht einmal seinen Namen gemerkt.

Aber es war Jari gut gegangen im Leben. Jetzt trug er elegante Anzüge, fuhr in einem sauteuren Mercedes-Benz herum und hatte aufgehört, diejenigen zu grüßen, die ihm nichts bedeuteten.

Sasho strich Linda über die Wange, und sie öffnete die rissigen Lippen, um etwas zu sagen. Er wartete. Doch sie schwieg, nickte nur und legte sich wieder mit dem Kopf auf dem Kissen zurecht.

»Wenn er etwas weiß, dann soll er es erzählen, verdammt noch mal«, sagte Sasho.

DREI WOCHEN VOR DEM MORD

Am letzten Samstag in den Sommerferien wimmelte es im Dalabad von Menschen. Nackte Füße rannten über den Steg hin und her, Kinder mit bunten Schwimmringen drängelten sich zwischen Jugendlichen, die sich kopfüber ins Wasser warfen.

Amanda saß in ihrem langärmligen Strandkaftan auf einem Badetuch. Sie hatte die Sonnenbrille hochgeschoben und blinzelte aufs Meer hinaus, wo eine Fähre lange Furchen ins Blau pflügte.

Neben ihr lag Isabella mit der Nase in einem Taschenbuch.

»Was ist schon ein Haus mit Pool auf Malta im Vergleich zum Strand hier?«, sagte Isabella.

Im allerletzten Moment, als die Taschen schon gepackt waren, hatte Mama die Reise absagen müssen. Krise bei der Arbeit. Sie fand, dass die anderen trotzdem fahren sollten, aber ein einziger Blick zu Papa hatte gereicht: Die Pläne für Malta waren gestorben.

»Wir haben wenigstens Klein-Miami«, sagte Amanda mit Blick auf den Strand, wo sich Sonnenliegen und Badetücher vor einem großen Haufen aus zusammengeharktem Tang drängten.

Ein paar Jungen rannten übers Beachvolleyball-Feld und warfen sich theatralisch in den Sand, um den Ball übers Netz zu bekommen. Aus dem tragbaren Lautsprecher dreier Teeniemädchen dröhnte Vorort-Hip-Hop. Ein Stück weiter entfernt, im Schatten der Bäume, mühten sich ein paar Eltern damit ab, ihre Kleinkinder so dick mit Sonnencreme einzuschmieren, dass man einen Bunsenbrenner auf sie hätte richten können, ohne dass sie Verbrennungen erlitten hätten.

Es herrschte eine leicht sentimentale Stimmung, als Isabella das Buch schloss, sich im Schneidersitz hinsetzte und Amanda einfühlsam ansah.

»Wie läuft es eigentlich? Wie geht es dir gerade?«

»Es ist okay.« Amanda hatte ihre Fähigkeit geradezu perfektioniert, so weiterzumachen, als wäre alles *okay*.

»Ich glaube dir nicht.«

Isabella beugte sich vor. Ihre weichen Fingerspitzen berührten eine kleine Narbe oben auf Amandas Oberschenkel.

»Hör auf, das da ist alt.«

Sie holte tief Luft. Ihr Herz schlug wie verrückt. Sie musste Isabella jetzt alles erzählen. Die Schwester musste erfahren, dass sie mit einem verdammten Psychopathen zusammen war. Aber wo sollte sie anfangen?

»Ich glaube trotzdem, es war gut, dass ihr Schluss gemacht habt«, sagte Isabella. »Eifersucht ist was Fieses. Es fängt ganz harmlos an und dann eskaliert es plötzlich.«

»Ja, mag sein.« Amanda schob die Sonnenbrille herunter und starrte in die orange glühende Sonne. Als sie klein waren, hatte Isabella eine große Muschel am Strand gefunden, die die beiden Schwestern sich abwechselnd ans Ohr gehalten hatten. Jetzt erkannte sie die Symphonie des Strandes wieder: das glucksende und plätschernde Wasser, das Rauschen des Windes im Schilf und im Sand.

»Sixten und ich sind kein bisschen eifersüchtig aufeinander«, sagte Isabella. »Ich glaube, Vertrauen ist das Allerwichtigste in einer Beziehung. Eines Tages wirst auch du den Richtigen finden.«

Es war so krank. Sixten hatte sie vollkommen manipuliert. Würde ihre Schwester ihr auch nur ein einziges Wort glauben?

Auf dem Beachvolleyball-Platz schob ein Junge seinen Teleskoparm übers Netz und schmetterte den Ball mit so viel Kraft ins gegnerische Feld, dass er in hohem Tempo auf die Schwestern zurollte. Isabella reagierte blitzschnell, erhob sich und spielte den Ball geschickt mit dem Spann zurück. Die Jungs auf dem Platz jubelten und klatschten Beifall. Isabella errötete, als sie sich wieder auf den Rücken legte.

»Du?« Amanda sah sie durch die Sonnenbrille hindurch an. Die Wahrheit über Sixten befand sich schon im oberen Teil ihrer Kehle, aber sie riskierte, alles zu zerstören.

»Was ist?«, fragte Isabella.

Amanda dachte an das Selfie vom Frühlingsball, das Sixten in seinem Handy gespeichert hatte.

»Ach, schon gut.« Sie erhob sich vom Badetuch und machte einen Schritt in den kochend heißen Sand. Es brannte unter den Fußsohlen, jeder Muskel ihres Körpers befahl ihr zu fliehen, doch stattdessen versenkte sie die brennenden Sohlen noch tiefer in den Sand. Der Schmerz war konkret, von kurzer Dauer und ließ sich aushalten, im Gegensatz zu dem, was in ihrem Inneren brannte und ihre Brust zu sprengen drohte.

»Aua, tut das weh!«, brüllte Isabella und rannte auf Zehenspitzen vorbei. »Komm, wir kühlen uns ab!«

Amanda folgte ihr zum Wasser. Vor dem ekligen Matsch aus braunem Blasentang und sich windendem grünem Schleim blieb sie stehen und trat unentschlossen von einem Bein auf das andere, bis Isabella sie an die Hand nahm und zwang, mitten in den Modder zu steigen.

Der Alltag kehrte zurück. Das Gymnasium begann – mit neuen Lehrern und neuen Räumen, denselben alten Themen und denselben Gesichtern auf den Fluren. Amanda wollte einfach nur weg.

Widerwillig ging sie zum Klassenfest und besuchte mit Millan das Palmenfestival. Ihre BFF von früher warf ihre Barbielocken nach hinten und kotzte einen halben Liter Baileys in die Büsche, und Amanda sehnte sich zurück nach ihrer Kindheit in Stavstensudde, mit Grasflecken auf den Sommerknien und Sandkastensand zwischen den Zehen, als das Leben so sorglos war wie der Wind, der sie streichelte und dann weiterzog.

Mittlerweile verwendete sie den Lockenstab, um den Körper an Stellen zu markieren, die niemand sah. Anschließend lag sie in der Badewanne, schloss die Augen und rutschte mit dem Kopf unter die Oberfläche. Das Wasser umschloss das Gesicht, in den Nebenhöhlen und Nasengängen stieg der Druck, die Trommelfelle dehnten sich aus. Sie kämpfte dagegen an, kleine Blasen strömten zwischen ihren Lippen hervor, und es brannte, als sie hustete und schluckte, während sie sich reflexartig aufrichtete.

In einen Bademantel eingehüllt und mit einem Handtuchturban versehen schlich sie leise über den Fußboden, als die Tür zu Isabellas Zimmer aufging und Sixten heraustrat, nur mit Unterhose bekleidet. Wortlos sah er sie an, scannte ihren Körper von Kopf bis Fuß, und ein selbstgerechtes Lächeln breitete sich auf seinem Gesicht aus.

Sie würde ihm nie entkommen. Jetzt verfügte er nicht nur über Isabella, sondern auch über sie.

Der September hatte gerade Fahrt aufgenommen, als Mama und Papa auf ein Wellnesswochenende fuhren. Sixten saß unterdessen bei einem Spiel der U 21 auf der Ersatzbank. Der Freitagabend war spätsommerlich warm. Amanda stand in der Küche und stiftelte Gurken, während Isabella einen Dip zusammenrührte. Zusammen schleppten sie den Fernseher auf die Terrasse, kuschelten sich unter zwei Wolldecken und sahen sich eine zuckersüße romantische Komödie an, die ohne jede Überraschung auskam – genau das, was Amanda jetzt brauchte.

»Es fühlt sich an wie früher.«

»Ja, oder?« Isabella sah sie von der Seite an und lächelte schief.

Allein zu Hause – kein Sixten, keine Eltern. Nur die beiden Schwestern.

Beim Abspann war der Garten in Spätsommerdunkel gehüllt. Isabella schlief bereits und gab kleine pfeifende Geräusche von sich. Vorsichtig legte Amanda die Decke über die Füße ihrer Schwester.

»Guter Film?«

Sixten stand in der Türöffnung. Das Haar war noch feucht vom Duschen und sein Tanktop war über den rechten Bizeps gerutscht.

»Total gut.« Der Bildschirm wurde schwarz. Zu Isabellas friedlichen Atemzügen gesellte sich der Wind, der in den Bäumen flüsterte.

»Haben sie sich am Ende bekommen?«, fragte Sixten grinsend und betrat die Holzterrasse. Er blockierte die Glastür und zugleich den Pfad, der ums Haus herumführte. Alle Fluchtwege waren versperrt.

»Du bist widerlich«, sagte Amanda und sah verstohlen zu Isabella hinüber, die weiterschlummerte. »Verdammter Psychopath.«

Sixten legte den Zeigefinger auf die Lippen und kam ihr so nahe, dass ihr sein Duft in die Nase stieg. Sie erinnerte sich an die Gänsehaut, die sie gehabt hatte, als sie zum ersten Mal in seinen Armen lag. Und an seinen Geruch, der bei ihr nur noch Angst auslöste.

»Du hast unser Leben zerstört«, sagte sie.

Die Tränen liefen ihr über die Wangen, als sie Isabella ansah. Die Wahrheit würde sie zerbrechen.

»Du übertreibst«, sagte Sixten. »Geh zurück zu Niko. Das ist eher dein Typ.« Sein warmer Atem strich über Amandas Wangen. »Versuch, mich zu vergessen.«

Sie spannte den Kiefer an und richtete den Blick in die Ferne. Sie hasste Sixten noch mehr als sich selbst. Das Problem war, dass sie ihn nicht vergessen konnte. Er war die ganze Zeit in ihrer Nähe.

Amanda begriff, dass sie es nicht länger ertragen konnte, bei jeder zukünftigen Begegnung mit Isabella an das bleischwere Geheimnis über sich und Sixten erinnert zu werden. Und sie konnte auch nicht weiterleben mit dem Wissen, dass ihre Schwester ihre Tage mit einem irren Vergewaltiger verbrachte.

Ein kranker Gedanke rührte an ihr Bewusstsein. Es war nur eine makabre Fantasie, ein Traum von einer anderen Zukunft.

»Wer weiß?«, sagte Sixten. »Eines Tages sind wir vielleicht ein Paar, trotz allem? Und wir haben immer noch Dubai.«

Er ging mit einem höhnischen Lächeln im Gesicht davon. Amanda sah wieder auf Isabella hinunter und stellte sich erneut vor, dass Sixten einfach weg war. Und jedes Mal, wenn sie daran dachte, kam ihr dieser Gedanke weniger absurd vor.

EIN TAG VOR DEM MORD

Ein Plan nahm Formen an. Bald wusste sie, wo und wie, aber nicht wann. Ein Problem war, dass Sixten sich meist in unmittelbarer Nähe von Isabella aufhielt. Sie wachten zusammen auf und gingen zusammen zur Schule, wo sie dieselbe Klasse besuchten. Sie gingen zusammen zu ihrem Training und ins Fitnessstudio, hielten abends vor dem Fernseher Händchen und schliefen zusammen in Isabellas Bett. Wenn sich die Gelegenheit ergab, war keine Zeit zu verlieren.

»Sixten wurde für ein U 21-Spiel gegen Helsingborg am Samstag ausgewählt.« Isabella saß auf dem Rücksitz und strahlte vor Stolz. Sie waren unterwegs zur Padeltennishalle. »Sie fahren am Samstag frühmorgens los.«

Isabella hatte am Samstag auch ein Spiel, was bedeutete, dass Sixten wohl ausnahmsweise zu Hause schlafen würde.

An diesem Abend versagte Amanda beim Padeltennis auf ganzer Linie. Sie war mit ihren Gedanken woanders und versemmelte die einfachsten Ballwechsel.

Zum ersten Mal seit Langem gewannen ihre Eltern das Donnerstagsmatch. Papa sprudelte vor guter Laune und zog sie auf dem Heimweg im Auto noch mehr auf als sonst. Als Amanda allerdings fragte, ob sie am nächsten Tag bei Millan übernachten dürfe, sagte er sofort Nein. Er vertraute ihr nicht mehr. Sie war eben nicht wie Isabella.

Als Sixten kam, stand Isabella unter der Dusche. Papa prahlte mit den Kick Smashs, die er beim Padel gelandet hatte, und zeigte seinen neuen, teuren Schläger, der jede Krone wert sei. Als Sixten die Treppe hinaufging, folgte Amanda ihm.

Erst als er vor Isabellas Zimmertür stand, bemerkte er sie. Er öffnete den Mund, die Lippen bewegten sich, aber aus irgendeinem Grund war er plötzlich sprachlos. Amanda warf die Haare nach hinten und ließ die Finger übers Schlüsselbein gleiten. Der Schweiß klebte unter ihren hautengen Leggings, die sie eigentlich hasste.

»Morgen Abend«, sagte sie und legte die Nägel an ihre Unterlippe. »Fahr zum Dalabad, dann sehen wir uns um Mitternacht hinter dem Restaurant.«

Um diese Jahreszeit würde das Lokal so spätabends geschlossen sein. Und auch der Campingplatz und der Strand waren sicherlich menschenleer.

»Ich weiß nicht.« Sixten warf einen beunruhigten Blick in Richtung Treppe.

Amanda ging so dicht an ihm vorbei, dass ihre Hand seinen Oberschenkel streifte. Sie wusste, dass er es nicht fertigbringen würde zu widerstehen.

Nachdem sie geduscht hatte und unter die Decke gekrabbelt war, kam Mama herein, um Gute Nacht zu sagen. Sie setzte sich an die Bettkante und schüttelte die Kissen auf.

»Mama?« Amanda sah an die Decke. »Was glaubst du, was passiert nach dem Tod?«

»Wie? Liegst du im Bett und denkst an solche Dinge?«

Als Amanda kleiner war, hatte sie Mama gern mit solchen Fragen provoziert. Alles, was auch nur entfernt an die dunklen Seiten des Lebens erinnerte, machte Mama nervös. Als Goldie, der Hamster der beiden Schwestern, vor vielen Jahren gestorben war, hatte Mama sogar versucht, ihn unbemerkt durch einen neuen, vergleichbaren Hamster zu ersetzen.

»Erzähl«, insistierte Amanda. »Was glaubst du?«

Mama kaute auf der Unterlippe. »Vermutlich wird alles um einen herum schwarz.« Das klang so drastisch wie logisch. »Wie in der Gebärmutter, bevor man geboren wird. Man schläft, aber ohne zu träumen.«

Amanda hatte sich den Tod auch so vorgestellt. Aber eigentlich wollte sie etwas anderes glauben.

»Und du?«, sagte Mama. »Was glaubst du?«

Amanda dachte an die Märchen ihrer Kindheit. »Ich glaube, dass man auf die andere Seite der Sterne gelangt, wo immer Frühling ist und es keine Zeit gibt.«

»Das klingt schön«, sagte Mama. »Dann glaube ich das jetzt auch.«

Natürlich bestand ein Unterschied zwischen Glauben und Hoffen, aber in diesem Moment war das bedeutungslos.

»Ich würde wirklich gern morgen Abend bei Millan übernachten.« Amanda warf Mama einen flehenden Blick zu.

Diese nickte verständnisvoll. »Ich werde mit Papa reden.«

Am Freitag nahm Amanda den Bus in die Stadt und verließ ihn am Bahnhof, wo sie umsteigen musste. An der Ausfahrt Richtung Ystad fuhren die Autos mit ihren leuchtenden Augen im Schritttempo und hinter ihr setzte sich quietschend ein Zug in Bewegung. Ganz außen am Rand des Himmels hing eine blasse Mondsichel. Das Blut pulsierte in den Adern, der Schweiß lief, und sie hielt die Griffe ihrer Tasche fest umklammert.

Es kam ihr so vor, als würde irgendwas fehlen. Amanda trat

auf die Straße und sah sich um. Es dauerte eine Weile, ehe sie begriff, was es war. Der Wind. Sie streckte die Hand aus und stellte fest, dass es vollkommen windstill war. Nicht ein Lüftchen regte sich. Wann war das zuletzt der Fall gewesen?

Lautlos glitt der grüne Bus heran, der zum Dalabad fuhr, und hielt direkt vor ihr. Die Türen gingen mit einem Seufzer auf und der Fahrer blickte sie irritiert an.

Amanda sah Sixten vor sich. Das arrogante Grinsen, das sich auf seinem Gesicht ausbreitete. Sie konnte nicht zulassen, dass er weiterhin ihr Leben und das von Isabella zerstörte. Vorsichtig befühlte sie die Tasche mit dem Gewehr. Das ging nicht. Sie hasste Sixten von ganzem Herzen, aber sie konnte ihn natürlich nicht töten. Das war nur eine kranke Fantasie, die ein bisschen aus dem Ruder gelaufen war.

»Hallo?« Der Busfahrer machte eine wedelnde Handbewegung. »Willst du mit oder nicht?«

NACH DEM MORD

Vor der Polizeiwache überreichte Bo Brodin Jari den Autoschlüssel.

»Es tut mir leid, aber das ist nun mal mein Job, ich hatte keine Wahl.«

Jari konnte ihm keinen Vorwurf machen. Der Bordcomputer im Mercedes hatte angezeigt, dass er zum Haus der Familie Palevski in der Färgaregatan im Osten Trelleborgs gefahren war, wo er weniger als fünf Minuten gewesen war. Die Tour war dann weiter Richtung Osten gegangen, am Meer entlang, vorbei am Dalabad und am Hafen Gislövs läge. Jari hatte nirgends länger gehalten. Nach fünfundvierzig Minuten traf er wieder am Haus in Stavstensudde ein.

»Stehe ich unter Verdacht?«, wollte er wissen.

Bo Brodin zupfte am Kragen seines karierten Hemds. »Keineswegs.« Er sah beschämt zu Maria, die kaum ein Wort gesagt hatte, seit sie an der Wache angekommen waren. »Wie bereits erwähnt, bedaure ich, dass wir Ihnen das antun mussten, aber diese Maßnahme war leider erforderlich.«

»Ich verstehe.«

Jari wollte gerade die Autotür öffnen, als Isabella sich einmischte. »Ich dachte, Sie hätten Beweise gegen Niko. Deshalb sitzt er ja wohl in U-Haft! Wissen Sie noch immer nicht, was mit meiner Schwester passiert ist?«

Brodin blieb wie immer professionell kühl. »Es gibt noch eine Reihe von Fragezeichen, aber Niko Palevski steht immer noch unter Verdacht.«

Isabella nickte.

Ein paar Minuten später fuhr Jari mit dem Auto, in dem es nach Putzmitteln roch, rückwärts aus der Parklücke. Auf dem Heimweg gab der graue Himmel in regelmäßigen Abständen unschlüssige, kleine Schauer von sich. An der Hamngatan standen noch immer die Palmen, während das Laub der anderen Bäume schon vom Wind herumgewirbelt wurde.

Trelleborg war die Stadt der Palmen. Sie waren aus Südspanien und Nordafrika mit dem Schiff hierhergebracht worden und zierten die westliche Einfahrtsstraße in die Stadt vom Beginn des Frühlings bis in den Spätherbst hinein.

»Räumen sie die nicht bald rein?«, murmelte Maria.

»Das sollten sie wirklich.«

Bei Ica Maxi setzte Jari den Blinker. »Wir müssen noch Brot und Milch kaufen.«

Irgendwas war da an der Art, wie Maria ihn ansah. Er musste zweimal hinschauen.

»Was ist?«, fragte er.

»Hast du vergessen, dass sie hier arbeiten?«

Das hatte er natürlich nicht. Jari hatte diese Filiale von Ica Maxi jahrelang gemieden, bis Maria ihn einmal mit dorthin genommen hatte und sie direkt an Sasho Palevski vorbeigegangen waren, ohne dass dieser ihn erkannt hatte. Später hatte Patrik erzählt, dass auch Sashos Frau dort arbeitete.

»Sie sind doch bestimmt noch krankgeschrieben.« Er sah Isabella im Rückspiegel an. »Und wir haben keinen Grund, uns zu verstecken.«

Das Meer vor der ehemaligen Marina war unruhig. Auf einem umgedrehten Ruderboot saß ein dünnbeiniger Wasservogel mit dem Schnabel unter dem Flügel, und als der säuerliche Geruch nach Tang in den Innenraum des Mercedes drang, verbarg Maria die Nase auf ähnliche Weise im Kragen ihrer Jacke.

Jari steckte ein Zehnkronenstück in den Einkaufswagen und schob ihn rasch und scheppernd über den unebenen Asphalt des Parkplatzes und durch die Automatiktüren. Hitze stieg ihm ins Gesicht, sein Mund schmeckte nach Metall.

Die Scham war ein seltsamer und unerwarteter Nebeneffekt. Während der Trauerfeier in der Kirche hatte sie ihn ergriffen und seitdem nicht mehr losgelassen. Da konnte er sich noch so oft einreden, dass nicht er es sei, der sich schämen müsse. Es war quälend, anderen Menschen zu begegnen, ihre Blicke zu spüren und ihre Worte zu hören, ob sie nun Mitleid, Liebe oder den winzigen Hauch eines Vorwurfs enthielten.

Sie waren schon an den Blumen vorbeigegangen und hatten die Elektronikabteilung durchquert, als Jari ein bekanntes Gesicht sah.

Der Mann hieß Jönsson mit Nachnamen und wurde Jynsson genannt – der Vorname fiel Jari gerade nicht ein. Sie waren sich auf jeden Fall ziemlich oft auf verschiedenen Fußballplätzen und Partys begegnet.

»Hallo«, sagte Jari.

Jynsson grüßte mit einem Nicken. Normalerweise hatte er kein Problem damit, im Vorbeigehen irgendwelche spitzfindigen Bemerkungen vom Stapel zu lassen, aber diesmal hielt er den Mund und senkte den Blick.

Jari begriff. Was hätte er auch sagen sollen? Sie kannten sich nicht näher. Sie verbrachten nur zufällig ihr Leben am selben Ort der Erde, wie so viele andere auch. Man ging nebeneinanderher, ohne sich wirklich zu begegnen, manchmal sogar von der Kinderkrippe bis zum Altersheim. Man grüßte sich, wenn man sich sah, tauschte manchmal ein paar Allgemeinplätze über das Wetter oder die Kommunalpolitik aus. Jynsson war nur einer der vielen Trelleborger, mit denen Jari eine besondere, schwer zu definierende Gemeinschaft verband. Sie lebten in derselben Stadt. Nicht mehr und nicht weniger.

Als sie mit dem Einkauf fertig waren, bestellten Jari und Maria sich am Kiosk zwei Bockwürste mit Brot. In ihren ersten gemeinsamen Jahren hatten sie etliche Fußballwürstchen gegessen. Geplatzte Bockwürste, die direkt aus der Tiefkühltruhe ins lauwarme Wasser gegeben worden waren, das schon den halben Tag vor sich hin gesiedet hatte. In Snarringe und Skabersjö, im Stadion Ymorvallen, in Vannhög und auf dem Fußballplatz in Gislöv. Ihren ersten Valentinstag hatten sie mit einer Grillwurst auf einem steinharten Kiesplatz in Böste gefeiert.

Das Leben hatte sich verändert, aber die Wurst schmeckte so wie immer. Isabella trank einen Smoothie auf der Rückbank des Mercedes, der auf dem Parkplatz des Supermarkts stand, eingeklemmt zwischen einem dänischen Kleintransporter und einem Volvo 240, an dessen Rückspiegel ein ganzer Wald aus Wunderbäumen baumelte. Im Wageninneren breitete sich eine Ruhe zwischen den dreien aus, und Jari beschloss, die angenehme Energie zu nutzen.

»Es gibt da eine Sache über Sasho Palevski, die ich noch nicht erzählt habe.«

Irgendwas in seinem Tonfall musste den anderen aufgefallen

sein. Isabella schob sich nach vorn zwischen die Sitze und Maria erstarrte mitten in einem Bissen.

»Ich wünschte, ich hätte es euch von Anfang an gesagt. Ich … ich …«

Es hätte alles verändern können. Wenn es ihm nur nicht so peinlich gewesen wäre, es zuzugeben. Er hatte um jeden Preis das Bild von sich selbst als stark und unfehlbar bewahren wollen, das Maria und die Töchter von ihm hatten. Im Nachhinein kam es ihm nicht nur kindisch, sondern auch unerhört töricht vor.

»Es liegt schon lange zurück. Wir waren achtzehn, vielleicht neunzehn, und ich war an einem Samstagabend unterwegs gewesen. In dieser Zeit aß halb Trelleborg zum Abschluss nach einer Partynacht Grillfleisch in der Semmel vom Tennisgrill.« Jari zögerte. Obwohl er das Ganze im Lauf des vergangenen Jahres Hunderte von Malen durchdacht hatte, wurde er unsicher, wie er den weiteren Verlauf schildern sollte. »Ich hatte wohl ein bisschen zu viel getrunken und habe angefangen, mit zwei Typen in der Schlange herumzustreiten.«

Bis zu dem Abend war es ihm gelungen, sich in seiner Jugend im Großen und Ganzen aus Prügeleien herauszuhalten, eine echte Leistung für jeden Kleinstadtjungen. Die Vorstellung, die Hand gegen jemand anders zu erheben, hatte ihn fast ebenso erschreckt wie die, selbst Prügel zu beziehen. Im Normalfall hielt Jari sich im Hintergrund, aber mit zu viel Alkohol im Blut konnte er manchmal laut und überheblich werden und so in etwas prekäre Situationen geraten. In dieser Nacht jedoch war es völlig aus dem Ruder gelaufen.

»Ich habe wohl ziemlich unpassende Dinge gesagt.« Er ahnte schon die Enttäuschung in Isabellas Blick. »Plötzlich bekam ich eine Faust aufs Kinn und ging zu Boden. Ich lag zusammengekrümmt auf der Erde, während sie mich getreten haben.«

Isabella keuchte. Maria legte die Hand auf sein Knie. Es fiel ihm schwer, davon zu erzählen, aber für diesen Teil der Geschichte schämte er sich zumindest nicht. Er war unausstehlich gewesen und hatte dafür Prügel kassiert. So etwas kam vor, wenn man als Jugendlicher seinen Alkoholkonsum nicht im Griff hatte. Doch was danach passiert war, hatte Jari für sich behalten wollen.

»Sasho Palevski hat mich gerettet.«

Alles war so schnell gegangen. Während Jari sich noch ganz benommen aufrappelte, hatte Sasho die beiden Angreifer schon ausgeknockt. Er hatte sich über sie gebeugt und ihnen mit finsterem Blick einen Tritt nach dem anderen versetzt.

»Er hat sie richtig übel zugerichtet.«

»Shit.« Isabella schlug die Hand vor den Mund. »Ich wusste gar nicht, dass ihr euch kanntet.«

Sie hatten sich ja auch gar nicht gekannt. Sie waren auf dieselbe Schule gegangen, und natürlich wusste Jari, wer Sasho war, konnte sich aber nicht entsinnen, jemals ein Wort mit ihm gewechselt zu haben. Nach den Ereignissen am Tennisgrill war ihr Leben weiterhin in zwei parallelen Spuren verlaufen, in derselben Stadt, aber in verschiedenen Welten, und Jari war selbstverständlich davon ausgegangen, dass es so bleiben würde.

»Vermutlich hat Sasho einfach die Gelegenheit ergriffen und sich geprügelt. Das war ja sein Ding.«

Direkt danach hatte Jari keinerlei Schuld empfunden. Er war auf die Füße gekommen und davongerannt, während auf der Engelbrektsgatan die Martinshörner heulten und die Blaulichter blitzten. Die *Trelleborgs Allehanda* schrieb über die brutale

Körperverletzung, es gab polizeiliche Ermittlungen und einen Prozess. Aber Jari fand nicht, dass irgendetwas davon mit ihm zu tun hatte. Als er hörte, dass Sasho Palevski im Gefängnis gelandet war, hatte er sogar eine gewisse Befriedigung empfunden. Erst im Lauf der Jahre hatten sich Schuldgefühle eingestellt. Obwohl Sasho ihm geholfen hatte, war Jari wie ein Feigling geflohen und hatte Sasho allein zurückgelassen – mit allen Konsequenzen.

»Ja, und?« Isabella schaute ihn im Rückspiegel an. »Es war doch nicht deine Schuld, dass er ins Gefängnis gekommen ist?«

»Nein, das wohl nicht. Er hat mich zwar gerettet, aber auch sehr viel mehr Gewalt eingesetzt, als nötig gewesen wäre.«

Maria hatte noch immer nichts gesagt. Er ahnte, was in ihrem Kopf vorging.

»Warum hast du dich nicht bei der Polizei gemeldet?«, fragte sie schließlich.

»Ich weiß nicht, was ich mir dabei gedacht habe. Ich hatte Angst. Wollte mich nicht einmischen.«

Jetzt im Nachhinein kam es ihm unerhört egoistisch vor.

»Gab es keine anderen Zeugen?«, wollte Isabella wissen.

»Zu Beginn waren noch ein paar andere dort, aber die sind bald gegangen. Die Angestellten vom Tennisgrill haben nicht mitbekommen, was genau vorgefallen ist.« Jari legte beide Hände aufs Lenkrad. »Ich war feige.«

»Und Sasho?«

»Er hat nichts gesagt. Nicht mal meinen Namen hat er genannt.«

»Ehrlich jetzt? Genau wie Niko?«

Einige Jahre später, als Sasho Palevski seine Strafe abgesessen hatte, war Jari ihm bei Ica Maxi begegnet. Es hieß, er sei nach dem Gefängnisaufenthalt ruhiger geworden, aber vorsichtshalber hatte Jari die ganze Zeit nur noch bei Coop oder Citygross eingekauft.

»Es war so bizarr, dass sein Sohn plötzlich bei uns ein und aus gegangen ist. Ich hätte Sasho Palevski am liebsten vergessen.«

Maria sah ihn an. Sie musste nichts sagen. Sie wussten es trotzdem, beide. Mit Nikos Erscheinen hatte Jari zusehen müssen, wie die Vergangenheit wie ein gewaltige Welle in seine perfekte Gegenwart eingebrochen war. Was er unter die ruhige Oberfläche zu pressen versucht hatte, drohte jetzt hervorzusickern und die perfekte Fassade zu sprengen.

»Du hättest es erzählen sollen«, sagte Maria.

»Ich weiß.«

Isabella beugte sich vor. »Es hätte sowieso nichts geändert.« Sie berührte seinen Arm, wodurch sich die Härchen aufrichteten. »Du konntest Amanda nicht retten.«

Das sagte sie nicht aus Nettigkeit. Sie schien wirklich davon überzeugt zu sein. Jari war sich da gar nicht so sicher. »Ich hätte nicht zulassen dürfen, dass Amanda sich weiterhin mit Niko traf. Ich hatte im Gefühl, dass irgendwas nicht gestimmt hat, und ich wusste genau, wer Sasho Palevski ist.«

»Aber Gewalt ist nicht vererbbar«, sagte Isabella.

Jari hatte zu diesem Thema ziemlich viel im Internet gelesen. »Vielleicht nicht rein genetisch«, entgegnete er. »Aber wenn ein Elternteil wegen eines Gewaltverbrechens verurteilt wurde, steigt das Risiko, dass das Kind selbst gewalttätig wird.«

Maria drückte ihre Serviette zusammen. »Du denkst nur an dich selbst.«

Sie hatte recht. Er hatte den Eindruck, als wollte sie noch

ein *wie immer* hinzufügen, doch sie überlegte es sich im letzten Moment wohl anders.

»Du hast meine Sorge sowieso nie ernst genommen«, sagte er. »Bei dir ist immer alles entspannt und ich übertreibe nur. Ich habe gesagt, dass wir sie nicht bei Millan übernachten lassen sollen.«

Maria warf die Serviette in den Fußraum. »Aber du hast kein Wort über Nikos Vater verloren! Denn dann hättest du zugeben müssen, dass du dich damals einfach verdrückt hast. Und für dich gibt es nichts Schlimmeres, als dir eingestehen zu müssen, dass du nicht perfekt bist.«

»So war das doch gar nicht. Ich wollte Niko nicht vorverurteilen!«

Das war eine klare Lüge, und das begriff sie natürlich.

»Du machst ja auch jetzt noch weiter! Trotz allem, was passiert ist, machst du genauso weiter …«

»Bitte.« Isabella weinte. »Hört bitte auf.«

Maria startete das Auto. Sie hatte sicher recht. Er hatte sich eingebildet, dass er eine Tür zu seinem Innersten geöffnet hätte, aber im Grunde genommen hatte er nur seine Verteidigungstaktik verändert. Die Lüftung funktionierte nicht, als er die Klimaanlage anschaltete. Auf dem Heimweg am Meer entlang stand die Luft und man konnte kaum atmen.

In Stavstensudde gab es nur kleine Siedlungen. Für Leute von außerhalb mochten die Unterschiede in erster Linie architektonischer Art sein. Einige Gebiete bestanden aus schwarzen Holzhäusern, andere aus weiß verputzten Bungalows oder dreistöckigen Einfamilienhäusern mit großen Panoramafenstern. Aber Isabella hatte schon bald gelernt, dass es auch eine mehr oder weniger erkennbare Hierarchie gab, die sich in der geografischen Lage widerspiegelte. Ganz im Norden lagen die Eigentumswohnungen, und je weiter man Richtung Süden kam, desto schöner war die Aussicht aufs Meer, desto teurer wurden die Autos und desto länger die Berufsbezeichnungen.

Die Familie Kekkonen befand sich irgendwo in der Mitte, geografisch gesehen und auch vom Status her. Isabella brauchte fünf Minuten bis zu Sixtens Haus, das ein Stück weiter südlich lag. Auf dem Wendeplatz stand sein Vater in Goretexkleidung und wusch den Porsche.

»Isabella? Hallo.« Patrik drückte den schäumenden Schwamm in einem Eimer aus. In der Facebook-Gruppe von Stavstensudde war mehrmals auf das Verbot hingewiesen worden, das Auto auf der Straße zu waschen, aber Patrik stand darüber – über Facebook und über alberne Umweltregeln.

»Alles klar?«, fragte er, aber schien sofort zu merken, wie dumm das klang. »Ich meine … Na ja, es ist, wie es ist.«

Ihre Kommunikation hatte immer aus Fußball und blöden Witzen bestanden. Sixtens Vater gehörte zu denen, die alles witzig fanden, was nicht pc war. Er war ein großer Fan des Trelleborgers Mr Cool, der über Pädophilie gerappt hatte. Aber seit dem Schuss auf dem Badesteg hatten sich die Witze erledigt und auch der Fußball schien nicht mehr so wichtig zu sein.

»Einen Vorteil hat das Ganze ja«, sagte Patrik, während der Schaum vom Schwamm herunterlief und auf seine Loafer tropfte. »Jetzt wissen wir nämlich, was für ein Psycho dieser Niko Palevski ist und können Teo vor ihm schützen.«

Ein Vorteil? Isabella starrte ihn an. Ihre eigenen Eltern benahmen sich manchmal völlig daneben, aber sie handelten meistens aus Liebe und nach bestem Wissen und Gewissen. Sie war wirklich froh, dass sie nicht wie Patrik waren. Kein Wunder, dass Sixten mehr oder weniger bei ihnen wohnte.

»Er ist oben«, sagte Patrik, der nie zu spüren schien, was jemand anderer als er selbst dachte oder fühlte. »Geh einfach rein.«

Isabella öffnete die Tür und stellte ihre Chucks neben die mit Stoff bezogene Sitztruhe im Flur. Die Unterschiede zu ihrem Zuhause waren subtil und bestanden eher in Details. Isabella hatte gar nicht begriffen, wie aufwendig das Haus der Familie Ledin eingerichtet war, bevor Sixtens Mutter erzählt hatte, dass der Fußboden aus irgendeiner vom Aussterben bedrohten Baumart bestehe, eine französische Künstlerin die Tapeten designt habe und die Treppe von einem renommierten Schreiner ganz ohne osteuropäischem Hintergrund maßgeschreinert worden sei.

Auf der Chaiselongue, die Ida extra aus Kopenhagen bestellt hatte, saß Sixten in Tanktop und Fußballshorts und starrte aufs Handy.

»Baby!« Er sprang auf und küsste sie. »Ist irgendwas passiert?«

Sie schüttelte den Kopf. »Ich wollte bloß das Psychologieheft holen.« Das war nur die halbe Wahrheit. Zwar brauchte sie das Kompendium für die Prüfung am Freitag, aber das war nicht der Grund, weshalb sie ohne Vorwarnung hergekommen war.

»Weißt du, ob auf Amandas Frühlingsball irgendwas vorgefallen ist? Gibt es da etwas, was du mir nicht erzählt hast?«, platzte sie heraus, während Sixten seine Schultasche auf der Suche nach dem Psychologieheft auskippte.

Dann öffnete er das Seitenfach und fand schließlich das Heft. Langsam drehte er den Kopf zu ihr. »Nein, was denn? Nicht direkt.«

Er versuchte nicht mal, etwas von sich zu weisen oder auf unschuldig zu machen. Dadurch wurde alles nur noch unklarer.

»Warum hast du nicht erzählt, dass du sie abgeholt hast?«

»Hab ich das nicht?« Sixten kratzte sich an der Schläfe. »Ich fand es vielleicht nicht so wichtig.«

Erst im Nachhinein stellte sich der Frühlingsball als eine Art Wendepunkt dar. Seit dem Abend hatte Amanda von Nikos dunklen Seiten erzählt, von seiner Eifersucht und seinem Temperament.

»Du bist eingeschlafen, also bin ich losgefahren und hab Amanda abgeholt«, sagte Sixten und blätterte im Psychologieheft herum. »Sie war ziemlich betrunken. Und traurig.« Er schloss das Kompendium wieder und sah sie an. »Ich hab ihr versprochen, nichts zu sagen.«

»Wie? Spinnst du total? Hast du irgendwas erfahren, was …?«

»Ich habe natürlich alles der Polizei erzählt. Amanda war traurig, weil Niko sich total arschig verhalten hat. Er war extrem eifersüchtig und konnte nicht damit umgehen, dass sie auf den Ball gegangen ist und sich mit anderen Typen unterhalten hat.«

Isabella war nicht weiter erstaunt. Aber warum hatte Sixten ihr das nicht erzählt? Okay, wenn er es Amanda versprochen hatte und sein Versprechen halten wollte, solange sie lebte, aber jetzt gab es ja keinen Grund mehr, es weiter zu verheimlichen.

»Warum hast du mir nichts davon gesagt?«

Sixten ließ sich auf die Chaiselongue sinken und warf die Füße auf einen Hocker. »Ich fand nicht, dass du es wissen musstest.«

Wieder blätterte er abwesend im Psychologieheft. Isabella stiegen die Tränen in die Augen. Ein Schrei formte sich in ihrer Kehle. »Was ist mit dir los? Du redest von meiner Schwester.«

»Ich weiß, ich weiß. Es tut mir leid, aber ich habe deinetwegen nichts gesagt.«

»Meinetwegen?«

Jetzt drehte sich alles in ihrem Kopf.

»Es war nämlich ein bisschen strange im Auto. Ich wollte sie nur trösten.«

»Und?«

»Sie war besoffen. Es war keine große Sache.« Doch alles deutete auf das Gegenteil hin. Sie und Sixten hatten immer über alles sprechen können. Diesmal musste es etwas Außergewöhnliches sein. Er starrte noch immer ins Heft. »Sie hat versucht, mich zu küssen.«

Isabella riss ihm das Kompendium aus der Hand. »Du lügst!«

Natürlich wusste sie, dass er so etwas nicht tat. Leider war sie auch nicht so erstaunt, wie sie es sich gewünscht hätte. Amanda hatte häufig eifersüchtige Blicke auf Sixten geworfen. Er sah gut aus, war clever und charmant. Sie hatten sogar

Witze darüber gemacht, wie Amanda heimlich hingeschaut hatte, wenn Sixten mit nacktem Oberkörper auf dem Sofa saß.

»Sie hat es natürlich total bereut.« Sixten sah ebenfalls reuevoll aus. »Sie hatte total Angst, dass du davon erfahren könntest, also habe ich ihr versprochen, dir nichts zu sagen. Ich fand es am besten so. Es war so eine blöde Sache, die im Suff passieren kann.«

Isabella schob die Schulbücher von der Chaiselongue und setzte sich. Das Bild ließ sich nicht aus ihrem Kopf verbannen: wie ihre Schwester sich Sixten aufdrängte und versuchte, ihn zu küssen.

»Entschuldige«, sagte Sixten. »Ich hab wirklich gedacht, dass ich richtig gehandelt habe.«

Ein kleiner Teil von ihr verstand ihn. Er hatte sie und ihr Verhältnis zu ihrer Schwester schützen wollen.

»Du.« Er strich ihr über die Wange. Winzig kleine Wellen von Wärme brachten die Haut zum Vibrieren. »Ich liebe dich.«

Jari hatte schon seit drei Tagen die Unterhose nicht gewechselt. Das fiel ihm erst auf, als er sich vom Bett erhob, wo er den ganzen Morgen gesessen hatte. Er war früh aufgewacht, lange vor Sonnenaufgang, und hatte sich aus der liegenden in eine sitzende Position begeben. Aus Minuten waren Stunden geworden und der Morgen war in den Vormittag übergegangen. Maria stand auf, duschte, zog sich an, trank Kaffee und verließ das Haus. Währenddessen blieb Jari im Bett sitzen und grübelte herum, ob es sinnvoll wäre, sich zu erheben.

Die Türklingel nahm ihm die Entscheidung ab. Zwei harte Klingeltöne, die ihm zu sagen schienen, dass er sich gefälligst zusammenreißen solle. Er zog sich die Hose an und knöpfte auf dem Weg nach unten das Hemd zu. Dabei warf er einen Blick aus dem Fenster, doch er sah niemanden, bevor er die Haustür öffnete.

Sasho Palevski trug weiße Sneakers und eine Trainingsjacke über dem T-Shirt. Er hatte sich im Lauf der Jahre in Form gehalten. Seine strammen Muskeln traten deutlich unter dem engen Shirt hervor.

»Es tut mir wirklich so leid«, sagte er. »Niemand sollte sein Kind verlieren.«

Jari starrte ihn an. Um ihn hatte er schon in der Schule einen weiten Bogen gemacht. Den Rowdy. Den Schläger. Den Vater des Mörders. »Ich will nicht mit dir reden.«

Schlagartig fühlte sich Jari in seine Jugend zurückversetzt: Er war wieder im Aufenthaltsraum im stickigen Keller der Köpingeskolan, auf der Mittelstufenparty des Lokalradios im Stadtpark, am Vorabend des 1. Mai im Dalabad. Die Angst war inzwischen eine andere – weniger präsent und weniger greifbar. In den letzten Jahrzehnten hatte sich Jari am meisten Sorgen um die Kinder gemacht, um Krebs, Inflation und Bauzinsen. Jetzt stand er Sasho Palevski Auge in Auge gegenüber, und seine Angst war dieselbe wie in den Neunzigern, als die schlimmste Vorstellung darin bestand, von einem Mädchen einen Korb oder von einem Typen eins in die Fresse zu bekommen.

»Du wusstest von Anfang an, wer ich bin«, sagte Sasho. »Ich habe dich auch erkannt.«

Jari trat einen Schritt zurück und warf einen Blick nach hinten über die Schulter. »Bitte geh jetzt.«

Sasho rührte sich nicht vom Fleck. »Es sagt einiges über einen Menschen aus, wenn man sich so verhält wie du. Ich habe dich gerettet. Später habe ich gehört, dass du quasi um Prügel gebettelt hast, dass du selbst ihre Reaktion provoziert hast.«

Jari wusste nicht mehr genau, was er gesagt und getan hatte, aber er zweifelte nicht daran, dass er eine Grenze überschritten hatte. Letzten Endes hatte es ja nichts mit Sashos maßloser Gewalt zu tun gehabt. »Du hast sie beinahe totgeschlagen. Die ganze Stadt hatte Angst vor dir. Du hast deine Gefängnisstrafe verdient.«

»Das stimmt«, sagte Sasho zu seinem Erstaunen. »Ich habe

auch nicht erwartet, dass du dich bei der Polizei melden würdest. Ich habe ein Geständnis abgelegt und die Zeit im Gefängnis hat mich von Grund auf verändert.«

Jari schwieg. Es fiel ihm schwer zu glauben, dass sich ein Mensch so vollkommen verändern konnte. Amanda hatte selbst erzählt, dass Nikos Eltern ihren Sohn schlecht behandelten.

Aber was sagte das über Jari aus? Er war nach der Schlägerei nicht am Tatort geblieben und hatte sich nicht bei der Polizei gemeldet, weil er in erster Linie sein Selbstbild hatte retten wollen. Jari war Mannschaftskapitän in der Jugendmannschaft des IFK gewesen und die Talentscouts des Malmö FF hatten schon einen Blick auf ihn geworfen.

»Warum hast du mir überhaupt geholfen?«, fragte er.

Sasho wirkte erstaunt. »Es waren zwei gegen einen. Ich fand die beiden feige.« Er sah auf seine Schuhe und Jari erinnerte sich an die Heftigkeit seiner Tritte. »Genauso feige wie dich.«

Dagegen ließ sich nichts einwenden. Jaris Verhalten war feige und erbärmlich gewesen.

»Du warst sicherlich nicht besonders erfreut darüber, als Amanda erzählt hat, dass sie mit Niko zusammen ist«, fuhr Sasho fort. »Ein Palevski. Wie hat sich das angefühlt?«

»Das war mir egal.« Jari schob die Brust vor und führte sich vor Augen, dass sie keine Teenies mehr waren. »Ich habe Niko nicht verurteilt. Ich habe ihn in mein Heim eingeladen und ihn nach Deutschland mitgenommen. Und dann hat er meine Tochter ermordet!«

Das Letzte schrie er so laut, dass es die ganze Nachbarschaft hören konnte.

Sasho sah ihm in die Augen. »Das war nicht Niko. Er lag die ganze Nacht zu Hause in seinem Bett und hat geschlafen.«

Die Tür bewegte sich im Wind und Sasho packte den Türgriff.

»Jetzt hau schon ab«, sagte Jari.

Er erwog, einfach die Tür zuzuziehen, aber das würde bedeuten, dass er Sasho gefährlich nah käme.

»Es hat dir bestimmt gefallen, als zwischen Amanda und Niko Schluss war«, fuhr Sasho fort. »Patrik Ledin hat deine Vorurteile über ihn sicher noch angeheizt.«

»Keineswegs.« Warum glaubte er das? Patrik hatte zwar erwähnt, dass Niko aggressiv werden könne, aber das hatte Jaris Urteil über ihn nicht sonderlich beeinflusst.

»Dann hast du entdeckt, dass Amanda und Niko wieder zusammen waren. Sie hatte euch angelogen und war zu uns gefahren, weil sie Niko sehen wollte. Ich weiß, dass du losgefahren bist und sie gesucht hast.« Sashos Augen waren jetzt klein und dunkel, so wie Jari sie aus der schrecklichen Nacht am Tennisgrill in Erinnerung hatte. »Hast du sie gefunden? Hast du Amanda und Niko gefunden?«

»Nein!« Der Frust vom Freitagabend kehrte zurück. Die Wut und die Empörung.

Es kam ihm so vor, als wäre seitdem kein Tag vergangen. Diese Nacht würde immer weiter andauern, solange Jari lebte. Die fahrigen Hände am Lenkrad, als er mit dem Mercedes einen Blitzstart hingelegt hatte. Aber ausnahmsweise hatte er keine Angst gehabt, sondern vor Wut gezittert.

»Ich bin auf direktem Weg zu euch gefahren. Mein erster Gedanke war, dass Amanda dort sein könnte.« Jari hatte am Gehweg in der Färgaregatan gehalten und den Motor laufen lassen. Das Zittern war nur noch schlimmer geworden, je länger er dagesessen hatte. Dann war ihm plötzlich bewusst geworden, was er eigentlich tat, und die Scham hatte die Wut ausmanövriert. »Ich habe jemanden am Fenster gesehen. Als mir klar wurde, dass ihr noch wach seid, bin ich weggefahren.«

Es zuckte um Sashos Mund. Sein Blick wurde weicher. »Um wie viel Uhr war das?«

»Gegen Viertel vor zwölf.« Jari war sich nicht mehr ganz sicher. »Die Polizei hat mein Auto überprüft. Ich bin von jeglichem Verdacht befreit.«

»Das kann unmöglich stimmen. Amanda ist noch vor elf gegangen. Um Viertel vor zwölf lagen wir im Bett und haben geschlafen.«

Sasho schien ein wenig zu zögern. Natürlich konnte er nicht so überzeugt von der Unschuld seines Sohnes sein, wie er es darstellte. Vielleicht war es Niko gewesen, den Jari durchs Fenster gesehen hatte.

Er konnte nicht umhin, Mitgefühl mit Sasho zu haben. Nichts war so schwierig wie das Elternsein. Und nichts war schlimmer als die Erkenntnis, dass man mit seiner Aufgabe gescheitert war. Sie waren zwei Väter, die auf Irrwege geraten waren.

Sasho ließ die Tür wieder los. »Wenn du etwas verschweigst, dann ist es allerhöchste Zeit, der Polizei davon zu erzählen«, sagte er. »Diesmal kannst du dich nicht aus der Affäre ziehen.«

Sobald er sich umdrehte, zog Jari die Tür zu. Er fummelte am Schloss herum, ehe es ihm schließlich gelang, den Schlüssel umzudrehen. Durchs Fenster sah er, wie Sasho Palevski sich in sein schrottiges Auto setzte und davonfuhr.

Die Beine zitterten, als er sich in den Lesesessel fallen ließ. Sein Körper wog tonnenschwer und schmerzte überall. Er schloss die Augen und in seinen Gedanken schlug die Zukunft ihre Türen auf. Er hatte ein klares Bild davon gehabt, wie alles weitergehen würde: Isabella und Amanda, die studierten und Karriere machten, er selbst und Maria auf Reisen und in schicken Restaurants übers verlängerte Wochenende. Und allmählich das Dessert des Lebens: Enkel und Bambinifußball, die Rente, Ozeane von Zeit, um das Leben zu genießen und Freunde zu treffen. Jetzt war die Zukunft stattdessen ein tiefes schwarzes Loch.

Es gab so viel, was er hätte tun sollen, so viele Prioritäten, die er im Nachhinein bereute. Was hatte es denn für eine Bedeutung, ob er seine verdammte Runde vier Sekunden schneller als beim letzten Mal lief, ob Malmö FF einen Strafstoß in der neunzigsten Minute verschoss oder ob ein Deal in der Firma schiefging? Jede verdammte Minute seiner Überstunden war eine Minute weniger mit der Familie gewesen. Wider besseres Wissen hatte er sein Leben gelebt, als wäre die Zeit unendlich.

Er hatte sich selbst gezwungen, in allen Situationen stark zu sein, als Mannschaftskapitän und Trainer der Familie. Jetzt sah er Amanda vor sich, klein und dünnbeinig mit Hasenzähnen. Sie hatte ihren Papa mit flehenden Augen gebeten, mit ihr zu spielen, aber Jari hatte keine Zeit gehabt. Das hatte er auch zu ihr gesagt. Wie schrecklich, so etwas zu seinem Kind zu sagen! Wenn er geahnt hätte, wie schnell alles gehen würde … Nur ein Moment, ein Zeigefinger an einem Abzug, eine einzige Bewegung – und schon war es vorbei.

Er vermisste jemanden, mit dem er sich unterhalten konnte, jemanden, an den er sich anlehnen konnte. Er vermisste Maria. Einen Menschen, der ihm nahestand.

Er dachte an das, was Sasho über Patrik Ledin gesagt hatte.

Es war nicht ganz leicht, das Bild von einem Menschen zu korrigieren, den man seit Kindesbeinen kannte. In seiner Jugend war – mal abgesehen von Zico und Bon Jovi – Patrik sein größtes Vorbild. Aber Patrik war nie ein echter Freund gewesen. Er hatte sich nie für Jaris Gefühle interessiert. Ihre Beziehung war ungesund und nicht auf Augenhöhe. In seiner Jugend hatte Jari kaum darüber nachgedacht. So war es eben, wenn man mit Patrik befreundet sein wollte. Und auch später hatte sich nichts daran geändert. Jetzt war er fünfundvierzig und irgendwann reichte es.

Eigentlich grenzte es an ein Wunder, dass Sixten so ein netter Bursche war. Ob Erbe oder Umwelt spielte letzten Endes keine Rolle. Gewissen Menschen gelang es auf irgendeine sonderbare Weise, den Teufelskreis zu durchbrechen.

Der Motor schepperte, als Sasho mit Vollgas Stavstensudde verließ. Hinter einem Lastzug mit deutschem Kennzeichen schaltete er runter, während der pastellblaue Himmel sich am Horizont mit dem Meer vermählte.

Jari Kekkonen log, hundertprozentig. Er konnte unmöglich um Viertel vor zwölf nachts jemanden an ihrem Fenster gesehen haben. Um diese Zeit hatte Niko im Keller gelegen und geschlafen, und Linda hätte es gehört, wenn er versucht hätte, die Treppe heraufzuschleichen. Nur auf diesem Weg konnte er das Haus verlassen. Sasho hatte nach jener Nacht im Frühling, als er Niko und Amanda im Hagapark entdeckt hatte, eigenhändig den Kellerausgang zugenagelt. Er hatte innerlich gekocht. Aber warum? Niko wollte sich nur mit Amanda treffen. Er war ein Teenager, der sich nach Liebe sehnte. Auch wenn es vielleicht kein Hilferuf gewesen war, so hatte er doch zumindest um Verständnis geworben – doch Sasho und Linda hatten ihn zum Schweigen gebracht.

Sie waren so mit Nikos Erziehung beschäftigt gewesen, dass sie ihn nicht mehr als eigenständigen Menschen mit Träumen und Bedürfnissen wahrgenommen hatten. Niko sprach eine Sprache, die sie nicht verstanden. Ja, sie hatten nicht einmal versucht, sie sich anzueignen. Sie hatten ihn gelehrt, Verantwortung zu übernehmen, Regeln zu befolgen und hart zu arbeiten, aber sie hatten ihm nicht wirklich zugehört. Es hatte eine Tragödie gebraucht, um ihnen die Augen zu öffnen.

Warum war es so verdammt wichtig, ob Niko ein A oder ein C oder ein F in allen Schulfächern hatte? Und dieses ganze Klaviergeklimper. Ob er glücklich war?

Statt ihn ständig zu warnen und zu ermahnen, hätten sie jeden kleinen Schritt loben sollen, den der Junge gemacht hatte. Sie hätten ihm abends vor dem Einschlafen vermitteln sollen, dass sie für ihn da waren und ihn liebten, was auch passierte. Sie hatten die einfachste Grammatik des Elternseins missverstanden.

Sasho fuhr an Ica Maxi vorbei und ertappte sich dabei, wie er sich dorthin zurücksehnte. Nach einem Alltag und festen Abläufen, einer Art Normalität. Auf dem grünen Schild am Hafen las er: Travemünde, Sassnitz, Rostock, Świnoujście. Jenseits des Meeres wartete die Welt.

In einer lauen Sommernacht vor einem halben Jahrhundert hatte sein Großvater seine Familie zerstört – am Fuß des Baba-Gebirges, in einem Land, das es nicht mehr gab. Sashos Sprache war die Gewalt gewesen – ob auf den Fluren der Köpingeskolan, in der Disco oder vor dem Tennisgrill. Er hätte Niko andere Kommunikationsformen beibringen sollen.

Der Motor tickte und schepperte wieder. Hinter den 40-km/h-Schildern standen noch immer die Palmen wie vergessene Hinterlassenschaften eines anderen Lebens und Sasho drosselte das Tempo. Als in seiner Hosentasche das *Enter-Sandman*-Intro erklang, zog er eilig sein Handy heraus.

»Hallo?«

Der säuerliche Meeresduft stach ihm in die Nase. Es knisterte im Handy.

»Hier Gabor Szalay, Nikos Anwalt.«

Sashos Mund wurde trocken. »Guten Tag.«

»Passt es Ihnen gerade nicht?«, fragte Szalay.

»Doch, doch.« Sasho hantierte mit dem Telefon in der einen Hand und dem Lenkrad in der anderen herum.

»Ich komme gerade von einem Treffen mit der Staatsanwältin«, fuhr Szalay fort. »Sie wird im Lauf des Tages die Anklageschrift einreichen.« Es folgte eine lange Kunstpause. »Niko ist wegen Mordes angeklagt.«

Sasho verschluckte sich und hustete. Angeklagt? Dann würde es zum Prozess kommen.

»Im Hinblick auf Nikos Alter wird das Landgericht den Fall besonders rasch behandeln«, sagte der Anwalt.

Sasho hustete wieder. »Wir müssen ihn sehen. Jetzt!«

Das Auto vor ihm bremste so abrupt, dass Sasho sich aufs Bremspedal stellen musste. Nur wenige Millimeter von der Stoßstange entfernt brachte er den alten Fiat zum Stehen.

»Nikos Schweigen ist natürlich ein großes Problem«, hörte er Szalay sagen. »Es ist wichtig, dass wir ihn dazu bringen, vor Gericht auszusagen.«

Als der Verkehr sich wieder in Bewegung setzte, kroch Sasho mit mehreren Metern Abstand zum Auto vor ihm im Schneckentempo voran. Er hatte seine eigene Gerichtsverhandlung als ungeheuer schambehaftet in Erinnerung. Als wäre er unter einem Mikroskop seziert worden. Plötzlich hatte er sich selbst von außen gesehen, so, wie ihn alle anderen wahrzunehmen schienen. Dies war der Moment gewesen, als er beschlossen hatte, ein anderer Mensch zu werden.

»Ich hatte einen langen und konstruktiven Dialog mit der Staatsanwältin«, fuhr Szalay fort. »Sie hat ihr Einverständnis gegeben, dass Sie Niko im Untersuchungsgefängnis besuchen dürfen.«

DER MORDTAG

Das Fleisch war zu lange im Ofen gewesen. Maria war das gleichgültig, sie mochte ohnehin kein Blut, und zwar in keinerlei Form, aber Jari schob das Filet enttäuscht beiseite und aß sich an der Gemüsepfanne satt.

Der Sommer hatte es allzu eilig gehabt. Maria hatte beinahe jeden Abend gearbeitet und Schwierigkeiten gehabt, morgens aus dem Bett zu kommen. Und Jari fühlte sich zunehmend gestresst, weil er sich vor neuen Arbeitsaufträgen nicht retten konnte. Sie hatten Malta absagen müssen und stattdessen ein Wellnesswochenende in Mossbylund gebucht, aber so lange geschlafen, dass sie das Frühstücksbüfett und die im Voraus gebuchte Paarmassage verpasst hatten. Am kommenden Wochenende würde Maria nach Brüssel fahren und Jari in Västergötland jagen gehen. Das Leben rauschte mit Tempo hundertneunzig vorbei.

Eigentlich gefiel ihm das hohe Tempo, und er mochte es, wenn immer etwas los war, aber manchmal kam es ihm so vor, als sei er gar nicht richtig anwesend, wenn wirklich etwas passierte. Heute Abend hatte er gesehen, wie die Töchter als selbstständige und erwachsene Individuen das Haus verließen, und eine dunkle Vorahnung machte sich in seiner Magengegend bemerkbar.

»Was ist?« Maria legte das Besteck beiseite, befeuchtete die

Lippen mit Wein und beobachtete ihn. »Worüber zerbrichst du dir gerade den Kopf?«

»Ach, ich weiß nicht. Vielleicht gar nichts.«

Einen kurzen Moment erwog er, alles über Sasho Palevski zu erzählen, die finsteren Augen, die Fäuste und die wilden Tritte. Leider würde die Geschichte auch etwas über ihn selbst verraten. Er hatte gekniffen und Sasho seinem Schicksal überlassen. Nicht einmal hinterher, als der Adrenalinpegel wieder gesunken und Zeit zum Reflektieren gewesen war, hatte Jari den Anstand oder den Mut besessen, sich bei der Polizei zu melden und Sasho Gerechtigkeit widerfahren zu lassen. So ein Mann wollte er nicht sein. Und so sahen ihn Maria und seine Töchter auch nicht.

»Erzähl«, sagte Maria und streckte sich nach seiner Hand aus. »Ich sehe doch, dass irgendwas los ist.«

Jari zögerte. Denn Maria fand, er mache sich viel zu viele Sorgen, und er wollte nicht überspannt wirken. »Es ist bestimmt nicht wichtig. Nur eine Sache, die Amanda mir erzählt hat.«

Sie waren zum Hallongården gefahren und hatten Kaffee getrunken, als sie von diesem Mädchen auf YouTube erzählte. Zunächst hatte Jari wie meistens nur mit halbem Ohr zugehört.

»Sie hat ein Video von einem Mädchen gesehen, das vergewaltigt worden ist.« Maria hatte schon eine skeptische Falte zwischen den Augenbrauen. Er sollte wohl besser nicht weiterreden. Trotzdem fuhr er fort: »Niemand hat ihr geglaubt.«

»Wie schrecklich«, sagte Maria und schien es wirklich so zu meinen. »Aber was hat das mit Amanda zu tun?«

Jari zögerte wieder. »Erst habe ich geglaubt, sie hat dabei an die Nacktfotos gedacht, die sie verschickt hat.«

Die Situation war durchaus vergleichbar gewesen. Der Typ, der Amanda ausgenutzt hatte, war nicht nur älter als sie, sondern auch beliebt und begehrt. Er hatte behauptet, Amanda habe ihm die Fotos freiwillig geschickt, und viele Jugendliche hatten für ihn Partei ergriffen. Eine weitverbreitete Meinung unter den Kids und ihren Eltern schien zu sein, Amanda sei selbst daran schuld. Schließlich habe sie diese Fotos gemacht und verschickt.

»Aber dann hat mich der Gedanke nicht mehr losgelassen.« Jari hatte seiner Tochter nicht richtig zugehört. Es war längst nicht das erste Mal gewesen, dass ihm die Botschaft zwischen den Zeilen entging. »Wir hatten gerade über Niko gesprochen.«

Die Falte auf Marias Stirn wurde noch tiefer. Sie drückte seine Hand. »Was meinst du damit?«

Das wusste er selbst ja kaum. Jari glaubte nicht an Intuition. Man konnte nicht ausgehend von seinem Bauchgefühl Schlussfolgerungen ziehen. Aber was Niko Palevski betraf, ging es nicht nur um ein Bauchgefühl. Der Junge trug ein gefährliches Erbe in sich.

»Nikos Vater war ein Gewaltverbrecher«, sagte Jari. »Alle Trelleborger in meiner Generation wissen, wer er ist.«

Maria zog ihre Hand zurück. »Aber du hast doch selbst gesagt, dass Niko nicht die Verantwortung für das trägt, was sein Vater vor einer halben Ewigkeit getan hat.« Sie nippte am Wein und leerte schließlich das Glas.

»Natürlich nicht.« Die Gewalt war sicherlich nicht in die DNA des Menschen eingeschrieben. Dennoch zögerte Jari. Vielleicht war er taub und blind gewesen. »Was, wenn Niko ihr wehgetan hat?«

Linda lief die Kellertreppe wieder hinauf und sah zu, wie Sasho die Tür ordentlich hinter ihnen schloss.

»Also wirklich.« Sie waren spätabends nach einer anstrengenden Arbeitsschicht nach Hause gekommen und hatten große Erleichterung verspürt, als sie schmachtende Klaviertöne aus dem Keller hörten. Doch dieses Gefühl verwandelte sich rasch in Leere und Ohnmacht, als sie in Nikos Zimmer auf Amanda getroffen waren. »Er wollte sich doch mit Teo zum Gamingabend treffen.«

Sasho stellte ein paar Gläser in die Spülmaschine. »Ich dachte, Amanda und er hätten Schluss gemacht.«

»Das hatten sie ja auch«, sagte Linda.

Niko hatte gerade am Gymnasium begonnen. Die Anforderungen im naturwissenschaftlichen Zweig waren viel höher als in der neunten Klasse der Privatschule. Außerdem hatten sie einen neuen Klavierlehrer in Grönby gefunden, der zwölfhundert Kronen pro Stunde nahm.

Sasho wühlte in den Küchenschubladen herum. »Sie hat vielleicht nur irgendwas vergessen.«

»Vielleicht.« Das klang nicht besonders wahrscheinlich.

»Soll ich sie nach Hause schicken?«, schlug Sasho vor.

Linda sah auf ihr Handy. »Tu das. Es ist ohnehin schon spät.«

Sie blieb in der Küche stehen, während Sasho die Kellertür öffnete und hinunterging. Es dauerte nicht lange, ehe er wieder hochkam und weitere Schritte im Flur zu vernehmen waren.

»Wie kommst du nach Hause?«, fragte Sasho.

Linda hörte nicht, was Amanda antwortete. Niko sagte »Ciao« und »Gute Nacht«, dann ging die Haustür zu und wurde von innen abgeschlossen.

Als Linda sich die Zähne putzte, lag Sasho schon im Bett. Die Jalousie war heruntergelassen und die Tagesdecke lag ordentlich auf dem Hocker in der Ecke.

»Na, dann Prost«, sagte Sasho und nahm seine Schlaftablette, die er mit einem Glas Wasser herunterspülte. Linda fröstelte und kuschelte sich unter die Decke.

»Sie wird doch um diese Zeit nicht allein nach Hause fahren? Es ist kohlrabenschwarz draußen.«

Sasho hatte schon die Augen geschlossen. »Nein, sie wird abgeholt.«

Es war seltsam ruhig im Haus: Kein Wind rauschte vor dem Fenster, kein Knacken in den Wänden war zu hören. Nur Sasho, der immer schwerer atmete.

Binnen weniger Minuten schlief er ein und jeder Atemzug währte eine halbe Ewigkeit. Linda wurde innerlich ganz warm, als sie ihn betrachtete. Sasho war ihre Sicherheit. Sie liebte ihn auf dieselbe Art, wie sie ihre Stadt liebte.

Als die Kellertür quietschte, glaubte sie erst, sie sei eingeschlafen und höre das Geräusch nur im Traum. Sie setzte sich kerzengerade hin und spitzte die Ohren. Die Uhr auf ihrem Handy zeigte achtzehn Minuten nach elf. Der Schlüssel wurde im Schloss gedreht und die Haustür geöffnet.

Amanda wartete in dem kleinen Park auf ihn. Als Niko kam, waren es noch vierzig Minuten bis Mitternacht.

Im letzten Moment war sie in den Bus gestiegen und zu Niko nach Hause gefahren, der sofort umdisponiert hatte, was seine Pläne mit Teo betraf.

Verweint und immer wütender hatte Amanda Niko alles erzählt: von Sixtens Manipulationen, vom Fehltritt des ersten Kusses und der Vergewaltigung nach dem Ball. Von ihrem Gefühl, dass Sixten ihre Familie infiltriert habe und sie ihm nie entkommen werde. Und vom Selfie, das er gespeichert hatte, damit er etwas gegen sie in der Hand hatte. Sie sagte, sie wolle ihn töten, und Niko hatte zugestimmt: Sixten verdiente den Tod.

Durch einen schlecht beleuchteten Fußgängertunnel, in dem es nach Pisse roch, gingen sie zum Meer hinunter. Es rauschte in den Eisenbahngleisen, die Häuser lagen dösend da, und am Horizont schimmerte ein schwaches Licht.

Amanda ging weiter durchs hohe Gras. Der Weg fiel zum Strand hin ab und Niko folgte ihr gehorsam. Im feinkörnigen Sand wurde jeder Schritt schwerer und sie mussten Treibholz und knochentrockenem Tang ausweichen. Direkt vor ihnen lauerte das heimtückische Wasser. Amanda fand, dass es aussah, als würde das Meer sich schlafend stellen.

Alle redeten mit einer so unbegreiflichen Liebe davon. Das Meer als Tor zur Welt, ein Symbol für Freiheit. Die Leute bezahlten absurde Summen, um nahe am Meer wohnen zu dürfen, mit eigenem Steg und Badestelle. Amanda hatte immer das Meer in der Nähe gehabt und verstand überhaupt nicht den Reiz daran. Es stank und bewegte sich unvorhersehbar und bedrohlich. Und es verbarg groteske Vegetation und hässliche Fische.

Papa hatte sie mit ihrer Wasserphobie aufgezogen, solange sie zurückdenken konnte. Isabella hatte es ihm gleichgetan, sie mit Wasser bespritzt und so getan, als würde sie sie in die dunkle Tiefe hinunterstoßen. Sich vor dem Wasser zu fürchten, war in der Küstenstadt Trelleborg ungefähr so, als hätte man Angst vor Luft.

An der Mündung des Dalköpingeån verließen sie den Strand und gingen weiter an den dunklen Pferdekoppeln bei Brosjödal entlang. Vor dem Campingplatz blieb Amanda stehen und sah Niko an. Sie ließ die Fingerspitzen über seine Wange gleiten. »Was auch immer passiert, du musst versprechen zu schweigen.«

Nikos hellbraune Augen glommen in der Nacht. »Versprochen.« Er drückte Daumen und Zeigefinger zusammen und schloss den Mund wie einen imaginären Reißverschluss. »Ich werde schweigen.«

Sie hatte sich in Niko getäuscht. Er war keiner dieser Amandajungs, vor denen man sich besser fernhalten sollte. Sie lehnte den Kopf an seine sichere Schulter und wünschte, sie könnte bis in alle Ewigkeit dort bleiben. Niko küsste sie auf die Stirn. Aus der Tasche seiner grünen Pilotenjacke zog er Fingerhandschuhe hervor. »Scheiße, ist das kalt.«

Amanda sah aufs Meer hinaus. Da war es: dunkel, einsam, ungewiss – wie das Leben selbst.

»Wir müssen uns jetzt beeilen.«

Sie hatten noch zehn Minuten.

NACH DEM MORD

Jari hatte gerade einen Stapel leerer Bananenkisten aus dem Schuppen auf die Straße getragen, als ein dröhnender Bass sich auf der Straße näherte. Patrik Ledin hatte die Scheibe heruntergelassen und hing mit dem Oberkörper halb aus seinem Porsche, die Hand ruhte oben auf dem Lenkrad.

»Kekkonen!«, rief er und winkte Jari mit dem Zeigefinger zu sich.

Für eine oder zwei Sekunden sah sich Jari in die Vergangenheit zurückversetzt. Eine Nacht im Telinska Magasinet, Richard Marx in den Lautsprechern, Patrik Ledin und Katty Bornebrink beim Stehblues auf der Tanzfläche. Und Jari als hoffnungsloses Mauerblümchen in der Ecke. Mit blutendem Herzen und unterdrückten Tränen sah er zu, wie Patriks Hände über Kattys Hintern nach unten wanderten – Jaris große Liebe, ihre Zungen in einem schlingernden Tanz und Patrik, der sich mit einem höhnischen Lachen zu ihm drehte und die Finger zum Siegerzeichen formte.

»Ich habe auf Flashback von Niko gelesen«, sagte er jetzt und drehte die Lautstärke im Autoradio runter. »Case closed, oder? Die sollen den Drecksack doch gleich einsperren und den Schlüssel wegwerfen.«

Nachdem die Staatsanwältin Anklage erhoben hatte, waren große Teile der Ermittlungen öffentlich geworden und im Netz gelandet. In den sozialen Medien, auf Flashback und in anderen Internetforen wurden jede Menge mehr oder weniger verzerrte Informationen verbreitet, und die Boulevardjournalisten wühlten nach Details über Amandas angebliche Untreue und Nikos Eifersucht. Jari hatte schon bald genug bekommen und aufgehört zu lesen.

»Ich hätte deine Sorgen ernster nehmen sollen«, sagte Patrik und schob sich eine Portion Snus unter die Oberlippe. »Niko hat uns alle getäuscht.« Er warf einen fragenden Blick auf die Pappkartons neben dem Mercedes. »Er ist kein bisschen besser als sein krimineller Kanakenpapa.«

Jari wollte gerade etwas sagen, doch dann sah er ein, dass es keinen Sinn hatte. Patrik scherte sich nicht um Feinheiten. Man war IFK-Anhänger oder TFF-Fan, Hardrocker oder Mod, gut oder wertlos. Sein Weltbild war dasselbe wie damals, als in der Mittagspause die Mannschaften auf dem Kiesplatz der Östra Skolan gewählt wurden, damals, als die Welt noch eine andere war.

»Ist es nicht bald an der Zeit, den Wagen auszutauschen?« Patrik zeigte auf den Mercedes, der zwei Jahre alt war und weniger als zehntausend Kilometer draufhatte. »Ich hab mir gerade den neuen Panamera bestellt.«

Jari musste sich bemühen, um ruhig zu atmen und zu lächeln. Sein kleines Mädchen war inzwischen Fraß für die Würmer geworden, aber der hemmungslose Wettlauf ging unerbittlich weiter. Die meisten Gadgets, das teuerste Haus, die niedrigsten Zinsen, die tollsten Kinder. Es war höchste Zeit für den Absprung.

»Muss los«, sagte er und ließ Patrik zurück, der weiter seinen Oberkörper aus dem Auto hängte. Wenn Jari nicht Rücksicht auf Isabella hätte nehmen müssen, hätte er seinen früheren Freund vermutlich gebeten, sich dorthin zu scheren, wo der Pfeffer wächst, und dort zu bleiben.

Mit den Armen voller Bananenkisten ging er durch den Flur. Er hatte Zeit gebraucht, um zu begreifen, dass seine Meinung über andere Leute meistens auf seinen Erfahrungen aus der Kindheit basierte. Er umgab sich mit Leuten, mit denen er aufgewachsen war, und die Bilder aus den Achtzigern und Neunzigern hatten sich in seinem Inneren festgeätzt. Deshalb war es ihm so schwergefallen zu erkennen, wie schlecht Patrik ihn behandelt hatte. Das Gleiche galt vermutlich für die Stadt: An alten Strukturen ließ sich nur schwer rütteln. Den schlechten Ruf wurde man nicht einfach durch ein paar Baumaßnahmen los. Genauso wenig, wie ein paar Palmen das Kaff Trelleborg in Miami verwandelten, konnten ein paar graue Haarsträhnen und ein Wohlstandsbauch darüber hinwegtäuschen, dass der kleine Junge im Inneren immer noch existierte.

Mit festen Schritten ging Jari die Treppenstufen hoch. Die Tür zu Amandas Zimmer war geschlossen. Er hatte vermieden, es zu betreten, aber jetzt war die Sehnsucht in seiner Brust übermächtig geworden, der starke Wille, das Zimmer auszuräumen und sich von allem zu befreien, was quälende Gedanken an sie auslöste. Bei schönen Erinnerungen hingegen konnte man selbst entscheiden, wann man sie hervorkramte.

»Du fasst ihre Dinge nicht an«, hatte Maria gesagt, als er ihr vorgeschlagen hatte, die Sachen einzulagern.

»Sie kommt aber nicht zurück!«, hatte Jari geschrien.

Trauer konnte stärken und vereinen, aber im Moment trug sie eher dazu bei, sie beide zu entzweien.

Er schob die Tür vorsichtig einen Spalt auf und betrat

Amandas Zimmer. Es war ein Mausoleum, eine Grabkammer. Der süße Duft, die Kleider, ihre Haarspangen und Lippenstifte – sie alle gemahnten an das Leben, das sie nicht haben würde, und an all das, was sie nicht gemeinsam erleben durften.

Jari reihte die Bananenkisten an der Tür auf und begann auszusortieren. Das, was unter keinen Umständen aufgehoben werden sollte, wie eine leere Coladose, benutzte Abschminktücher und einzelne Blätter Papier mit buntem Gekritzel, landete gleich in einem schwarzen Müllsack. Den Rest packte er in die Kartons. Es war ihm egal, wo die Sachen hinkamen. Sie konnten in der Garage verstaut oder gespendet werden oder aber in der Müllverbrennungsanlage landen – Hauptsache, er musste sie nicht mehr sehen.

Das halbe Zimmer war ausgeräumt, als er Marias Schritte auf der Treppe hörte. Er erstarrte, die eine Hand noch im Müllsack.

»Was hast du getan?« Maria betrachtete entsetzt die Bananenkisten. »Warum, Jari?«

»Ich halte den Anblick nicht mehr aus!« Auf dem Weg aus Amandas Zimmer stieß er mit der Stirn an die Deckenlampe. »Die Sachen können doch nicht ewig hier rumstehen wie in einem verdammten Museum. Mir wird schlecht.«

Ein starker Druck auf der Brust zwang ihn, sich am Sessel in der Ecke abzustützen, während Maria anfing, in den Kartons herumzuwühlen und die Sachen wieder herauszuzerren. »Das ist doch das Einzige, was wir noch von ihr haben.«

Jari sackte auf dem Sessel zusammen. Er legte die Hand auf die Brust und atmete tief durch, spürte den Herzschlag bis in die Kehle.

»Es fühlt sich an wie auf einer Beerdigung, die nie zu Ende

geht«, keuchte er. »Ich bin nicht der Meinung, dass wir Amanda vergessen oder gar weitermachen sollten, als wäre nichts gewesen. Ich halte das nur einfach nicht aus.« Er zeigte auf die Bananenkisten. »Ich brauche irgendeine Art von Hoffnung. Einen Glauben daran, dass ich irgendwann einmal ein Leben führen kann, in dem mehr als eine Minute vergeht, in der ich nicht darüber nachgrübele, warum das alles passiert ist, warum es ausgerechnet unsere Familie getroffen hat und was ich hätte tun können, um es zu verhindern.«

Maria hockte sich vor ihn auf den Boden und ergriff seine Hand. Ihr Gesicht sah zerknittert aus. »Ich kann dich verstehen. Aber ich bin noch nicht so weit. Nachts, wenn du schläfst, gehe ich in ihr Zimmer. Ich sitze auf ihrem Stuhl oder lege mich in ihr Bett. Ich rieche an ihren Kleidern und lese in den Büchern, die auf ihrem Regal stehen. Wühle im Kleiderschrank herum. Dann fühlt es sich beinahe so an, als wäre sie noch da. Und so, als ob unsere Familie weiterbestehen würde.«

Das klang so schicksalsschwer. Hatten sie womöglich schon Kurs auf das unausweichliche Ende genommen?

Er begriff, wie furchtbar egoistisch und respektlos er gewesen war. Der Tod hatte seine schlimmsten Seiten zum Leben erweckt. Jetzt liefen ihm die Tränen in einem erlösenden Strom über die Wangen.

»Verzeih mir.«

Maria legte die Hände auf seine Wangen. Sie hielt sein Gesicht fest, als hätte sie Angst, dass es ihr entgleiten könne. In ihren Augen sah er die Mädchen, Isabella und Amanda, aber auch sich selbst. Er sah die Verletzlichkeit, vor der er solche Angst gehabt hatte. Er wollte keine Angst mehr haben.

Während sie das letzte Stück des Stortorget überquerte, senkte Isabella den Blick und lief an dem riesigen Stein vor der Bibliothek vorbei. Als sie klein war, hatte Papa ihr eingeredet, dass es ein richtiger Meteorit sei, der vom Himmel gefallen sei. Das war so typisch für ihn. Er hatte das Rumgealbere und den Jargon aus den Jungsumkleiden in die Kommunikation mit seinen Töchtern übernommen. Doch für ein Kind war es nicht immer leicht, Wahrheit und Lügengeschichten auseinanderzuhalten.

Isabella ging weiter an der Bibliothek vorbei, über den Parkplatz und dann aufs Gelände des Söderslättsgymnasiums. Durch die Fenster sah sie die leere Mensa, in der die Stühle auf die Tische gestellt worden waren. Ihre Psychologielehrerin wartete im Eingangsbereich auf sie.

»Isabella, bist du dir sicher, dass du das durchziehen willst?«

Sie gehörte zu den wenigen Lehrern, die sowohl den Unterricht als auch ihre Schüler liebten. Nicht eine Sekunde hatte sie gezögert, als Isabella sie gebeten hatte, die Prüfung in Sozialpsychologie allein nach dem offiziellen Schulschluss schreiben zu dürfen, damit sie die anderen Schüler nicht treffen musste.

Das Lernen war ohnehin beschissen gelaufen. Sie konnte zehnmal denselben Satz lesen, ohne dass etwas davon hängen blieb. Mama fand, sie sollte sich krankschreiben lassen und eine

Lernpause einlegen, aber dann riskierte sie, vollends ins Hintertreffen zu geraten und schlechte Noten zu bekommen. Auf gar keinen Fall wollte sie die Klasse wiederholen, weil sie dann nicht zusammen mit Sixten und allen anderen ihres Jahrgangs zur Abiturfeier gehen konnte.

Die Lehrerin öffnete zwei Fenster in dem stickigen Klassenzimmer. »Alles so weit okay?«

Sie legte die Prüfungsaufgaben auf den Tisch, Isabella klappte ihren Computer auf und packte einen Stift und Schmierpapier aus.

»Ich schaff das schon.«

Die Prüfung handelte unter anderem von Konformität und Gehorsam, von Erklärungen, warum Menschen bereit waren, ihren moralischen Kompass aufzugeben und völlig unbegreifliche Dinge zu tun, nur um Autoritäten zufriedenzustellen oder ein Gefühl der Zugehörigkeit zu verspüren. Isabella beschrieb ausführlich die bekannten Experimente von Milgram und Sherif und beantwortete Fragen zum Dunning-Kruger-Effekt und zur kognitiven Dissonanz. In der letzten Aufgabe erklärte sie den Begriff des Bestätigungsfehlers, nämlich, *dass man unbewusst solchen Informationen größeres Gewicht beimisst, die die eigene Theorie zu einem bestimmten Phänomen bestärken, und zugleich Beweise ignoriert, die dieser Auffassung widersprechen.*

Sie fand Psychologie interessant, es war eines ihrer Lieblingsfächer, was teilweise an ihrer Lehrerin lag, die jetzt am anderen Ende des Klassenzimmers saß. Von dort aus hatte sie den Computerbildschirm im Blick, und als Isabella sich zu ihr umdrehte, lächelte sie auf diese Art, wie die Menschen sie neuerdings anlächelten: mit geschlossenem Mund und traurigen Augen. Isabella hatte sich noch immer nicht daran gewöhnt, aber es gab offenbar ein besonderes Lächeln für all diejenigen, die ihre Schwester verloren hatten.

Sie beugte sich erneut über die Prüfung, setzte den Stift an und ergänzte die letzte Aufgabe über den Bestätigungsfehler.

Das heißt, dass man alle neuen Informationen auf eine Art interpretiert, die das bestätigt, woran man bereits glaubt.

Alle Menschen funktionierten so. Wenn man von etwas überzeugt war, fand man leicht Beweise, die das Bild bestätigten, was man bereits hatte. Als die Polizisten und der Pfarrer an diesem schrecklichen Samstagmorgen vor ihrer Tür aufgetaucht waren, hatte Isabella sofort verstanden, dass es um Amanda ging. Ihr erster Gedanke war gewesen, dass die Schwester sich das Leben genommen hatte.

Anfangs hatte Papas Gerede, Niko habe Amanda womöglich ermordet, abwegig und ein wenig bizarr geklungen. Denn schließlich hatte er schon vom ersten Tag an Niko nicht gemocht. Eine Weile hatte Isabella geglaubt, es stecke Fremdenfeindlichkeit dahinter. Doch sie hatte noch nie erlebt, dass ihre Eltern sich herablassend oder rassistisch äußerten, so wie Sixtens Eltern es manchmal taten. Während eines Fußballspiels hatte Jari sich einmal über die *Jugomanieren* der gegnerischen Mannschaft aufgeregt. Doch als sich herausstellte, dass Nikos Vater eingesessen hatte, begriff Isabella, worauf sich Papas Vorurteile gründeten. Er wusste natürlich ganz genau, wer Sasho Palevski war.

Erst nachdem die Polizei Niko festgenommen hatte, verstand Isabella allmählich das Ausmaß seiner Eifersucht, und es kam ihr nicht mehr vollkommen abwegig vor, dass Niko tatsächlich hinter Amandas Tod steckte.

Seitdem hatte es diese beiden Alternativen gegeben: Selbstmord oder Niko. Nichts hatte auf eine andere Erklärung hingedeutet. Aber was, wenn Isabella unbewusst entschieden hatte, was sie sehen wollte, und vor anderen Deutungen die Augen verschlossen hatte?

Normalerweise saß sie bis zur letzten Minute da und las ihre Antworten durch, aber diesmal erhob sie sich, sobald sie fertig war, und gab die Arbeit ab.

»Ich denke an euch«, sagte ihre Lehrerin.

»Danke.« Isabella eilte durch die stillen Flure mit den geschlossenen Spinden und überfüllten Papierkörben.

Was, wenn sie sich auf eine falsche Deutung fokussiert hatten? Es überraschte sie nicht, dass Papa nur das gesehen hatte, was sein Bild von der Wirklichkeit bestätigte. Aber der Bestätigungsfehler betraf sie alle. Auch Isabella.

Sie setzte sich auf eine Bank hinter der Schule und hantierte mit ihrem Telefon herum. Es dauerte nicht lange, bis sie das Ermittlungsprotokoll gefunden hatte. Eigentlich hatte sie sich vorgenommen, mit dem Lesen zu warten. Sixten hatte gesagt, sie solle es besser bleiben lassen, es würde sie nur noch verzweifelter machen. Aber jetzt konnte sie ihre Neugier nicht mehr zügeln.

Das Ermittlungsprotokoll bestand aus sechshundertvierzig digitalen Seiten. Sie überflog das Inhaltsverzeichnis, um eine Vorstellung davon zu bekommen, wo sie anfangen sollte. Ihr Blick blieb an ihrem eigenen Namen hängen: *Vernehmung von Isabella Kekkonen.* Sie suchte weiter, bis sie die Vernehmungen von Niko fand.

Alle sahen gleich aus. Der Vernehmungsleiter Bo Brodin informierte Niko darüber, welche Rechte er habe, und vergewisserte sich, ob er ihn verstanden habe. Niko hatte die Frage weder bejaht noch verneint. Brodin hatte sich erkundigt, ob ihm klar sei, weshalb er unter Verdacht stehe, und Niko hatte erneut mit Schweigen reagiert. Es folgte eine lange Reihe von Fragen ohne Antworten. Nikos Repliken bestanden durchgängig aus stummen Strichen.

Sie scrollte hinunter zu den beiden Vernehmungen von Sixten. Die erste hatte am Samstag stattgefunden, kaum vierundzwanzig Stunden nach dem Mord. Darin schilderte er kurz seine Beziehung zu Isabella und zur ganzen Familie Kekkonen. Er sagte, dass Amanda seit dem Herbst mit Niko zusammen gewesen sei und er nicht besonders viel über ihr Verhältnis wisse, doch die beiden hätten irgendwann im Lauf des Frühjahrs Schluss gemacht. Auf Nachfrage erzählte Sixten, er habe eigentlich am Samstag frühmorgens zu einem Fußballspiel in Helsingborg fahren wollen, sei aber stattdessen zu den Kekkonens gegangen, nachdem er das mit Amanda erfahren habe.

Die zweite Vernehmung wurde vier Tage später durchgeführt, als Ergänzung zur vorherigen Befragung. Sie war in Dialogform niedergeschrieben und umfasste etliche Seiten mehr. Isabella überflog rasch die einleitenden Standardfragen, ehe sie zum interessanten Teil gelangte.

Was weißt du über Amandas und Nikos Beziehung?, fragte der Vernehmungsleiter.

Niko war sehr eifersüchtig, hatte Sixten gesagt und dann wiedergegeben, was er von Amanda erfahren hatte, als er sie vom Frühlingsball abholte. *Ehrlich gesagt schien sie Angst vor ihm zu haben.*

Kommissar Brodin fragte ihn nach seinem Verhältnis zu Amanda. Er wollte wissen, warum sie sich ausgerechnet ihm offenbart habe.

Amanda war wie eine jüngere Schwester für mich. Wir standen uns sehr nah.

Isabella stiegen die Tränen in die Augen. Nicht nur sie hatte eine Schwester verloren. Zu ihren Füßen gurrte eine Taube an der Stelle, wo die Schulhofraucher einen ganzen Friedhof von Zigarettenstummeln hinterlassen hatten. Isabella sah wieder auf ihr Handy und scrollte weiter.

Vernehmung von Patrik Ledin. Er war nur ein Mal vernommen worden, am selben Tag, als Sixtens ergänzende Vernehmung stattgefunden hatte, vier Tage nach dem Mord. Auch diese Befragung hatte Bo Brodin geleitet.

Anfangs hatte Sixtens Vater offenbar spontan, aber sehr ausführlich seine Verbindung zur Familie Kekkonen dargelegt. Er sei mit Jari aufgewachsen, sagte er, betrachte sich als engen Freund der Familie und sei tief betroffen von dem Geschehen.

Als Brodin ihn nach dem Freitag fragte, an dem Amanda erschossen worden war, verbreitete sich Patrik Ledin zunächst über seine Arbeit. Am Freitag habe er Businessgolf in Barsebäck gespielt und anschließend ein Geschäftsessen in Lomma gehabt. Es sei spät geworden und Patrik sei erst gegen halb acht abends zu Hause in Stavstensudde eingetroffen. Es habe Meeresfrüchte zum Abendessen gegeben.

Ich, meine Frau Ida, unser Sohn Sixten und seine Freundin Isabella Kekkonen.

Teodor, der jüngere Sohn, habe den Abend und die Nacht bei seinem Freund Gabriel Oxholm verbracht, und da Sixten am nächsten Tag ein Fußballspiel in Helsingborg gehabt hätte und der Bus schon um halb sieben morgens abfahren sollte, sei Isabella relativ früh nach Hause gegangen. Patrik erklärte, dass sein Sohn ein großes Fußballtalent sei und ziemlich weit kommen werde. Er selbst habe seine Fußballkarriere aufgrund eines hartnäckigen Leistenschadens an den Nagel hängen müssen.

Wann haben Sie von Amandas Tod erfahren?, fragte Brodin.

Sixten hat mich frühmorgens angerufen und mir davon erzählt. Es war ein furchtbarer Schock.

Isabella konnte das Mitgefühl in Patriks Stimme förmlich hören.

Das heißt, Sixten war gar nicht zu Hause?, fragte der Kommissar. *Wo befand er sich denn?*

Isabella stellte sich vor, wie Patrik als Reaktion auf die Frage abfällig schnaubte. Er konnte nicht damit umgehen, dass man seine Person infrage stellte. Vor der letzten Wahl hatte Isabella dummerweise probiert, mit ihm über Politik zu diskutieren.

Sixten war bei Isabella, als er mich angerufen hat. Sie wohnt nur ein paar Straßen entfernt.

Und wann ist er dort hingegangen?, wollte Kommissar Brodin wissen. *Hatten Sie nicht eben gesagt, er wollte zu Hause schlafen?*

An dieser Stelle war Patrik vermutlich rot im Gesicht geworden und hatte mit scharfer Stimme weitergesprochen.

Ja, so war es geplant gewesen, aber ich glaube, er hat es sich anders überlegt. Sie wissen ja, wie Jugendliche sind. Isabella hat sich wohl bei ihm gemeldet und ihn gebeten, noch zu ihr zu kommen.

Isabella las sich alles mehrmals durch. Das stimmte nicht. Konnte Patrik sich wirklich so irren? Die Vernehmung hatte am Dienstag stattgefunden, gerade mal vier Tage nach dem Mord.

Ich war total müde. Es war Freitag, Sie wissen schon, fuhr Patrik fort. *Ich bin früh eingeschlafen, daher weiß ich nicht genau, um wie viel Uhr Sixten zu Isabella rübergegangen ist. Aber es war irgendwann im Lauf der Nacht.*

Isabella blätterte zurück zur Vernehmung mit Mama. Sie hatte immer den totalen Überblick. Laut ihrer Aussage waren die Polizisten und der Pfarrer kurz nach halb fünf am Samstagmorgen zu ihnen nach Hause gekommen, um ihnen die schreckliche Nachricht zu überbringen.

Isabella war innerlich zerbrochen, als der junge Polizist erzählt hatte, dass sie Amanda tot aufgefunden hätten. Sie erinnerte sich, wie sie schreiend auf dem Boden gelegen hatte. Mama hatte ihr eine Beruhigungstablette gegeben und in seiner Verzweiflung hatte Papa schließlich bei Sixten angerufen und ihn gebeten vorbeizukommen. Das musste gegen fünf Uhr morgens gewesen sei, vielleicht sogar schon halb sechs. Sixten hatte in jedem Fall im Bett gelegen und geschlafen. Papa hatte ihn geweckt.

Langsam erhob sich Isabella von der Bank. Die Taube im Blumenbeet hatte Gesellschaft von einer zweiten bekommen, der Himmel war von schweren dunkelgrauen Wolken bedeckt. Als Isabella auf den Gehweg trat, rutschte sie aus. Das rechte Knie gab nach, und alles um sie herum schwankte, als sie um die nächste Ecke bog.

»Baby.«

Auf einmal stand Sixten vor ihr.

Ehe Sasho das Auto aufschloss, hob er den Deckel des Briefkastens an, in dem sich Rechnungen, Anzeigenblätter und Werbung stapelten. Eine müde Erinnerung daran, dass das Leben weiterging. Auf dem Asphalt waren noch Spuren von der weißen Farbe zu sehen.

Linda wartete auf dem Bürgersteig, während er rückwärts rausfuhr. Ihr Blick war leer, als sie auf dem Beifahrersitz Platz nahm, ihr Körper wirkte kraftlos, und er musste sie daran erinnern, sich anzuschnallen.

Sie waren unterwegs zum Untersuchungsgefängnis, um Nikos Schweigen zu brechen.

»Was wirst du zu ihm sagen?«, fragte Linda.

Sasho sah aus dem Seitenfenster, wo die Stadt langsam vorbeizog. Eine Frau in Daunenjacke versuchte, die Hinterlassenschaften ihres Pudels aufzusammeln, ohne die Hundeleine loszulassen, ein älterer Mann auf einem Fahrrad schien im Gegenwind stillzustehen. Vor dem Zebrastreifen am Jugendamt hielt Sasho an und ließ eine lange Reihe von Kindergartenkindern in neongelben Westen vorbei.

»Ich werde ihm erzählen, wie lieb wir ihn haben«, sagte er. »Dass wir immer an seiner Seite stehen. Ihm muss klar werden, dass wir ihm verzeihen, was auch immer mit Amanda geschehen ist.«

Linda starrte weiter durch die Scheibe, ohne zu antworten.

»Das wird schon«, sagte Sasho.

Es klang wie eine Lüge. Seit dem Anruf des Anwalts hatte er ein schlechtes Bauchgefühl. Er wollte so gern an seine eigenen Worte glauben, aber der falsche Unterton war nicht zu überhören.

Linda murmelte etwas Zustimmendes.

Sie hatten keinen Plan und kein Programm gehabt, als Niko entstanden war. Die Freude über die Kugel in Lindas Bauch und die Tritte, die so heftig waren, dass man sie von außen sehen konnte, verdrängte alle Gedanken und Theorien über Erziehung. Linda hatte häufig voller Wut und Bitterkeit von ihrer eigenen Kindheit gesprochen. Ihre Mutter sei viel zu nachgiebig, oberflächlich und konfliktscheu gewesen. Eine Jasagerin, die unablässig an allen Regeln und Grenzen rüttelte, um sich Liebe zu erkaufen, und die Energie tankte, indem sie sich kümmerte und die Trösterin spielte. Linda wollte auf gar keinen Fall so werden wie sie.

Ihr Sohn wuchs ohne bemerkenswerte Probleme auf. Niko war ein kompetentes Kind, das schnell lernte. Alle lobten ihn: so höflich und wohlerzogen und den Gleichaltrigen in vielerlei Hinsicht voraus. Es gab nur selten Tränen und keine großen Wutanfälle. Als Patrik Ledin sich im vergangenen Jahr über Teos pubertären Trotz beschwert hatte, schämte Sasho sich beinahe für seinen gehorsamen Sohn.

»Glaubst du, dass er Amandas Vater schützen würde?« Sasho sah zu Linda, die fröstelnd die Jacke enger um die Schultern zog. »Ich meine, falls Amanda ihn gebeten hat, zu schweigen?«

Linda blinzelte ein paarmal. Ihr Blick war ausdruckslos. Es schmerzte ihn, sie so zu sehen.

»Meintest du das vorhin ernst?«, fragte sie mit zitternder Stimme. »Würdest du Niko wirklich alles verzeihen?«

»Natürlich.« Er verstand ihre Frage nicht. Als Eltern verpflichtete man sich, sein Kind für immer zu lieben.

Der Motor begann wieder zu scheppern, als sie am Bahnhof vorbeifuhren, wo das riesige blaue Portal den Weg in die restliche Welt wies. Am Kai stand eine Fähre und stampfte, Lkws aus ganz Europa rollten in langen Reihen aus ihrem Schlund. In der Hamngatan schlenderten Hundebesitzer und Liebespaare entlang, während sich unter den nackten Bäumen das bunte Laub häufte.

»Ich habe Angst«, sagte Linda.

»Ich auch.« Sasho legte die Hand auf ihr Knie. »Aber das macht nichts.«

Der Parkplatz vor dem Untersuchungsgefängnis war voll, deshalb fuhr Sasho weiter zum Gamla Torg und stellte das Auto gegenüber vom Mikaelibrunnen ab.

»Komm jetzt.«

Er stieg aus dem Wagen und öffnete die Beifahrertür. Der Gurt machte Probleme, Linda drückte mehrmals und am Ende musste Sasho ins Fahrzeuginnere krabbeln und ihr helfen. Hand in Hand gingen sie zur ehemaligen Polizeiwache, die wegen Schimmelbefall saniert worden war und jetzt als Untersuchungsgefängnis diente.

Er war hier schon einmal gewesen, in einem anderen Leben. Natürlich bereute er es, dass er Menschen Schaden zugefügt hatte, er wollte das Ganze aber auch nicht ungeschehen machen. Ohne die Zeit in der U-Haft, ohne den Prozess und die Monate im Gefängnis wäre er nicht derjenige, der er jetzt war.

Kurz vor der Tür blieb Linda stehen und drückte Sashos

Hand. »Du? Bevor wir reingehen, wollte ich noch was sagen.« Sie holte tief Luft. »Ich liebe dich am meisten auf der ganzen Welt.« Ihre Stimme versagte beinahe. »Ohne dich komme ich nicht zurecht.«

Sasho versetzte es einen Stich ins Herz. »Aber mein Schatz.« Gerade als er sich vorbeugte, um sie zu küssen, ging die Tür auf.

»Hallo!« Vor ihnen stand der Rechtsanwalt in Anzug und mit lässiger Frisur und sah sie verlegen an. »Nikos Eltern, oder?«

Sasho schüttelte ihm die Hand.

»Gabor Szalay«, stellte sich der Anwalt vor. »Schön, dass Sie so spontan kommen können.«

Obwohl es nicht böse gemeint war, klang es wie Hohn. Sasho und Linda hatten ewig auf diesen Temin gewartet.

Szalay hielt ihnen die Tür auf und blickte auf seine funkelnde Armbanduhr. »Nur noch ein paar Minuten.«

Sie betraten die kleine Eingangshalle. Hier war alles verändert, aber dennoch gleich geblieben: die sterilen Wände, die angespannte Stille. Sasho nickte einem jungen Angestellten zu.

»Wir haben ein Problem«, sagte Gabor Szalay.

»Wie geht es dir, Baby?« Sixten legte den Arm um sie. »Ist die Prüfung nicht gut gelaufen?«

Isabella schwieg. Sie verließ das Schulgelände mit raschen Schritten und bahnte sich an der Baustelle in der Valldammsgatan einen Weg zwischen den orangenen Leitkegeln und Baken hindurch. Sixtens Arm blieb in der Luft hängen, und er musste laufen, um sie einzuholen.

»Schon gut.« Er erwischte ihre Jacke, während er weiter hinter ihr herlief. »Baby!«

Sie kannte ihn seit der Kindergartenzeit. Der fröhliche Junge mit dem schelmischen Blick, der auf seinem Dreirad mit Hupe zwischen den Siedlungen in Stavstensudde herumfuhr. Während der Pubertät war er in die Höhe geschossen und mit seinem Zahnpastalächeln und seiner Haartolle zum Liebling aller Mädchen geworden. Doch wider Erwarten hatte er Isabella auserwählt. Sie war weder die Hübscheste noch die Beliebteste unter den Mädchen, aber sie konnte ihm etwas anderes bieten: Sicherheit und Stabilität. Sie half Sixten durch die Schulzeit und sorgte dafür, dass er immer einen ruhigen Ort zum Ankommen hatte, wenn die Anforderungen bei ihm daheim zu anstrengend wurden. Ihre gemeinsame Zukunft stand schon fest: ein Haus am Strand von Gislöv, zwei Kinder und ein Zwergspitzmädchen namens Seger, benannt nach der großartigen Fußballspielerin

Caroline Seger. Isabella hatte gedacht, Sixten so gut zu kennen, wie man einen anderen Menschen nur kennen konnte. Sie hatte geglaubt, dass sie alles miteinander teilten.

Jetzt zitterte ihre Hand, als Sixten sie ergriff, und sie wusste nicht mehr, wer er eigentlich war.

»Warum hat dein Vater zur Polizei gesagt, dass du in der Nacht, als Amanda erschossen wurde, zu mir gegangen bist?«

»Wie?« Sixten breitete die Arme in dieser typisch unschuldigen Geste aus, wie er es zu tun pflegte, wenn der Schiedsrichter wegen einer seiner Nickligkeiten im gegnerischen Strafraum abpfiff. »Woher weißt du, was mein Vater zur Polizei gesagt hat?«

»Ich hab das Protokoll seiner Befragung gelesen.«

Sixten seufzte und verdrehte die Augen. »Das stimmt doch auch. Ich bin zu euch nach Hause gelaufen, sobald ich erfahren habe, was passiert ist.«

»Aber das war nicht in der Nacht. Papa hat dich erst morgens angerufen und dir davon erzählt. Du hast noch im Bett gelegen und geschlafen.«

Sixten blieb abrupt stehen. »Echt jetzt? Also, ob in der Nacht oder am Morgen – jedenfalls war es total früh. Glaubst du, mein Vater würde der Polizei etwas vorlügen? Du kennst ihn doch.«

Er ließ ihre Hand los und sah beleidigt aus.

»Da hast du recht …« Alle in Trelleborg kannten Patrik Ledin. Natürlich würde er in einer polizeilichen Vernehmung nicht bewusst lügen.

»Vielleicht hat der Vernehmungsleiter sich das falsch notiert«, fuhr Sixten fort. »Wer bei der Polizei arbeitet, ist ja meistens nicht die hellste Kerze auf der Torte.«

Sie gingen weiter. Isabella ärgerte sich über Sixtens Äußerung. Von wegen hellste Kerze auf der Torte – wie hätten Sixtens Noten wohl ohne Isabella ausgesehen? Seit der fünften Klasse hatte er keine einzige Hausaufgabe ohne ihre Hilfe zustande gebracht.

»Ich finde nicht, dass du weiter in diesem Ermittlungsprotokoll lesen solltest«, sagte Sixten und ging schneller. »Das reißt doch alles wieder auf.«

Isabella war sich nicht ganz sicher, was er meinte. »Ich hoffe, Niko macht beim Prozess den Mund auf. Es ist schrecklich, wenn man nichts Genaues weiß.«

Sie kamen an der früheren Einfahrt zum Bahnhof Övre Station vorbei. Inzwischen war der Asphalt aufgerissen worden, in der Straße befand sich ein großer Krater, und ein staubiger Bagger stand verlassen herum.

»Ich hab noch mal über Nikos Behauptung nachgedacht«, sagte Sixten. »Dass Amanda ihn betrogen haben soll.«

»Das kann unmöglich stimmen«, warf Isabella ein.

Amanda hätte ihr davon erzählt. Falls die Schwester sich tatsächlich danebenbenommen und mit jemand anders rumgemacht hatte, dann hätte Isabella garantiert davon erfahren.

»Ich habe den Verdacht, dass Niko glaubt, ich sei das gewesen«, sagte Sixten.

»Du?« Das war ja vollkommen abwegig. Geradezu ekelhaft.

»Schon auf der Fähre nach Deutschland war er eifersüchtig.« Sixten verzog das Gesicht. »Er hat sich eingebildet, Amanda hätte einen Crush auf mich.«

Isabella dachte an ihre Schwester in Papas Auto auf dem Heimweg vom Ball, betrunken und anhänglich. Sie hatte versucht, Sixten zu küssen. Ob Niko das irgendwie falsch verstanden hatte?

»Ich hoffe, ich irre mich.« Sixten bekam feuchte Augen. »Sonst hätte ich vielleicht alles verhindern können, indem ich ihn vom Gegenteil überzeugt hätte. Amanda war ja wie eine Schwester für mich.«

Sie blieben vor dem Mini stehen, den Sixten am Folkets Park abgestellt hatte. Krähen schrien in den hohen Baumwipfeln und ein schwacher Zigarettendunst schwebte in der Luft. Isabella legte ihre Hände um Sixtens Nacken.

»Du konntest das nicht wissen.« Sie wischte ihm eine Träne weg und küsste ihn. »Niko hat Amanda getötet.«

So musste es gewesen sein. Es gab jede Menge Beweise. Man klagte jemanden nicht ohne Grund an.

Sixten erwiderte ihren Kuss. Sie blieben eine Weile im Wind stehen, ehe er das Auto aufschloss. Als Isabella sich anschnallte, spürte sie Amandas Duft. Sie schnupperte extra lange. Ihre Schwester war noch überall.

Da war eine Sache, die Amanda nie richtig verstanden hatte. Sie hatte immer geglaubt, dass der Neid zwischen den Schwestern einseitig gewesen sei. Und Isabella hatte sie mit dieser Vorstellung leben und sterben lassen. Amanda hatte nicht gewusst, wie oft Isabella sich gewünscht hatte, sie hätte die Augen oder die Geschmeidigkeit ihrer Schwester, ihre Fähigkeit, Aufmerksamkeit zu erregen und überall im Mittelpunkt zu stehen, diese selbstverständliche Art, über die eigenen Schwächen zu lachen, ihre schlanken Beine und festen Brüste. Isabellas Vorzüge hatten für Amanda anscheinend mehr gezählt als ihre eigenen. Weshalb Isabellas Tränen auf der Schultoilette nichts wert gewesen waren. Die Gemeinheiten, die die Mädchen aus der B-Klasse ihr nachriefen, waren nicht giftig genug, die schiefen Blicke der Jungen nicht verletzend genug gewesen. Amanda hatte immer am meisten Mitleid erweckt. Denn Isabella war ja ohnehin so stark. Und außerdem hatte sie Sixten.

»Du.« Er lehnte sich über den Sitz und berührte wieder Isabellas Wange. »Wir kriegen das hin.«

Bestimmt hatte er recht. Sixten war ihr Leben. Gemeinsam würden sie alles überstehen, was auch immer auf sie zukäme.

Sasho ließ Linda mit einem Kuss und einer Tasse Kaffee an der Pforte des Untersuchungsgefängnisses zurück.

»Ich kläre das mit ihm. Dann komme ich zurück und hole dich.«

Es musste ein Missverständnis sein, aber der Anwalt und die Angestellten im Gefängnis waren unerbittlich: Linda durfte nicht mit in den Besucherraum kommen.

»Er will nur Sie sehen«, erklärte Szalay. »Das hat er ganz eindeutig gesagt.«

Sasho brachte es nicht fertig, weiter zu diskutieren. Wie kamen sie überhaupt darauf, dass Niko nicht mit seiner Mutter reden wollte? Sie hatten sich jede Sekunde, seit die Polizei ihn abgeführt hatte, danach gesehnt, ihn wiederzusehen.

Die Stille im schäbigen Besucherzimmer war mit Händen zu greifen. Gabor Szalay deutete auf einen Stuhl und stellte sich mit verschränkten Armen an die Wand. Kurz darauf wurde Niko in Häftlingskleidung hereingeführt, die eine Nummer zu groß war. Er war unrasiert und hatte Pickel, und als sie sich umarmten, merkte Sasho, dass er nach Schweiß roch. Er wollte seinen Jungen um Verzeihung bitten, sich entschuldigen für alles, was er getan und unterlassen hatte, und ihm erklären, was er fühlte und dachte, aber seine Stimme versagte, und er musste sich ins Gedächtnis rufen, dass es nicht eilte, denn es war noch so viel Zeit.

»Mama und ich lieben dich«, sagte er, als sie sich gegenübersaßen. »Sie ist noch draußen an der Pforte. Da muss irgendwas schiefgelaufen sein.« Er sah den Vollzugsbeamten in der Ecke wütend an. »Die haben gesagt, dass sie nicht mit reinkommen darf.«

Es fiel ihm schwer, Blickkontakt mit seinem Sohn aufzunehmen. Niko hatte die Hände gefaltet und drehte die Daumen umeinander. Er sah älter aus, abgestumpft, erschöpft. Sasho dachte daran, wie er selbst sich damals in der U-Haft gefühlt hatte.

»Es wird sich alles aufklären. Mama und ich werden immer für dich da sein.«

Er nahm Niko genauer in Augenschein und entdeckte eine kleine Ausbuchtung am Kinn, ein Muttermal unter dem linken Ohrläppchen, eine helle Nuance in den Augen, die ihm bisher nicht aufgefallen war. Es kam ihm so vor, als würde er ihn zum ersten Mal seit mehreren Jahren wirklich sehen.

»Wir haben Fehler gemacht«, sagte er. »Mama und ich. Wir haben gedacht, alles wäre gut. Wir waren so mit der Zukunft beschäftigt, dass wir nicht gemerkt haben, was hier und jetzt passiert.«

Sasho hatte das getan, was er für richtig gehalten hatte, als er den Kellereingang zugenagelt und seinem Sohn für eine Weile die Treffen mit Amanda untersagt hatte.

»Aber es ist nicht zu spät.« Auch Linda hatte ihr Bestes getan. Sie hatten die Liebe zu ihrem Sohn an erste Stelle gesetzt. »Wir können noch immer die Eltern werden, die wir bisher leider nicht waren.«

Niko sackte ein bisschen in sich zusammen. Hinter der Häftlingskleidung und dem mitgenommenen Blick schaute der kleine Junge hervor. Er nahm Anlauf, als wollte er etwas sagen, doch dann überlegte er es sich offenbar anders und schluckte. Schließlich entwischte ihm ein Flüstern.

»Ich hab doch versprochen, nichts zu sagen.«

Diese unbestechliche Loyalität, die mangelnde Bereitschaft, das einmal gegebene Versprechen zu brechen, besaß etwas Würdevolles. Unter anderen Umständen hätte Sasho vermutlich Beifall geklatscht.

»Ich hab es versprochen.« Niko drehte die Daumen jetzt noch schneller. »Ich kann sie jetzt nicht verraten.«

Der Anwalt und der Vollzugsbeamte starrten ihn an. Endlich war das Schweigen gebrochen.

»Die Wahrheit zu sagen, ist kein Verrat«, sagte Sasho.

Er klang viel überzeugter, als er es tatsächlich war. Ein Versprechen war trotz allem ein Versprechen. Andererseits: Amanda war tot, und es gab etliche Menschen, die es verdienten zu erfahren, was sich ereignet hatte.

»Bist du in der fraglichen Nacht noch rausgegangen?«, fragte Sasho. »Nachdem Amanda unser Haus verlassen und wir uns hingelegt hatten?«

Es wurde wieder still.

»Entschuldigung, Papa.«

Sasho hätte nie anfangen sollen, Schlaftabletten zu nehmen. Er hatte sich auf Lindas Aussage verlassen, dass sie garantiert aufwachen würde, wenn die Kellertür aufging. Aber sie war nicht aufgewacht.

Jari Kekkonen hatte behauptet, er habe gegen Viertel vor zwölf in seinem protzigen Mercedes vor ihrem Haus gesessen. Dann habe er Niko durchs Fenster gesehen und kalte Füße bekommen und sei weggefahren.

»Sie hat mich hintergangen«, erklärte Niko. »Ich habe es rein zufällig entdeckt. Eine Nachricht in ihrem Handy.«

Dann war es also doch so, wie Teo Ledin gesagt hatte.

»Erst war ich traurig.« Niko biss die Zähne zusammen. »Dann bin ich immer wütender geworden.«

Er schob die Hand unter das Halsbündchen und kratzte sich. Innerhalb weniger Sekunden juckte es auch Sasho am ganzen Körper. Er erinnerte sich so deutlich an die unbequeme Anstaltskleidung, sie wurde so oft gewaschen, dass die Baumwolle ganz steif war. Damals hatte Sasho sich zum ersten Mal so gesehen, wie andere ihn schon lange sahen: Lehrer, Jugendamt, die Polizei und ganz Trelleborg – als einen Kriminellen. Einen Rowdy. Einen Gangster. Deshalb hatte er sich entschieden, nie wieder diese unbequeme Uniform tragen zu müssen.

»Ich wollte Isabella alles erzählen«, sagte Niko. »Aber ich wusste, dass Amanda mir das nie verzeihen würde. Ich liebte sie ja noch immer.«

»Warum solltest du Isabella irgendwas erzählen?«

Amandas große Schwester. Die mit Sixten Ledin zusammen war.

»Weil die Nachricht, die ich zufällig gelesen habe, von Sixten stammte.«

Sasho bekam das alles nicht zusammen. Patrik und Ida prahlten mit Sixten, solange er denken konnte. Der vielversprechende Nachwuchsspieler von TFF, Sixten hier und Sixten da.

»Hat Amanda dich mit Sixten betrogen?«

»Nein, nein! Ich hab das alles missverstanden.«

Niko presste die Daumen aufeinander, als wollte er ihnen Einhalt gebieten. Erneut legte sich Schweigen über den kleinen

Besucherraum. Gabor Szalay stand da und wand sich unbehaglich.

»Amanda ist am Freitag zu mir gekommen. Wir hatten den ganzen Sommer lang nicht miteinander geredet oder uns geschrieben. Sie war am Boden zerstört und sagte, dass da etwas sei, was sie mir erzählen müsse. Also habe ich den Gamingabend mit Teo abgesagt.«

»Was hat sie dir erzählt?«

Niko presste seine geballten Fäuste aneinander, dass die Knöchel weiß wurden. »Er hat sie vergewaltigt.«

Sasho erstarrte. »Wie?«

»Sixten hat Amanda vergewaltigt. Ich dachte, sie hätte sich in ihn verliebt, aber sie wollte nicht mit ihm zusammen sein. Sixten hat ihr vermittelt, sie sei selbst schuld, sie habe ihn angemacht und so. Und Amanda hat die Schuld auf sich genommen. Sie war davon überzeugt, dass Isabella ihr nie verzeihen würde, wenn sie davon erfuhr. Warum sollte Sixten jemanden vergewaltigen?«

Sasho sah Sixten Ledin vor sich. Eine Kopie seines Vaters. Hatte er Amanda tatsächlich vergewaltigt?

»Sie fand, dass ihr Leben zerstört war«, fuhr Niko fort. »Am Ende hat sie keinen anderen Ausweg mehr gesehen.«

Was sollte das heißen? Dass Amanda selbstmordgefährdet gewesen war? Sie musste das Gewehr aus Jaris Waffenschrank gestohlen haben.

»Aber warum hat sie dich in die Sache mit reingezogen?« Zwischen ihnen war doch längst Schluss gewesen. Hatte sie Niko nur ausgenutzt?

»Sie brauchte meine Hilfe. Sie hat gesagt, dass sie es allein nicht schaffen würde.« Niko seufzte schwer. »Sie hat mich gebeten mitzukommen.«

Sasho schüttelte den Kopf. Amanda war ja tot. Dennoch hatte Niko im Untersuchungsgefängnis gesessen und die Aussage verweigert, einzig und allein, weil er sein Versprechen nicht brechen wollte. »Warum hast du nichts gesagt?«

»Weil ich sie liebe, Papa.«

Das klang so selbstverständlich. Als hätte der Sohn etwas über die Liebe begriffen, was an Sasho vorbeigegangen war.

»Du musst alles der Polizei sagen.«

Niko betrachtete seine Hände. Sie hielten jetzt still, das Schweigen war zurückgekehrt. Das Einzige, was sich bewegte, war die Zeit.

»Direkt nachdem Amanda gegangen war. Als du und ich noch im Flur standen.« Niko kratzte sich am Hals. »Ich war so irre wütend, aber vor allem … vor allem hatte ich Angst.« Er sah Sasho flehend an. »Ich habe dich angesehen, Papa. Aber du …«

Sasho war müde und genervt gewesen und hatte einfach nur schlafen wollen. Er hatte Niko nicht wahrgenommen. Auch da nicht.

»Ich hätte alles verhindern können«, sagte Niko. »Ich wollte es dir erzählen. Ich wünschte, ich hätte es getan. Aber es kam nicht dazu.«

DIE MORDNACHT

Amanda und Niko standen hinter dem leeren Restaurant im Schutz der Bäume und der Dunkelheit. Sie hatte sich den Gewehrkolben unter den Arm geklemmt. Die Waffe war bedeutend schwerer, als sie gedacht hatte. Mitternacht kam und ging, während sie mit dem Zeigefinger am Auslöser herumspielte.

»Scheint nicht so, als würde er kommen«, sagte Niko.

»Er wird kommen.«

Sixten war der Meinung, er hätte ein Recht auf alles, was er haben wollte. Er würde kommen.

Amanda gelang es, das Handy aus der Tasche zu ziehen, während ihr das Gewehr an der Hüfte herabhing. Es war schon zehn Minuten nach zwölf. Wo blieb er nur?

Eingeschlafen?, schrieb sie in einem Snap, ehe sie das Handy wieder in die Tasche stopfte.

»Wir gehen nach Hause«, sagte Niko. »Wir können das doch nicht bringen.«

Vermutlich hatte er recht. Amanda konnte keinen anderen Menschen töten. Sie wusste ja nicht einmal, wie man ein Gewehr bediente.

»Er hat mich vergewaltigt«, sagte sie wieder, vor allem, um sich selbst Mut zuzusprechen. Niko hatte keine Sekunde gezweifelt, als sie ihm erzählte, was Sixten getan hatte.

»Wir zeigen ihn an«, sagte er. »Isabella wird das verstehen. Sie wird dir verzeihen.«

Amanda schüttelte den Kopf. »Du hast versprochen zu schweigen.«

»Ich weiß, ich weiß.« Niko wandte sich zum Meer und seine Augen wurden feucht. »Du kannst mir vertrauen.«

Sie hatte das schon öfter gehört. Jedes Mal, wenn sie beschlossen hatte, jemandem zu vertrauen, war sie enttäuscht worden.

»Ich liebe dich«, sagte Niko.

Der Wind trug die Worte zu ihr. Sie brachten Feuchtigkeit und Salz und die Düfte des Meeres mit.

»Niemand kann mich lieben«, antwortete sie.

Ihre Schultern schmerzten, als sie in der Tasche nach dem Handy suchte.

»Hör auf«, sagte Niko.

»Hier«, sagte sie und reichte ihm das Gewehr.

Sie tippte den Code ein und stellte das Display heller. Sixten hatte noch immer nicht geantwortet.

Vorsichtig machte Amanda ein paar Schritte zur Seite und spähte am Restaurant vorbei, hoch zur Rezeption des Campingplatzes, wo die Schatten sich zwischen den Bäumen auflösten.

Eine flatternde Bewegung im Schein einer Straßenlaterne ließ sie zusammenzucken. Sie drehte sich rasch zu Niko, der das Gewehr mit beiden Händen umklammerte.

Am Ende sah Jari Muster an der Decke, die nicht existierten. Er sollte schlafen, aber er konnte seine Augen nicht geschlossen halten. Isabella war bei Sixten gewesen, jetzt hatte sie sich oben hingelegt. Schlief Amanda jetzt auch, zu Hause bei Millan? War das der Grund, weshalb sie nicht auf seine Nachricht geantwortet hatte, als er *Gute Nacht* geschrieben hatte und: *Hoffe, alles ist gut?* Es ärgerte ihn, dass sie die Standortfunktion ihres Handys ausgeschaltet hatte. Das tat man doch eigentlich nur, wenn man etwas zu verbergen hatte.

»Wir hätten mit Millans Mutter reden sollen.« Er betrachtete Maria, die auf dem Ehebett weit nach außen gerutscht war. Vielleicht schlief sie schon. »Es ist zu spät, um jetzt noch anzurufen.«

Es war keineswegs die erste Nacht, in der er wegen Amanda schlaflos dalag. Dennoch bildete er sich ein, dass es diesmal anders war. Amanda war diesen Sommer ungewöhnlich schlecht drauf gewesen. Und die unheimliche Geschichte von der jungen Frau, der keiner glauben wollte, dass sie vergewaltigt worden war, ließ Jari keine Ruhe. Was hatte Amanda ihm damit sagen wollen? Das Ganze hatte auf die denkbar schlimmste Weise geendet, indem das Mädchen sich das Leben genommen hatte.

»Schick Millans Mama eine SMS«, murmelte Maria und

gähnte. »Sieh zu, dass du alles unter Kontrolle hast. Damit du einschlafen kannst.«

Jari nahm das Handy vom Nachttisch. Er hatte den Kontakt mit Millans Mutter gemieden, seit sie aus Stavstensudde weggezogen war. In der letzten Zeit, die sie hier gewohnt hatte, gab es jede Menge Konflikte mit den Nachbarn, dem Wegeverband und der Gemeinde. Sie hatte Leserbriefe an *Trelleborgs Allehanda* geschrieben, dass der Schützenverein so viel Lärm mache und sie nachts Schusssalven höre. Wie die übrige Nachbarschaft war Jari immer mehr zu der Überzeugung gelangt, dass die Untreue ihres Mannes bei Millans Mutter zu ernsthaften psychischen Problemen geführt hatte.

Jetzt schrieb er ihr dennoch und fragte, ob die Mädchen zu Hause seien, da er sich ein bisschen Sorgen mache, weil er Amanda nicht erreicht habe. Natürlich bat er tausendmal um Verzeihung, weil es schon so spät war.

Millans Mutter antwortete umgehend. *Millan ist bei ihrem Papa.*

Jari sah verstohlen zu Maria, die immer tiefer ins Kissen atmete. Sobald der Kalender September anzeigte, wurde die Klimaanlage im Schlafzimmer ausgeschaltet. Jetzt hatte Maria Schweißperlen auf der Stirn.

Er schrieb an Millans Vater: *Hoffe, ich wecke dich nicht. Wollte mich nur vergewissern, dass Amanda bei euch ist und alles okay ist?*

Millans Vater war ein bisschen wie er selbst, sie hatten sich öfter getroffen, als die Mädchen noch klein waren, und er würde Jaris Sorge verstehen.

Die Minuten vergingen, ohne dass Jari das Telefon aus der Hand legte. In regelmäßigen Abständen tippte er das Display an, um es aufzuwecken und sich zu versichern, dass er nichts verpasst hatte.

Als das Handy plötzlich klingelte, drehte er sich hastig um und sah zu Maria. Sie schlief.

»Ja, hallo?«, meldete er sich.

Millans Vater klang müde, aber es war ihm offenbar wichtig, gleich zurückzurufen. »Ich dachte, ich klingel besser durch.«

Irgendwo in seinem Inneren begriff Jari, was das bedeutete. Er glitt aus dem Bett und langte nach der Jeans, die auf dem Kleiderständer hing.

»Millan war den ganzen Abend bei mir zu Hause«, sagte Millans Vater.

Jari zog sich an wie auf Autopilot, ohne weiter darüber nachzudenken.

»Sie weiß nicht, wo Amanda ist«, fuhr Millans Vater fort, während Jari die Treppen hinunterlief. Es sei auch gar nicht geplant gewesen, dass Amanda bei Millan übernachten sollte.

Jari bedankte sich, beendete das Gespräch und vergewisserte sich, dass der Autoschlüssel in der Hosentasche lag.

NACH DEM MORD

Sasho schob den Stuhl näher zum Tisch. Rechtsanwalt Szalay war einen Schritt vorgetreten. Niko atmete schwer.

»Ich hab zu ihr gesagt, dass ich sie liebe. Dass sie es sich immer noch anders überlegen kann. Isabella würde ihr verzeihen. Ich hab versprochen, ihr beizustehen. Wenn wir nur die Wahrheit erzählten, würde alles gut werden.«

Sasho wusste noch immer nicht genau, was die Wahrheit war. »Wollte Amanda Sixten Ledin erschießen?«

»Ja.« Niko versteckte das Gesicht hinter den Händen. Als er Sasho wieder ansah, waren die Augen gerötet. »Wir haben einen Schatten gesehen, der sich auf uns zubewegt hat. Ich dachte, ich muss irgendwas machen.«

Die Angst packte Sasho. Wollte er wirklich mehr wissen? »Was ist passiert?«

»Ich bin mit dem Gewehr auf den Steg hinausgelaufen«, sagte Niko. »Amanda hasste das Meer. Sie hatte furchtbare Angst. Ich dachte nicht, dass sie mir folgen würde.«

Sasho konnte es vor sich sehen. »Aber sie hat es trotzdem getan?«

»Ja.« Niko senkte den Blick. »Ich bin erst am Ende des Stegs stehen geblieben. Da draußen wehte es viel stärker. Es war saukalt und dunkel. Ein Teil der Beleuchtung muss kaputt gewesen sein.«

Es war so real, als stünde Sasho neben ihnen im Dunklen auf dem Steg. Von der Kälte bekam er auf den Armen Gänsehaut und verkrampfte sich.

»Amanda hat am Gewehr gezogen und gezerrt. Aber ich habe nicht losgelassen.« Der Blick flackerte, als stünde Niko wieder auf dem Steg. »Es gab ein Gerangel, und ich habe versucht, Amanda beiseitezuschubsen.« Er demonstrierte es mit den Händen.

Sasho blinzelte. Schreiend rote Wolken zogen vorbei. Er blinzelte erneut und fand sich in der Realität wieder. In der Ecke des Raums stand Szalay mit hängenden Schultern und bestürztem Blick.

»Ich wollte nur das Gewehr haben, damit sich niemand verletzt«, fuhr Niko fort. »Aber Amanda war stark. Und Sixten war schon auf dem Steg.«

Er legte die Hände wieder vors Gesicht. Sasho hörte das Plätschern der Wellen am Steg und Sixtens Schritte, die sich näherten. Die Panik war so greifbar.

»Erst als ich mich umdrehte, sah ich, dass es gar nicht Sixten war.«

DIE MORDNACHT

Linda fuhr keuchend auf ihrem Fahrrad durch die Dunkelheit. Ihre Oberschenkel fühlten sich schwer an, und ein plötzliches Seitenstechen zwang sie, das Tempo zu drosseln.

In regelmäßigen Abständen sprang sie vom Rad und stützte sich auf den Lenker, um sich die GPS-App im Handy anzusehen. Die Markierung, die zeigte, wo Niko sich befand, hatte schon eine Weile nicht mehr die Position verändert.

Der schlimmste Zorn war verraucht. Als sie gehört hatte, wie die Kellertür quietschte und die Haustür aufging, hatte sie vor Wut gekocht. Hellwach war sie in den Keller gelaufen, nur um festzustellen, dass Niko sein Versprechen gebrochen hatte, nie wieder nachts von zu Hause wegzulaufen. Linda hatte ihn mehrmals angerufen und ihm etliche Nachrichten geschickt, doch ohne Reaktion. Dann lief sie wieder hinauf ins Schlafzimmer, wo sie sich anzog, während sie vergeblich versuchte, Sasho zu wecken. Sie wollte gerade die 112 wählen, als ihr bewusst wurde, dass sie problemlos herausfinden konnte, wo Niko sich aufhielt.

Es war nicht zu fassen, dass er es schon wieder getan hatte. Letztes Mal, als er mitten in der Nacht von zu Hause abgehauen war, hatte Linda sich die Augen ausgeweint, ehe Sasho ihn ein paar Straßenecken weiter im Hagapark gefunden hatte. Niko hatte es nicht so direkt gesagt, er wies die Schuld nicht von sich, aber Linda war dennoch klar gewesen, dass Amanda dahintersteckte. Sie hatte ihm verziehen und ihm das Versprechen abgenommen, ihr nie wieder so etwas anzutun. Niko hatte sich reumütig gezeigt und ihr sein Wort gegeben. Doch Linda wollte trotzdem, dass Sasho vorsichtshalber den Kellereingang zunagelte.

Heute Nacht war ihre Angst durch Ärger ersetzt worden. Sie bog ab und fuhr bergab an der Rezeption des Campingplatzes vorbei. Das Fahrrad warf sie in den Graben an der Schranke. In der App sah sie, dass Niko ganz in der Nähe war.

Hinter ihr wurde die Welt von den Scheinwerfern eines Autos erleuchtet. Sie wirbelte herum und sah das Waschhaus aus Ziegelsteinen im Schein des Fernlichts, die Hütten mit dem Schrägdach, ein lichtes Kiefernwäldchen und die halb nackten Äste der Bäume. Vor einigen Wochen hatten hier jede Menge Wohnwagen und Wohnmobile gestanden, Zelte in allen Größen und Farben. Es hatte von sonnenverbrannten, Whisky trinkenden Männern mit Bierbäuchen gewimmelt, von kläffenden Hunden hinter Holzzäunen und von frisch verliebten Rentnern, die Trainingsoveralls im Partnerlook trugen. Jetzt erinnerte das Ganze eher an einen Acker. Oder an einen Zirkusplatz, wo das große Zelt abgebaut worden ist und die Clowns sich abgeschminkt haben.

Mitten auf dem schmalen Pfad, der quer über den Zeltplatz führte, ging eine einsame Frau. Als der Fahrer des Autos das Fernlicht abblendete, war in den Schatten zwischen den Bäumen kaum mehr zu erkennen als eine menschliche Silhouette. Einen Moment bildete Linda sich ein, dass es Amanda Kekkonen sei.

Dabei ging es im Grunde gar nicht um das Mädchen. Linda

konnte Amanda sogar verstehen und sich in ihr wiedererkennen. Sie war selbst dieses einsame Mädchen gewesen, das sich nach Geborgenheit sehnte und nach jemandem, der sie bedingungslos liebte. Ähnlich wie Linda damals schien auch Amanda von Erwachsenen umgeben zu sein, die genug mit sich selbst zu tun hatten. Sie wollte nur gesehen und als diejenige gemocht werden, die sie war. Genau wie Linda sehnte sich Amanda vermutlich auch danach, einfach dazuzugehören.

Linda überquerte die Rasenfläche vor dem Restaurant, wo die Familie früher einmal, als Niko noch klein gewesen war, Mittsommer gefeiert hatte. Ein bärtiger alter Mann in Pantoffeln hatte Akkordeon gespielt, und Niko hatte sein kleines Kuschelkaninchen in der Hand gehalten, als sie zum Lied *Die Fröschelein, die Fröschelein* um den stattlichen Maibaum gehüpft waren. Sie lächelte beim Gedanken daran und wünschte sich, die Zeit ließe sich zurückdrehen.

Linda blieb erst an der Stelle stehen, wo der weiße Sand in den weiten Schlund der Ostsee überging. Vor ihr lagen Hunderte von Kilometern in tiefster Schwärze.

Weit draußen auf dem Steg erahnte sie zwei diffuse Gestalten in der Dunkelheit. Es war unmöglich, ihre Gesichter auszumachen. Dennoch wusste sie, wer die beiden waren.

NACH DEM MORD

»Könnte ich bitte was zu trinken bekommen?« Sasho wandte sich an den Vollzugsbeamten in der Ecke. Sein Mund war trocken, der Schweiß klebte in den Achselhöhlen, und er musste so dringend aufs Klo, dass er den obersten Knopf der Hose öffnete.

»Ich bringe Ihnen was«, sagte der Beamte widerwillig.

»Wenn das hier ein Witz sein soll … Wenn du lügst …« Sasho betrachtete Niko und tat sein Bestes, um die Schreckensnacht in seinem Kopf zu rekonstruieren. »Sie kann nicht dort gewesen sein.«

Hunderte von Malen hatte er versucht, die schwarzen Stunden von Mitternacht bis zum frühen Morgen nachzuvollziehen, als die Polizei angeklopft und Niko mitgenommen hatte. Sasho erinnerte sich noch genau, wie er sich vergewissert hatte, dass Amanda abgeholt und nach Hause gebracht werden würde, ehe er ins Bett gegangen war. Linda hatte neben ihm gelegen. Er war schon müde gewesen, als er seine Tablette nahm, und nach wenigen Minuten eingeschlafen.

»Sie muss die Kellertür gehört haben, als ich mich hinausgeschlichen habe«, sagte Niko.

»Nein.« Sasho schüttelte den Kopf. »Wir haben doch geschlafen.«

Er hatte Lindas Wärme neben sich im Bett gespürt, hatte

ihre leisen Atemzüge gehört. Er hatte ein klares und deutliches Bild vor sich, wie sie ihn in der Morgendämmerung mit aufgerissenen Augen geweckt und gesagt hatte, es klopfe an der Haustür. Der Polizei gegenüber hatte Sasho gesagt, er könne nicht beschwören, dass Niko sich im Keller befunden habe, aber er sei sich vollkommen sicher, dass Linda die ganze Nacht neben ihm im Bett gelegen habe.

»Ist sie euch etwa hinterhergefahren?«

Durch die Tablette schlief er rasch ein, doch manchmal kam es ihm so vor, als wären es höchstens fünf Minuten gewesen, wenn er am nächsten Morgen aufwachte. Er konnte sich nur selten an einen Traum erinnern. Doch die Erinnerungsbilder von gerade dieser Nacht waren so lebendig. Ob sie womöglich aus einer ganz anderen Nacht stammten? Vielleicht hatten sich die Erinnerungen an die einzelnen Nächte zu einer einzigen vereint, die das Gehirn jetzt täuschte.

»Wahrscheinlich hat sie die App benutzt«, sagte Niko. »Sie hat gesehen, wo ich war, und ist mir mit dem Rad gefolgt.«

Es war wie ein Erdrutsch in Zeitlupe. Langsam begriff Sasho, dass Linda tatsächlich auf dem Badesteg gewesen war.

»Deshalb sollte sie jetzt nicht mitkommen?«

Niko kratzte sich am Hals. »Ich musste erst mal mit dir reden.«

Es war also kein Missverständnis gewesen.

»Und Sixten Ledin?«

»Der ist nicht gekommen. Amanda hat ihm geschrieben, aber er ist nicht aufgetaucht.«

Das Entsetzen schnürte Sasho die Kehle zu. Bestürzt sah er seinen Sohn an, erkannte sein eigenes Spiegelbild in Nikos traurigen Augen. Es hatte eine Katastrophe von unfassbarem

Ausmaß gebraucht, um zu begreifen, wie sehr sie sich glichen. Erst jetzt verstand Sasho, warum Niko hier saß und warum er kein einziges Wort gesagt hatte. Vermutlich hätte er dasselbe getan. Für jemanden, den er liebte. Für seine Mutter. Für Linda.

»Dein Versprechen bezog sich also auf Mama?«

Niko nickte wortlos. Sein loyales Schweigen hatte nicht Amanda gegolten. Er hatte um seiner Mutter willen geschwiegen.

DIE MORDNACHT

Jedes Mal, wenn Linda den Fuß absetzte, schaukelte der Steg, und der säuerliche Gestank von Tang und Fisch gelangte über die Nase direkt ins Herz. Die Kälte spürte sie in ihren Wangen und den Ohren, doch in der Brust brodelte es.

Am T-förmigen Ende des Stegs standen Niko und Amanda dicht voreinander. Lindas und Sashos Ermahnungen, nie wieder mitten in der Nacht das Haus zu verlassen, hatte ihr Sohn vollkommen ignoriert. Sie kannte ihn nicht mehr. Erst die schlechten Schulnoten, dann die Schikanen gegenüber den Mitschülerinnen und schließlich die Katastrophe beim Konzert. So hatten sie ihn nicht erzogen. Das war nicht ihr Niko.

An einem Sommerabend zu Beginn des neuen Jahrtausends waren Linda und Sasho Hand in Hand hier am Strand entlanggelaufen. Der Steg war damals kürzer und instabiler gewesen. Im Schein des Vollmonds hatte Linda sich bis auf die Unterhose ausgezogen und war auf den Steg hinausgelaufen. Sie hatte sich umgedreht und nach Sasho gerufen, der noch am Strand stand, die Jeansshorts in den Kniekehlen. Das Wasser an den Holzpfählen hatte gegluckst und Linda war geradewegs in die Luft gesprungen. Sie hatte die Meeresoberfläche mit einem Schrei durchbrochen und die Kälte hatte sich um ihren beinahe nackten Körper gelegt. Sekunden später war Sasho direkt neben ihr im Wasser geschwommen, hatte sich das nasse Haar aus den Augen gestrichen und sie festgehalten. In seinen Armen konnte ihr keine Gefahr etwas anhaben.

»Ich hätte gern ein Kind mit dir«, hatte sie ihm ins Ohr geflüstert.

»Ich weiß nicht.« Die Ostsee hatte spiegelglatt dagelegen und Sasho hatte eifrig Wasser getreten. »Es kommt mir so schwierig vor.«

Sie hatte gekichert und an seinem Ohrläppchen geknabbert. »Das ist überhaupt nicht schwer.« Dann hatte sie sich an seinen Hals gehängt und die Beine gespreizt.

Nur das Meer hatte ihnen zugehört.

Jetzt kreisten bedrohlich schreiende Möwen über dem schwarzen Wasser und der Mond war nur eine dünne Sichel am Himmel. Niko schien sich mit Amanda zu streiten. Die Stimmen hallten über dem schwarzen Wasser wider. Es sah aus, als schubsten sie sich.

»Gib es mir!«

Amandas Gesten waren lebhaft, ihre Stimme panisch. Niko schien sie festzuhalten.

»Beruhige dich.«

»Lass los!«

Linda lief schneller. Der Steg schaukelte, ihr Herz bebte.

Sie war beinahe bei ihnen angekommen, als Niko Amanda an den Rand des Stegs schob.

»Hör auf!«

Da war keine Zeit mehr zum Nachdenken, das Adrenalin flutete ihren Körper, sie bekam kaum noch Luft, und es piepste in den Ohren. Das letzte Stück flog sie förmlich vorwärts.

Ein Metallrohr glänzte im schwachen Licht der Mondsichel. Sie starrte es mehrere Sekunden an. Es war so abwegig, so vollkommen undenkbar und dennoch: ein Gewehr. Eine Büchse, eine Schusswaffe.

Niko umfasste den Kolben mit beiden Händen, während Amanda am Lauf zog und zerrte. Langsam stolperte sie rückwärts auf den Rand des Stegs zu. Ein kurzes, heftiges Gerangel genau dort, wo der Steg endete.

Ohne zu zögern, rannte Linda direkt in Niko hinein und griff nach dem Gewehr, das Amanda aus den Händen glitt. Linda versuchte, Niko die Waffe zu entreißen. Ihre Finger landeten auf Nikos Handschuhen, und sie spürte den Widerstand des Abzugs, kurz bevor das Mündungsfeuer an der Dunkelheit leckte. Durch den lauten Schuss gingen ihre Ohren zu und der Rückstoß schleuderte sie zurück über den Steg.

Ein Schrei durchschnitt die Schwärze der Nacht.

Amanda taumelte rückwärts und suchte verzweifelt nach etwas, woran sie sich festklammern konnte. Entsetzen stand in ihrem Gesicht, als sie fiel. Das Meer öffnete sich, das Wasser spritzte, und die Ostsee verschlang ihre Beute.

»Amanda!« Niko stürzte zum Rand des Stegs. Er warf die Waffe ins Wasser und tauchte kopfüber hinterher.

Linda blieb keuchend auf dem Steg stehen und stützte die Hände auf die Oberschenkel. Was war passiert? War Amanda getroffen worden? Kleine Ringe breiteten sich auf der Wasseroberfläche aus, ehe alles ruhig wurde. Die Sekunden eilten davon und wurden zu Minuten. Eine halbe Ewigkeit verging, ehe die ersten Luftblasen an die Oberfläche stiegen und ein gurgelndes Geräusch zu hören war. Plötzlich teilte sich die Oberfläche und Nikos Kopf erschien. Er schnaufte und spuckte, Wasser lief an ihm herab.

»Ich finde sie nicht.«

Ein tiefer Atemzug, dann tauchte er wieder unter.

Linda sah sich um. In der Tiefe pulsierte der Herzschlag des Meeres und sie folgte den langsamen Bewegungen in Richtung Land. Am Strand wurde die Schwärze dünner und das glasklare Wasser gluckste über Sand und Tang ans Ufer.

Die Angst drohte sie zu überwältigen, doch jetzt musste sie logisch denken.

NACH DEM MORD

Der Vollzugsbeamte reichte Sasho einen Pappbecher mit lauwarmem Wasser, aber Sasho brachte es nicht fertig, davon zu trinken. Jegliche Farbe war aus Nikos Gesicht gewichen.

»Ich bin noch einmal getaucht«, sagte er mit abwesendem Blick. »Es war zappenduster, ich habe nichts gesehen, und das Wasser war saukalt.« Ein Beben durchfuhr ihn und die Schultern zuckten. »Sie war einfach weg.«

Am Ende hob Sasho den Becher an und kippte alles Wasser auf einmal hinunter.

»Mama hat gefragt, ob jemand wusste, dass ich dort war«, sagte Niko. »Aber das wusste ja sonst niemand.«

Letztes Mal, als Niko sich nachts von zu Hause weggeschlichen hatte, war Linda vor Verzweiflung außer sich gewesen. Im Lauf des Jahres war ihr Bild von Niko als Schüler mit Bestnoten und Klaviervirtuosen Stück für Stück zerbrochen. Vermutlich hatte sie sein nächtliches Weglaufen als Gipfel des Ganzen aufgefasst, als endgültigen Verrat. Linda war auf dem besten Weg gewesen, die Kontrolle zu verlieren.

»Warum hat sie nicht einfach die Notrufzentrale verständigt?« Sasho konnte beim besten Willen nicht begreifen, was sie sich dabei gedacht hatte. Das alles war so sinnlos. »Es war doch ein Unfall.« Was hatte sie bloß getan.

»Ich habe ihr gesagt, sie soll die 112 wählen.« Niko schüttelte den Kopf. »Alles ist so schnell gegangen. Plötzlich ist Amanda ins Wasser gefallen, und wir wussten gar nicht, was eigentlich passiert war.«

»Aber es war doch ein Unfall?«

Als Niko nichts sagte, wandte sich Sasho an Gabor Szalay in der Ecke, aber der Anwalt schien auch keine Antwort auf seine Frage zu haben.

»Mama hat gesagt, es sei zu spät, die 112 zu wählen.« Tränen stiegen Niko in die Augen. »Amanda war schon weg. Es wäre total schwierig, zu erklären, was wir mitten in der Nacht mit einem Gewehr im Dalabad gemacht haben. Die Polizei würde uns nicht glauben. Mama hat gesagt, man würde mir die Schuld geben. Alle würden glauben, dass ich Amanda getötet hätte.«

Sasho legte seine Hand auf die seines Sohnes. Schon am Samstag hatte Linda von Amandas selbstverletzendem Verhalten gesprochen und gesagt, dass es ihr so schlecht gegangen und sie wahrscheinlich suizidal gewesen sei. Sie hatte anscheinend damit gerechnet, dass die Polizei Amandas Tod als Selbstmord einstufen würde. Es musste ein ungeheurer Schock für sie gewesen sein, als der Verdacht der Polizei sofort auf Niko fiel.

Bevor Niko dem Haftrichter in Ystad vorgeführt worden war, hatte Linda beinahe unverschämt ruhig gewirkt. Wie felsenfest überzeugt sie sich gegeben hatte, dass Niko freigelassen werden würde. Erst als es einen Zeugen gab, der Niko in der Mordnacht im Dalabad gesehen hatte, war Linda panisch geworden. Und als Teo Ledin erzählte, Niko habe ihn gewürgt und ihm gedroht, ihn umzubringen, hatte sie vollends die Fassung verloren.

»Mama hat meine Kleidung genommen und gesagt, ich soll

alles in meinem Handy löschen«, sagte Niko und wischte sich die Tränen von den Wangen. »Da ich Handschuhe anhatte, würde man keine Fingerabdrücke von mir auf dem Gewehr finden. Du hast ja tief geschlafen, weil du Schlafmittel genommen hattest. Sie sagte, wir sollten nach Hause zurückkehren und so tun, als hätten wir die ganze Nacht geschlafen. Niemand würde je erfahren, dass wir im Dalabad gewesen waren.«

Sashos Körper fühlte sich plötzlich konturlos an. Alles löste sich auf. So musste Linda empfunden haben, als sie endgültig die Kontrolle über Niko verloren hatte.

»Wie konnte sie zulassen, dass du eingesperrt wirst?«, sagte er und erinnerte sich an seine eigene schreckliche Zeit im Untersuchungsgefängnis.

Niko senkte den Blick. »Ich dachte, sie würde nach meiner Festnahme die Wahrheit sagen.« Er blinzelte und schluckte. »Ich habe Mama versprochen, nichts zu sagen. Kein einziges Wort.« Auf einen langen Seufzer folgte Stille. Dann sagte er: »Bei der Verhandlung vor dem Haftrichter hatten Mama und ich Blickkontakt. Ich dachte, wir müssten es jetzt erzählen, aber sie hat mir mit einem Nicken signalisiert, dass ich weiterhin stillhalten soll.«

»Wie?« Sasho erinnerte sich deutlich an Nikos fragenden Blick, als sie den Gerichtssaal in Ystad betreten hatten. In dem Moment hatte Sasho sich inständig gewünscht, dass Niko endlich erzählen würde, was er wusste. Doch Linda hatte ihn ermahnt, weiter zu schweigen.

»Erst dachte ich, Mama hätte Angst vor der Strafe.« Nikos Blick hellte sich ein wenig auf. Seine Stimme wurde fester. Über diesen Punkt hatte er offenbar eine ganze Menge nachgegrübelt. »Ich dachte, sie hätte Angst, dass ich aus der Familie genommen werde und im Jugendgefängnis lande oder so. Oder dass sie selbst den Rest des Lebens im Gefängnis verbringen muss.«

Sasho schüttelte den Kopf. »Aber es handelte sich doch um einen Unfall.« Denn das war es ja wohl gewesen, oder?

Niko zog seine Hand weg und erwiderte Sashos Blick.

»Mama hatte wahrscheinlich Angst vor der Stadt.« Niko weinte nicht mehr, aber die Trauer hing noch in seinen Augenwinkeln. »Sie hatte eine Höllenangst vor dem, was die anderen sagen würden. Wir müssten dann von hier wegziehen.«

Es dauerte eine Weile, bis das gesackt war. Sasho hatte selbst auf die harte Tour lernen müssen, dass Reue und Buße nur einen begrenzten Effekt besaßen. Die Menschen schworen, sie seien bereit, zu vergessen und zu verzeihen, aber das kollektive Gedächtnis war ziemlich robust. Neue Chancen bekam man nur unter großem Vorbehalt. Man konnte denjenigen, der man einst gewesen war, nicht vollkommen ausradieren.

Linda war es dabei um Trelleborg gegangen.

Denn unabhängig davon, ob die juristische Prüfung ergeben hätte, dass es sich um einen Unfall handelte oder nicht – wenn sie die Notrufnummer gewählt hätten, dann hätte die Stadt ihr unbarmherziges Urteil gefällt. Linda glaubte, sie hätte einen anderen Ausweg gefunden. Doch der hatte sich als Sackgasse erwiesen.

»Ich habe mein Versprechen gebrochen«, sagte Niko. »Ich habe versprochen, der Polizei kein Wort zu sagen. Was auch geschehen würde, sollte ich einfach schweigen. Mama wollte sich um alles kümmern.«

Sasho erhob sich und umrundete den Tisch. »Mein geliebter Junge.«

Niko stand ebenfalls auf und legte die Arme um ihn.

»Entschuldige, Papa.«

Sie standen eine ganze Weile schweigend da und umarmten sich. Still, vollkommen reglos. Sogar die Gedanken schwiegen. Dann geschah etwas. Es begann wie ein Beben in Nikos Schultern, das sich immer weiter ausbreitete, sich auf Sasho übertrug und wie ein Zittern durch Brust und Magen ging, bis hinunter in die Beine. Alles setzte sich in Bewegung. Sasho gab die Kontrolle auf, sah sich selbst in den Augen seines Sohnes und verlor sich in hemmungslosem Weinen.

Ständig lauerte die Angst im Hintergrund. Sobald Jari sich auch nur eine Sekunde entspannte, schlug sie aus allen möglichen unerwarteten Richtungen zu.

Er erwachte mit den Resten eines Albtraums in den Tiefen seines Bewusstseins, sah sich schlaftrunken im dämmrigen Schlafzimmer um und setzte sich kerzengerade hin.

Dieselbe Panik wie in der Nacht, als Amanda verschwunden war. Ein direkter Stich ins Herz. Das Formlose bekam scharfe Umrisse und die Zielstrebigkeit vom Fußballplatz packte ihn. Es war mitten in der schwarzen Nacht und Maria war nicht da.

Er lief herum und rief: »Hallo? Wo bist du?«

Seine Bewegungen waren gehetzt, völlig ohne Struktur. Genau wie in jener Nacht.

Sobald er erfahren hatte, dass Amanda ihn angelogen hatte, war er zum Auto hinausgerannt. Er dachte an das vergewaltigte Mädchen, dem keiner glauben wollte. Amanda hatte ihm etwas sagen wollen, aber er hatte nicht zugehört.

Er war durch die schlafende Stadt gerast, Richtung Osten, zum Haus der Familie Palevski in der Färgaregaten. Dort hatte er den Motor laufen lassen, während er zum Haus hochspähte. In dem Moment, in dem er das Licht im Fenster entdeckte, wurde ihm plötzlich bewusst, wer er war: ein wahnsinniger, paranoider Vater, der im Auto vor dem Haus des Ex-Freundes seiner Tochter stand. Ein Vater, der er nie sein wollte.

Als eine Gestalt im Fenster erschien, zu weit weg, als dass er sie hätte erkennen können, legte er den Gang ein und fuhr weiter. Amanda hatte sich den ganzen Sommer nicht mit Niko getroffen. Es war beinahe Mitternacht. Die Palevskis würden ihn für völlig übergeschnappt halten, wenn er jetzt bei ihnen anklingelte.

Nachdem er Amanda noch mindestens zehnmal angerufen und ihr Nachrichten geschickt hatte, fuhr er hinunter zum Kreisverkehr an der östlichen Einfahrtsstraße, wo früher der TÜV gewesen war, ehe man alles privatisiert hatte. Statt rechts abzubiegen oder in Richtung Westen zu fahren, ins Zentrum und weiter nach Stavstensudde, folgte er der Straße nach Süden zum Meer.

Die Östra Förstadsgatan – eine Straße der Erinnerungen. Hier war er zur Schule hin- und wieder nach Hause gegangen, in zerschlissenen Kung-Fu-Schuhen und Salomonrucksack. Er erinnerte sich beinahe nur an Licht: Sommerferien, die nie endeten, Verstecken mit Anschlagen und Tickerspielen am Strand, Wahrheit oder Pflicht in Katty Bornebrinks Wohnung, Tennis, Hockey und Fußball. Er erinnerte sich an Grillabende und die Herreys im Kassettenspieler, Grasflecken, die sich nicht auswaschen ließen, Maradona-Dribbeln und Mamas Gutenachtküsse. Aber er erinnerte sich nicht an seinen Vater.

Mit Tränen in den Augen fuhr Jari am Meer entlang, an den Koppeln der Reitschule und dem verlassenen Campingplatz am Dalabad vorbei, bis zum Sportplatz in Gislöv und Modeshög. Der Mond war kaum zu sehen, aber die Gewächshäuser des gigantischen Tomatenanbaugebiets verbreiteten einen rosa Schimmer am Himmel.

Als er nach Hause zurückkam, war Maria wieder aufgewacht. »Wo bist du gewesen? Hast du sie gefunden?«

»Nein.« Er saß auf der Bettkante und zog sich aus. Im Nachhinein ließ es sich nur schwer erklären, aber es kam ihm so vor, als wäre er jetzt ruhiger, als hätte er endlich die Kontrolle abgegeben.

»Sollen wir die Polizei anrufen?«, fragte Maria.

»Nein.« Er streckte sich auf dem Bett aus und schloss die Augen. Die Panik war weg und die Müdigkeit traf ihn wie eine Steinschleuder am Kopf. In seiner eigenen Jugend war er auch manchmal nachts von zu Hause abgehauen. Seine Mutter hatte nie geschrien oder mit ihm geschimpft, aber als sie ihm erklärt hatte, was für eine Angst sie um ihn gehabt habe, hatte Jari zugehört. »Wir müssen morgen mit ihr reden.«

Jetzt wusste er es besser. Plötzlich hatte die Angst wieder freies Spiel, während er durchs Haus lief und Marias Namen rief. Nichts, was heute ausgesprochen werden konnte, durfte bis morgen warten. Er würde Maria und Isabella erzählen, wie sehr er sie liebte. Seine Familie – es gab sie noch. Jari würde die Kapitänsbinde abnehmen und alle seine Schwächen zulassen. Wenn er bloß die Chance dazu bekäme.

Am Ende riss er Amandas Zimmertür auf. Der süße Duft des Verlustes schlug ihm entgegen. Maria saß mit gesenktem Kopf und gefalteten Händen auf dem Bett.

»Hier bist du also? Warum antwortest du nicht? Ich habe …«

Sie sah ihn an, stand langsam auf und nahm ihn in die Arme.

»Das ist in Ordnung, Schatz. Es ist vollkommen in Ordnung, Angst zu haben.«

Ein leises Klopfen erklang an der Tür. Ein Tippen, ganz ohne Fingerknöchel.

Jari begriff sofort den Ernst der Lage. Es war erst halb acht morgens. Maria und Isabella folgten ihm in den Flur.

»Ich bitte um Entschuldigung für den frühen Besuch«, sagte Kriminalkommissar Bo Brodin, der seinen Mantel über dem Bauch zugeknöpft und sich einen beigen Schal um den Hals gelegt hatte. »Es war mir wichtig, dass Sie davon erfahren, bevor es offiziell wird.«

Das Herz machte einen Satz in der Brust. Jari betrachtete seine Familie und bat Brodin in den warmen Flur.

»Niko Palevski wurde gestern am späten Abend aus der Untersuchungshaft entlassen.«

Jari musterte das verschlossene Gesicht des Kommissars. Von den Dingen, die er befürchtet und sich vorgestellt hatte, als er Brodin vor der Tür sah, hatte er diese Neuigkeit wohl am wenigsten erwartet.

»Warum?« Isabella war die Einzige, die etwas über die Lippen brachte.

»Er ist noch nicht komplett von der Verdächtigenliste gestrichen. Ein gewisser Verdacht besteht noch. Aber es gibt keinen Grund mehr, ihn in U-Haft zu belassen, insbesondere im Hinblick auf sein Alter.«

Das klang widersprüchlich. Er stand noch immer unter Verdacht, aber war aus der U-Haft entlassen worden.

»Ich verstehe das nicht«, sagte Maria.

Jari unterdrückte den Impuls, jetzt auszurasten. Er würde keine Szene machen. Die Wut durfte ihn nicht überwältigen. Nichts in seinem Leben würde sich durch das ändern, was mit Niko Palevski geschah.

»Niko hat gestern angefangen zu reden«, sagte Brodin. »Er hat eine ausführliche Darstellung der Ereignisse auf dem Badesteg geliefert.«

Isabella reagierte heftig. »Und Sie glauben ihm also alles, was er sagt?«

»Keineswegs. Wir werden weitere Ermittlungen anstellen.« Brodin fuhr in demselben nüchternen Tonfall fort, was Isabella dazu brachte, einen Schritt zurückzutreten. »Die Staatsanwältin hat einen Untersuchungshaftbefehl für Linda Palevski beantragt.«

Linda Palevski? Jari war ihr auf dem Weihnachtsmarkt am ersten Advent begegnet. Sie hatte aufgeschlossen und fröhlich gewirkt. *Eine richtige Trelleborgerin* hatte Patrik sie genannt. Hatte Linda womöglich etwas mit Amandas Tod zu tun?

»Nikos Mutter?« Isabella starrte Jari an, der auf die Antwort des Kommissars wartete.

»Linda Palevski hat gestanden, Amandas Tod verursacht zu haben. Es gibt eine Reihe von Sachbeweisen, die ihre Aussage bestätigen. Sie behauptet, es sei ein Unfall gewesen.«

»Was für ein beschissenes Gerede!« Isabella gestikulierte wild herum. »Sie versucht doch nur, ihrem Sohn den Arsch zu retten.«

Jari packte sie, zog sie an sich, umarmte sie. Diesmal würde er nicht vorschnell handeln.

»Linda Palevski wird morgen dem Haftrichter vorgeführt«, sagte Brodin. »Ihr Mann und Niko wollen eine Weile verreisen, insofern müssen Sie keine Sorge haben, ihnen zu begegnen.«

Jari nickte nachdenklich. Er war sich ohnehin sicher, dass eine solche Begegnung für Sasho und Niko tausendmal schlimmer wäre als für ihn.

Sasho Palevski hatte sein Leben wie ein Schatten begleitet. Als ein Teil des kollektiven Gewissens der Stadt. Jari war ihm ausgewichen, so wie er alles andere mied, was ihm Angst machte. Ironischerweise hatte ausgerechnet Sasho Jari gerettet – nicht nur einmal, sondern zweimal. Erst vor einer ordentlichen Tracht Prügel in jener Saufnacht am Tennisgrill. Und dann vor sich selbst, seinen Vorurteilen und seinem festgefahrenen Denken. Sasho war nach Stavstensudde gekommen und hatte Jari daran erinnert, wer er eigentlich war. Er hatte ihm die Augen dafür geöffnet, dass er Niko schon im Vorfeld verurteilt hatte und einem idealisierten Bild von Patrik Ledin nachhing.

Brodin schlang den Schal enger um den Hals, ehe er ging. »Ich wollte auf jeden Fall, dass Sie Bescheid wissen.«

Maria schloss die Tür hinter ihm. Jari streckte einen Arm aus und zog Maria ebenfalls an sich. Er hielt sie ganz fest. Die Frau, mit der er sein ganzes Leben teilen wollte, und die eine von zwei wunderbaren Töchtern. Sie standen einfach nur da. Dieses ganze Leben, das er verschleudert hatte, indem er einem diffusen Gefühl hinterhergejagt war, das er für Glück gehalten hatte, doch das im Grunde genommen in erster Linie einem

Zieleinlauf und einem rasch vorübergehenden Siegesrausch ähnelte. Dabei war alles eigentlich so einfach: einen Atemzug nach dem anderen nehmen, das Herz schlagen lassen und denjenigen nahe sein, die man liebte.

Das Mädchen wartete vor den Pferdekoppeln bei Brosjödal auf Isabella. Sie war klein und schlank und hatte kastanienbraunes Haar, das sie in einem eingeflochtenen Zopf trug. Die muskulösen Beine in der engen Reithose verschwanden in schwarzen Jodhpurstiefeln. Isabella hatte sie schon mal gesehen und wusste, dass sie so alt wie Amanda war und die erste Klasse am Söderslättsgymnasium besuchte.

»Was war denn jetzt so wichtig?«, fragte Isabella gestresst. »Warum konntest du mir das nicht einfach schreiben?«

Das Mädchen, das Aniara hieß, nahm den Reithelm ab und umklammerte ihn mit beiden Armen. »Ich wollte … Ich fand …« Der helle Blick flackerte. »Es fühlt sich so irgendwie besser an.«

Isabella sah sich um. Die Pferde standen mit hängenden Köpfen da, der Wind riss an den Baumkronen, und vom Meer zogen Wolken heran. »Bitte, sag einfach, was los ist.«

Aniara sog die Luft zwischen den Zähnen ein. »Ich bin mit Sixten zusammen gewesen.«

»Wie?« Isabella war zu hundert Prozent darauf eingestellt gewesen, dass es um Amanda oder Niko ging. »Was meinst du?«

»Es hat im Sommer angefangen«, berichtete Aniara. »Er hat gesagt, er würde mit dir Schluss machen. Das sei aber schwierig, weil eure Familien so eng miteinander sind.«

Alles im Kopf drehte sich, Isabellas Mund füllte sich mit Speichel. »Warst du mit meinem Freund im Bett?«

»Es tut mir wahnsinnig leid, echt. Er hat mich von vorn bis hinten belogen.« Aniara sah aus, als würde sie es aufrichtig bereuen. Natürlich sollte Isabellas Wut sich nicht auf dieses Mädchen richten. »Diese Nacht, in der deine Schwester … als sie …«

Aniara versuchte, die Tränen zurückzuhalten. Sie war niedlich wie eine Puppe mit ihren schmalen Lippen und ihren himmelblauen Augen. Ja, sie hatte eine gewisse Ähnlichkeit mit Amanda.

»Sixten und ich waren in der Nacht zusammen«, sagte sie. »Er lag neben mir, als dein Papa angerufen und erzählt hat, was passiert war.«

Isabella nickte. Es gab nichts weiter zu sagen. Sie drehte sich um und ging zum Auto wie eine Nachtwandlerin, mehr tot als lebendig.

Trotz des trockenen Wetters drehte sie die Scheibenwischer auf die höchste Stufe. Durch tränennasse Augen sah sie die Straße an sich vorbeiziehen, dann das Hinweisschild zum Campingplatz, die Rezeption und die heruntergelassene Schranke. Sie schaltete die Kamera ein und manövrierte den Mercedes rückwärts in eine Parklücke.

Auf steifen Beinen ging sie hinunter zum Meer, wo die Wellen an den langen Steg brandeten. Der Wind riss an ihren Kleidern, als sie sich Schritt für Schritt Amandas Gedenkort näherte. Er war voll mit Laternen und Grablichtern, Blumen und Karten. Grüße von Freunden und Bekannten, aber auch von Menschen, die keine andere Verbindung zu Amanda hatten, als dass sie aus derselben Stadt stammten. Die Trelleborger halfen der Familie, die Trauer zu ertragen. So machte man das hier. Jenseits aller Klagen über die Lokalpolitik und das Wetter, Ost oder West, Umgehungsstraßen und Fußballmannschaften. Wenn es wirklich darauf ankam, war ein echter Trelleborger da für den, der es brauchte.

»Entschuldige«, flüsterte Isabella ihrer Schwester zu.

Sie ließ den Blick vom Gedenkort zum Himmel wandern und hoffte, dass Amanda trotz allem wusste, dass ihre Schwester ihr vertraute.

»Du hättest mir die Wahrheit sagen können.«

Als sie zum Auto zurückging, tat sie es mit neuem Schwung. Die Schritte waren länger, ihr Rücken gerader. Auch wenn der Himmel von grauschwarzen Wolken bedeckt war, fand die Sonne kleine Löcher in der Dunkelheit, durch die glitzerndes Licht gesiebt wurde.

Ehe sie den Parkplatz verließ, stellte sie das Lokalradio an. In breitem Dialekt übermittelte der Moderator einen Gruß von einem Hörer: *Ich grüße alle, die ich kenne, und alle Trelleborger.*

Isabella suchte in ihrer Tasche nach dem USB-Stick mit dem Herzen darauf, den sie von zu Hause mitgenommen hatte. Sie steckte ihn in die Anlage und drehte die Lautstärke auf die höchste Stufe. Es war Amandas Song. Nikos empfindsame Fingerspitzen vibrierten über die Tasten des Klaviers und Isabella fuhr in die Sonne.

Das gelbe Taxi brachte sie vom Flughafen in Ohrid am Baba-Gebirge entlang nach Bitola. Vaska hatte eine pausenlose Unterhaltung mit dem Fahrer geführt, seit er vor dem Terminal die Handbremse gelöst hatte: alte Zeiten, neue Zeiten, das Mazedonien der Zukunft. Jenseits aller Nostalgie und Bitterkeit gab es eine spürbare Hoffnung, dass irgendetwas Gutes hinter der nächsten Ecke wartete.

Sasho drückte die Nase an die Scheibe und betrachtete die wogende Landschaft mit den baumwollweißen Wolkenfetzen zwischen den Umrissen der Berge – weit entfernt von der platten Gegend um Trelleborg.

Vaska drehte den Kopf und betrachtete die beiden auf dem Rücksitz. »Wisst ihr, dass wir gerade auf der E 65 fahren?«

»Auf *der* E 65?« Niko sah hinaus auf die Straße. »Dieselbe wie zu Hause?«

Vaska nickte. »Cool, oder?« Das war eines der Wörter, die sie in Sashos Kindheit aufgeschnappt und schon damals überstrapaziert hatte. »Europa ist eigentlich recht klein. Die E 65 verläuft von Malmö nach Polen und dann weiter durch den früheren Ostblock. Ich glaube, sie endet auf Zypern oder Kreta, wenn ich mich nicht täusche.«

Der Taxifahrer hustete. Vermutlich hatte er den Namen der Insel gehört. Nicht ganz unerwartet hatte er eine Menge über griechische Politik zu sagen. Umso erstaunlicher war es, dass Vaska mindestens ebenso informiert zu sein schien. Sasho konnte sich nicht daran erinnern, dass seine Mutter über Politik gesprochen hatte, seit Olof Palme gestorben war.

Draußen kletterte der Wald beharrlich über die Schluchten des Baba-Gebirges. Die Vegetation wuchs und gedieh, hier hatte der Herbst noch gar nicht begonnen. Sie fuhren Richtung Süden in ein Tal hinein, als Niko plötzlich rief:

»Wow, seht mal!«

Über die Wiese am Fuß des Berges näherte sich ein halbes Dutzend Wildpferde in einem wunderschön synchronisierten Trab. Ein Schauspiel in der großartigsten Choreografie der Natur. Sogar der Taxifahrer verstummte und drosselte das Tempo. Im Rückspiegel sah Sasho stille Tränen in Vaskas Augen.

»Sie hat jetzt geantwortet«, sagte Niko, der sich über sein iPhone beugte.

»Wer?«, fragte Sasho.

»Isabella.«

Sasho war sehr zögerlich gewesen, als Niko sie hatte kontaktieren wollen. Er hatte gedacht, es sei besser, alles zu meiden, was mit der Familie Kekkonen zu tun hatte.

»Und was hat sie geschrieben?«

Niko wirkte auf einmal viel ruhiger. Er sah befreit aus. »Sie scheint mir zu glauben.«

Das überraschte Sasho. Bestand trotz allem eine Chance auf eine Art Versöhnung? Vielleicht gab es eine andere Lösung als Flucht und Schweigen.

Der Verkehr wurde dichter, als sie sich Bitola näherten. Auf einer Anhöhe lag das helle dreistöckige Haus mit der Wohnung, die sie für eine Weile nutzen durften. In einer Autoschlange drehte der Taxifahrer die Scheibe herunter und zündete sich eine Zigarette an. Die Stimmen, die Gerüche und die Musik waren dieselben, mit denen Sasho im mazedonischen Verein, bei Festen zu Hause und in den Balkanclubs in Malmö aufgewachsen war. All das gehörte zu ihm. Dennoch fühlte er sich hier in erster Linie als Fremder.

»Papa.« Ein verbissener Ernst stand in Nikos Gesicht. »Es war ein Unfall.«

»Natürlich.«

Viele trugen an der Schuld. Eine Verkettung unglücklicher Umstände hatte zu dem Schuss auf dem Steg geführt. Der größte Fehler war das anschließende Schweigen gewesen.

Vor langer Zeit, als Sasho seine Taten gesühnt hatte und das Gefängnis als freier Mann verlassen konnte, hatte Linda ihre Vorurteile überwunden und gezeigt, was Vergebung und Verständnis bedeuteten. Vielleicht war er jetzt an der Reihe.

Insgeheim betrachtete er Niko. Er wollte ihn immerzu ansehen. Eltern zu sein hieß nicht nur Erziehung. In erster Linie musste man ein Kraftwerk der Liebe sein.

»Schön, mal wieder in die Heimat zu kommen, oder?«, sagte der Taxifahrer und schnippte den glühenden Zigarettenstummel zwischen die Abgaswolken auf die Straße.

Sasho beugte sich vor und versuchte, Blickkontakt mit seiner Mutter aufzunehmen. Hatte sie die Frage nicht gehört? Sie konnte in diesem Lärm doch wohl nicht eingeschlafen sein.

»Das hier ist nicht meine Heimat«, sagte Vaska schließlich. »Wir sind nur im Urlaub hier.« Sie fing Sashos Blick im Rückspiegel auf. »Ich bin Trelleborgerin.«

»Das bist du«, sagte Sasho. Es zuckte in seinem Mundwinkel. »Eine richtige Trelleborgerin.«

Sie lächelten beide. Kein breites, fröhliches Lächeln, sondern eher ein sparsames, erleichtertes. Sogar Niko lächelte. Und Sasho wusste, dass es eine Fortsetzung geben würde. Es war zu früh vorherzusagen, wie sie aussehen würde, aber er begriff, dass es nicht hier endete.

Isabella bog nach Stavstensudde ab, fuhr aber am Haus ihrer Familie vorbei und weiter zur Siedlung mit Meerblick, wo Sixten wohnte. Auf dem Wendeplatz parkte Patriks Porsche.

Sixtens Vater öffnete in schwarzer Stoffhose und nacktem Oberkörper.

»Hallo«, sagte er und ließ Isabella herein. »Er ist oben.«

Sie zog sich eilig die Schuhe aus. Dabei erinnerte sie sich an Papas Reaktion, als sie im Alter von elf Jahren mit glänzenden Augen und klarer Stimme der Familie verkündet hatte, dass sie jetzt mit Sixten zusammen sei. *Wie? Mit dem Sohn von Patrik Ledin!* Papa hatte vor Stolz gestrahlt, während er Isabella umarmte und lange Anekdoten von dem fantastischen Patrik erzählte, dem besten Freund aus Kindertagen. Es dauerte nicht lange, bis Isabella es durchschaut hatte. Papa hatte eine Neigung, in Patriks Gesellschaft in sich zusammenzusacken und sich selbst kleinzumachen, und sie fragte sich, wie ihre Freundschaft in Wahrheit gewesen war.

»Hi, Baby!« Sixten saß auf der Chaiselongue und spielte FIFA auf der Playstation. Er ließ den Bildschirm keine Sekunde aus dem Blick, während die Daumen sich blitzschnell über den Controller bewegten. »Zwei zu eins, noch acht Minuten!«

Aus alter Gewohnheit verstummte Isabella und blieb schräg hinter ihm stehen. Die animierten Fußballspieler auf dem Bildschirm liefen, schossen, sprangen und spielten Kopfbälle, und auf der Chaiselongue bewegte sich Sixten fluchend und zu den Soundeffekten hin und her. Isabella rechnete nach, wie viele Stunden ihres Lebens sie damit verbracht hatte, Sixten zuzuschauen – wenn er gamte oder trainierte, bei seinen Fußballspielen, im Fitnessstudio oder wenn er einfach nur mit seinen Kumpels abhing. Plötzlich marschierte sie zum Bildschirm und schaltete ihn aus. Er wurde von einer Sekunde auf die andere schwarz.

»Was soll das denn? Ich wollte gerade einen Eckstoß treten!«

Sie wusste nicht, ob sie lachen oder weinen sollte. Trotz seiner beinahe zwei Meter sah Sixten in seinen schmutzigen Sportsocken und den viel zu kleinen Adidashosen wie ein Hungerhaken aus.

»Ganz ruhig. Du darfst gleich weiterspielen. Es dauert nicht lange.«

Ihm fiel die Kinnlade herunter. Angesichts ihres kühlen Auftretens schien er an dem hässlichen Designermöbelstück festzufrieren. Es war ungewohnt und befriedigend zugleich, ihn ausnahmsweise einmal sprachlos zu erleben.

»Ich habe mich heute mit Aniara getroffen.«

Er richtete sich abrupt auf. »Mit wem?« Die übliche Unschuldsmiene.

»Du weißt genau, von wem ich rede.«

Er warf den PS-Controller weg und wollte sich gerade erheben, als Isabella ihm zwischen die Beine trat.

»Au, verdammt!« Sixten krümmte sich vor Schmerzen. »Was machst du da? Nimm gefälligst …«

Sie drückte ihm den Fuß mit voller Kraft in den Schritt. »Meine Schwester ist ins eiskalte Meer gefallen und gestorben, während du mit einer anderen geschlafen hast.«

Sixten sah sie mit seinem Dackelblick an. Als das keine Wirkung zeigte, wechselte er rasch zu aggressiver Arroganz. »Glaubst du ihr etwa mehr als …«

»Ruhe!« Isabella gab keinen Millimeter nach. »Jetzt bin ich dran mit reden. Ich weiß, was du Amanda angetan hast.« Sie drückte mit dem Fuß wieder heftiger zu. »Ich werde nie beweisen können, dass es gegen ihren Willen geschehen ist, aber das ist auch egal. Ich weiß es trotzdem. Niko hat mir alles erzählt.«

»Niko? Soll das ein Witz sein? Der hat doch …«

Isabella unterbrach ihn. »Weißt du was? Ich habe immer geglaubt, dass ich dich brauche, dass ich ohne dich nicht klarkommen würde, dass ich ohne dich nichts wert bin. Du hast es verdammt gut hingekriegt, mich davon zu überzeugen.« Sie legte eine Kunstpause ein, nur um seine erstaunte Miene zu genießen. »Jetzt weiß ich, dass es umgekehrt ist. Du brauchst *mich*, Sixten. Ohne mich bist du nichts anderes als ein beschissener Vergewaltiger.«

Ausdruckslos starrte er ins Leere. Keine unschuldige Miene, kein sarkastisches Lächeln. Er sagte nichts, versuchte nicht einmal, sich zu verteidigen. Eine Sekunde lang fühlte es sich wie ein Sieg an. Dann ermahnte sie sich selbst, dass dies kein Wettkampf war.

»Lass mich und meine Schwester in Ruhe.«

Ohne ein weiteres Wort verließ sie ihn.